Aus Freude am Lesen

W0379587

Buch: Der Vater Moritz Schreber, Orthopäde und Erfinder des Schrebergartens, regiert seine Familie mit eiserner Hand. Die Kinder werden zwangsweise körperlich ertüchtigt und mechanisch geradegehalten. Der sensible Paul versucht während seiner Kindheit, sich dem Diktat des Vaters zu entziehen. Nach dessen Tod verweigert er das ärztliche Erbe, überlebt den einst mächtigen Bruder, wird erfolgreicher Jurist und heiratet eine Frau, die von seiner Mutter abgelehnt wird. Doch es gibt eine andere Welt des Paul Schreber. Sie ist bevölkert von Angst und sexuellen Obsessionen. Als der Spagat zwischen außen und innen nicht mehr gelingt, wird Paul verrückt. Die Außenwelt entmündigt ihn, er wird zum berühmten Fall für den Psychiater.

Autor: Klaas Huizing, 1958 in Nordhorn geboren, lebt und arbeitet in Würzburg sowie Saarbrücken und ist u. a. Chefredakteur des Kulturmagazins OPUS. Seine Romane, die in zahlreiche Sprachen übersetzt wurden, begeisterten Kritiker und Leser gleichermaßen.

Klaas Huizing bei btb: Der letzte Dandy. Ein Kierkegaard-Roman (73346) · Frau Jette Herz. Roman (73707)

Klaas Huizing

In Schrebers Garten

Roman

btb

Für Barbara Wackernagel-Jacobs

Mix
Produktgruppe aus vorbildlich bewirtschafteten Wäldern und anderen kontrollierten Herkünften
www.fsc.org Zert.-Nr. GFA-COC-001223
© 1996 Forest Stewardship Council
FSC

Verlagsgruppe Random House FSC-DEU-0100
Das FSC-zertifizierte Papier *Munken Pocket* für dieses Buch liefert Arctic Paper Munkedals AB, Schweden.

1. Auflage
Genehmigte Taschenbuchausgabe Januar 2010,
btb Verlag in der Verlagsgruppe Random House GmbH, München

Umschlaggestaltung: semper smile, München
Umschlagmotiv: Bauernhaus mit Birken, 1900, Öl auf Leinwand, Gustav Klimt (1862–1918), © Private Collection / The Bridgeman Art Library
Umschlaggestaltung: semper smile, München
Druck und Einband: CPI – Clausen & Bosse, Leck
NB · Herstellung: SK
Printed in Germany
ISBN 978-3-442-74011-6

www.btb-verlag.de

Anstalt Sonnenstein

Heute wäre er so weit.

Er dachte an sein massiges Bett, an die Kuhle in der Mitte seiner Matratze, an die nachtblaue Decke mit der weißen Bordüre, an die zwei Buchstaben im Holz des Kopfteils, die er vor sehr vielen Jahren mit einem Taschenmesser, ein Geschenk seines Vaters, eingraviert hatte. Er senkte die Augen, tat so, als wäre er ganz in sich versunken, aber heimlich spähte er, den niemand aus den Augen ließ, einen Fluchtweg aus.

Er fühlte sich heute wie ein Donnerstag. Der Donnerstag war immer sein Tag. Solange er denken konnte. Als Kind stellte er sich vor, er sei ein Denkmal, stünde auf einem kleinen Sockel an irgendeinem ganz unbedeutenden Platz in der Stadt. Tauben auf seiner Schulter. Hunde zu seinen Füßen. Sonntage, die machten, dass er weich wurde. Bereits an den Freitagen spürte er, wie seine Konsistenz nachließ. Ein Ziehen in seinem Innern. Schlaffheit machte sich breit. An den Samstagen torkelte er. An den Sonntagen, vor allem an den Sonntagen, aber natürlich nicht nur an den Sonntagen wollte sein Vater, dass er turnte. Sein Körper musste sich strecken und biegen. Strecken und immer wieder biegen. Erst heute wusste er, dass er das Turnen immer gehasst hatte.

Die Montage und Dienstage und Mittwoche lebten von der Vorfreude auf den Donnerstag. An diesem Tag schlich er früher in den kleinen, mit Efeu gegürteten Verschlag, kramte seine Schachteln hervor, in denen er Regenwürmer, Maikäfer und einen toten Sperling aufbewahrte. Er hätte gerne einen Hund besessen. Groß.

Tapsig. Lebendig. Mit warmer Schnauze und nach frischem Tortenboden riechendem Fell. Niemand hätte sich dem Hund nähern dürfen. Er wäre sein Schutzschild gewesen. Manchmal biss er sich in den Arm, als würde er mit seinem Hund ringen. Einmal hatte er so intensiv gespielt, dass er erst von sich abließ, als er Blut schmeckte.

Er war der Herr über diesen Verschlag. Der Herr über das Gerümpel, über die schäbigen, aussortierten Dinge, die ihn mit Respekt empfingen und ihm zu Diensten waren. Dort stahl er sich aus der Zeit, verhielt sich still, lauschte nur den Vögeln draußen und den Gesprächen, die die Dinge mit ihm führten. Er stand auf einem wackligen Stuhl als Paul I., der vom ganzen, nun gut, beinahe vom ganzen Volk geliebte und verehrte König Preußens. Stolz und glücklich schlich er abends in sein Zimmer zurück.

An den Donnerstagen war früher sein Bruder häufig nicht zu Hause gewesen.

Heute wäre er so weit.

Als Kind fürchtete er sich davor, mit bloßen Füßen über Wiesen zu rennen. Heute wird er die Stiefel, diese schweren Stiefel, die seinem Gang etwas Steifes verleihen, von sich werfen. Mit einem Donnerstagsgefühl wird das gehen. Seine Fußsohlen schienen ihm versiegelt. Verhornt. Er wird, wenn die Aufmerksamkeit der Wärter nachlässt, sich davonstehlen, wird mit weit ausholenden Schritten den Hof durchqueren, über die Wiesen rennen, Disteln niedertrampeln, über Bäche springen. Er wird die Wolken auseinanderreißen und die Erde mit Licht fluten. Und einen leichten Wind wird er machen. Und in einen grollenden Zug sich setzen. Und arbeiten wird er wieder. Zu Hause. In der Zeitzer Straße 43. Und sich einen Hund kaufen. Das auch.

Er spähte verstohlen um sich. Er wird zurückkehren. Heute noch. Dann wird er wieder an seinem Sekretär sitzen, mit der Hand über die polierte Fläche fahren, das Tintenfass an seinen

Platz schieben, die Schublade herausziehen. Eine leicht gehende Schublade. Wie viel Glück darin beschlossen lag! Er wird ein dünnwandiges Glas an seine Lippen setzen und sich einen großen Schluck Rotwein gönnen. Er wird gefasst sein. Keine Tränen diesmal. Er wird sein Dienstmädchen rufen und ihr sagen, man solle auf morgen einen Schneider bestellen, denn er gedenke zu heiraten. Es wird ihn amüsieren, wenn das Dienstmädchen ihn mit großen Augen anschaut und erstaunt ausruft: «Aber mein gnädiger Herr, Sie haben doch bereits geehelicht! Und die gnädige Frau ist wohlauf. Ich habe nach ihr schicken lassen, als ich hörte, Sie seien plötzlich zurück.»

Ja. Das wird ihn amüsieren. Er bewegte sich in der Garderobe eines wohlsituierten Herrn. Heute trug er keine blassrosa Schleifen im Haar. Sein Gang und seine Gesten waren bei aller Kultiviertheit doch männlich. Wie sollte das arme Wesen vor ihm auch ahnen, was mit ihm geschehen war!

Niemand wird ihn wieder brechen. Er dachte an den Backenbart seines Vaters, der das Kinn umschloss wie eine Totenbinde. Er dachte an die Druckstellen, die der Geradhalter auf seiner Brust hinterließ. Er dachte an den Tintenfleck auf dem Zeigefinger der Schreibhand seiner Mutter, wenn sie die Texte seines Vaters durchsah. Er dachte an ein blutgetränktes Taschentuch, das einmal auf dem Fenstersims des Wohnzimmers lag – an einem Freitag.

«Jetzt», flüsterte er und bewegte sich Richtung Ausgangstür.

«Kommen Sie, hier entlang», sagte eine Stimme neben ihm. «Der Herr Doktor erwartet Sie in seinem Behandlungszimmer.»

Seltsam. Es war die Stimme seines Dienstmädchens im Körper eines Mannes. Sie hatte ihn verraten.

Offenbar war sie noch nicht so weit.

Zeitzer Straße 43

1

Er konnte den Blick nicht davon lösen.

Wie von einer geheimnisvollen Kraft angezogen, suchten und fanden seine Augen immer wieder den verkrüppelten Finger des Vaters. Der hatte in jungen Jahren bei einem Jagdunfall, über dessen Hergang er sich beharrlich ausschwieg, die Fingerkuppe des linken Zeigefingers eingebüßt. Und wie durch ein Wunder der Natur, so sagte sein Vater, war ihm ein Nagel nachgewachsen, eine braune Kralle, im Ton nur unwesentlich heller als die Kralle eines Schäferhundes.

Heute war sein Vater mittags mit einem versteckten Groll nach Hause gekommen, den zuerst der Schlüssel zu spüren bekam, als er, für alle im Hause hörbar, mit übertriebenem Nachdruck in das stets gut geölte Schloss gesteckt wurde. Prompt trat die Köchin leiser auf. Und seine Mutter setzte sich kerzengerade hin.

Ob denn das Essen angebrannt sei, fragte der Vater, die Klinke der Salontür noch in der Hand; man rieche bereits im Aufgang, dass in der Küche offenbar etwas missraten sei.

Die Mutter schüttelte entschieden den Kopf. Es sei alles in bester Ordnung.

«Ordnung!», trompetete der Vater. «Ordnung!» Er spitzte die Lippen. «Wenn das Land in Unordnung ist, dann muss wenigstens in der Familie ein Anfang zur Besserung gemacht werden.»

Er durchmaß mit Schritten, die darauf geeicht schienen, jeweils einen Meter Raum zu gewinnen, das Zimmer, drehte sich in der Tür zum Flur noch einmal um. «Ich bin in Eile. Auf die Spargelsuppe müssen wir offenbar verzichten. Sie brennt, wenn das Hauspersonal unachtsam ist, bekanntlich sehr leicht an.»

Sein Blick suchte die Köchin, die sich aber in der Kulisse der Küche versteckt hielt. Sobald er das Zimmer verlassen hatte, trat sie hervor, huschte zum Tisch, deckte Suppenteller und Suppenlöffel ab, verschwand erneut in der Küche, kam eilends mit einem Tischwagen zurück, auf dem bereits der Braten, die Kartoffeln, das Gemüse und die Soße angerichtet waren. Mit geübten Handgriffen platzierte sie alles auf dem Tisch und eilte wieder hinaus, wie eine kundige Bühnenarbeiterin, die bis zum nächsten Aufzug wenig Zeit zum Umbau hat.

Im nächsten Akt erschien der Vater plötzlich aufgeräumter. Er trug zu Pauls Erstaunen eine derbe Hausjacke, obwohl er doch gesagt hatte, er würde das Haus nach dem Essen sogleich wieder verlassen.

Ob seine Söhne und Töchter denn in der Schule heute gelobt worden seien? Die Frage kam beinahe tonlos. «Oder gab es Tadel?»

Der Vater hatte hinter Paul und Gustav Aufstellung genommen, vermaß ihre Wirbelsäule. Er sagte nichts, wartete, bis beide ganz konzentriert die ideale Sitzhaltung eingenommen hatten. «Also weder Lob noch Tadel. Durchschnitt mithin. Nun denn. Also.»

Er ging um den Tisch herum. Seine Söhne sähen bedenklich blass aus. «Ein wenig Leibesübung kann da nicht schaden. Stellt euch bitte zwei Meter hinter den Stuhl. Wir machen die Übung 1: Kopfkreisen, die Übung 3: Schulterheben, die Übung 20: Rumpfbeugen; die Übung 28: Beinzusammenziehen und als Höhepunkt die Übung 40: Axthauen. Jeweils zwanzigmal. Und los.»

Paul und Gustav erhoben sich und nahmen Aufstellung. Paul schielte kurz zur Mutter hinüber. «Eure Mutter ist heute ein wenig unpässlich. Zu viel Bewegung ist ihr abträglich. Und die Töchter dürfen sie unterhalten. Ich gebe das Tempo vor. Achtung: Und eins. Und eins. Und eins.»

Paul beneidete Gustav darum, wie es ihm gelang, präzise den Rhythmus seines Vaters zu imitieren. Er selbst hinkte oft zunächst hinterher, wurde bald schneller, überholte beide. «Deine Bewegungen sind zappelig. So wie deine Schrift. Versuch deinem Bruder nachzueifern. Da hast du ein gutes Vorbild. Und jetzt die 40. Und los.»

Paul strich sich das Haar aus der Stirn. Er wollte etwas sagen, aber die Kehle gab keine Worte frei. Vielleicht war es die Wut auf sich selbst, die ihm half, die letzten Übungen exakt auszuführen.

Sie setzten sich. Augenblicklich sei Farbe in ihre Gesichter gekommen. Wenn es nicht so abgeschmackt sei, könne man von blühender Jugend sprechen. Der Vater gönnte sich ein Lachen. Gustav und Paul lachten auch. «Was macht denn das Violinenspiel? Muss ich nun bald die Türen polstern lassen, damit die Familie vor den Misstönen geschützt ist? Oder gibt es hörbar Fortschritte?» Unter dem Tisch stieß Gustav Paul an.

«Ich bin schon in der zweiten Lage», stammelte Paul.

«Aber mein lieber Paul. Warum sprichst du zu deinen Schuhen? Das ist doch ein schöner Fortschritt. Darauf kannst du stolz sein.»

Der Vater erhob sich, prüfte die Schärfe des Messers, nahm die Gabel, stach in das Fleisch und schnitt den Braten an. Paul beobachtete genau, ob die Kralle das Fleisch berühren würde. Um besser sehen zu können, schob er den Kopf etwas vor.

Ob er seinem Vater nicht zutraue, den Braten anzuschneiden. «Oder warum lugst du wie ein Bauernlümmel um die Ecke?»

Augenblicklich setzte Paul sich gerade hin. Der Vater verteilte das Fleisch. Zunächst der Mutter. «Ein besonders zartes Stück», wie er betonte. Das Kantenstück gab er, als größte mittägliche Auszeichnung, Gustav, der sich mit einem kurzen Seitenblick versicherte, ob sein Bruder auch neidisch dreinblickte. Danach kamen die Schwestern Klara, Sidonie und Anna an die Reihe, zuletzt Paul. Weil er aber, aus Angst zu langsam zu sein, den Vater leicht anstieß, drohte das Fleisch von der Gabel zu fallen; und schnell schob die braune Kralle das Stück Fleisch auf den Teller. Es sei doch reichlich vorhanden, warum also die Gier, fragte der Vater, leckte sich den Finger sauber und lud sich selbst zwei Stück Braten auf.

Paul starrte auf den Teller. Gustav versetzte ihm einen Knuff, damit er Kartoffeln, Gemüse und Soße nahm. Paul starrte weiter auf den Teller. Die Kralle hatte sein Fleisch berührt. Es war ihm unmöglich, das Fleisch zu essen. Er aß die Kartoffeln. Er aß das Gemüse. Er probierte ein Stück vom Rand des Fleischstückes, den die Kralle nicht berührt hatte. In seinem Mund schien das Fleisch zu wachsen, wie angestrengt Paul auch versuchte, es zu zerkleinern. Aus dem Augenwinkel sah er, wie sein Bruder den Teller leer aß, um einen kleinen Nachschlag bat und auch den mit großem Appetit hinunterschlang. Und in seinem Mund wuchs das Fleisch. Er nahm einen Schluck Wasser. Und noch einen. Aber seine Not wurde nicht kleiner. Inzwischen hatten alle am Tisch das Essen beendet. Er spürte, wie der Blick seines Vaters schwer auf ihm ruhte. Ob etwas mit seinem Stück Fleisch sei, wollte der Vater wissen. Es schmeckt verbrannt, wollte Paul sagen, aber er hatte Angst, den Mund zu öffnen, also schüttelte er nur den Kopf und kaute weiter. Schweiß trat auf seine Stirn. Er schaute zu seinem Vater, sah nur die Kralle, die immer mächtiger zu werden schien.

Vielleicht werde er krank, meinte die Mutter. Er scheine ihr zu schwitzen. Ihm scheine der Grund ein anderer zu sein, entgegnete der Vater. «Ich korrigiere dich nur ungern, meine Liebe, aber ich argwöhne, dass hier eine Form von Aufsässigkeit vorliegt. Paul empfindet es als ungerecht, dass sein Bruder das gute Ende des Bratens bekommen hat. Ich schlage vor, er darf so lange über diese Ungerechtigkeit nachsinnen, bis sein Teller leer gegessen ist. Gustav darf zum Spielen auf den Turnplatz.»

Sein Vater faltete die Serviette sorgfältig zusammen, stand auf, verließ ohne Gruß den Raum. Sein Bruder versetzte Paul erneut einen Knuff in die Seite. Die Mutter strich ihm sacht übers Haar.

Er war allein.

Und das Tier in seinem Mund wuchs.

2

Und das ist Ann-Sophie.»

Das Mädchen traute sich nicht den Blick zu heben. Eine zarte Röte kroch auf ihre schmalen Wangen. Und Pauls Blick verfing sich sofort in ihren langen braunen Haaren.

Seit drei Wochen sei Ann-Sophie, die ihre Eltern durch einen tragischen, ja sehr tragischen Unglücksfall verloren habe und nun an den Wochenenden von einer lieben, treu sorgenden Tante betreut werde, im Pensionat, und jetzt sei es an der Zeit, sie endlich der Familie vorzustellen. Dank ihres ruhigen Wesens habe sie sich tadellos in die kleine Gemeinschaft des Pensionats eingelebt. «Ich darf doch sagen, dass du dich hier wohlfühlst?»

Ann-Sophie nickte, und weil Pauls Blick sich immer noch in den Haaren verheddert hatte, nickte er auch.

Ihm sei es ein Anliegen, aber natürlich wüssten das alle Mitglieder seiner Familie hinlänglich, nun denn, also, es sei ihm und seiner lieben Frau ein Anliegen, seinen jungen Gästen ein neues Zuhause zu bieten. Bei diesem Satz schob sein Vater seinen Bauch unnatürlich weit nach vorn. Schon jetzt zeige sich, dass Ann-Sophie ein Mensch mit vielen Talenten sei. Ausnahmslos alle Lehrer seien von ihren Fähigkeiten bereits nach den ersten

Wochen angetan und des Lobes voll. Die Augenbrauen seines Vaters bewegten sich kurz aufeinander zu. «Ich wünschte mir, dass meine eigenen Kinder sich an Ann-Sophie ein Beispiel nähmen.» Aber sein Vater beließ es bei dieser Andeutung, die sagen sollte, seine Hoffnung sei unendlich, er glaube an die schrittweise Besserung aller Mitglieder seiner Familie, Paul eingeschlossen.

Ann-Sophie machte verlegen einen Knicks, und auch Paul ging leicht in die Knie.

Allenfalls lasse ihre körperliche Konstitution einige Wünsche offen, eine Schwäche, die durch die Trauer fraglos verstärkt worden sei. Aber die tägliche Zimmergymnastik zeitige erste Erfolge. Erneut schob der Vater seinen Bauch nach vorn und schloss kurz befriedigt die Augen. Er turnte viel und mied fettes Essen, und doch gab es Augenblicke, in denen er anscheinend sein Wohlsein nur durch das Herausstrecken seines kleinen Bauches zeigen konnte. Unweigerlich streckte auch Paul seinen Bauch ein wenig nach vorn, und er hatte den Eindruck, dass Ann-Sophie die Haltung nachzuahmen versuchte.

«Damit nicht genug. Die liebe Ann-Sophie hat einen Vorschlag gemacht, wie wir den Geradhalter, der der Menschheit bereits vielfach guten Dienst geleistet hat, noch um eine Nuance verbessern können. Sie hat vorgeschlagen, die Befestigung an der Tischkante durch eine praktische, weil zeitsparende Drehklemme zu vervollkommnen. Ich habe bereits bei unserem rührigen Mechanikus Reichel eine Zeichnung hinterlassen, um den Fortschritt in der Idee in die Tat umzusetzen. Bereits morgen, so wurde mir versichert, könnten wir mit den ersten zwei Exemplaren dieser neuen Spezies von Geradhaltern rechnen.»

Ein verträumtes «schön» ließ Pauls Mutter hören, die in Augenblicken wie diesen in eine märchenhafte Schläfrigkeit verfiel. «Großartig», tönte Gustav und schlug hilflos die Hacken zusammen. Pauls Schwester Sidonie schüttelte vor Freude den Kopf.

Ann-Sophie hob endlich die Augen und löste den Bann. Pauls Blick kam frei und wurde sofort erneut gefangen genommen.

Wenn also der Geradhalter künftig leicht zu montieren und zu demontieren sei, würde der Siegeszug dieses orthopädischen Meisterstücks nicht mehr aufzuhalten sein. Und er bitte alle Anwesenden, sich einmal auszurechnen, was es bedeute, wenn jede zweite Familie in Sachsen, natürlich nicht jede, er wisse, wie verstockt die Menschen seien, wenn also jede zweite Familie in Sachsen vom Segen des Geradhalters überzeugt werden könne. Dann müsse man sich um die eigene Zukunft keine Sorgen machen, zumal er, der Medizinalrat Dr. Schreber, auch noch den Kopfhalter und den Rückengurt zur Vervollkommnung körperlicher Schönheit in seinem Repertoire habe. Kurzum, morgen sei ein Tag, der in der Familienchronik der Schrebers künftig als Glückstag verzeichnet sein würde. Er bitte also seine Familie, morgen nach dem Tee um drei Uhr zu einer kleinen Demonstration der neuen Errungenschaft im großen Behandlungszimmer zu erscheinen. Natürlich gebühre Ann-Sophie das Erstgeburtsrecht, den neuen Geradhalter auszuprobieren, Gustav werde als Familienmitglied den zweiten Geradhalter einweihen. «Nun denn. Also.»

Ann-Sophie machte einen Knicks. Und Paul machte einen Knicks. Sein Vater holte seinen Bauch wieder ein, räusperte sich und ging seltsam tänzelnd mit Ann-Sophie hinaus. Paul schaute ihr nach, und sein Herz schlug. Und schlug. Und schlug. Wie sie ging. Sie schien nicht zu gehen. Eher zu schweben. Er, Paul, könnte hier festwurzeln und ihr auf ewig nachstarren. Als Erster rührte sich Gustav. Er ging auf Nummer sicher und sagte: «Nun denn. Also.»

Pünktlich am nächsten Tag um drei Uhr erschienen alle Familienmitglieder in der Klinik. Pauls Mutter hatte ihre goldene Brosche, die an einen Orden erinnerte, angelegt. Sidonie, Anna und Klara trugen ihren Sonntagsstaat, Paul hatte darauf bestanden, eine lange Hose anzuziehen, weil er glaubte, dadurch älter auszusehen. Gustav hatte seine Haare gebürstet, ein Ritual, das er vor Prüfungen in der Schule ausführte, weil er insgeheim hoffte, die Ordnung auf dem Kopf würde sich auch unterhalb der Schädeldecke durchsetzen. Als Gustav an dem Tisch Platz nahm, wo normalerweise die Patienten der Klinik nach ihrer Krankengeschichte befragt wurden, wählte er einen ernsten und getragenen Gesichtsausdruck. Er saß kerzengerade, als würde der Geradhalter bereits seine Arbeit verrichten.

Paul starrte immer wieder sehnsüchtig zur Tür. Endlich ging sie auf, und Ann-Sophie wurde an der Hand seines Vaters hereingeführt. Sie verbeugte sich kurz, als würden sie gleich alle Zeugen einer Zirkusnummer. Sie nahm auf einem Stuhl Platz neben Gustav, der ihr langsam den Kopf zuwandte und knapp nickte. Sein Vater trat hinter den Behandlungstisch, lächelte jedem kurz zu und hielt plötzlich in jeder hocherhobenen Hand einen Geradhalter. Ein Raunen ging durch die kleine Gemeinde. Und wieder entfuhr der Mutter ein verträumtes «schön». Einen Geradhalter legte der Vater auf den Tisch, den anderen hielt er mit der einen Hand vor sich und demonstrierte mit der anderen die Funktion der neu entwickelten Drehklemme. Sidonie klatschte in die Hände und rief: «Bravo!» Da klatschten die anderen auch. Der Vater verbeugte sich und legte eine Hand aufs Herz. Er ging um den Tisch herum, stellte sich neben den Stuhl von Ann-Sophie und brachte mit einer schnellen Bewegung den Geradhalter an der Tischkante an. Er hob kurz die Hände, prüfte mit der Linken die Stabilität und trat von seinem Kunstwerk zurück. Erneut klatschten alle. Die Zeremonie wiederholte sich, als er vor Gustav den zweiten Geradhalter befestigte. Der Applaus fiel unwesentlich schmaler aus.

Auf ein Zeichen rückten Gustav und Ann-Sophie ihre Stühle näher an die Tischkante heran, bis die obere Schiene des Geradhalters beider Brust berührte. Paul veränderte zweimal seinen

Stehplatz, um Ann-Sophie besser beobachten zu können. Sie hielt die Augen geschlossen. Der Vater prüfte kurz den Sitz der Geradhalter, nickte, legte Papier und Bleistift, den er gerne Crayon nannte, vor beide hin und diktierte ihnen mit geschlossenen Augen und hinter dem Rücken verschränkten Händen: «Am 15. Oktober 1850 wurde der neu entwickelte Geradhalter von Dr. Schreber auf seine Tauglichkeit hin geprüft Punkt Es gab keinen Grund zu Beanstandungen Punkt Auch die Patienten sind des Lobes voll Punkt.»

Sein Vater nahm die Blätter, kontrollierte sie und hielt sie hoch. Wieder applaudierten alle. Er küsste seinen Sohn Gustav auf den Scheitel und strich Ann-Sophie übers Haar. «Meine Lieben! Nicht ohne Rührung sehe ich, wie auch ihr alle glücklich über den Fortschritt seid, der heute Einzug gehalten hat. Fürwahr: Wir sind aus krummem Holz geschnitzt, aber dem Menschen ist es aufgetragen, sein Haupt zur Ehre Gottes gen Himmel zu strecken. Wir sind die Freigelassenen der Schöpfung, und der aufrechte Gang ist uns von Gott als Auszeichnung vor den Tieren zuerkannt worden. Meine Aufgabe ist es, diese Bestimmung des Menschen zu ihrer wahren Vollkommenheit zu führen. Mit missionarischem Eifer müssen wir uns dieser Aufgabe verschreiben und dürfen, wenn auch Rückschläge drohen, nicht müde werden.»

Der Vater hob die Hände. Es war nicht zu entscheiden, ob er sich Applaus verbot oder ob er alle segnen wollte. Auf sein Zeichen schoben Gustav und Ann-Sophie ihre Stühle zurück und erhoben sich. Er führte beide, ohne sich noch einmal an sein Publikum zu wenden, hinaus.

Paul blickte Ann-Sophie sehnsüchtig nach. Einmal im Monat kamen die Pensionatskinder zum Essen. Er würde sie wiedersehen. Er musste sie wiedersehen.

Er blickte auf die beiden Geradhalter, die sich wie zwei kleine Galgen über der Tischkante erhoben.

3

Paul stand im Garten.

Verdeckt von einer Konifere. Obwohl ihn in der Dunkelheit niemand erkennen konnte.

An einem schlecht beleuchteten Fenster des Pensionats glaubte er zu erkennen, wie sie sich die Haare bürstete, wie plötzlich eine zweite, deutlich größere Person die Szene betrat, wie sie aufhörte, sich die Haare zu bürsten, wie beide Personen gestikulierten, wie sie dann zu tanzen schienen. Aber offensichtlich war die größere Person ein ungeschickter Tänzer; denn beide kamen aus dem Takt und fielen hin. Ein erstickter Schrei. Jetzt schien es ihm, als würden beide zusammen eine Übung machen, die er noch nicht kannte. Wie Schubkarre fahren. Ausgeführt mit einer Präzision, die ihm väterlich vertraut vorkam. Plötzlich ging das Licht aus.

Paul wartete noch mehrere Minuten, suchte, indem er sich eng an die Mauer presste, Schutz vor dem einsetzenden Regen, lugte immer wieder zu dem Fenster, spürte, wie die Nässe in ihm hochkroch, wollte nicht aufgeben. Durch seinen Körper pulsierte ein unbekanntes Gefühl, eroberte Nacken und Kopfhaut. Er schloss die Augen, zählte bis zehn und noch einmal bis zwanzig, öffnete die Augen, aber die Szene blieb leer. Er redete leise vor sich hin, schüttelte mehrfach den Kopf, nahm sich schließlich selbst bei der Hand und zog sich ins Haus.

Am anderen Tag schlich er an der Tür des Pensionats herum, leise Entschuldigungen ausprobierend, falls der Vater kommen und ihn fragen sollte, worauf er warte. Als sie tatsächlich erschien, starrte er nur auf ihre torfbraunen Haare; seine Zunge rollte sich ein, er hörte ein Kichern, schon war sie zusammen mit zwei oder vielleicht drei Mädchen vorbeigegangen. Und Paul schämte sich für seine kurzen schwarzen Hosen.

Ob denn die Zöglinge aus dem Internat bald zum monatlichen Nachtessen kämen, fragte Paul schließlich seine Mutter. Eine aufsteigende Unsicherheit versuchte er wegzuhusten, aber seine Mutter, die den ganzen Tag über wie abwesend gewirkt hatte, schaute ihn zunächst erstaunt und ernst an, dann arbeitete sich ein Lächeln durch ihr Gesicht. Für morgen habe sie die Köchin beauftragt, ein Essen für vierzehn Personen zu planen. Ihr sei es stets so vorgekommen, als ob Paul sich bei diesen Abenden mit den Pensionsgästen eher langweile. Aber ganz und gar nicht langweile er sich an diesen Abenden, beteuerte Paul und zwang sich dabei, seine Mutter mit großen Augen anzuschauen. Vater sei zumeist gut aufgelegt, die anderen Kinder seien wohlerzogen, und es gehöre sich, mit den Kindern, die oft ein hartes Los zu beklagen hätten, ein wenig Freundschaft zu schließen. «Das zählt zu den Pflichten eines Christenmenschen.» Seine Stimme klang unnatürlich alt, als er das sagte. Seine Mutter nickte nur und schien mit ihren Gedanken bereits woanders zu sein.

Die ganze Nacht über rumorte es in seiner Magengrube vor Aufregung. Weil er am Morgen in der Schule die Worte, die sich in der Nacht angestaut hatten, nicht festhalten konnte und unablässig mit seinem Banknachbarn redete, musste er zunächst nachsitzen und dann die Flure der Schule bohnern. Er kam also zu spät, schlich mit gesenktem Kopf auf seinen Platz, an den Händen den Geruch nach Bohnerwachs. Ihm gegenüber saß Ann-Sophie. Sie schaute ihn nicht an.

Nichts bedeute für einen Vater eine größere Freude, als wenn der verlorene Sohn plötzlich zurückkehre, hörte er seinen Vater sagen. «Das ist seit alters her ein Grund, um ein fröhliches Fest zu feiern. In weiser Voraussicht haben deine Mutter und ich es so eingerichtet, dass wir der Köchin bereits gestern aufgetragen haben, die nötigen Vorbereitungen zu treffen. Willkommen daheim, mein verlorener Sohn. Wenn ich die derben Gerüche richtig deute, die du so freizügig verströmst, hast du deine Zeit mit niederen Arbeiten zugebracht. Stehe also bitte auf und teile uns mit, ob du dich freust, dass wir dir zu Ehren ein kleines Fest geplant haben.»

Paul benötigte lange, bis er den Sinn des letzten Satzes verstanden hatte. Alle Augen ruhten jetzt auf ihm. Auch die von Ann-Sophie. Als müssten seine Muskeln mit allem Nachdruck überredet werden, schob er den Stuhl zurück und stand langsam auf. Eine Schamwelle schien ihn sofort mit Macht zu überspülen und auf den Stuhl zu drücken. Er hielt stand. Er schluckte. «Ich habe das Fest nicht verdient», sagte er mit heiserer Stimme. Er zwang sich, das Zittern aus der Stimme zu vertreiben. «Unsere Ann-Sophie hat das Fest verdient, denn sie hat den Geradhalter verbessert.»

Sein Vater wippte kurz auf den Zehenspitzen, verschränkte die Arme im Rücken. «Nun denn. Also. Haben wir doch noch einen angemessenen Grund gefunden, um heute im kleinen Kreise ein Fest zu feiern.» Er machte eine Pause. Paul spürte, noch bevor sein Vater weitersprach, eine Milde, die sich wie ein warmer Hauch ausbreitete. Die anderen am Tisch verharrten noch in ihrer Starre. «Du darfst dich also setzen, mein Sohn.»

Paul setzte sich, traute sich aber nicht, Ann-Sophie anzuschauen.

Er dürfe also fortfahren, begann der Vater erneut, alle jungen Menschen, die in seinem Haus und in seinem Pensionat Unterschlupf gefunden hätten, zu ermuntern, mit großer Begeisterung zu lernen. Wie oft führe er selbst Klage über Lehrer, die der Berufung zu einem edlen Broterwerb nicht mit der nötigen Begeisterung nachkämen und sich darauf verlegten, den Kindern durch Strafen den Geschmack an der Bildung einzubläuen. Leider, leider verstünde die Lehrerschaft nicht den innigen Zusammenhang zwischen Körper und Geist. Aus dem Mangel genügender Körperbewegung resultiere häufig ein träger Geist. Nur eine gesunde Körperausbildung biete dem Geist eine angemessene Heimstatt. Wer täglich im Zimmer einige gymnastische Übungen mache, der erschlaffe auch nicht, wenn Reihen unregelmäßiger Verben im Lateinischen memoriert werden müssten oder chemische Formeln sich zuweilen als überaus kompliziert erwiesen. «Wer turnt, der lebt in Frieden mit seinem Körper, der versteht es, ruhig in der Bank zu sitzen, nicht zu zappeln und mit den Füßen zu scharren. So kann der Geist, sofern er denn vom Lehrer richtig gefüttert wird, zu einer herrlichen Reife ansetzen.» Er schmatzte, als würde er die Sätze abschmecken. «Meine lieben Zöglinge. Auch in Zeiten, da nahende Prüfungen das Nervensystem zu überreizen scheinen, empfehle ich, nein verschreibe ich euch zusätzliche Übungen, die die anstehenden Prüfungen in jeder Phase spürbar erleichtern, weil sie die Überreizung heilsam ableiten, die krankhafte Nervenanspannung ausgleichen und Heiterkeit hervorzaubern.»

Paul beobachtete, wie Ann-Sophie nickte, eine Bewegung, die von allen Zöglingen aufgenommen wurde. Bei so viel Zustimmung hob sein Vater noch einmal an. Um dem Geist den nötigen Platz zur freien Entfaltung zu verschaffen, müsse das menschliche Skelett die von Gott gewollte Aufrichtung anstreben. Vor allem der obere Teil des Rumpfes, die Brustpartie, dürfe durch eine falsche Haltung nicht die hochwichtigen Organe im Innern beeinträchtigen, so dass bei einer krankhaften Veränderung die körperlichen Kräfte vollständig mit dem Ringen um Gesundung beschäftigt seien und der Geist Schaden erleide. «Und jetzt kommt der Geradhalter ins Spiel. Er hilft uns, die Formverhältnisse des Brustkorbs in seiner vom Schöpfer konstruierten Weise auszubilden und die lebensnotwendigen Organe gesund zu halten. So wird der Geist nicht abgelenkt von seiner ihm zugedachten Aufgabe.» Der Vater wandte sich kurz zu Ann-Sophie und deutete eine Verbeugung an. «Und dank unserer Ann-Sophie ist der

Geradhalter jetzt so beschaffen, dass er schon bald viele junge Menschen in ganz Sachsen beglücken wird.»

Ann-Sophie hielt die Augen gesenkt, ließ scheinbar teilnahmslos das Lob über sich ergehen. Paul wollte klatschen, aber seine Mutter gab der Köchin ein Zeichen, die sofort mit einer dampfenden Suppenschüssel den Raum betrat. Sein Vater räusperte sich, kreiste einmal mit dem Kopf, als würde er eine Übung machen. «Nun denn. Also. Einen gesegneten Appetit.»

Während des Essens versuchte Paul, Ann-Sophies Aufmerksamkeit auf sich zu lenken, er stellte sogar eine Frage, die er fünfmal im Kopf neu zusammengesetzt hatte. Aber Ann-Sophie beantwortete die Frage nur mit einem dürren «Ja». Als sie sich unbeobachtet glaubte, zupfte sie mit ihren abgekauten Nägeln verkrustete Hautfetzen von ihrem entzündeten Nagelbett. Beim Abschied gab sie Paul kurz die Hand. Er war viel zu aufgeregt, um die Wärme ihrer Hand in sich aufzunehmen.

In den nächsten Tagen hielt er immer wieder nach Ann-Sophie Ausschau. Einmal noch sah er sie eine Straße überqueren. Das Fenster, hinter dem er sie vermutete, blieb abends plötzlich unbeleuchtet. Als auch Turnen nicht mehr half, die Frage zurückzuhalten, stellte er sie scheinbar beiläufig, als er mit seinem Vater vom Kirchgang zurück nach Hause ging. «Hat Ann-Sophie noch weitere Einfälle gehabt, um die orthopädischen Geräte zu verbessern?»

Sein Vater schien die Frage überhört zu haben. Sie schritten schweigend nebeneinander her. Erst als sie das Haus betraten, kam unvermittelt die Antwort: «Ann-Sophie konnte leider nicht länger als Gast in unserem Pensionat bleiben. Ihre Tante ist erkrankt und verlangt nach ihrer ständigen Gegenwart.» Paul starrte auf einen langen Faden am Hemdknopf seines Vaters.

Er spürte einen Schmerz in seiner Brust, ein Gefühl der Enge, aus der er nicht ausbrechen konnte.

4

Die Mutter hob abwehrend die Hände.

Sie hatte mit einer Unpässlichkeit wochenlang das Bett gehütet und sich anschließend zwei Monate bei ihrer Schwester in Salzwedel erholt.

«Vier Barren mussten es sein, drei Recke, Ringe, eine Drehscheibe, eine Glissonsche Schwebe, so hieß dieses Gerät doch? Eine Streckmaschine! Und, und, und. Warum nach der Spiralleiter nicht auch noch eine einfache Wandleiter! Aber wenn du sie bereits hast installieren lassen …» Sie verspürte offensichtlich keine Lust, den Satz zu Ende zu sprechen. Sein Vater verstand es, in solchen Augenblicken die Schultern hängen zu lassen. Plötzlich wirkte er zerbrechlich, und die Mutter, die seinen Vater so gerne an die schweren Jahre, «die endlich hinter uns liegen, keine einfache Zeit, wie du wohl weißt», erinnerte, konnte ihm nicht widerstehen. Sofort entspannte sich ihr Blick, und obwohl sich ihre Stimmbänder gegen die Zustimmung sperrten, entfuhr ihrem Mund ein Singsang, den auch Paul als Zustimmung deutete.

«Eine Leiter», hatte sein Vater gesagt. «So etwas Einfaches wie eine Leiter! Wenn man sie an der Wand festschraubt, kann man darauf herumklettern und den Gleichgewichtssinn schulen. Oder man kann sich an den oberen Sprossen festhalten und in gestreckter Haltung dort so lange ausharren, wie die Kräfte es zulassen.» Und überhaupt sei die Leiter als Turngerät bisher sträflich unterschätzt worden.

Also begleitete die Mutter Paul und seinen Vater in den Turnsaal. Eine Leiter. Eine ganz einfache und sehr stabile Leiter. Aber dieser Besitzerstolz in den Augen des Vaters! Seine Mutter nickte immer wieder, als versuchte sie angestrengt, sich zu begeistern. Der Vater erlaubte ihm, die Sprossen hinaufzuklettern. Er durfte sich an den oberen Sprossen festhalten, und sein Vater zählte die Sekunden, die er sein eigenes Gewicht zu halten vermochte. «Für dein Alter schon eine ganz schöne Zeit. Gustav war nur unwesentlich besser, als ich ihm unsere neue Anschaffung vor einer Stunde vorgeführt habe.»

Der Vater riskierte einen kurzen Seitenblick zur Mutter, wollte etwas sagen, hustete aber nur, weil sie den Aufenthalt im Turnsaal als hinreichend empfand und ein Frösteln andeutete. Noch einmal versuchte der Vater, aus dem Mund der Mutter ein Wort der Zuversicht zu angeln, aber die hatte sich bereits abgewandt, fragte Paul, der noch immer seine Handflächen rieb, ob er bereits seine Hausarbeiten gemacht habe. Und wenn er sich so gut auf die Leiter verstünde, könne er morgen dem Dienstmädchen helfen, die Gardinen im blauen Salon abzunehmen. Außerdem müsse ein Spatzennest entfernt werden, weil andernfalls die Terrasse mit Kot überzogen würde.

Als Paul am anderen Tag schüchtern den Turnsaal betrat, schenkte ihm sein Vater ein kurzes Lächeln. Paul setzte sich in die Hocke, verschränkte die Arme und schaute seinem Vater zu, wie er mit kaum gedämpfter Begeisterung den Patienten die Vorteile des neuen Turngerätes anpries. Natürlich müsse man mit den Kräften haushalten, aber durch stetige Übung könne nahezu jeder Patient die Ausdauer stärken und den Körper daran gewöhnen, möglichst lange in gestreckter Haltung auszuharren. Vielleicht gelänge es dadurch, den Körper zu überreden, im Alltag möglichst aufrecht und mit durchgedrücktem Kreuz zu gehen. «Auch der Körper hat ein Gedächtnis. Man muss es nur pflegen.» Sein Vater zählte die Sekunden, die ein älterer Patient, der sich schwer atmend drei Stufen hinaufgequält hatte, an den oberen Sprossen festhielt. Das Ergebnis blieb deutlich hinter Pauls Ergebnis zurück. Der Vater drehte sich um und schenkte Paul ein zweites Lächeln.

Die Begeisterung, die sein Vater verströmte, ergriff auch eine junge Patientin, die sich bisher nur auf einen Stock gestützt im Turnsaal bewegt hatte. Paul glaubte zu spüren, wie die Luft von Anstrengung zitterte, als sie die erste Stufe hinaufklomm. Sein Vater stieg ihr nach, ermunterte sie, noch eine Stufe zu wagen, und ein kleiner Jauchzer entfloh ihrem Mund, als sie auch die zweite Stufe erreichte. Als sie die dritte Stufe in Angriff nahm, rutschte sie mit einem Fuß aus, aber sein Vater griff sehr entschlossen um ihre Taille, und sie schaffte es unter großer Anstrengung, ihren Fuß auf die Sprosse zu setzen. Noch immer hielt sein Vater die junge Patientin in seinem sicheren Griff. Wie stark sein Vater doch war! Ein Held! Wie er es schaffte, die erschöpfte, seltsam zuckende Frau sicher zurück auf die Erde zu führen. Wie sie sich dankbar an ihren Retter lehnte, wie sein Vater sie nicht schalt, sondern sie beglückwünschte zu ihrem mutigen Schritt. Daran könnten sich alle hier im Saal ein Beispiel nehmen. Wer so entschieden gegen die Schmerzen des Rheumatismus ankämpfe, der werde auch irgendwann die Krankheit überwinden, der werde durch die Kunst des Turnens schon bald alle Krücken von sich werfen. Nun sei er an der Reihe, seinen verehrten Patienten und Patientinnen eine Übung zu zeigen, die er sich in einer der Nächte, wenn er keinen Schlaf finde, weil ihn das Leiden seiner Kranken so sehr beschäftige, ausgedacht habe.

Sein Vater nahm mit geschlossenen Beinen zunächst vor der Leiter Aufstellung, als würde er einer hohen Person seinen Respekt zollen. Er schlug militärisch korrekt die Hacken zusammen, trat mit zwei energischen Schritten an die Leiter und stieg mit sicheren Bewegungen fünf Sprossen hoch. Mit einer erstaunlichen Eleganz, die bei allen Zuschauern Rufe der Bewunderung hervorrief, drehte er sich um. Paul klatschte sogar zweimal in die Hände. Jetzt lehnte der Vater mit dem Rücken an den Sprossen und hielt sich an einer Sprosse über seinem Kopf fest. Die junge

Patientin, noch immer mit Resten von Erschöpfung ringend, hielt sich die linke Hand vor den Mund. Pauls Vater schloss kurz die Augen, zog die Beine an und warf sie mit einem Ruck nach vorn. Er hielt die Beine mit großer Anstrengung in der Waage, senkte sie dann langsam nach unten. Er wiederholte die Übung, spreizte aber dieses Mal sehr elegant, wie Paul fand, die Beine, als würde er eine Schwimmbewegung machen. Weil sein Publikum begeistert applaudierte, gab er noch mehr Schwung, diesmal offensichtlich zu viel; denn die Leiter riss mit einem lauten Ächzen aus der Verankerung und begrub seinen Vater, der noch im Fallen versuchte, Haltung zu bewahren, unter sich.

Pauls Atem stockte, er glaubte einen Schrei zu hören, vernahm den Befehl, man solle einen Arzt holen, er registrierte, wie zwei Patienten die schwere Leiter beiseiteräumten, sah die blutverschmierten Hände, die sein Vater auf den Hinterkopf gepresst hielt.

Zwei Assistenten eilten herbei, legten den Vater auf eine Bahre und verbanden den Kopf. Die Patienten standen im Halbkreis um die Bahre, seltsam hilflos. Niemand sagte ein Wort. Nur ein Schluchzen war zu hören. In Pauls Brust nistete sich eine Angst ein, die es ihm verbot, irgendetwas zu sagen oder zu tun. Er schaute nur zu. Schaute auch zu, als seine Mutter plötzlich neben ihm stand, an die Bahre herantrat und die Hand auf den Arm des Vaters legte. Genau in diesem Augenblick öffnete er die Augen. Ihm sei ein kleines Malheur passiert, kein Grund zur Aufregung, flüsterte er. Er habe darauf vertraut, dass die Handwerker die Leiter mit kräftigen Bolzen in der Wand verankert hätten. Hoffentlich trügen die Patientinnen keinen Schrecken davon. «An der Heilkraft des Leiterturnens ist nicht zu zweifeln», sagte sein Vater mit zitternder Stimme und versuchte sich aufzusetzen, wurde aber von seiner Mutter behutsam daran gehindert.

«Wir tragen den Herrn Klinikdirektor jetzt in den kleinen Salon», entschied sie. Ein alarmierter Arzt, der jeden Augenblick eintreffen müsse, werde die Wunde am Kopf begutachten und die notwendigen Schritte in die Wege leiten. Sie bitte ganz inständig die lieben Patienten, in ihren Übungen fortzufahren. Dann gab sie ein Zeichen, und der Vater wurde hinausgetragen, ein angestrengtes Lächeln auf den Lippen. Paul folgte ihnen.

Bei der Untersuchung durfte Paul nicht anwesend sein. Er schilderte seinen Geschwistern immer wieder den Unfall, vergaß auch nicht zu erzählen, wie sein Vater die junge Prinzessin vor dem Absturz gerettet hatte. Er werde den Anblick, als der Vater über dem Abgrund hängend nicht an sein eigenes Leben, sondern nur an das der Prinzessin gedacht habe, in seinem ganzen Leben nicht vergessen. Auch wenn sein Vater jetzt stürbe, er stürbe als Held.

Mit einem knappen Nicken ging der Arzt an ihnen vorbei. Ihm folgte die Mutter. Sie faltete die Hände, als sie sagte: «Euer Vater hat eine ernsthafte Wunde am Kopf davongetragen. Gott sei Dank wurde vor Tagen der Fußboden mit frischer Lohe aufgefüllt. Das hat den Aufprall etwas abgemildert. Der Arzt, der später noch einmal nach ihm schauen wird, hofft, dass er nicht in eine tiefe Krise fällt. Vielleicht kommt euer Vater mit einer Gehirnerschütterung davon. Vielleicht wird er aber auch einen bleibenden Schaden davontragen. Ich wünsche mir, dass im Hause strengste Ruhe herrscht. Ich wiederhole: strengste Ruhe! Und ich darf euch bitten, euren Vater heute Nacht in eure Gebete einzuschließen.» Mit einem Taschentuch tupfte sich die Mutter den Mund ab und ging in das Krankenzimmer zurück.

«Vater ist ein Held!», rief Paul ihr nach.

Und sein Bruder applaudierte.

5

Paul zog den Kopf ein.

«Sieben Tage, jeweils drei Stunden lang, bei Sonnenschein. Du bist zu blässlich. Das gilt auch für deine Mutter. Auch ihr werde ich eine Behandlung verschreiben.»

Sein Vater verfolgte eine neue Therapie, die er, durch Zufall, wie er sagte, entdeckt habe, aber der Zufall sei der größte Freund der Wissenschaft. Man müsse ihn nur ein wenig hofieren, notfalls ein wenig bestechen. Und wenn der Zufall sich als Freund erklärt und sich auch als solcher erwiesen habe, könne es mit der Wissenschaft zum Wohle der Menschheit und der eigenen Karriere, o ja, auch der eigenen Karriere, nur bergan gehen.

Wenn sein Vater mit dem Zufall wieder einmal auf Du und Du war, kamen in der Regel bald Handwerker ins Haus. Pauls Mutter presste ihre Lippen zu einem Strich zusammen und sagte an solchen Tagen noch weniger als gewöhnlich. Dieses Mal aber erhob sie sehr entschieden Einspruch. Mit nicht geringem Stolz verfolge sie die kühnen Einfälle, die ihr Mann der Menschheit angedeihen lasse, aber vielleicht sei es angebracht, die neue Eingebung zunächst in einem überschaubaren Maß auszuprobieren. Sie bitte zu überlegen, ob es denn nicht hinreiche, die Fenster im großen Saal der Klinik zu vergrößern. Nach Süden hin sei dort durch den Garten und die großen Buchsbaumhecken ein wunderbar natürlicher Schutz gegeben, der die Patienten vor zudringlichen Blicken abschirme. «Wenn du, lieber Moritz, die Fenster im blauen Salon hier im Stammhaus vergrößerst, dann befürchte ich einen Menschenauflauf am Gartenzaun, der sich an den halb nackten Patienten erfreut. Denn ich vermute doch, dass sie halb nackt sein werden und nicht im Pelzmantel im Fenster sitzen. Gesindel dulde ich, auch wegen unserer Kinder, nicht in meiner

Nähe.» Es sei gar nicht auszumalen, was geschähe, wenn besorgte Nachbarn vorstellig würden oder die Sittenpolizei seine Methode begutachte. Nein. So sehr auch sie der Wissenschaft verpflichtet sei, so sehr sie ihren Mann ob seiner Kunst und Kühnheit bewundere, dieses Mal dränge sie darauf, die Umbauarbeiten auf die Klinik zu beschränken. «Notfalls können auch wir, sofern denn deine Methode die erwünschten Ergebnisse zutage fördert, aber daran zweifle ich natürlich keine Minute, uns für ausgewählte Stunden in die Klinik begeben und uns der Heilkraft der Sonne aussetzen.» Dieses Mal spreche wirklich alles für einen begrenzten Umbau. Zumal ihr Mann nach dem Turnunfall jede Überanstrengung tunlichst vermeiden solle, wie der Arzt noch gestern erinnert habe. Der Vater hatte nur knapp genickt, seine Baupläne eingerollt, als wollte er sie zerknüllen, und den blauen Salon mit schnellen Schritten verlassen.

Schon wenige Tage später wurde Paul durch ein aufdringlich lautes Hämmern geweckt. Er, der morgens im Bett gern noch ein wenig herumtrödelte, stand schnell auf, wusch sich flüchtig, zog sich überhastet an, zum ersten Mal in diesem Jahr kurze Hosen, aß, was ihm eigentlich untersagt war, bei der Köchin in der Küche ein schmales Frühstück und eilte hinaus. Die Glaser hatten bereits damit begonnen, die Fenster im großen Saal auszubauen. Paul gesellte sich zu ihnen und stand zunächst still in einer Ecke. Wie schnell diese Arbeit doch voranging und wie mühsam es manchmal war, eine Seite in einem Schulheft zu füllen.

Als die Handwerker ein kleines Oberlichtfenster ausgebaut hatten, nahm er allen Mut zusammen und fragte sie, ob er es haben dürfe. Sie schauten ihn überrascht an, murmelten etwas wie «dem Sohn des Hausherrn dürfe man diese Bitte wohl nicht abschlagen» und reichten es ihm. Er machte einen Diener, nahm das Fenster unter den Arm und trug es in seinen kleinen Verschlag am äußersten Ende des Gartens. Hinter Gartengeräten hatte er eine Mappe versteckt mit Bildern, die er vor einigen Wochen, als er an einem leichten Fieber erkrankt das Bett hüten musste, gemalt hatte. Er holte ein Bild heraus, das seinen Vater darstellen sollte, wie der, im weißen Arztkittel, einem Kind einen Streckgürtel anpasst. Paul legte das Bild hinter das Glas. Jetzt war er ein Künstler. So schnell ging das. Er beugte sich über das Kunstwerk, sah sich im Glas gespiegelt, schaute durch sich hindurch erneut auf das Bildnis seines Vaters und harrte in gebückter Haltung lange aus. Er fühlte sich sehr glücklich.

Noch zwei Oberlichter erbettelte er an diesem Vormittag. Dann war sein Mut erschöpft. Er lehnte die drei Gemälde an die Wand des Schuppens. In der Mitte das Bildnis seines Vaters, das linke Flügelbild zeigte seine Mutter, im rechten Flügelbild schaute sein Bruder ihn lachend an und zeigte mit dem Finger nach links. Er hockte sich hin, stolz, Besitzer eines eigenen Museums zu sein, überlegte und platzierte die Flügelbilder um. Jetzt wies die Hand seines Bruders aus dem Fenster des Schuppens hinaus. Paul folgte der Geste, stand auf und schaute nach draußen, sah, wie Handwerker begonnen hatten, die Fensteröffnungen im großen Kliniksaal zu vergrößern. Zwei große Schubkarren mit abgetragenem Mauerwerk standen vor dem Eingang. Vielleicht schon morgen würden große Fenster eingesetzt. Und bald würde sein Vater mit der neuen Therapie beginnen, die, wie er ein wenig eifernd verkündet hatte, ganz ohne Geräte auskomme und keine Kosten verursache, da die Sonne für alle scheine, für Kranke wie für Gesunde.

In den nächsten Tagen gingen die Umbauarbeiten zügig voran. Am Anfang der folgenden Woche putzten die Dienstmädchen die neuen Fenster, Händler brachten mächtige Strandliegen, die sie vor den Fenstern platzierten. Würden sie jetzt noch Sand auffüllen, so sein Vater, könne man glauben, man habe sich in eins der großen Hotels an der Ostsee verirrt. Und überhaupt würde er am liebsten seine Klinik von riesigen Luftballons dorthin tragen lassen. Turnen am Strand, anschließende Betreuung in der Klinik, das sei eine ideale Kombination. «Eines Tages werden orthopädische Kliniken an der Küste wie Pilze aus dem Boden schießen. Man wird noch an meine Worte denken. Und vielleicht wird man sich auch an mich erinnern.»

Leider trug die launische Leipziger Sonne während der nächsten Tage Trauerflor. Wenn sie sich überhaupt dem Volk zeigte, dann nur für wenige Minuten. Sein Vater drohte bereits schwermütig zu werden, da endlich räumte die Sonne den Himmel frei. Zunächst noch skeptisch, schließlich immer euphorischer pries der Vater das Wetter. Er verbot Paul bei der Premiere dabei zu sein. Die Patienten seien sich sehr wohl bewusst, bevorzugt in den Genuss der neuen Methode zu kommen. Leider mache sich auch eine gewisse Aufgeregtheit breit. «Nicht ohne Amüsement entdecke ich sogar kleine Eifersüchteleien. Die Plätze sind bedauerlicherweise begrenzt, weil man sich nicht zu einem großen Umbau entschließen konnte. Ich muss sogar Patienten, die zu den zahlkräftigsten gehören, auf die nächste Woche vertrösten. Sofern denn die Sonne nicht wieder in Melancholie versinkt. Wie bequem wäre es doch, eine künstliche Sonne zu erschaffen, um auch in den Wintermonaten die Therapie fortsetzen zu können.»

Weil am nächsten Morgen sein Vater, was er sonst vermied, einen starken Kaffee ohne Milch trank, und weil er wie zufällig wiederholt einen Blick auf das Barometer warf, wusste Paul, dass der Tag der Premiere gekommen war. Unauffällig schlich er in den Garten und versteckte sich in sicherem Abstand zwischen den Hecken. Er musste nicht lange warten. Am Arm geleitete sein Vater die junge Patientin, die an Gelenkrheumatismus litt, in den großen Salon, half ihr, sich hinzulegen. Er wies mit großer Gebärde in den Garten, wandte sich der jungen Frau erneut zu und half ihr dann, sich vorsichtig ihres Morgenmantels zu entledigen. Paul stellte sich auf die Zehenspitzen, glaubte einen gestreiften Badeanzug zu erkennen. Sein Blick verlor sich in der Betrachtung der nackten Füße, die die Fensterscheiben zu berühren drohten.

Kurze Zeit später erschien sein Vater mit einer zweiten Frau am Arm, deutlich älter und leicht gebeugt. Die gleiche Zeremonie spielte sich ab. Aber dieses Mal blieb sein Vater länger bei den Patienten. Offenbar erteilte er einige Anweisungen, denn zwei Krankenpfleger traten ans Fenster; sie gestikulierten, nickten, gingen weg, kamen schon bald mit einem Paravent zurück und platzierten ihn zwischen den beiden Liegenden. Erst nachdem ein zweiter Paravent aufgestellt worden war, führte sein Vater eine dritte Patientin zu ihrem Platz. Offenbar konnten keine weiteren Paravents aufgetrieben werden, denn die restlichen Liegen blieben an diesem Vormittag leer.

Paul harrte in seinem Versteck aus. Er wusste nicht genau, worauf er wartete. Weil aber die nackten Füße der jungen Patientin jetzt hinter einem Fensterpfosten verborgen waren, schlich sich Paul weiter nach vorn. Plötzlich sah er, wie eine der Patientinnen den Oberkörper hob und mit dem Arm nach draußen zeigte. Ein Krankenpfleger trat ans Fenster und starrte in den Garten. Paul machte sich ganz klein, traute sich nicht mehr zu atmen. Eine Tür wurde geöffnet, nach einer Weile aber wieder geschlossen. Paul kroch vorsichtig rückwärts. Äste knackten. Ohne Vorwarnung hielt ihm jemand den Mund zu und zischte: «Bleib ruhig!»

Er nickte, drehte sich um und schaute in die vor Angst weit aufgerissenen Augen seines Bruders.

6

Köstlich, köstlich.»

Der Vater meinte nicht das Essen. Und auch nicht den Wein. In kleiner Runde habe er seinen Kollegen von den Erfahrungen, die er mit dem Sonnenbaden hinter Glas gemacht habe, berichtet. Wie nicht anders zu erwarten, hatten sich zunächst die Skeptiker zu Wort gemeldet und alles für Humbug erklärt. Man sehe nicht den Vorteil, den eine Sonnenbestrahlung hinter Glas mit sich bringe. Nur ein junger Mediziner, der sich bisher stets zurückgehalten habe, sei von der neuen Therapie begeistert gewesen: Menschen, die durch ihre Krankheit zu beeinträchtigt seien, um etwa in freier Natur zu turnen, könnten hinter Glas die Sonne genießen, ohne sich der Gefahr auszusetzen, dass die Sonne ihre Haut verbrenne. Sonnenbrände, so vermute er, könnten eine Quelle für Rheumatismus sein. Eine Haut, die sich schält, bekäme niemals die ursprüngliche Elastizität zurück und sei fraglos eine Ursache für Haltungsschäden und beginnende Verkrümmungen. «Und hört, was er dann gesagt hat: ‹Wir wollen doch auch nicht, dass angesehene Frauen mit einer braunen Haut herumlaufen, als wären sie wie Zuchthäuslerinnen bei der Feldarbeit zu besseren Menschen erzogen worden.› Köstlich, nicht wahr?»

Seine Mutter lachte auch, etwas verhalten allerdings, wie sie es immer tat, wenn sie es für richtig hielt, die Hochstimmung seines Vaters nicht noch anzuheizen.

Einmal in Fahrt, habe der junge Mediziner mit fundiertem Wissen seine, Moritz Schrebers, Therapie noch untermauert. Die Bräunung der Haut, das hätten neue Forschungen erwiesen, würde die Denktätigkeit beeinträchtigen. Das Blut zirkuliere langsamer und würde das Gehirn nicht mehr ausreichend versorgen. Es sei doch bekannt, welche katastrophalen Folgen ein Sonnenstich zeitige. In einer Anstalt für Geisteskranke, in der er einige Monate Dienst versehen habe, sei ein nicht unbeträchtlicher Prozentsatz der Patienten durch einen Sonnenstich schwer erkrankt. Er rate deshalb auch vom Sonnenbaden am Strand ab. Und sei es nicht eine ironische Wendung, «dass es dank meiner Forschungen gelungen ist, ein erquickliches Strandleben hinter Glas zu führen, vor allem wenn man bedenke, dass Glas aus Sand, aus Quarzsand gewonnen werde. Köstlich, meine Lieben, nicht wahr?»

Erneut lachte die Mutter etwas gezwungen, fragte dann nach Ergebnissen seiner Behandlung. Ob denn der Rheumatismus bei seinen Patientinnen spürbar gelindert worden sei? Vor allem bei seiner Lieblingspatientin, der jungen von Rettich, die doch drohe, durch den Rheumatismus früh zu verblühen und entstellt zu werden! «Bist du noch immer der Meinung, dass, wenn kein Wunder eintritt, ihr schon bald ein sehr reduziertes Leben im Rollstuhl beschieden sein wird?»

Pauls Vater zog an seiner Zigarre, blies sehr langsam den Rauch zur Zimmerdecke und beobachtete ihn, als könnte er an der Form des Rauches eine Antwort ablesen. «Meine Liebe. Wie du weißt, bin ich sehr zurückhaltend, was den Erfolg einer Therapie angeht, die doch auf Nachhaltigkeit angelegt ist. Ich sehe noch nicht ab, welche Konsequenzen für den Heilungsprozess erwachsen, wenn die Sonne in den Wintermonaten an Kraft einbüßt. So viel darf ich doch sagen: Die ersten Ergebnisse geben zu den größten Hoffnungen Anlass. Bereits jetzt, da noch nicht einmal drei Wochen der Behandlung abgeschlossen sind und die Sonne sich zweimal sehr spröde gezeigt hat, kann das Fräulein von Rettich schmerzfrei an meinem Arm spazieren gehen. Mir scheint, dass die Sonne ihre durch den Rheumatismus verkrüppelten Nervenenden wiederbelebt hat.»

Paul sah, wie seine Mutter ihre Stickerei aufnahm und mit einem Unterton, den er nicht deuten konnte, fragte, ob der

Heilungsprozess denn bei den älteren Patientinnen ebenso bemerkenswerte Fortschritte zeitige. Erneut blies der Vater den Zigarrenrauch zur Decke, dieses Mal etwas energischer, wie Paul fand. Die Antwort könne seine Frau mit etwas Nachdenken selbst geben: «Wenn die Nervenenden bereits länger verödet sind, muss die Sonne ganze Arbeit leisten, will sie diese zu neuem Leben erwecken.» Es wäre nahezu frevelhaft zu erwarten, dass drei Wochen hinreichen würden. Nein. Er gehe davon aus, dass man der Sonne etwas mehr Zeit zugestehen müsse. Drei Monate, vielleicht vier. Aber, und damit erhob sich sein Vater, er sei kein Prophet. Eines Tages würden sich von Rheuma gezeichnete Menschen aus ihren Rollstühlen erheben. Und wer sich rechtzeitig von der Sonne beleben lasse, könne ohne Angst vor künftigem Rheuma leben. «Du, meine Liebe, klagst doch häufig über ein leichtes Ziehen in der linken Schulter. Ich empfehle dir also dringend eine einwöchige Kur. Und Paul scheint mir durch seine Konstitution ebenfalls gefährdet. Nun denn. Also.»

Seine Mutter machte einen Kreuzstich, wartete, bis der Vater den Salon verlassen hatte: «Dann werden wir also morgen in der eigenen Klinik behandelt, Paul. Du kennst dich ja mit der Zeremonie genau aus und weißt, in welchem Aufzug wir erscheinen müssen. Ich hoffe, dass dein Badekostüm dir noch passt. Und jetzt darfst du spielen. Sonne in freier Natur hat noch keinem gesunden Jungen geschadet.»

Paul vermied es, in den Garten zu gehen. Er verließ das Haus durch die Vordertür, schlenderte durch die Straßen, besuchte einen Freund und trieb mit ihm Kreisel, hielt sich aber die meiste Zeit im Schatten auf. Als er nach Hause kam, schlich er leise in sein Zimmer. Auf dem Bett lag sein Badekostüm. Er probierte es an, zog an Beinen und Ärmeln, bis es in etwa passte.

Am anderen Morgen wartete seine Mutter bereits auf ihn, trieb ihn beim Frühstück zur Eile an. Sie trug Stiefeletten und ihren langen Ausgehmantel. Ohne die Spitzen des Morgenmantels, die unter dem langen Mantel hervorlugten, hätte man glauben können, die Mutter habe sich fein gemacht, um in der Stadt Einkäufe zu erledigen. Dabei mussten sie keinen Schritt vor die Tür setzen, sondern erreichten durch einen langen dunklen Flur den Kliniktrakt. Paul konnte dem Tempo, das seine Mutter vorlegte, kaum folgen, wollte er nicht rennen.

Sobald sie den großen Saal betraten und eine Krankenschwester sie begrüßte, hörte Paul, wie sein Vater sich näherte. «Das nenne ich Pünktlichkeit. Und ich bin stolz, dass meine Familie nicht dem altbösen Spruch folgt: Kein Prophet gilt etwas im eigenen Land.» Er küsste seiner Frau die Hand und geleitete sie mit den Gesten, die Paul vertraut waren, zu einer Liege. «Nebenan ruhen bereits Frau von Rettich und Frau Mühltal. Doch dies ist vielleicht nicht der geeignete Zeitpunkt, einander bekannt zu machen. Ich darf dich, meine Liebe, bitten, diese Liege zu benutzen. Daneben ruht Paul. Zwischen Mutter und Sohn können wir, so denke ich, auf einen Paravent verzichten.» Er half Pauls Mutter aus dem Mantel, wartete wie ein Oberkellner, bis sie sich auch den Morgenmantel ausgezogen hatte. Die Mutter zögerte kurz, dann schnürte sie ihre Stiefeletten auf, zog sie aus, legte sich auf die Liege und platzierte die Arme so, wie Paul das von den nächtlichen Haltungsgurten kannte. Er tat es ihr nach.

Der Vater ging vor den beiden auf und ab, noch immer die Mäntel über dem linken Arm. Nun hoffe er, dass die Sonne auch bei den Mitgliedern seiner Familie ihre segensreiche Arbeit verrichte. Das Barometer verspreche eine gute Woche. «Für den ersten Tag empfehle ich absolute Ruhe, an den nächsten Tagen sind kleine Lektüren durchaus erwünscht. Nun denn. Also. Ich schaue später noch einmal nach euch.» Mit einem letzten Blick ging er zwischen beiden hindurch in sein Behandlungszimmer.

Paul schloss die Augen. Er wartete eine Weile, dann öffnete er sie vorsichtig wieder, hob etwas den Kopf und spähte in den Garten, ob er vielleicht hinter den Büschen seinen Bruder entdecken könne. Entweder verstand der es sehr gut, sich zu tarnen, oder aber er hatte die Lust verloren, Patientinnen zu beobachten.

Paul blinzelte zu seiner Mutter hinüber. Er hatte, wenn er sich recht erinnerte, noch nie ihre nackten Füße gesehen. Sie hatte milchweiße, schlanke Füße. Der zweite Zeh war jeweils größer als der große Zeh. Er schaute auf die eigenen Füße. Seine Zehen bildeten eine gerade, abfallende Linie. Die Farbe war nicht ganz so weiß. Er wandte den Kopf und begutachtete die Füße von Frau Rettich, die hinter dem Paravent hervorlugten. Ihre Knöchel waren ganz rot und dick angeschwollen; die Zehen sahen aus wie kleine Hämmer. Wie konnte sie überhaupt mit diesen Füßen einen Spaziergang machen? Und konnte die Sonne wirklich diese verkrüppelten Füße heilen?

«Leg dich bitte gerade hin, Paul, und schau aus dem Fenster.»

Paul erschrak, obwohl seine Mutter ganz leise sprach. Er streckte sich und schaute starr geradeaus. Die Zeit dehnte sich unerträglich. Er fing an zu schwitzen, wollte seine Mutter fragen, ob er sich den Schweiß abwischen dürfe. Doch ihr gleichmäßiges Atmen verriet: Sie war eingeschlafen.

Vorsichtig streichelte er ihren linken großen Zeh.

7

Jungen in deinem Alter haben immer Hunger. Das muss so sein, damit die Knochen hart werden.»

Manchmal sagte die Köchin Sätze, die sich anhörten, als entstammten sie einem wissenschaftlichen Lehrbuch. Oder als hätte sie studiert und wäre nur durch Zufall bei den Schrebers in den

Hausstand eingetreten. Vielleicht behandelte sein Vater die Köchin häufig deshalb so streng, weil er befürchten musste, dass seine Söhne und Töchter ihren Ratschlägen bevorzugt vertrauten. «Wer jeden Tag ein großes Glas Milch trinkt, bekommt starke Zähne.» «Grüne Äpfel geben eine glatte Haut.» «Wer viel Spargel isst, wird kerzengerade.»

Sein Vater hatte sogar einmal lächelnd von einem «Spargelevangelium der Küchenmamsell» geredet. Aber an diesem Mittag mäkelte der Vater, der Spargel sei holzig. Wenn die *liebe Köchin*, er sagte liebe Köchin so, wie er Paul nach einer schlechten Note in der Schule eine Strafarbeit auftrug, wenn die liebe Köchin diesen Spargel jungen Menschen auftische, müsse man wohl davon ausgehen, dass bei starken Stürmen diese armen Kreaturen allesamt Windbruch erleiden würden. «Ich wünsche während der nächsten Wochen in meinem Haus keinen Spargel. Teile dies der Köchin bitte mit, meine Liebe.»

Jetzt, so wusste Paul, presste die Köchin in der nahen Küche eine Hand vor den Mund und kniff die Augen zusammen. Paul mochte Spargel nicht gern und war deshalb froh, ihn in den nächsten Wochen mittags nicht auf seinem Teller vorzufinden. Aber nach dem Essen ging er in die Küche und trank ein großes Glas Milch. Leise bat er die Köchin, die er seit frühen Kindertagen Eli nannte, sie möge ihm noch zwei Butterbrote schmieren. Denn Jungs in seinem Alter hätten immer Hunger, und das müsse auch so sein, weil sonst die Knochen nicht hart würden. Mit zwei dick mit gelber Wurst belegten Butterbroten ging er in den Garten, achtete darauf, dass ihm niemand folgte, weder sein Bruder noch eine seiner Schwestern.

«Aus», flüsterte er, als er sich dem Verschlag näherte. Und wiederholte nur etwas lauter: «Aus!», weil er Angst hatte, der Hund würde sofort anfangen, laut zu bellen. Aber der Hund winselte nur und wedelte vor Freude mit dem Schwanz. Paul hockte sich hin und kraulte zärtlich sein Fell. Es war braun-schwarz gescheckt und roch wie frisch gebackener Tortenboden.

«Bist gar nicht weggelaufen, Flocki.» Flocki war der Held seiner ersten Fibel gewesen. Obwohl dieser Flocki mit dem Hund, der vor drei Tagen winselnd vor dem hinteren Gartentor gestanden hatte, nichts gemein hatte, war ihm wie selbstverständlich dieser Name aus dem Mund geschlüpft. «Heute Morgen fand ich leider keine Zeit für dich, Flocki. Ich musste zur Schule. Jetzt hast du bestimmt riesigen Hunger», sagte er in dem Ton, in dem seine Mutter mit kleinen Kindern sprach. Er holte die zwei Brote aus der Innentasche seiner Jacke und fütterte ihn, ohne von seinem Hund vorher die Befolgung eines Kommandos wie *Sitz, Platz* oder *Gib Pfötchen* zu verlangen. «Hunde haben immer Hunger. Du musst viel essen, sonst werden die Knochen weich.» Der Hund verschlang die Brote mit wenigen Bissen, leckte sich die Schnauze und stupste Paul an. Der duckte sich, als er mit dem Hund aus dem Gartentor herausschlüpfte, rennend zwei Straßen überquerte, nach links abbog, sich noch einmal umdrehte, dann aufrecht geradeaus weiterlief, bis er außer Atem war.

Zuerst nahm er einen Schatten wahr, registrierte dann, dass er vor einer Straßensperre stand. Vier Jungen, die alle mindestens einen Kopf größer waren als er, hatten sich vor ihm aufgebaut. «Das ist aber ein überraschender Besuch», sagte der Junge, der eine derbe Wollmütze trug und an einer Straßenlaterne lehnte, die Beine übereinandergeschlagen, die Hände in den Hosentaschen. «Der Sohnemann des Sonnenkönigs persönlich in unserem Bezirk. So. So. Heimlich und so ganz ohne Diener mischt er sich unters gemeine Volk?»

Die drei anderen, die Fäuste in die Seiten gestemmt, grölten. Paul erinnerte sich in diesem Augenblick nur an den Satz seines Vaters: Wer Angst hat, steht krumm. Also drückte er gegen die Angst die Schultern durch. «Wie wir hörten, liegen in eurem

Schloss die Frauen nackt im Fenster und lassen sich von den Sonnenstrahlen kitzeln, bis sie kichern. Und wenn die Sohne nicht scheint, besorgt dein Vater mit seinem dicken Strahl das Kitzeln. Willst du uns nicht zu einer kleinen Schlossführung einladen oder uns wenigstens einen Spaziergang im Garten gestatten? Wir tragen notfalls Sonnenschirme.» Wieder grölten die anderen drei.

Als der Junge mit der Mütze einen Schritt auf ihn zumachte, drehte sich Paul um und rannte davon. Die anderen Jungen rannten ihm nach, holten ihn beinahe ein. Flocki folgte ihm, blieb aber unvermittelt stehen und fing an, laut und böse zu bellen. Er bellte und bellte. Paul schaute sich erst um, als er die nächste Kreuzung erreicht hatte. Die vier Jungen hoben Steine auf und warfen nach dem Hund, der noch wütender bellte. «Flocki, komm!», schrie er, aber der Hund wollte die Steine kaputt bellen, schien heiser zu werden. Plötzlich jaulte er auf, weil ihn ein Stein getroffen hatte. «Komm, komm!», schrie Paul, und der Hund rannte humpelnd und jaulend zu ihm. Zwei ältere Männer waren inzwischen aufmerksam geworden, drohten den Verfolgern mit den Spazierstöcken, und die Jungen gaben krakeelend, Flüche hinterherschickend, auf.

Paul nahm den Hund auf den Arm und trug ihn, so schnell er konnte, zurück in den Garten. Er blutete stark an einem Vorderlauf. Im Gartenverschlag fand Paul hinter einer alten Schubkarre ein Stück Stoff und verband, so wie er es bei seinem Vater häufig gesehen hatte, die Wunde. Bis seine Mutter nach ihm rief, kraulte und tröstete er seinen Hund, der den Kopf in seinen Schoß gebettet hatte. «Ich schleiche mich nachher noch einmal zu dir. Gleich nach dem Abendessen.»

Er rannte an seiner Mutter vorbei ins Badezimmer und wusch sich die Blutspuren an den Oberarmen ab. Erleichtert und glücklich erschien er zum Abendbrot. Sein Vater nickte auf einen Gruß hin abwesend. Erst als seine Mutter fragte, wie sein Arbeitstag verlaufen sei, blickte er auf und murmelte, die Gräfin von Rettich mache gesundheitlich eine kleine Krise durch, die aber, so hoffe er, eine Krise zum Guten sei. «Ich bin mir sicher, in einem Land mit arbeitswilliger Sonne wie in Italien oder Griechenland wäre der Rheumatismus bereits vollständig abgeheilt. Ich werde sie zu einer Kur in einem dieser Länder überreden.» Wenn man eine Kutsche erfinden könnte, die beinahe vollständig aus Glas bestünde, würde bereits die Reise dorthin zur Kur werden. Und wenn sie die heiligen Stätten in Rom in diesem Gefährt besuchte, kämen Leib und Seele gleichermaßen zu ihrem Recht. Sein Vater legte das Messer beiseite, um noch einmal in kühnen Strichen seine Vision einer geglückten Heilbehandlung in südlichen Gefilden zu erläutern, als Pauls Schwester Klara plötzlich rief: «Bei Paul auf dem Arm krabbelt es.»

Zunächst spürte er den Schmerz in seinem Ohr, hörte dann den Vater mit schneidender Stimme sagen: «Flöhe. Eindeutig Flöhe. Wo hast du dich herumgetrieben? Gestehe. Und zwar sofort. Mit wem hattest du Umgang! Waren es die Kinder von Metzlers? Also!» Und an seine Geschwister gewandt: «Ihr haltet Abstand. Das Hausmädchen kontrolliert auf der Terrasse, ob die Flöhe bereits übergesprungen sind. Also!»

Der Griff wurde fester. «Metzlers? Waren es die Kinder der Metzler, mit denen ich dir den Umgang strengstens verboten habe?»

«Ich war bei niemandem», fiepte Paul. «Ich habe mit keinem Freund gespielt. So glaub mir doch.»

«Flöhe fallen nicht vom Himmel. Also!»

Paul spürte nur noch stechenden Schmerz. «Ich … ich … ich habe nur mit einem Hund gespielt.»

«Wie kommst du an eine solche Kreatur?»

Seine Mutter räusperte sich. Der Griff wurde etwas gelockert.

«Der Hund hatte sich verlaufen und war ganz hungrig und hat

ganz lieb mit dem Schwanz gewedelt, und ich habe ihn in den Garten gelassen, und er tat mir so leid, und er zitterte so, und ich habe ihm etwas Wasser gegeben und etwas altes Brot, und er war so froh und hat so lieb gejault, und er hat ein so weiches Fell und so schöne Augen, und er hat sich an der Vorderpfote verletzt und blutete etwas, und ich habe ihn verbunden, so wie du es machst, und …»

«Schluss jetzt! Ist die Kreatur noch in meinem Garten?»

Paul nickte.

Der Vater rief das Hausmädchen. Sie solle später nach dem Gärtner schicken. In der Nähe des Geräteschuppens verstecke sich eine räudige Kreatur. «Sagen Sie ihm, er möge dafür Sorge tragen, dass diese Kreatur nicht noch andere Menschen mit Flöhen ansteckt. Und dann traktieren Sie die Bissstellen meines Sohnes mit einer Tinktur, damit man ihn bald wieder zu den Menschen zählen kann. Meine Frau besorgt Ihnen die Tinktur aus meinem Medizinschrank. Nun denn! Also!»

«Aber der Hund hat mir das Leben gerettet», sagte Paul ganz leise.

«Dann hat auch diese Kreatur einen Sinn in ihrem Dasein gehabt! Also!»

Paul hielt sich sein Ohr und folgte dem Dienstmädchen.

Er musste die Nacht auf dem Fußboden schlafen. Seine Haut brannte von der Tinktur. Erst am nächsten Tag nach dem Mittagessen traute er sich, in den Garten zu gehen. Der Hund war nicht mehr da. Natürlich nicht. Zwei Tage später traf er den Gärtner. Er stellte sich neben ihn und wartete. Zunächst beachtete der Gärtner ihn nicht. Dann sagte er, ohne Paul dabei anzusehen: «Der Hund war schon so gut wie tot. Er hatte eine stark blutende Wunde. Ich habe ihn unter der Eibe beerdigt.»

Paul rührte sich nicht von der Stelle. Nach Minuten suchten seine Hände einander, und er sprach leise ein Gebet.

8

Seit Tagen war der Vater nicht mehr zum Essen erschienen.

Paul hatte zunächst geglaubt, sein Vater sei auf einen Kongress gefahren. Das war nicht ungewöhnlich. Aber dann beobachtete er, wie die Köchin einen Servierwagen zum im hinteren Teil des Hauses gelegenen Fremdenzimmer schob. Er hörte sie anklopfen, den Namen seines Vaters rufen, dann kam sie, betont leise auftretend, zurück.

Wohin denn der Vater verreist sei, fragte Klara beim Abendbrot. Ihr Vater sei nicht verreist, sondern erneut leidend, antwortete die Mutter mit einem unglücklichen Murmeln. Dieses Mal sei es ihm nicht gelungen, den Kopfschmerz wegzuturnen, wie bei den letzten Anfällen.

An solchen Tagen, die seit dem Unfall vermehrt auftraten, war sein Vater ein anderer. Seine Stimme klang manchmal weinerlich, manchmal kindlich, schien um Mitleid zu betteln. Sein Blick veränderte sich in Sekundenschnelle, wirkte dann seltsam bösartig. Seine Tonlage wechselte zwischen einem panischen Nuscheln und verbitterter Anklage gegen alle Mitglieder der Familie. Angst kroch dann in den Anwesenden hoch. Sie kannten den Vater und Ehemann nicht mehr. Ihre Hände suchten sich, sie bildeten eine heimliche Schutzmauer, bis der Vater mit einem tierischen Brülllaut hinausschwankte, verächtlich lachte und Stunden in seinem abgedunkelten Zimmer blieb. Niemand verlor darüber jemals ein Wort.

Offenbar war der jüngste Anfall von bedenklicher Schwere. Seine Mutter legte kurz die Hand über die Augen und räusperte sich: «Euer Vater möchte, dass hier im Hause alles seinen geregelten Gang nimmt. Er erwartet von euch ein Höchstmaß an Disziplin. Sidonie soll eine Woche mit dem Geradhalter arbeiten.

Über deine Kopfhaltung, Paul, die in der Tat sehr nachlässig ist, war Vater erzürnt. Er verpflichtet dich, eine Woche lang den Kopfhalter anzulegen.» Sie schwieg eine Weile. Gustav, Karla und Anna linsten zu ihr hinüber, weil sie darauf gefasst waren, dass der Vater auch sie mit Befehlen bedacht hatte. «Ich erwarte von euch Rücksicht, damit der Patient sich möglichst schnell von der Krise erholt.»

Sie könne sich auf ihre Kinder verlassen, antwortete Gustav – hörbar erleichtert, verschont worden zu sein. «Wenn unser lieber Vater leidet, wollen wir ihn nicht durch lautes Spielen und Neckereien in seiner Erholung stören. Ich selbst werde überwachen, dass die Wünsche unseres Vater befolgt werden.» Sie könne sich ganz auf ihn, ihren ältesten Sohn, verlassen. Vielleicht sei es doch sinnvoll, wenn Anna jeden zweiten Tag den Geradhalter anlegen würde; auch bei ihr entdecke er eine Tendenz, die Körperspannung nicht zu halten.

Ob denn mit einer baldigen Genesung zu rechnen sei, unterbrach Karla ihren Bruder.

«Der zugezogene Arzt kann nicht mit Bestimmtheit sagen, wann die Krise vorüber sein wird. Wir müssen uns gedulden. Wenn es eine Woche dauert, dann eine Woche. Wenn es einen Monat dauert, dann eben einen Monat. Wir werden es gemeinsam durchstehen.» Ihre Stimme klang zerbrechlich. Erneut legte seine Mutter die Hand über die Augen. Paul fühlte sich schuldig, wusste aber nicht, warum.

Bereits beim Mittagessen am nächsten Tag entdeckte Paul den Kopfhalter und die Geradhalter, die sein Bruder fürsorglich auf einer Kommode zurechtgelegt hatte. Gustav sprach das Tischgebet. Er fragte reihum seine Geschwister nach den Erlebnissen des Schulalltags. Er entschied, ob es einen Nachschlag beim Essen gab. Die Mutter überließ ihm, ohne jegliche Regung, das Zepter, verzichtete auf die Suppe und die Süßspeise. Das Gespräch verebbte schnell. Sidonie scharrte aufgeregt mit den Füßen. Alle waren froh, als die Tafel endlich aufgehoben wurde.

Paul kramte noch nach seinen Büchern, als Gustav bereits hinter ihm stand. Als er sich hinsetzte, fuhr er so unauffällig wie möglich den Kopf etwas aus. Gustav befestigte den Gurt des Kopfhalters an Pauls Nackenhaaren und an seinem Hosenbund, spannte ihn und befestigte die Schnalle im höchsten Loch. Er legte die Hand auf Pauls Kopf und drückte ihn nach vorn, bis Paul aufstöhnte. Seine Stimme wurde scharf. «Es ist Vaters ausdrücklicher Wunsch, und ich bin, wie du gehört hast, befugt, die Einhaltung dieses Wunsches zu überwachen. Nun denn. Also!» Gustav setzte sich ihm gegenüber und schaute ihn immer wieder forschend an. Ihre Blicke begegneten sich nicht. Sidonie und Anna saßen am anderen Ende des Tisches. Paul hatte ihnen die Geradhalter eingerichtet, aber er spürte, wie Gustav vor allem ihn im Blick hatte.

Wenn Paul die Tafel genau an den Tischrand legte, wie die Lehrer es verlangten, war es ihm beinahe unmöglich, mit den Augen die Zeilen zu verfolgen, die er schrieb, wollte er nicht einen stechenden Schmerz riskieren, der ihn daran erinnerte, dass er ein Gefangener war. Seine Schrift wirkte unsicher, und Angst stieg in ihm hoch, Gustav könnte aufstehen und ihn nötigen, den ganzen Text noch einmal zu schreiben. Durch eine Unachtsamkeit – es war doch eine Unachtsamkeit? – stieß Gustav an den Tisch, und der Griffel, den Paul abgelegt hatte, um seine schwitzenden Hände an der Hose abzuwischen, fiel zu Boden. Paul schaute ihm so erschrocken nach, dass der Gurt ein Büschel Haare ausriss. Tränen traten ihm in die Augen, aber er gab keinen Laut von sich.

«Sei froh, dass unser Vater dich nicht kontrolliert, sonst hättest du jetzt zusätzlich einen Streich bekommen. Ich habe offensichtlich den Gurt sehr nachlässig angebracht.» Er stand auf und richtete den Gurt neu ein. Paul spürte Gustavs unerträglich heiße Hände in seinem Nacken. Er blieb bis zum Ende der Hausarbeiten, die Gustav schweigend prüfte, kerzengerade sitzen.

Als er zum Spielen nach draußen ging, fand er auf der Kommode den Kopfhalter. Er sah, wie seine Linke sich danach ausstreckte und den Gurt unter dem Pullover verschwinden ließ. In seinem Gartenverschlag brach er mit aller Kraft die Klammer entzwei. Noch vor dem Abendbrot legte er den Gurt vorsichtig zurück. Niemand hatte ihn beobachtet.

Paul hatte nicht mit der plötzlichen Genesung des Vaters gerechnet. Er hörte, wie der Vater Gustav mit schneidender Stimme tadelte. Ob denn die Mutter nicht unmissverständlich zu verstehen gegeben habe, wie wichtig es für sein Befinden sei, wenn die Kinder ein Vorbild an Disziplin seien. «Ich hatte gehofft, mich auf dich verlassen zu können. Offensichtlich habe ich mich in dir getäuscht. Du warst zuständig für die Geräte. Du hast schlecht Sorge getragen. Was hast du zu deiner Verteidigung vorzubringen? Ich erwarte eine Antwort. Also?»

Paul hörte, wie Gustav stotterte, glaubte zu sehen, wie er mit den Tränen kämpfte. Nein. Er habe den Kopfhalter sorgfältig behandelt. Und er sei sich sicher, dass der in einem tadellosen Zustand war, als er ihn nach den Hausaufgaben neben die Geradhalter auf die Kommode gelegt habe. «Vielleicht hat Paul es mutwillig getan, um mich in ein schlechtes Licht zu rücken.»

Paul vernahm bereits die lauten Schritte im Flur, als er noch im Begriff war, sich die möglichen Folgen dieses Satzes auszumalen. In seiner Angst kroch er unters Bett. Mit aller Kraft wurde die Türklinke nach unten gedrückt. «Paul!», donnerte sein Vater. «Wo hast du dich versteckt! Ich werde dich lehren, was passiert, wenn man sich meinen Anweisungen widersetzt.» Er riss die Tür des Wandschranks auf und schrie mit sich überschlagender Stimme: «Sei ein Mann! Zeig dich!»

Paul wollte sich bereits zu erkennen geben, als er hörte, wie die Mutter ins Zimmer eilte und sich vor das Bett stellte. «So beruhige dich doch, lieber Moritz. Die Ärzte haben dir jegliche Aufregung verboten, weil andernfalls ein Rückfall droht. Es gibt sicherlich eine plausible Erklärung dafür, dass der Gurt in Mitleidenschaft gezogen wurde. Wahrscheinlich ist er heruntergefallen, und einer unserer Bediensteten ist unachtsam daraufgetreten. Paul kann es nicht gewesen sein. Er hat die ganze Zeit unter meiner Aufsicht im Garten gespielt.»

Sein Vater hustete zweimal. «Du hast recht, meine Liebe. Wollen wir es dabei bewenden lassen. Ich will nicht riskieren, dass der Kopfschmerz mich erneut an meiner Arbeit hindert. Meine Patienten haben ein Recht, dass ich mich ihnen mit aller verbliebenen Kraft widme und mich um ihr Wohl kümmere. Aber ich weiß, was ich zu tun habe, um den Wildwuchs, der sich in meiner Abwesenheit breitgemacht hat, zu unterbinden.»

Paul hörte, wie sein Vater mit schweren Schritten hinausging. Die Eichendielen leiteten seine Wut an ihn weiter. Er starrte auf die schwarzen Stiefeletten, die noch eine Zeit lang wie eine Schutzmauer vor seinem Bett ausharrten. Dann verließ auch seine Mutter das Zimmer. Er glaubte zu verstehen, wie sie ein «Gute Nacht, Paul» flüsterte.

Die Tür blieb angelehnt.

9

Eine Berühmtheit!»

«Eine Berühmtheit! Eine Berühmtheit!», hatte sein Vater gerufen, sich dabei im Kreise gedreht, als müsste er der ganzen Welt mitteilen, mit welchen Menschen er verkehrte. «Eine Berühmtheit!» Ob seine Frau so liebenswürdig sei, ein besonders schön gebundenes Exemplar seiner *Kallipädie* herauszusuchen und mit einer Schleife zu verzieren. «Damit ich dieses als Geschenk dem berühmten Grafen von Leutstetten und Wackermark mit den besten Empfehlungen überreichen kann.» Auch seine Mutter schien von der Aussicht, dem berühmten Grafen zu begegnen, beflügelt. Aus ihren Bewegungen schien jede Spur von Schwerfälligkeit, die sie im Alltag oft beschlich, gewichen. «Er ist an meiner orthopädischen Kunst außerordentlich interessiert, liebste Else.»

Paul malte sich aus, wie schon bald eine goldene Kutsche, von Schimmeln gezogen, vor ihrem Haus hält, wie ein groß gewachsener Mann, in edle Stoffe gehüllt, in der Rechten den mit Diamanten besetzten Stock, der Kutsche entsteigt, wie er kurz seine Hand auf Pauls Kopf ruhen lässt, um ihn zu segnen. Vielleicht würde er von Hunden begleitet, die Paul im Park spazieren führen dürfte. Den herrlichen Geruch nach feuchtem Fell in der Nase.

Eine nervöse Aufmerksamkeit machte sich im Haus breit, angestachelt durch die Anweisungen des Vaters. Er bedinge sich ein Mittagsmahl aus, bei dem kein Geruch nach Angebranntem den Hausgast heimsuche. Und ob es möglich sei, die verschossenen Vorhänge im Vestibül zu erneuern? Schließlich sei das Vestibül das Becken eines Hauses, darauf ruhe alles. Natürlich sei die Pflege des Parketts für die liebe Wirbelsäule beschwerlich, aber er räume notfalls seinem Dienstmädchen zusätzlich eine zehnminütige Pause am Nachmittag ein für einige gymnastische Übungen. Ob es die Menschenwürde verletze, wenn er darauf dränge, das Silber zu putzen? Ob das Leder seiner Stiefel wirklich das Fett verachte, und ob er wirklich eigenhändig die Récamiere im großen Salon neu polstern müsse?

«Er ist eine Berühmtheit!»

Die Berühmtheit ließ so lange auf sich warten, bis tatsächlich alle kleinen Reparaturen im Haus ausgeführt worden waren.

Das Wappen auf der Kutschentür schien goldverziert. Das schon, aber ansonsten entsprach die Kutsche nicht ganz dem Bild, das Paul vor Augen geschwebt hatte. Es war leider nicht einmal das neueste Modell. Die Pferde waren, wie Paul mit einem schnellen Blick feststellte, in einem miserablen Zustand, mussten dringend gestriegelt und gefüttert werden. Von der Berühmtheit sah Paul zunächst nur einen einfachen Knotenstock. Dann entstieg der Kutsche ein bucklig Männlein in einem schlecht sitzenden Rock. Augenblicklich verwandelte sich auch sein Vater in ein bucklig Männlein, machte sich, seine eigenen Forschungen verleugnend, krumm, so krumm, dass er zur Berühmtheit aufblicken konnte. Seine Mutter, die sich bisher abseits gehalten hatte, wurde vom Vater herbeigewunken. Sie machte einen sehr tiefen Knicks, um der Berühmtheit ansichtig zu werden.

Paul und sein Bruder glaubten bereits, ihr Vater hätte sie vergessen. Aber plötzlich drehte er sich um und klatschte in die Hände. Beide kamen angerannt, gaben artig die Hand und machten einen tiefen Diener. Das also sei der berühmte Graf von Leutstetten und Wackermark, von dem er ihnen bereits so viel erzählt habe. «In jungen Jahren weit gereist, die Welt durchmessen, Meere erobert und ganze Kontinente und wohl auch so manches Herz. Jetzt, in der Mitte des Lebens, widmet er sich der Veredlung vaterländischer Weine und ist ein Förderer junger Talente in Kunst und Wissenschaft.» Und ob sie denn auch eine Berühmtheit werden wollten.

Paul musterte noch den vor ihm stehenden Mann, als sein Bruder bereits bekannte: «Das ist mein höchstes Ziel und mein innigster Wunsch.» Da legte die Berühmtheit die Hand auf den Kopf des Bruders und ließ sie so lange dort ruhen, bis für Paul offensichtlich keine Zeit mehr war.

Während des Essens wiederholte die Berühmtheit diese Geste nach jedem Gang. Und jedes Mal schielte sein Bruder zu ihm herüber. Die Mutter schaute etwas besorgt. Vielleicht traute sie der Köchin nicht, vielleicht war das Silber an einigen Stellen nicht ordentlich geputzt und angelaufen.

In Übersee, wie die Berühmtheit sagte, verblühen die Menschen früh. Wind, Wetter und eine übermächtige Sonne zehren an ihren Kräften. Aber gottesfürchtig, das seien diese Wilden schon. «Und begierig, uns zu Diensten zu sein.» Dabei lachte die Berühmtheit. Und der Vater und der Bruder lachten auch. Das Lächeln seiner Mutter verlor sich in ihrem Gesicht wie eine Bugwelle auf der Saale.

Berühmtheiten, so registrierte Paul, besitzen das Vorrecht, Teller nicht leer essen zu müssen. «Köstlich», flötete die Berühmtheit bei jedem Gang – und ließ nach zwei Bissen alles stehen, um detailliert über Festbankette Auskunft zu geben, die seinen Geschmack veredelt hätten, der sich seitdem mit kleinsten Portionen begnüge, um in der Phantasie zu schwelgen. «Jetzt aber bin ich begierig, einen Blick in Ihr orthopädisches Laboratorium zu werfen, verehrter Dr. Schreber.» Und an die Mutter gewandt: «Sie verstehen es, meine Liebe, die Erinnerung an höchste Genüsse zu wecken. Kann man mehr und Besseres von einer Gastgeberin behaupten?» Er führte ihre Hand an die Lippen und deutete einen Kuss an. «Und meinen Glückwunsch zu Ihren wohlgeratenen und wohlgewachsenen jungen Prinzen.» Er hatte ihn, Paul, also doch nicht übersehen oder gar vergessen.

Der Vater und die Berühmtheit standen auf, die Berühmtheit verbeugte sich, und gemeinsam gingen sie durch den Garten in die orthopädische Klinik. Die Mutter saß ermattet auf ihrem Stuhl. «Geht spielen», flüsterte sie. «Ich muss mich etwas ausruhen.»

Gustav strich sich mit der Hand über den Kopf, als wollte er prüfen, ob sich vielleicht ein Heiligenschein gebildet hatte. Dann war er mit großen Sprüngen aus dem Zimmer und aus dem Blickfeld verschwunden. Paul trödelte zunächst im Garten herum, warf einen vorsichtigen Blick in sein Vogelnest und fand sich plötzlich im Eingang der Klinik. Leise schlenderte er den Gang entlang, hörte die Stimme seines Vaters und die der Berühmtheit. Er blieb im Schatten der Tür stehen, traute sich aber nicht einzutreten.

Fraglos gehöre Dr. Schreber zur Speerspitze der Wissenschaft. Mens sana, er wisse schon. Ein Aufklärer sei er, jawohl ein großer Aufklärer, kein dunkler Kerkermeister wie seine Vorfahren, sondern ein lichtvoller Arzt des Körpers. Welch schöne Ironie der Geschichte, dass die Folterknechte von einst mit ihren Streckbetten heute als Ärzte der Gesundheit dienten! «Auch ich, durch viel Arbeit krumm geworden, würde mich gerne in Ihre Obhut begeben, verehrter Herr Dr. Schreber.» Ob diese Streckmethoden denn an jedem Körperteil ihren Dienst verrichten würden?

Hier stockte das Gespräch. Paul trat etwas näher an die Tür heran. «Ich verstehe nicht ganz, Herr Graf, worauf Sie hinauswollen.»

Doch, doch, er verstünde ganz gut. Die Wilden. Also die Wilden seien zwar von Gott mit wenig Verstand ausgestattet worden, aber der Herrgott habe sie mit einer großen Männlichkeit gesegnet. «Und die Frauen in jenen Gegenden begegnen dem weißen Mann mit nicht geringem Spott, wenn sie unseres Teils ansichtig werden. Ich meine also ...»

Wieder stockte das Gespräch. Darüber müsse er nachsinnen, hörte Paul seinen Vater sagen. Durch diesen Hinweis treibe der verehrte Gast seine Forschungen in eine neue Richtung. «Natürlich. Natürlich. Wenn man den ganzen Körper behutsam strecken könne, warum dann nicht auch dieses Teil, das durch keine Knöchelchen in seinem Wachstum beschränkt sei.» Und wie er dem Grafen nur danken könne?

Er verbiete sich Dankbarkeit, entgegnete der Graf. Er wolle nur die Fragerichtung vorgeben. «Auch unsere Folterknechte hatten bereits die Dehnbarkeit dieses menschlichen Körperteils untersucht.» Wie schön wäre es, wenn er, Dr. Schreber, die auf Qual zielende Arbeit von einst in eine humane Richtung lenken würde. So müssten die Europäer keine Scham haben, sich den Wilden nächtens zu präsentieren. Und gleichsam nebenbei hätten auch die heimischen Frauen einen Lustgewinn zu erwarten. «Damit ist dann allen gedient, mein hochverehrter Herr Medizinalrat.»

Er werde darüber nachdenken, versicherte der Vater. Im Gegenzug versprach die Berühmtheit, die orthopädische Klinik in seinen Kreisen bekannt zu machen. Und sollte seine Erfindung Erfolg zeitigen, werde er in seinen Memoiren diese Begegnung nicht verschweigen. «Mit Ihrem Namen wird man dereinst die höchsten Weihen der Wissenschaft verbinden.» Dessen sei er sicher.

Schließlich verabschiedete sich die Berühmtheit. Paul huschte nach draußen, versteckte sich hinter einer Hecke und beobachtete, wie die Kutsche mit den gebrechlich wirkenden Pferden vorfuhr, wie die Berühmtheit einstieg, noch einmal Grüße an die Hausherrin bestellte und abreiste.

Die Mutter kam in den Garten geeilt, in der Hand das schleifenverzierte Hauptwerk des Vaters. Es mache nichts, sagte sein Vater halb abwesend. «Ich muss das Buch vielleicht noch um ein Kapitel ergänzen.»

Nach einer Pause fügte er leise hinzu: «Vielleicht aber auch nicht.»

In seinem Versteck tastete Paul nach einem Knöchelchen.

10

Er konnte nicht fliehen.

«Was machst du denn da, Gustav!» Ein Knopf tanzte ausgelassen auf dem Fußboden. Die kurze Hose rutschte wehrlos über seine Knie. Er schaute überrascht an sich hinunter, verfing sich dann im strengen Blick seines Bruders.

«Du weißt, dass ich auf dich achtgeben soll. Das gilt noch immer. Ohne Ausnahme!»

Paul schloss die Augen. Offenbar deutete sein Bruder diese Geste als Zustimmung, denn mit einem verächtlichen, kehligen Laut zog er ihm die Unterhose nach unten.

«Vater hat es dir verboten! Leugne es nicht!»

Paul versuchte, einen Schritt zurückzuweichen, aber er stand bereits mit dem Rücken an der Wand. Er spürte einen Drang zu schreien. Aber die Angst, sein Vater könnte ihn so entdecken, ließ den Schrei ersterben. «Was, was, was hat Vater mir verboten?», stotterte er. Warum war er, Paul, nicht mutiger? Warum wehrte er sich nicht?

«Stell dich nicht dumm! Es ist eine Sünde! Eine Sünde! Vater hat gesagt, es ist eine Sünde!» Obwohl sein Bruder gepresst flüsterte, empfand Paul die Sätze als schmerzhaft laut. Als er sich die Hände an die Ohren legen wollte, schlug sie ihm Gustav nach unten.

«Warum sündigst du? Gestehe!»

Pauls Verstand stolperte noch immer herum und fand keine richtigen Worte, um sich aufzulehnen.

«Wer schweigt, gibt es zu!»

Paul schüttelte plötzlich ganz heftig den Kopf, stammelte ein «Nein! Nein! Nein!»

«Du leugnest also, dass du Hand an dich legst?»

Paul schüttelte erneut wie wild den Kopf und sagte sich die Geburtstage seiner Familie auf, um nicht zu schreien!

Anna, 30. Dezember 1840.

«Behauptest du frecher Lügner, nicht zu wissen, was Vater gemeint hat, als er dir verbot, dich heimlich zu besudeln? Du besudelst dich. Immer und immer wieder!»

Es ging darum, jetzt nicht zu sterben, die nächsten Minuten zu überstehen.

Gustav, 27. Juli 1839.

«Hat er dich nicht ermahnt zu turnen, wenn dich die teuflische Versuchung heimsucht und dir einflüstert, Hand an dich zu legen, du Wurm?»

Klara, 25. Januar 1848.

«Glaubst du, mich hinter das Licht führen zu können, mich? Meinst du, ich höre nicht, was du nachts heimlich unter deiner Decke treibst? Du verdorbener, dreckiger Maulwurf. Ewig wirst du im eigenen Saft in der Hölle schmoren, wenn du weiterhin deine stinkende Hand nicht im Zaum hältst.»

Vielleicht war es doch besser, ewig in der Hölle zu schmoren.

Sidonie, 4. September 1846.

«Hältst du mich für taub? Am liebsten würde ich dir alle Finger brechen! Jeden einzelnen! Dann könntest du deinen verderblichen Geschäften nicht mehr nachgehen!»

Ich, ich, ich …

«Ich weiß genau, was du Kreatur machst, wenn du dich unbeobachtet glaubst!»

Und wenn er seinen Bruder jetzt anspucken würde? Oder treten?

Mama, 28. Juni 1815.

«Dann greifst du dir deinen Schwanz, so wie ich jetzt, und reibst an ihm so lange, bis er groß wird und die Lust aus dir herausgeschleudert wird!»

Papa …

Der schmerzhafte Griff seines Bruders …

am, am, am …

Er wollte ihn wegdrücken, aber er wusste nicht mehr, wo er aufhörte und wo sein Bruder anfing.

1808.

«Du sündige Kreatur! Jeden Tag besudelst du dich und verstößt gegen die Gebote deines Vaters!»

«Deines Vaters», hallte es in Pauls Kopf.

Er glaubte Schritte zu hören, öffnete den Mund und wimmerte. Als er die Augen öffnete, blickte er in das Gesicht seiner Schwester Anna, die wie zur Abwehr beide Hände erhoben hatte, und Paul fiel nichts Besseres ein, als erneut laut zu wimmern. Erst als ein Luftzug ihn streifte, merkte er, dass Gustav von ihm abgelassen hatte und Anna verfolgte. Paul zog seine Unterhose hoch, stopfte umständlich das Hemd hinein, zog dann seine kurzen Hosen hoch, nestelte vergeblich nach dem Knopf, hielt den Bund fest und lief den anderen nach.

Er hörte, wie Anna der Mutter stockend erzählte, sie habe Gustav und ihn dabei erwischt, wie sie sich gerieben hätten. Paul habe dabei wimmernde Laute von sich gegeben wie ein waidwundes Tier.

Die Mutter maß ihn mit einem knappen Blick.

Scham legte sich auf seine Stimmbänder, als er zu antworten versuchte. Die Luft schien zu beben. «Gustav hat mich verdächtigt.» Er senkte den Blick. Die Bilder in seinem Kopf explodierten, begleitet vom Ton der Beschimpfungen, die über ihn niedergegangen waren. Es war zu spät, sich zu wehren. Er wehrte sich immer zu spät.

«Sieh mich bitte an, wenn ich mit dir rede.» Eine milde Wärme hielt sich unter dem strengen Ton. Wie betäubt blickte er zu seiner Mutter. «Was ist genau geschehen, Gustav?»

«Vater hat mich beauftragt, über Paul zu wachen und ihn zu bestrafen, wenn er sich besudelt!» Bei dem Wort «besudeln» zuckte Paul wieder zusammen. Er durfte nicht erneut die Kontrolle über sich verlieren. Er verschränkte die Hände ineinander, um sich selbst festzuhalten. Seine Linke fühlte sich ganz kalt an. Seltsam kalt.

«Er hat mich beauftragt. Und er hat recht gehabt.» Gustav war so stark. So unerträglich stark. Er konnte Sätze formulieren. Sein, Pauls, Verstand wich noch immer zurück, schien sich in hintere Gehirnkammern zu verkriechen. Ein fauliger Geschmack machte sich in seinem Mund breit. «Gustav hat …»

Dann fiel sein Verstand um.

«Wenn alle nachts schlafen, gibt Paul den Versuchungen nach. Er legt Hand an sich und sündigt an seinem Fleisch. Immer und immer wieder.» Wie genau Gustav den Ton des Pastors traf. Er hatte Talent. Fraglos.

Und wenn er, Paul, jetzt einfach in Ohnmacht fiele? Mit letzter Kraft gab ihm sein Gehirn das Wort «Vater» ein. Sein Vater würde gerufen werden. Und Anna, dessen war er ganz sicher, würde die Geschichte nicht für sich behalten. Als er leicht torkelte, versuchte er einen energischen Schritt nach vorn.

Die Frage war inzwischen sehr alt, die Mutter zu kraftlos, um noch eine Antwort einzufordern. Sie wandte sich an Gustav. «Wenn ich deine Schwester recht verstanden habe, hast du Paul gerieben!» Paul spürte die Anstrengung hinter jedem ihrer Worte. Wie gern würde sie jetzt in einem Journal blättern oder mit Freundinnen eine Ausstellung besuchen.

«So also dankt man es mir, wenn ich tue, was Vater von mir verlangt hat! So also dankt man es mir! Euch fehlt es an Respekt!»

Der Mund seiner Mutter war wie ein schmaler Strich. Sie musste alle Kraft aufwenden, um einen Satz nach draußen zu schicken. «Und warum hast du dich dem Verbot deines Vaters widersetzt?»

Kurz schien auch Gustav zu taumeln. Aber er war so stark. «Weil Paul ein Leugner ist. Er leugnete. Er gab den Unschuldsknaben. Pah!» Er atmete tief ein. «Er wollte mir weismachen, er wisse gar nicht, warum ich ihn zur Rede stellte. Ein verstockter Lügner ist dein Sohn.»

Ein schwaches «Nein» fiel aus Pauls Mund. Seine Mutter schloss einmal kurz die Augen. Anna presste ihre Fäuste gegen die Schläfen.

«Ich musste ihm zeigen, was ich meinte. Ich selbst musste mich besudeln, um ihn zu überführen. Denn als ich ihn rieb, fing er sofort an, vor Lust zu stöhnen und zu wimmern, wie er es nachts auch tut. Ich hab ihn überführt. Sein Stöhnen und Wimmern hat ihn verraten.» Es schwang tatsächlich Stolz in seiner Stimme mit.

Seine Mutter suchte lange nach den richtigen Worten. Die Zeit dehnte sich unerträglich. «Und meinst du, lieber Gustav, dein Vater würde mit deinem Beweisverfahren, so will ich es jetzt einmal nennen, vollständig einverstanden sein?»

Gustavs Kiefer bewegte sich, als würde er den Satz im Mund verdauen. Er schien ihm nicht zu schmecken.

«Wir kommen also zu dem Entschluss, Vater mit diesem Vorfall nicht zu behelligen. Er ist seit Tagen überspannt. Aufregungen sollten wir von ihm fernhalten. Seid ihr auch der Meinung?»

Gustav fand als Erster die Sprache wieder. «Natürlich müssen wir unseren Vater schonen. Aber ich bestehe darauf, das Amt des Wächters weiterhin auszuüben. Es wurde mir von Vater rechtmäßig übertragen.» Diese Durchsetzungskraft. Musste man ihn nicht rückhaltlos bewundern?

«Nun denn. Auf Beweisverfahren darfst du künftig allerdings verzichten. Und zu Vater kein Wort!»

Seine Mutter schaute alle der Reihe nach an. Anna nickte. Gustav nickte. Und auch Paul zwang sich zu nicken.

Er spürte die ganze Nacht lang das Gewicht dieser Stunden. Eine Spannung zwischen seinen Schulterblättern. Er fand keinen Schlaf. Stand auf. Ein Flimmern hinter den Augen. Ein Kribbeln in den Fingern. Einige Knochen schienen zu vibrieren. Und zum ersten Mal entdeckte er an sich ein Nervenzucken im Augenlid, das offenbar von seinem Vater zu ihm herübergewandert war. Er bekam den Blick nicht scharf, fühlte eine wunde Stelle unter der Zunge, und als er, der sich für Minuten festgewachsen glaubte, sich bewegte, schien er mechanische Geräusche zu verbreiten. Er stützte sich an einem Türpfosten ab, weil offenbar das Blut in seinem Körper falsch herum und viel zu schnell kreiste. Er spürte einen plötzlichen Ekel vor allen Dingen, als wäre ein glitschiger Auswurf über die Stühle, den Sekretär, sein Bett gekrochen. Und über seinen Tornister auch.

Als er sich erbrechen wollte, fielen nur seltsame Töne aus seinem Mund.

II

Der Vater stand vor Pauls Schuppen.

In der Hand hielt er einen Spaten. Paul konnte sich nicht erinnern, seinen Vater jemals in diesem entlegenen Winkel des Gartens gesehen zu haben. Scheinbar wahllos stach er jetzt einige Grassoden aus, begutachtete sie, nickte, wiederholte dann das Ritual. Suchte er nach Regenwürmern? Oder sollten die Grassoden als Grundlage für eine seiner Kurpackungen dienen, mit denen er, zum leisen Verdruss seiner Mutter, seit Monaten experimentierte?

Paul traute sich nicht zu fragen.

Beim Abendbrot schien der Vater in Gedanken zu sein, massierte mit den Handballen wiederholt die Schläfen. Die Mutter legte den Kopf leicht schief, was sie immer tat, wenn sie sich Sorgen um die Gesundheit ihres Mannes machte. Ihre Nerven hielten es offenbar kaum aus zu warten, was geschehen würde, denn sie faltete viermal ihre Serviette neu zusammen.

«Bewegung plus Bildung», sagte sein Vater plötzlich mit schleppendem Nachdruck. «Bewegung plus Bildung», wiederholte er. Dabei blickte er Paul an. Immer wieder habe er beobachtet, wie Paul am Gartenschuppen herumstromere und die Zeit vertändele, oder vielleicht solle er lieber sagen, wie er die Zeit mit aller Kraft totschlage. Er habe sich, wie zufällig berührte er bei diesen Worten den rechten Arm der Mutter, an ihren Satz erinnert, junge Menschen benötigten Bewegung an der frischen Luft. «Wie schön sich alles fügt, meine Liebe.» Er nahm behutsam einen Schluck Wein. «Mir kam der Gedanke, das Turnen auf den öffentlichen Turnplätzen zu ergänzen durch, nun durch eine botanische Übung. Hat das Turnen den Zweck, den Körper zu stählen und sich im geselligen Wettkampf mit Gleichgesinnten zu messen, kann das Gärtnern bei der Jugend die Sorgfalt im Umgang mit Kräutern und Gemüse befördern. Wer mit Liebe Gemüse zieht, wird mit leichter Hand selbst erzogen.»

Das Gesicht der Mutter entspannte sich augenblicklich. Das sei ein wirklich schöner Vorschlag. Sie strich mit der Linken über die Serviette. «So lernen die Kinder mit jedem neuen Tag die Ehrfurcht vor Gottes Schöpfung.»

Sein Vater, nicht darauf gefasst, dass sein Vorschlag auf so eindeutige Zustimmung stoßen würde, gab die Zurückhaltung beim Wein auf. Wäre es nicht eine schöne Vorstellung, im Umfeld der Turnplätze Rabatten anzulegen, in denen die Jugend nach dem Sport das Gärtnern üben könnte?

Paul fürchtete, die Anspannung könne plötzlich zurückkehren, und deshalb sagte er beinahe atemlos: «Dann gehört auch ein Verschlag hinzu, in dem man die Gartengeräte aufbewahren kann. Und eine Laube, in der die … die … die erfahrenen Gärtner den Kindern das Einmaleins der Gartenbaukunst beibringen. Und man muss einen Preis ausloben, wer die größten Bohnen zieht. Und …»

«Famos, Filius, famos», unterbrach ihn sein Vater. «Eine ganze Flut von Vorschlägen präsentierst du uns, als hättest du dich selbst bereits seit Längerem mit dem Gedanken getragen, das Gärtnern zu erlernen.» So viel Begeisterung müsse mit Taten belohnt werden. Er schlage also vor, dass er, Paul, und sein Bruder zusammen mit ihm in den Garten gingen, um erste Spatenstiche zu machen und die Idee zum Leben zu erwecken. Der Vater warf einen Blick zur Mutter, die mit einem knappen Senken der Augenlider ihren Segen gab.

Die drei zogen sich in großer Eile, als könnten andere ihrer Idee zuvorkommen, ihre grauen Turnerkostüme an und gingen nach draußen. Paul hoffte, sein Vater würde den Verschlag nicht genauer inspizieren. Der beließ es denn auch bei einem kurzen Blick, murmelte etwas von altem Krempel, griff nach einem Spaten und gab seinem Bruder einen zweiten, etwas kleineren. Sie standen zunächst unschlüssig herum, bis der Vater in den Verschlag zurückging. Paul schaute seinen Bruder an, aber der wich seinem Blick aus. Diese gemeinsame Aktion vor seinem Verschlag machte ihn, Paul, gleichzeitig stolz und höhlte ihn aus. Sie hörten ihren Vater rumoren. Es dauerte lange, bis er wieder neben ihnen stand, in der Linken ein Tau und lange Nägel. Er steckte einen Nagel in den Boden, befestigte daran das Tau, machte zehn Schritte, spannte das Tau und band es an einen zweiten Nagel, den er ebenfalls in den Rasen drückte.

Das Tau diene als Orientierung, um eine gerade Furche auszuheben. Er werde die ersten zwei Meter graben, danach dürften seine Söhne es ihm nachmachen. Er nahm den Spaten, ging zehn Meter nach vorn, gefolgt von seinen Söhnen, nahm bedeutungsvoll Aufstellung, platzierte den Spaten, setzte den Fuß auf die Kante des Spatentellers und trat zu. Mit einem eleganten Schwung hob er den ersten Spatenstich aus. Paul beobachtete Gustav, wie er jede Bewegung präzise in sich einzubrennen schien. «Jetzt du, Paul!», hörte er seinen Vater sagen. Paul schnappte nach Luft, griff sich den Spaten, stolperte über den aufgeworfenen Sand, fiel der Länge nach hin. Er spürte das Feixen seines Bruders wie Nadelstiche im Rücken. Er hielt den Blick gesenkt, als er sich aufrappelte, sich hinstellte und mit aller Kraft den Spaten einstach. Aber der Abstand zum letzten Spatenstich war zu groß. So heftig Paul auch drückte und zerrte, als versuchte er, einem Hund einen Stock zu entwenden, es gelang ihm nicht, die Furche weiter auszuheben.

«Dein Bruder wird dir zeigen, wie man es macht.»

Paul versuchte dem Satz auszuweichen, wäre dabei beinahe wieder hingeschlagen.

Er ließ den Spaten los, blickte ihn an, als wäre er verzaubert. Gustav schob ihn zur Seite, spuckte in die Hände und zog mit einem Ruck den Spaten aus dem Einstich, setzte ihn weiter vorne an und grub mit leisem Triumph im Gesicht Meter um Meter. Kurz vor dem Ende rief sein Vater: «Halt. Den Rest macht Paul.»

Ihm blieben dreißig Zentimeter. Er zitterte. Spürte einen Brechreiz. Er war noch atemloser als bei dem gescheiterten Versuch, den Spaten herauszuwinden. Sein Pulsschlag schien in die Kniekehlen verrutscht zu sein. Unter seiner Zunge versteckte er alle kleinen Hilferufe, zwang ein Lächeln in sein Gesicht, stellte sich hinter den Spaten, spuckte ebenfalls in die Hände, riss ihn mit einer solchen Kraft heraus, dass er beinahe auf den Rücken gefallen wäre. Er hörte, wie sein Vater sich räusperte. Paul schluckte zweimal, um nicht in Schluchzen abzurutschen. Er machte drei kleine Spatenstiche, zu wenig, um Schweiß vorzutäuschen. Aber er zitterte vor Anstrengung.

Damit sei nun ein schöner Anfang gemacht, sagte der Vater. Paul borgte sich die Zuversicht, die in diesen Sätzen lag. Gemeinsam – sein Vater sagte wirklich: gemeinsam – würden sie jetzt fünf Abende eine große Furche graben. Anschließend würden sie sich von einem Bauern zwei Eimer mit Hühnerkot besorgen, dazu Humus. Morgen sollten seine Söhne das ausgehobene Erdreich unter den Büschen verteilen. Und Anfang nächster Woche würden sie den Samen einpflanzen. «Bohnen. Wir werden Bohnensamen in die Erde einlassen. Karotten werden wir ziehen. Und Salat. Und Blumenkohl. Jeder von euch wird mit drei Furchen belohnt. Er muss das Gemüse wässern und das Unkraut jäten.» Sein Vater machte eine kleine Pause. Ein Gedanke ließ ihn offensichtlich lächeln. «Es wird nicht immer ganz einfach sein, das Unkraut von den gesunden Keimen zu unterscheiden. Wenn ihr unschlüssig seid, dürft ihr mich gerne zu Rate ziehen. Wer am Ende der Saison den größten Blumenkohl geerntet hat, wird von mir eine kleine Belohnung erhalten.»

«O ja! Das ist aber schön», sagte Paul in einem Tonfall, als ob er sich auf den Wettkampf freute.

12

Sein Bruder lag vorn.

An seinem Fenster schlitterte eine Regenböe vorbei. Paul musste warten. Bei diesem Wetter durfte er nicht in den Garten gehen. Wie von einer unsichtbaren Hand gesteuert, suchten immer neue Regenwolken den Garten heim. Wenn der Vater aus der Stadt zurückkam, schien er immer vom Regen verschont worden zu sein. Sogar nachts hockten Wolken an seinem, Pauls, Bett und drückten auf seinen Brustkorb.

«Du hast eine schwächere Konstitution als dein Bruder, damit musst du dich leider abfinden.» Die Mutter hatte ihm über den Kopf gestreichelt mit ihrer Hand, die immer Wärme zu speichern schien. Sein Bruder verweigerte verächtlich eine Pelerine, wenn er im Regen nach draußen ging und nach seinen Pflanzen sah. Er, Paul, hatte sich gleich am ersten Regentag erkältet, sein Vater hatte die Gefahr einer Lungenentzündung gewittert und Paul verboten, bei Regenwetter in den Garten zu gehen. Von der Schule hatte er ihn fürsorglich zwei Tage befreit.

Sein Bruder lag vorn.

Hielt sich der Vater in seiner Nähe auf, versuchte Paul flach zu atmen, damit das Pfeifen oder Rasseln in seiner Brust nicht dessen Aufmerksamkeit auf sich zog. Sein Körper durfte nicht länger versagen, wenn er den Vorsprung doch noch einholen wollte. Mit aller Kraft unterdrückte er den Hustenreiz, summte ein albernes Kinderlied, dem er doch längst entwachsen war. Aber der Regen schien sich seit Tagen im Garten verirrt zu haben, tobte herum, rüttelte am Gartentor, fand aber keinen Weg hinaus.

Er habe, weil Pauls Gesundheit es momentan ja leider nicht zulasse, sich um seine Rabatten zu kümmern, das Unkraut von seinen Beeten gezupft, erzählte Gustav beim Abendbrot. Der Vater lächelte breit. «Da siehst du, meine Liebe», sagte er an seine Frau gewandt, «wie das Gärtnern das Gemeinschaftsgefühl befördert. Auf eine gute Idee ausgerichtet, wird die Eigenliebe prompt hintangestellt. Ich bin stolz auf dich, mein Sohn.» Paul kämpfte die ganze Zeit mit seinem Hustenreiz und nickte nur stumm.

In der Nacht hörte er, wie das Gartentor mit einem lauten Knall aufsprang. Da wusste er, dass der Regen endlich das Grundstück verlassen hatte. Morgen würde er wieder in den Garten gehen können. Lieber Gott, bitte mach, dass der Husten wie der Regen einen Ausgang findet!

Am anderen Morgen schien die Sonne mit einer Dreistigkeit, als hätte sie mit dem Regen ein geheimes Abkommen getroffen. Paul musste in der Klinik lange warten, bis sein Vater Zeit fand, seinen Brustkorb abzuhorchen. Paul schloss die Augen und bat seine Bronchien, ihn nicht zu verraten. Der Vater schaute ihn streng an: «Der Katarrh ist noch nicht ganz abgeheilt, aber du darfst wieder in den Garten. Ich erlaube dir allerdings nur leichte Arbeiten. Trage Sorge dafür, dass du nicht schwitzt und durch Luftzug einen Rückfall erleidest. Kann ich mich auf dich verlassen, mein Sohn?» Paul nickte dankbar.

Er eilte von der Klinik aus direkt in den Garten. Nur einen flüchtigen Blick warf er auf die Reihen mit den Bohnen, den Karotten und dem Salat. Er suchte mit den Augen die Reihe mit dem Blumenkohl ab. Er entdeckte nirgendwo Unkraut. Sein Bruder hatte, wie er es am Abendbrottisch verkündet hatte, alles Unkraut gezupft. Ängstlich verglich Paul seine Reihe mit der des Bruders. Es gab keinen Zweifel. Die größeren Pflanzen wuchsen eindeutig bei seinem Bruder.

Sein Bruder lag vorn. Uneinholbar.

Paul blickte sich um. Niemand war zu sehen. Er beugte sich über die zweitgrößte Pflanze. Sein Kopf war schwer vor Wut und Enttäuschung. Nein. So einfach ging es nicht. Vielleicht hatte Gustav seine Siegerpflanzen heimlich markiert oder Steine platziert, die ihm die Lage der besten Blumenkohlpflanzen verrieten. Aber die Wut und die Enttäuschung wichen nicht aus seinem Kopf. Er, Paul, musste seinen Plan ändern.

Er ging ins Wohnhaus zurück und schlich sich in die Küche. Er musste nicht lange suchen, bis er im Schrank die kleine Flasche mit Essigessenz und einen Beutel mit Champagnerkreide fand. Er verbarg alles in seiner Hosentasche und eilte in den Garten zurück.

Zunächst lockerte er mit einer Harke den durch den Regen hart gewordenen Boden auf. Noch immer war niemand in der Nähe. Er hockte sich hin, holte die kleine Flasche heraus und tränkte alle großen Pflanzen seines Bruders. Schließlich verschraubte er die Flasche, steckte sie erneut in seine Hosentasche, streute zusätzlich Champagnerkreide auf die Blätter, suchte im Verschlag die Gießkanne, schöpfte aus einer Regentonne Wasser und besprengte die Pflanzen. Er hockte sich hin. Keine Spuren. Nirgends.

Er hörte, wie sein Vater mit einem anderen, ihn um beinahe einen Kopf überragenden Mann den Garten aufsuchte. Als Paul sich aufrichtete, neigte sich der Boden ein wenig. Er schwankte, fand nur mühsam Halt. Er lachte eine Spur zu laut. Ganz kurz verkrampfte sich sein Magen. Fallgruben in seinem Kopf.

Gäbe es einen besseren Beweis für seinen Bericht, rief der Vater, als das Bild seines Sohnes, der, soeben dem Krankenstand entronnen, sich mit aller Kraft an seinem Beet zu schaffen mache? «Ein wenig übereifrig, fürwahr, wässert er die Pflanzen, obwohl es doch seit Tagen geregnet hat! Aber in ihm ist eine große Leidenschaft geweckt worden, die, wenn ich mir das kleine Wortspiel erlauben darf, schon bald große Früchte tragen wird.»

Er nahm den anderen Mann, den Paul auf einer Turnerversammlung bereits einmal glaubte gesehen zu haben, am Arm und führte ihn um das Beet herum. Er habe seine Söhne zu einem kleinen brüderlichen Wettkampf angespornt, wem es denn gelänge, den größeren Blumenkohl zu ziehen. Pauls Bruder liege deutlich vorn, aber noch sei nicht aller Tage Abend. Schädlinge könnten wie Diebe in der Nacht die größten Hoffnungen zerstören. Dabei hob er beschwörend beide Hände und lachte. Der andere Mann fiel in das Lachen ein. Und Paul lachte auch. Überhaupt solle man in größerer Runde bei einem Turnerfest die Idee prüfen, am Rande einiger Turnplätze Rabatten anzulegen, um das Turnen durch das Gärtnern zu veredeln.

Als beide an Paul vorbei Richtung Klinik schritten, spürte er, wie sein Vater ihm einen Klaps auf die Schulter gab. Paul war erregt und hochgestimmt. Der Vater verstand es, Hoffnungen zu machen. Schädlinge konnten über die Pflanzen herfallen wie Diebe in der Nacht und die schönsten Hoffnungen ruinieren. Man musste sich nur auf diese Hoffnung konzentrieren. Er spürte, wie ihn die Hoffnung ganz ausfüllte, wie sie schon bald gegen seine Innenwände brandete und ihn leichter werden ließ. Wenn jetzt ein Windstoß käme, würde er weggeweht werden. Für immer.

Noch lag Gustav vorn.

Noch immer lag er vorn.

Sein Bruder schien geschrumpft, als er am anderen Tag nach dem frühabendlichen Turnen den großen Salon betrat. Er wischte sich mit der Hand über die Augen und den Mund, schwer zu entscheiden, ob er noch schwitzte oder geweint hatte. Durch das halb offene Fenster entschwand die wohlig müde Stimmung, die geherrscht hatte, als Paul und Karla unter der Aufsicht der Mutter Hausarbeiten erledigt hatten.

Pauls Puls schlug aufreizend schnell, und er wusste nicht, ob es sich gut anfühlte, wenn er aus den Augenwinkeln seinen Bruder musterte, der noch immer nach den richtigen Worten fahndete, seine Hände am verschmutzten Turnerkostüm abrieb und wie versteinert geradeaus starrte. Paul ertrug das Schweigen nicht länger, hustete kurz auf, um den Bann zu brechen.

«Meine Pflanzen. Meine Favoriten. Sie sind verwelkt. Alle. Nur die größten. Die kleinen haben wie durch ein Wunder überlebt.» Die Sätze standen im Raum wie Ausrufezeichen. Gustavs Blick wanderte Hilfe suchend von einem zum anderen. Karla schaute ihn verständnislos an, Paul flüchtete erneut in einen Hustenreiz. Die Mutter klopfte auf die Couch neben sich. Wie in Trance ging sein Bruder zu ihr und setzte sich. Sie legte ihren linken Arm um seine Schulter und drückte ihn mit einer Kraft, die, wie Paul wusste, alle Verzweiflung einfangen konnte. «Nur die größten», stammelte sein Bruder.

Seine Mutter ordnete ganz ruhig die tröstenden Sätze. «Schädlinge sind klug. Sie vergreifen sich gerne an den größten Pflanzen, geben sich dann zufrieden und wandern weiter. Deine anderen Pflanzen werden unbehelligt bleiben. Da bin ich mir ganz sicher. Vielleicht ziehen die verbliebenen Pflanzen alle Kraft aus dem Boden und werden besonders stark.»

Sie warf Paul einen Blick zu. Seine Stimme klang zugeschnürt, als er sagte: «Ich werde morgen noch Hühnerkot besorgen und damit nur dein Beet düngen, Gustav.»

Gustav blickte ihn an. Seltsam ausdruckslos.

Sein Bruder lag nicht mehr vorn.

13

Und du, Paul, darfst mich begleiten.»

Auf diesen Satz war Paul nicht vorbereitet. Mit halb geöffnetem Mund starrte er seinen Vater an, seine Linke klappte eilig das Schreibheft zu, als müsste er etwas verbergen. Hatte Vater soeben gesagt, er dürfe mit ihm nach Berlin fahren? Er übersetzte den Satz ins Lateinische. Jetzt wirkte er noch mächtiger. Dann wurde aus Paul ein Paulus. Paulus also reist nach Berlin. Das hatte biblische Ausmaße.

Ob er sich denn gar nicht freue? Wann böte sich einem jungen Menschen schon einmal die Gelegenheit, die Luft der Wissenschaft zu schnuppern! «Wenn du diese Luft tief einatmest, fühlst du dich gestärkt. Das ist Turnen für den Geist.» Und vielleicht fände er Gefallen an der medizinischen Kunst, jetzt, da sein Bruder sich definitiv für die Chemie entschieden habe. Ihm sei natürlich nicht entgangen, wie häufig er doch immer wieder in der Klinik vorbeischaue.

Sein Vater verließ den Raum, ohne auf eine Antwort zu warten, polterte bereits im Vorraum, man solle ihm seinen Rock besser ausbürsten als beim letzten Mal, und einen zweiten Hut benötige er auch. Bezahle man Dienstboten, damit sie einem das Leben vergällten? «Und der Reiseproviant darf etwas umfangreicher berechnet werden. Was macht es für einen Eindruck, wenn der Magen beim Empfang knurrt!»

Paul saß noch immer mit offenem Mund am Schreibtisch, als der Vater erneut in der Tür erschien. «Wir reisen in zwei Stunden ab. Und vielleicht kommt wieder etwas Leben in dich. Ich gedenke nicht mit einer Salzsäule zu verreisen.» Schon war er wieder hinaus.

Paul stand auf und eilte zu seiner Mutter, die bereits einen Koffer packte und ihn nur mit einem kurzen Lächeln streifte. «Nun also bist du aufgerückt, Paul. Die Hoffnungen deines Vaters ruhen jetzt auf dir.» Sie summte eine Melodie, die er zu kennen glaubte. Sie packe ihm dicke Socken ein, weil das Frühjahr so launisch sei und nichts einen auf einer Reise mehr einschränke als eine Erkältung. Ob er sein Turnkostüm auch mitzunehmen gedenke. An Vaters Kollegen, den Dr. Oleret, erinnere er sich doch sicherlich noch? «Er wird euch begleiten. Was für ein Glück, mein Paul, mit zwei so gewichtigen Männern der Wissenschaft eine lange Kutschfahrt zu teilen. Du wirst mehr lernen als während des ganzen letzten Schuljahres.»

Gewaltig, schwer, so glaubte er plötzlich eine Last auf sich zu spüren, aber da war in ihm dieser übermächtige Antrieb, das Leben zu ordnen. Ordnen. So oder so. Dieser Zustand, der, wenn auch nur für Augenblicke, die Luft, die manchmal so dickflüssig war, verdünnte. Er lachte auf wie ein vor Freude juchzendes Kleinkind, versäumte es nicht, seine Mutter zu herzen, durchmaß den Raum, als hätte er Flügelschuhe übergestreift. Erst als er im Ausschnitt des Kutschenfensters die Mutterhand sah, die ihm zuwinkte, begriff er, dass seine Reise soeben begonnen hatte.

Ob er sich auch reichlich mit Lektüre eingedeckt habe, wollte sein Vater wissen, denn wenn er die Auffassungsgabe seines Jüngsten auch für sehr beachtlich halte, so könne ihn die Fachsimpelei unter Kollegen vielleicht doch überfordern oder langweilen. «Der verehrte Kollege Oleret hat sehr bedeutende, aber auch sehr eigentümliche Forschungen an ausgestorbenen Wirbeltieren vorgenommen, um den ursprünglichen göttlichen Bauplan der Kreaturen zu erkunden. Ich habe manchmal den Eindruck, als ob er den Fisch für die Krone der Schöpfung hält. Da ist es ihm vielleicht sogar sehr recht, dass seine Haut ein ganz klein wenig schuppt.»

Er freue sich auf die Reise, antwortete Paul, er habe von seinem Bruder ein Buch eingepackt, das ihm noch einmal die Mythen des Altertums nahebringe, und ob denn der Dr. Oleret ein Atheist sei. «Will er denn gar die Schöpfungserzählung neu schreiben?»

Der Vater zeigte, was er beinahe nie tat, beim Lächeln seine oberen, nicht mehr ganz vollständigen Zähne. «Diese Frage solltest du ihm nicht unmittelbar nach der Begrüßung stellen. Er ist in dieser Hinsicht etwas empfindlich. In früheren Jahrhunderten wäre er wahrscheinlich auf einem Scheiterhaufen geendet.»

Die Warnung erreichte Paul genau rechtzeitig, denn in diesem Augenblick hielt die Kutsche, die Tür ging auf und ein sehr korpulenter Mann stieg zu. Er nahm Platz, putzte sich den Schweiß mit einem großen Taschentuch ab, hustete, sonderte Schleim ab, schnäuzte sich, knurrte etwas über die dem Kalender nicht entsprechende Hitze und fand endlich Zeit, seine Mitreisenden zu begrüßen. Und ob dieser junge Herr denn die nächste Generation der Schreber'schen Knochenbrecher sei? «In den Augen wohnt die Menschenfreundlichkeit des Vaters.»

Das hatte Paul an seinem Vater immer geschätzt: So entschieden, manchmal unerbittlich hart er in seinen Urteilen über seine Bediensteten war, so milde war er, wenn er die Gebrechen seiner Mitmenschen katalogisierte. Wer sich nur mit größter Mühe an einer Krücke fortbewegen konnte, hinkte leicht; wer einen Buckel wie einen Sack Kohlen mit sich herumschleppte, wurde als etwas verwachsen eingestuft; wer nach einem Bruch ein steifes Bein behielt, war in der Beweglichkeit eine Spur eingeschränkt. Und die Haut dieses Dr. Oleret schuppte nicht ein wenig, sondern sein Gesicht war von einer Flechte entstellt.

Um die Augen herum hatten sich dicke Krusten gebildet, die unaufhörlich nässten. An der Nase konnte man studieren, wie viele Hautschichten das Fleisch gewöhnlich in eine Form pressten. Die Backen beherbergten eine Landschaft aus Pusteln, die noch ganz frisch aufgeworfen waren, aus tiefen Furchen wie ausgetrocknete Flüsse, aus abgestorbenen Hautfetzen, die nur noch aus alter Gewohnheit ausharrten. Wie im eigenen Gesicht eingegraben wirkten die Augen, aus denen aller Glanz gewichen war. Unaufhörlich war dieses Gesicht in Bewegung, zuckte plötzlich, dann wurde die Nase verzerrt, die schorfigen Lippen wurden von den braunen Stummeln zurückgezogen, die Hände fuhren hoch, bremsten ab und berührten ganz vorsichtig die juckenden Partien des Gesichts, als wollte Dr. Oleret das Gesicht in seine alte Gestalt zwingen. Und obwohl die Bank in der Kutsche üppig und wunderbar weich gepolstert war, schienen Nadeln in seinen Rücken zu stechen; denn der Oberkörper klappte immer wieder nach vorne, verharrte kurz und sank erschlafft in die Polster zurück.

Dr. Oleret beugte sich nach einem starken Zucken zu Paul hinunter. Ob er sich bereits einmal Gedanken gemacht habe, wie eng der Mensch mit dem Tier verwandt sei. Darüber höre man ja jetzt allenthalben Erstaunliches; aber so viel sei sicher: Das menschliche Skelett sei sehr unvollkommen und, wie er von seinem hochverehrten Herrn Vater wisse, bedürfe es häufig eines großen Zeitaufwandes, um das Skelett zum Durchhalten zu bewegen. «So viel Zeit zur Pflege hat kein Tier. Glaube mir, mein lieber Paul, unser Skelett ist leider keine fehlerfreie Konstruktion.» Plötzlich lachte er schallend. Natürlich, natürlich sei das auch von Vorteil, die Arbeit gehe den Orthopäden nicht aus. «Wir gehen dem Schöpfer etwas zur Hand, und für diese Korrekturen an der Schöpfung lassen wir uns ordentlich entlohnen. Da bleibt am Ende des Lebens ein schönes Anwesen übrig, das man der eigenen Kreatur weitervererben kann.» Aber bewundern, nein bewundern tue er nur die funktionelle Einfachheit eines Skeletts, wie etwa beim Fisch. «Keine Gräte zu viel, keine Gräte zu wenig. Vollkommen.» Dabei blitzten seine Augen, und für Sekunden schien er sein Jucken zu vergessen. Ob sich Paul schon einmal Gedanken über den Fisch gemacht habe?

Paul starrte nur auf die nässenden Pusteln im Gesicht dieses Dr. Oleret, und der Geruch, der diesem Mund entwich, machte ihn ganz wund. Paul spürte, wie der Blick seines Vaters auf ihm ruhte. Er hätte gerne etwas Kluges gesagt, aber es war ihm unmöglich. Deshalb schüttelte er nur den Kopf und murmelte ein schwaches «Nein».

Dr. Oleret ergriff seine beiden Hände und drückte sie fest. Aber das mache doch gar nichts. Beinahe niemand auf der ganzen Welt mache sich Gedanken über den Fisch, allenfalls die Köchin. Welches große Wunder habe unser Herr Jesus vollbracht? Aber das wisse Paul doch fraglos, die wunderbare Vermehrung der Fische bei der Speisung der Fünftausend! Das könne doch kein Zufall sein! Und was sei das Symbol der ersten Christen gewesen? Etwa das Goldene Kalb? Nein, auch das wisse Paul besser. «Der Fisch. Es war der Fisch. Und im griechischen Wort für Fisch verbirgt sich das Bekenntnis zum Gottmenschen Jesus Christus. Ichtys. Das bedeutet: Jesus Christus, der Sohn Gottes und der Retter der

Welt.» Das alles sei kein Zufall. Die zweite Schöpfung, von der dieser Jesus von Nazareth immer gesprochen habe, beziehe sich auf den Fisch. Der Fisch müsse den Menschen als Vorbild dienen in seiner Reinheit und Schönheit und funktionellen Großartigkeit. «Wenn wir nicht werden wie die Fische, lieber Paul, wird es mit der Welt zu keinem guten Ende kommen. Wir müssen uns so elegant durch die Welt bewegen wie die Fische im Wasser. Das ganze Leben wird so zu einer einzigen Taufe.» Vielleicht, so Dr. Oleret, biete auch das Wasser für die zerschundenen Rücken einen Ort der Heilung. Vielleicht müsse man das Turnen, für das sein Herr Vater doch so verständnisvoll werbe, ins Wasser verlegen, vielleicht, darüber möge Paul doch einmal nachsinnen, sei Gymnastik im Wasser die Therapie der Zukunft. Vielleicht müsse der Garten der Villa Schreber einem großen Schwimmbassin weichen, um die armen Kreaturen aus ihren Zimmern ins heilige Nass zu führen!

Dr. Oleret hielt die Hände von Paul fest umschlossen. Noch immer starrte der auf die Pusteln im Gesicht seines Gegenübers. Und noch immer traute er sich nicht, tief einzuatmen.

Und es waren noch neun Stunden bis Berlin.

14

Noch immer erbrach er sich.

Sein Vater hatte von einem höchst merkwürdigen Schwächeanfall gesprochen, von einem spontanen Fieber, das ihn, seinen Sohn, heimtückisch überfallen habe. Auf jeden Fall könne Paul ihn in diesem Zustand nicht begleiten. Wo denke er hin! Allerdings sei sein Zustand auch nicht ernst zu nennen, so dass sein Vater durchaus der Gesellschaft beiwohnen könne. Er empfehle

Paul, zwanzig Kniebeugen vor dem offenen Fenster auszuführen, dazu eine Stunde Sonnenbaden hinter Glas. Ansonsten lasse er dünnen Tee, allenfalls eine stärkende Bouillon bringen, die ihm auf die Beine helfen werde.

Dann war der Vater gegangen.

Paul wischte sich den Schweiß von der Stirn und wusch sich den Mund mit Wasser aus. Er schloss die Augen. Neun Stunden hatte er ausgehalten. O ja. Dieser Dr. Oleret war ein freundlicher Mann. Immer wieder hatte er sich zu ihm gebeugt und versucht, ihn ins Gespräch zu ziehen. Ob er denn eine Vorliebe für einen Fisch habe, den Steinbeißer vielleicht oder den Butt oder etwa den Aal? Aber wie hätte er ihm sagen können, dass er Fische nicht mochte, weil sie so glatt waren, dass er Tiere nur mochte, wenn sie ein Fell besaßen. Wenn er auf eine Frage geschwiegen hatte, bemächtigte sich Dr. Oleret seiner Hände, knetete und walkte sie so lange, bis er, Paul, irgendetwas sagte. Regelmäßig brach diese riesige Masse Fleisch in Gelächter aus und blies ihm seinen stinkenden Atem mit aller Macht ins Gesicht – als müsse er wie Gott die Kreatur zum Leben erwecken. Paul hatte sich fortan bemüht, prompt irgendeine Antwort zu geben; denn meistens nickte Dr. Oleret dann abwesend und zog sich in ein Gespräch mit seinem Vater zurück. Eine Stunde vor Berlin fingerte er plötzlich ein kleines Buch aus der Rocktasche, ein Traktätchen, wie er sagte, und fragte, ob Paul daran interessiert sei, was in diesem Traktätchen stünde. Es sei ein kleines Loblied auf die Fische. Paul hatte geglaubt, er könne sich hinter dem Buchrücken verstecken. Aber Dr. Oleret hatte ihn lächelnd angeschaut: Er liebe es, jungen Menschen etwas vorzulesen. Und schon hatte er sich wieder zu ihm gebeugt, hatte besonders tief Luft geholt und hatte zu lesen begonnen. Mit einer schönen sonoren Stimme, das schon; aber mit jedem Umblättern der Seiten war der Atem, der ihm entgegenschlug, schwerer geworden. Und wenn dieser Dr. Oleret seine juckenden und nässenden Stellen betastete und anschließend Pauls Hand suchte, konnte der kaum mehr an sich halten. Doch Paul hatte es durchlitten, hatte das Entrée des Hotels, ein imposantes Entrée übrigens, aufrecht durchquert, war gemessenen Schrittes die Treppen nach oben gestiegen, hatte das Zimmer, ein frisch gelüftetes Zimmer, wenn er sich recht erinnerte, betreten. Dann aber waren seine Beine immer schneller geworden, seine linke Hand hatte mit letzter Kraft einen Drehknopf geöffnet, er hatte das Badezimmer betreten, und eine braune Flüssigkeit war aus seinem Mund gesprudelt.

Er saß auf dem Bett. Die Schritte des schnell sich entfernenden Vaters hallten noch in seinem Kopf. Sein Zustand sei nicht ernst, hatte der Vater noch einmal betont. O doch, lieber Vater, so schlecht hatte er sich noch nie in seinem Leben gefühlt. Unreines war in ihn eingedrungen und hatte ihn beschmutzt. Dieser Atem hatte etwas in ihm zum Leben erweckt, was bisher allenfalls geschlummert hatte. Der Atem dieses Dr. Oleret kam aus den dunklen Tiefen seines Innern und hatte sich wie ein Dieb über seine, Pauls, Nase Einlass verschafft, war, als er nach Luft schnappte, über die Schwellen der Lippen in sein Inneres geschlichen, hatte ihn ganz ausgefüllt, hatte von ihm Besitz genommen. Verzweifelt hatte er seit Stunden versucht, den Eindringling hinauszuwerfen; doch jedes Mal, wenn er sich erbrach, schien der Gestank noch stärker zu werden. So atmete er erneut einen Teil von Dr. Oleret ein. Der hatte sich in Luft aufgelöst, und er, Paul, musste ihn immer wieder einatmen – selbst wenn er sich die Nase mit einem Taschentuch zuhielt. Am liebsten wäre er erstickt, aber es gelang ihm, trotz großer Anstrengung, nicht, die Nase so lange zuzuhalten, bis er tot umfiel.

Er stand auf und rannte ins Badezimmer, hielt sich erneut die Nase zu. In diesem Raum wohnte überall der aus seinem Körper vertriebene dunkle Geist, der sich sofort wieder Einlass verschaffte, sobald er den Mund öffnete. Man konnte ihm nicht entkommen. Er schüttete Wasser in eine Emailleschüssel und steckte den Kopf hinein, zählte bis zwanzig. Aber leider war er kein Fisch. Er musste den Kopf aus dem Wasser heben, riss weit den Mund auf, als könnte er gar nicht abwarten, dass diese faulige Luft erneut in ihn eindrang. So mächtig atmete er ein, dass er sich sofort wieder erbrach.

Es stand ernst um ihn. Und sein Vater war auf einen Empfang gegangen, unterhielt sich angeregt mit seinen Kollegen über neue Behandlungsmethoden gegen die Rückgratverkrümmung.

Aber Vater, gibt es keine Methode, diesen Atem, der in meinen Körper eingedrungen ist und sich dort breitgemacht hat, der mich faulig werden lässt, aus dem Körper auszuweisen? Lieber Vater, bitte, bitte, hilf!

Er spürte, wie ihm Tränen über die Wange liefen, er schmeckte Salz, aber dann breitete sich der faulige Geschmack auf der Zunge aus. Er sah im Spiegel, wie sich sein Mund öffnete und er Sätze formte, die er vorhin in der Kutsche vernommen hatte. Und ob er denn eine Vorliebe für einen Fisch hege, den Steinbeißer vielleicht oder den Butt oder vielleicht doch eher den Aal. Und wie eine Fontäne gab sein Magen sein Innerstes preis. Offenbar mit einigem Stolz schien sein Magen neue Reserven entdeckt zu haben, die er jetzt großzügig freigab.

Aber sein Erschrecken wurde noch größer, als er durch den Schleier seiner Tränen hindurch im Spiegel glaubte eine Pustel im eigenen Gesicht zu erkennen. Er griff nach einem Handtuch, stieß dabei den Wasserkrug um, machte einige hilflose Schritte vor und zurück, versuchte das Wasser auf dem Fußboden zurück in den Krug zu schieben, gab auf, ballte die Fäuste, schlug sich gegen die Schläfen, schrie wie ein wundes Tier, richtete sich auf, wischte die Tränen ab und starrte mit weit aufgerissenen Augen auf diesen plötzlich aufgeworfenen kleinen Hügel auf seiner Wange. Ängstlich tastete er ihn ab, glaubte eine Feuchtigkeit auf seinen Fingern zu spüren. Ein Schmerz durchfuhr ihn wie ein Blitzschlag. Er begann sich zu kratzen. Schon beim ersten Mal erwischte er die Kuppe des Hügels und trug sie ab, sofort spritzte Blut heraus und wurde von Paul auf der Wange verteilt. Nach wenigen Augenblicken sah seine linke Gesichtshälfte verwüstet aus, war vollständig mit Blut verschmiert, als ob er einen lebensgefährlichen Unfall erlitten hätte.

Paul starrte auf seine linke Hand, er starrte auf sein Spiegelbild, entdeckte auf der anderen Wange eine neue Pustel, hob die Rechte, hielt zitternd inne.

Es bestand kein Zweifel: Dr. Oleret hatte ihn angesteckt. Schon bald würde seine Haut schuppen. Schon bald würde er seine Kräfte darauf konzentrieren müssen, sich nicht blutig zu kratzen. Schon bald würde er irrwitzige Theorien über den Ursprung der Gattungen erzählen.

Und sein Vater amüsierte sich auf einem Bankett.

Paul sank erschöpft auf den Boden. Er saß in der Lache des umgekippten Wasserkrugs.

Er schnappte wie ein Fisch nach Luft.

15

Paul konnte es nicht mehr aufschieben.

Noch eine schlaflose Nacht würde er nicht überstehen.

Sein Vater stand neben ihm. Sie hatten soeben den Turnsaal, in dem sie einige gymnastische Übungen der Patienten überwacht hatten, verlassen. Ob er sich noch an die Gräfin von Rettich erinnere, die sehr unter Anfällen von Gelenkrheumatismus gelitten habe, eine sehr aparte junge Frau, alter Adel, feinste Manieren?

Paul, froh in ein unverfängliches Gespräch gezogen zu werden, nickte ganz entschieden. Und ob er sich erinnere. «War die Gräfin von Rettich nicht eine der ersten Patientinnen, die in den Genuss der Sonnenkuren hinter Glas kamen?»

Sein Vater schnalzte kaum hörbar mit der Zunge. Seine Methode sei inzwischen von vielen nachgeahmt worden. Daran müsse sich Paul gewöhnen, wenn er in der medizinischen Wissenschaft Meriten erwerben wolle. «Erfolge haben viele Väter. Und immer gilt der alte Spruch: Pater semper incertus!» Dabei bestehe, wie Paul sehr wohl wisse, über die Vaterschaft des Sonnenbadens hinter Glas keine Unsicherheit. Aber es sei nun einmal der Lauf der Welt, dass die falschen Männer in die Annalen der Wissenschaft eingingen und andere allenfalls zu Fußnoten degradiert würden. «Aber davon genug. Nun denn. Also.» Die liebe Gräfin habe ihm geschrieben: Nach der Heirat habe sie ihren Mann, einen Grafen aus Hinterpommern, leider früh verwitwet, mit vier halbwüchsigen Kindern, überreden können, einen kleinen Teil des Pferdestalls umzubauen und rundum zu verglasen. In diesem *Glassarkophag*, wie sie nicht ohne Humor schriebe, verbringe sie jeden Tag zwei Stunden, vormittäglich und nachmittäglich jeweils eine Stunde. Zuweilen turne sie auch ein wenig, habe an einer Wand sogar eine Leiter anbringen lassen, wo sie das freie Hängen übe. Kurzum, sie befolge auch weiterhin sehr genau die Anweisungen, die sie in der Villa Schreber erhalten habe, und ihr Gesundheitszustand habe sich in den Jahren spürbar verbessert. Einen Stock benötige sie frühestens nach dem achtzigsten Geburtstag. «Du siehst, mein lieber Sohn, wie viel Segensreiches wir Mediziner unseren Patienten angedeihen lassen können. In welchem anderen Beruf vermag man Vergleichbares zu erreichen?» Die Antwort könne sich Paul selbst geben. Die medizinische Kunst sei die unbestreitbar höchste Kunst, um den Menschen zu dienen. Nur die Lieblinge der Götter würden mit diesem Lorbeer bekränzt. Paul könne sich vielleicht gar nicht ausmalen, was es bedeute, wenn der Stab von ihm, seinem Vater, an ihn, seinen Sohn, in den er immer die höchsten Erwartungen gesetzt habe, weitergereicht werde, wenn also aus den Schrebers, sofern sein Sohn seinen Söhnen auch mit gutem Beispiel vorangehe, ein richtiges Medizinergeschlecht entstünde, an das sich die Menschheit dauerhaft erinnere.

«Vater», hob Paul an, aber sein Vater sprach einfach weiter.

Hier etwa habe er einen anderen Brief, in dem ein ehemaliger Patient seine Dankbarkeit, seine ehrlich empfundene Dankbarkeit, bekunde. Vielleicht erinnere sich Paul noch an den ehemaligen Legationsrat Steuffelen. Nach einem Reiterunfall waren seine Bänder im linken Knie in Mitleidenschaft gezogen worden, eine Operation sei nicht eben glücklich verlaufen. «Kurzum: Dieser Legationsrat Steuffelen behielt ein steifes, bei jedem Schritt stark schmerzendes Knie. Und nun höre: Der Unterzeichnete erlaubt sich, dem verehrten Herrn Klinikdirektor Dr. Schreber für seine ärztlichen Bemühungen, namentlich für die mit aller Sorgfalt ausgeführten gymnastischen Übungen im Turnsaal, auch schriftlich seinen Dank auszusprechen. Nachdem mir alle Ärzte versichert hatten, dass mein Knie auf ewig steif bleiben würde und ich mich mit den Schmerzen abzufinden habe, gelangte der ausgezeichnete Ruf Ihrer Klinik zu mir. Nicht nur ist es mir vergönnt, das Knie wieder zu beugen, sondern auch der Schmerz bleibt, sofern ich täglich die von Ihnen verordneten Übungen mache, in einem für einen Mann erträglichen Maße. Möge die Arbeit Ihrer Hände weiterhin reich gesegnet sein, und mögen Sie, verehrter Herr Doktor, einen würdigen Nachfolger finden.»

Sein Vater blickte auf, ergriffen vom Verlesen des Briefes. Ganz der aufopferungsvolle Wissenschaftler und stolz, sehr stolz. Plötzlich veränderte sich sein Gesichtsausdruck, eine beinahe ängstliche Scham eroberte zuerst die obere, dann die untere Gesichtspartie. «Ach, Paul! Wenn manchmal auch Zweifel und Schwäche einen überfallen, weil bei einem Patienten keine der Kuren den gewünschten Erfolg zeitigen, wenn Rückschläge auftreten oder Kollegen sich über die angewandten Methoden lustig machen, in solchen Momenten hole ich manchmal solch einen Dankesbrief hervor, schließe die Tür hinter mir zu und lese ihn mir laut vor.» Dann wisse er, dass seine Arbeit doch von Erfolg gekrönt sei, nicht immer, aber doch sehr häufig. Zuweilen trage er sich mit dem Gedanken, die Dankesbriefe in einem Anhang eines seiner Bücher zu publizieren, vielleicht würden dann die Neider endlich verstummen. Vielleicht würden die lieben Kollegen aber auch denken, er habe es offenbar nötig, Stimmen zu veröffentlichen, die seine Arbeit in ein positives Licht rücken. Bisher habe er sich nicht dazu entschließen können. Wie Paul denn über diesen Vorschlag denke?

Paul wiegte den Kopf leicht hin und her. Er gebe zu bedenken, dass die große Masse der Neider niemals verstummen werde, deshalb halte er es für falsch, das Kalkül auf diese Gruppe abzustimmen. Es komme aber sehr wohl darauf an, die Methoden, die sein Vater entwickelt habe, publik zu machen, damit der Erfolg der Kuren die Runde mache, und deshalb teile er nicht die geäußerten Bedenken. «Wer Großes geleistet hat, darf nicht aus kleinlicher Rücksichtnahme sein eigenes Licht unter einen Scheffel stellen. Gerne will ich mich anbieten, dir bei der Auswahl der Dankesbriefe behilflich zu sein. Im Anhang zu deiner *Zimmergymnastik* fänden sie einen schönen und angemessenen Platz.»

Sein Vater legte den Arm um seine Schulter. «Es ist immer alles sehr wohlüberlegt, was du sagst, mein Sohn. Man spürt dein großes methodisches Geschick. Diese Gottesgabe wird dir auch gute Dienste leisten, wenn du eines Tages die Klinik übernehmen wirst.» Er machte eine kleine Pause. Paul glaubte, der Griff um seine Schulter würde immer stärker werden. Er spürte eine Beklemmung, als habe er tagelang mit dem Geradhalter am Schreibtisch zugebracht.

«Mein Sohn, vertraue deinem Vater. Auch in wirtschaftlich schlechten Zeiten haben Mediziner ein leidlich gutes Auskommen. Es würde mich sehr bedrücken, wenn ich glauben müsste, dass meine Kinder dereinst in der Welt kein Auskommen haben. Nun denn. Also.» Und natürlich wisse er um gewisse Anlagen bei Paul, die eine Berufswahl erzwingen, die eine gewisse Abwechslung verspreche. Eine Überanstrengung infolge cerebraler Aktivitäten könne die Anlagen, er sei leider kein Fachmann auf diesem Gebiet, leider, leider, verstärken. «Abwechslung, lieber Paul, eine glückliche Mischung aus Theorie und Praxis, wäre dir sehr zu wünschen, damit diese Anlagen, die ich dir wohl leider vermacht habe, nicht überhandnehmen.»

Pauls Stimme wirkte entblößt, als ihm ein schnelles «Woher weißt du davon?» entfuhr. Er wischte sich mit der Handfläche über den Mund, als wollte er den Satz noch einmal wegwischen. Es gab da also ein Band zwischen ihm und seinem Vater, das sich plötzlich ganz eng spannte. Sie standen hier zwar nebeneinander, aber er hatte geglaubt, er habe eine Wahl. Aber jetzt wusste er, dass er seinem Vater nicht entkommen konnte. Auch wenn er sich gegen die Medizin entschied, seinen Vater würde er weiterhin mit sich herumschleppen. Das ganze Leben lang. Er hatte keine Wahl.

Sein Vater sprach irgendeine Allerweltsweisheit aus, aber er tat es sanft, und es hörte sich sehr besorgt an. Der entscheidende Satz fiel, als Paul nach Luft rang, einfach aus seinem Mund heraus, als habe er nur auf eine Chance gewartet, dem Mund zu entfliehen. «Ich kann es nicht, Vater. Der Ekel ist zu groß.»

Seines Vaters Hand schien von seiner Schulter zu stolpern. Er fing geistesgegenwärtig die eine Hand mit der anderen Hand auf. Sein Vater schwieg lange. Seine Stimme trauerte bereits, als er sagte: «Ich habe dich vor Monaten beobachtet, als du uns nach Berlin begleitet hast, wie sehr du mit der Übelkeit zu kämpfen hattest, als der Kollege Oleret mit seinem von der Schuppenflechte entstellten Gesicht sich deiner annahm.» Er schwieg erneut. «Bereits als kleiner Junge, du wirst dich nicht erinnern, hast du einmal ein starkes Fieber bekommen, als du leider Zeuge eines üblen Blutsturzes wurdest.» Wieder schwieg er. «Ich hatte gehofft, diese Empfindlichkeit würde sich im Mannesalter verwachsen. Dem ist wohl nicht so. Nun denn. Also. Dann bist du wirklich für den Arztberuf ungeeignet, und meine Kunst muss von Fremden weitergeführt werden. Damit muss ich mich abfinden.» Sein Vater hustete nervös. «Dann also Juristerei?»

Pauls Mund war leer. Er nickte nur.

Ein Arzt, Paul glaubte ihn noch nie gesehen zu haben, betrat den Raum. Ein frischer Luftzug wirbelte die gestauten Gefühle auf.

Sein Vater bekam als Erster den Kopf frei. «Ein Patient fragt nach mir, wie ich vermute?»

Der Arzt nickte.

«Nun denn. Also. Gehen wir.»

Pauls Mund war immer noch leer.

Anstalt Sonnenstein

1

Er wäre jetzt wieder so weit.

Man hatte während der letzten sieben Jahre versucht, ihn zurückzulocken. Aber er hatte sich gewehrt, hatte sich die Ohren mit Wachs verschlossen, hatte nur den Strahlen der Sonne gehorcht, die ihm versprachen, ihn in eine Frau zu verwandeln. Äußerlich war lange alles nahezu unauffällig geblieben. Seine Brustbehaarung war dann doch langsam zurückgegangen, seine Hände waren schmaler geworden und die hässlichen Halbmonde auf seinen Fingernägeln verschwunden. Er hatte geglaubt, eine Brille kaufen zu müssen, bis er festgestellt hatte, dass die Wimpern gewachsen waren und seinen Blick trübten, sofern er nicht die Augen weit aufriss. Innerlich hatte er sich seit diesen Tagen verwandelt gefühlt, hatte eine Milde in sich gespürt, die ihm bisher fremd gewesen war. Alle dunklen Winkel in seinem Inneren schienen ihm seitdem ausgeleuchtet. Keine stockfleckigen Gefühle mehr. Er fühlte sich heute wie ein siebzehnjähriges Mädchen, das zum ersten Mal auf eine Tanzvergnügung ging. Spielmann, spiel auf!

«Und einen Schleier aus Brüsseler Spitze soll der Schneider auch mitbringen, ich gedenke eine schöne Braut zu werden. Die Menschen sollen staunen», wird er sagen.

Im Verborgenen war er eine Frau. Und er bereitete sich darauf vor, von Gott überschattet zu werden. Wie lange hatte er sich gesträubt. Wie lange hatte er mit Gott gerungen. Er war Gottes heilige Jungfrau.

Heute wäre er endgültig so weit.

Er fuhr mit der Linken über den plüschigen Rand seines pelzgefütterten Mantels. Wenn der Sommer verwelkte, kramte er diesen Mantel hervor. Er liebte es, wenn das Gewicht des Mantels ihn zwang, standfest zu bleiben, er liebte es, wenn der Mantel widersprach und sich doch seinem Willen fügen musste. Er war sein Gefährte, mit dem er rang, der ihn aber auch begleitete und beschützte, der auf einer Jagdpartie den Tieren eine Warnung war, der als Decke taugte, als Höhle, wenn er auf der Récamiere in seinem Arbeitszimmer ausruhte, der ihm als Vorwurf diente, wenn er ein erloschenes Kaminfeuer anfachen musste. «Er ist mein Feind. Er ist mein Freund. Er ist mein Feind. Er ist mein Freund», flüsterte er.

Himmlisch wird es sich anfühlen, wenn ein leichter Taft seine Hüften umspielt, wenn Seidenhandschuhe seine Hände umschmeicheln, wenn ein Schleier um sein Gesicht wallt. Er wird anmutiger und begnadeter aussehen als alle anderen Frauen dieser Welt. Er wird die Farben aus ihren Kleidern saugen, wird das ganze Licht auf sich versammeln, die Musik wird nur für ihn aufspielen, er wird die Welt in eine Drehung versetzen, und ihm wird schwindelig werden, zitternd vor Aufregung – natürlich, er ist doch erst siebzehn. Tanzen wird er auf dem Erdenrund, und er wird Gott entzücken, Gott wird ihn auserwählen, wird ihn vor allen anderen Frauen auszeichnen. Und Gott wird mit ihm ein neues Geschlecht zeugen, besser als das alte; er wird Kinder gebären, so viele wie die Sandkörner der Sahara, bezaubernde Kinder, mit weichen Mündern und perlmuttfarbenem Engelshaar. Gemeinsam werden sie alle Schatten aus der Welt rollen, sie werden neue Farben über die Dinge ausschütten, sie werden öde Landstriche zu anmutigen Landschaften zusammenschieben, den Himmel anstreichen und die Speere der Sonne neu schmieden. Und sein ehemaliger Nervenarzt Professor Flechsig wird von ferne, an einen Felsen angekettet, dieser Pracht stumm zuschauen müssen.

«Putzen Sie den Festsaal, schmücken Sie ihn, gehen Sie verschwenderisch mit Kerzen um, und richten Sie die Brautstatt her, denn der Höchste wird über mich kommen, wir werden uns mit Lust vereinen und machen alles neu. Nun gehen Sie schon!»

Wie leicht zu erschrecken Dienstmägde doch waren. Sein Vater war immer streng mit seinen Bediensteten gewesen. Er nicht. Er wollte ihnen ein gutes Vorbild sein, mochte er sie dabei zuweilen auch etwas überfordern.

Heute wäre er so weit. Seine Hände, seine zarten Hände, rochen nach Vorfreude.

Er hatte Prozesse geführt. Er hatte Bäume gezogen. Er hatte Vaterträume beerdigt. Er hatte seinen Bruder bestattet. Er hatte seine Frau verraten. Aber das alles zählte nicht mehr. Ein Flüstern zog durch seine Eingeweide. Sein innerer Hofstaat war in Aufruhr. Alle fühlten sich verjüngt und reckten die Hälse. Das machte, dass er sich leicht fühlte. Als würden längst verschlossene Schubladen aufgezogen und gäben den Blick frei auf gehortete Preziosen. Das machte, dass er sich schön fühlte. Er spürte, wie der Neid, die Missgunst und der Hass aus ihm herausflossen, als hätte jemand ein verstopftes Ventil geöffnet. Und deshalb fühlte er sich rein.

Dann spürte er, wie ihn jemand in den Anstaltsflur zurückschob.

2

Sie haben Ihren Wintermantel übergezogen.»

Sein Arzt favorisierte stets eine gedämpfte Stimme, wenn sie miteinander sprachen, als wären sie Gäste in der Oper. Aber manchmal nahm diese Stimme einen tadelnden Ton an, klang leicht metallisch. Auch heute. Gleich nach der Begrüßung.

«Sie haben Ihren Wintermantel übergezogen.»

Diesmal blieb das Ritual, einen Eröffnungswitz zu machen, aus. Schreber wusste: Wenn sein Arzt jetzt die Luft durch die gepressten Lippen drückte, war er beunruhigt. Sie kannten sich nach den vielen Sitzungen so gut wie ein altes Ehepaar.

Paul Schreber genoss die Sorge. Man sollte sich gefälligst Sorgen um ihn machen, er war schließlich nicht irgendwer.

«Meine Bronchien waren überreizt, deshalb habe ich mich entschieden, den Mantel überzuziehen.»

Sein Blick verlor sich im frisch geschnittenen Bart seines Gegenübers. Wie albern stolz dieser Dr. Weber doch auf seine Männlichkeit war! Vielleicht sollte er ihm den Bart weiß wundern, das würde seine Autorität unterstreichen. Erst als der Mund sich plötzlich schloss, registrierte Schreber, dass er nicht hingehört hatte. Er musste die im Raum weit verstreuten Wörter zusammensuchen, aber sie ergaben keinen Sinn, deshalb sagte er: «Meine Bronchien spielen sich seit Donnerstag unangenehm in den Vordergrund.»

«Sie beantworten leider nicht meine Frage, Herr Senatspräsident.»

Wenn er diesen Titel hörte, Herr Senatspräsident, war er zufrieden. Man redete auf Augenhöhe miteinander. Heute hatte Dr. Weber blaue Augen. Offensichtlich hatte er in der zurückliegenden Nacht der Sehnsucht nachgegeben.

In Liebesdingen werde ich ihm nicht reinreden. Diese Freiheit lasse ich ihm. Aber bitte! Ich kann nicht alle Schicksale dieser Welt lösen! Er neigt dazu, sich zu übernehmen! Nun gut!

Der Brustkorb von Dr. Weber dehnte sich, als würde er eine Atemübung machen. «Ich erlaubte mir zu fragen, ob in Ihnen der Wunsch wächst, unser schönes Schloss Sonnenstein heimlich zu verlassen. Was mich sehr betrüben würde.»

«Oh, nein. Ganz entschieden nein! Wenn ich gehe, gehe ich

hoch erhobenen Hauptes, sobald die Gerichte meine Entmündigung zurückgenommen haben. Aus dem Wunsch zu gehen bin ich durchaus nicht herausgewachsen, wie Sie wissen; aber ich gehe doch nicht wie ein Dieb in der Nacht!» Wenn sein Arzt etwas notierte, zählte Schreber immer die Altersflecken auf der Hand. Heute kam er bis 37. Es gab Tage, da kam er bis 49.

«Herausgewachsen, sagen Sie? Mir scheint, dass Sie stets dann den Mantel anziehen, wenn Sie an Aufbruch denken.»

«Wie präzise Sie fragen. Mein Kompliment, Herr Geheimer Rat. Aufbruch ja, aber nicht Ausbruch.» Dort, unterhalb des Ringfingers, verbargen sich noch zwei weitere winzige Altersflecken. Die hatte er bisher immer übersehen. Seine Augen sprühten vor Entdeckerfreude. Und diese Freude übertrug sich auf alle Körperinseln.

«Sie sind guter Stimmung. Nun denn. Sie fühlen sich offensichtlich stark genug, einen längeren Spaziergang zu machen.»

«Die Wärter begleiten mich auf manch kleine Runde, ohne dass ich sie jeweils entschieden auffordern müsste. Aber bei längeren Märschen werden sie schnell atemlos, deshalb schone ich sie und gehe allein.» Er massierte seine Hände, um sich und sein Gegenüber abzulenken. Es schien zu funktionieren.

«Ich habe noch einmal über Ihren Vorschlag nachgedacht, Ihre *Denkwürdigkeiten eines Nervenkranken*, an denen Sie so leidenschaftlich hier auf Sonnenstein arbeiten, zu veröffentlichen – sofern denn Gerichte Sie für geschäftsfähig erklären. Wenn Sie Stellen schwärzen oder streichen, die Ihre engsten Familienmitglieder, verehrter Herr Senatspräsident, bloßstellen, könnte eine Veröffentlichung für Ihren weiteren Genesungsprozess außerhalb der Klinik durchaus förderlich sein. Ich verspreche mir unter günstigen Umständen eine gewisse Ernüchterung. Vielleicht leisten Sie damit, gleichsam en passant, auch der Wissenschaft einen Dienst. Meines Wissens hat niemand bisher so eindringlich und sich selbst gegenüber so schonungslos über seine Nervenkrankheit Auskunft gegeben.»

Das Haar dieses Dr. Weber hatte die Farbe alter Schlüssel. Der Kopf als Schlüsselbund. Diese Erkenntnis amüsierte Schreber plötzlich. Er brach in ein Gelächter aus, beruhigte sich aber schnell. *Ich werde mich nicht dazu verleiten lassen, ihm vorzeitig mitzuteilen, wie es um ihn steht. Prekär. Durchaus prekär. Sein Zustand wird sich in den nächsten Monaten wahrscheinlich noch verschlechtern. Ich werde ihm beizeiten eine Aufgabe zuweisen, die ihn ausfüllt.*

«Könnten Sie sich vorstellen, mit mir gemeinsam den Text durchzugehen, Herr Senatspräsident?»

Die Nervenenden an Schrebers Schläfen zuckten, bevor er verstand, was ihm angeboten wurde. Er streckte sich. Stolz. Sehr stolz. «Gestatten Sie mir einen kleinen Seufzer. Einen Seufzer der Erleichterung.» Er machte eine kleine Pause. «Allerdings mute ich Ihnen und vor allem Ihrem Kollegen, Herrn Professor Flechsig, der mich, wie Sie wissen, zu Beginn meiner Krankheitskarriere zweimal mit wechselndem Erfolg behandelt hat, mit meinen Texten auch einiges zu.» Er war mit seiner Stimme unzufrieden. So klang jemand, der im Begriff war, einen Rückzieher zu machen. «Aber ich werde mich mit aller Entschiedenheit dieser großen Aufgabe widmen. Noch heute lasse ich Ihnen eine erste Abschrift meiner Manuskripte zukommen.» Er deutete eine Verbeugung an. «Ich weiß gar nicht, wie ich auf diese große Geste mit einer entsprechenden Geste reagieren soll.» Er versuchte, gleichzeitig demütig und entschlossen zu wirken. Und seit Langem freute er sich wieder an seinem Dasein.

Das trockene Hüsteln wirkte wie Gedankenstriche. Gleich wird sein Arzt unverfänglich auf das Gespräch vom Anfang zurücklenken. «Verbinden Sie übrigens mit diesem Mantel persönliche Erinnerungen?» Zwischen Zeigefinger und Ringfinger zählte Schreber drei Altersflecken. Heute war ein guter Tag.

Paul Schreber achtete auf seine Atmung. Seine Geheimnisse sollten heute nicht nach draußen kriechen. Wenn er kurzatmig wurde, verlor er für gewöhnlich die Übersicht. «Den Mantel habe ich von meinem Bruder übernommen. Wir hatten nicht die gleiche Statur. Ich wirke darin etwas verloren, aber er wärmt vorzüglich.» Das war gelogen. Aber er wusste, wie gerne sein Arzt auf Gustav zu sprechen kam. Er wollte ihm einen kleinen Gefallen tun. Mehr nicht.

«Ihr Bruder.» Dr. Webers Stimme konnte den kleinen Triumph nicht unterdrücken. «Ihr Bruder ...»

«So ist es. Mein bedauerlicher Bruder, der sich vor vielen Jahren entleibt hat.»

«Ja. Das unglückselige Ende Ihres Bruders besprachen wir angelegentlich.»

Er musste seinen Psychiater jetzt ein wenig trösten. Seit Jahren bemühte er sich um ihn. Irgendwo, an einem ganz entlegenen Ort, überlebte in ihm die Hoffnung, er, Paul Schreber, würde sein Geheimnis offenbaren. Dieser brave Dr. Weber, dieser rührige Mensch, klammerte sich verzweifelt an die Hoffnung, er, Paul Schreber, würde den Zipfel des Schleiers doch noch lüften. Und er, Paul Schreber, kroch in diese sterbende Hoffnung hinein und belebte sie neu. «Kurz vor seinem Tode hat mein Bruder diesen Mantel erstanden. Er trug ihn, als er sich zu diesem finalen Schritt entschloss. Wenn ich ihn trage, glaube ich an seiner statt das Leben zu bestehen.»

Dr. Weber malte große Bogen, wie um sich selbst zu bekränzen. Immer wenn er große Bogen malte, war er zufrieden. In diesem Augenblick malte Dr. Weber einen sehr schönen großen Bogen. Und Paul Schreber wollte, dass er noch schönere und noch größere Bogen malte. «Ich habe meinen Bruder sehr geliebt.»

Jetzt. Genau jetzt malte er einen riesigen Bogen. Jetzt waren beide glücklich. So schnell ging das. Wenn er nur diesen Augenblick einfrieren könnte! Er dehnte die Zeit aus, wollte, dass auch Dr. Weber für Minuten in diesem Zustand des Glücklichseins schwelgte.

«Wenn Sie an Ihre Kindheit denken, an welche Geschichte mit Ihrem Bruder erinnern Sie sich gerne?»

«An welche Geschichte ich mich gerne erinnere?» Dr. Weber sah ihn mit seiner ganzen Aufmerksamkeit an, die Neugierde drang aus allen Poren! Wie er in seinem Gesicht forschte und bewertete, was er sah. Dr. Weber öffnete vor Erwartung den Mund, und Paul entdeckte seine Zunge, die nervös im Mund hin- und herglitt. Sein Körper gönnte sich offensichtlich nie eine Pause.

«An welche Geschichte ich mich gerne erinnere?» Er wiederholte die Frage, um Zeit zu gewinnen. Er stand jetzt vor einem Schrank mit Geschichten, und er wusste, wenn er eine Tür öffnete, würden die Geschichten hervorquellen und ihn begraben. Er hatte bereits die Hand an der Klinke, spürte ihre metallische Kälte, und es war diese Kälte, die ihn zurückschaudern ließ. Er schloss die Augen und lauschte auf seine innere Stimme, die ihn warnte.

Ich darf mich nicht überfordern. Wir waren jetzt für Minuten gemeinsam sehr, sehr glücklich. Mehr kann und will ich nicht tun. Bitte. Ich kann nicht mehr.

Seine Arme zuckten, weil sie die innere Erregung in den Griff zu bekommen versuchten. «Ich erzählte es, glaube ich, bereits einmal beiläufig. Mein Vater ermunterte meinen Bruder und mich, im Garten ein Beet anzulegen und Gemüse zu ziehen. Er lobte einen Preis aus für denjenigen, der den größten Blumenkohl ernten würde.»

Wie nervös die Zunge im Mund von Dr. Weber noch immer hin- und herfuhr. Er wäre dankbar, wenn Dr. Weber den Mund schließen und die Zunge wieder einsperren würde. Er könnte ihm einen Aal in den Mund wundern, aber vielleicht würde sich Dr.

Weber darüber zu Tode erschrecken. Und wen könnte er dann glücklich machen!

Seltsam! Wie faltig und rau der Hals von Dr. Weber aussah. Dieser Hals harmonierte nicht mit der glatten Haut des Gesichts, wirkte, als hätte man einen neuen Kopf auf einen alten Hals geschraubt. Wie gerne hätte er gewusst, ob sich die Falten unter der Kleidung fortsetzten. Und wie gerne hätte er die Falten angefasst und glatt gestrichen. Oh, das konnte er wie kein Zweiter: Falten glatt streichen.

«Ich erinnere mich, dass in jenem Jahr der Sommer sehr verregnet war und ich mir eine starke Erkältung zuzog, die mich für mehrere Tage ans Haus fesselte. Ich litt schreckliche Qualen, weil ich den kleinen Wettstreit schon verloren glaubte. Als ich endlich wieder in den Garten hinausdurfte, stellte ich zu meinem großen Erstaunen fest, dass sich mein Bruder Gustav rührend um meine Pflanzen gekümmert hatte. So rührend, dass ich einen deutlichen Vorsprung meiner Pflanzen verzeichnete. Ich habe also diesen ausgelobten Preis, ein lindgrünes Federmäppchen, gewonnen. Ich sehe noch die Sprachlosigkeit in seinem Gesicht, als ich ihm dieses Federmäppchen überreichte für die Mühe und die Fairness, die er mir gegenüber hatte walten lassen. Ich stand in seiner Schuld.»

Jetzt fühlte er sich so erschöpft wie nach einem langen Arbeitstag. Er hatte den letzten Satz mit dem Wort *Schuld* beendet und seiner Stimme einen dunklen Unterton beigemischt.

Mehr konnte er nun wirklich nicht für Dr. Weber tun.

Seine Zunge schwitzte. Seine Euphorie brach in sich zusammen. Er spürte, wie in seinem Brustkorb ein großer Lärm anschwoll. Das Tier in ihm fing ganz ohne Vorwarnung an zu brüllen. Dieses Brüllen übertönte alles: das Kratzen der Feder auf dem Papier, das Ticken der Uhr auf dem Schreibtisch, auch die lauten Schritte, mit denen zwei Wärter in das Zimmer stürmten, Paul Schreber festhielten und auf den Stuhl drückten.

«Lassen Sie ihn los. Sofort! Ich habe Sie nicht gerufen. Sie sollten wissen, wie ungefährlich dieses Brüllen ist. Also, meine Herren, gehen Sie.» Er wandte sich an Schreber, lächelte schmal, eine Spur triumphierend. «Wie fühlen Sie sich jetzt?»

Wie fühlte man sich, wenn die Flanken des Tieres in einem bebten und der ganze Körper zitterte? Seine Stimme fand nur mit Mühe in den eigenen Tonfall zurück, als er sagte: «Ich fühle mich matt wie nach einer großen Anstrengung.» Er atmete schwer. Der jämmerliche Tonfall seiner Stimme erschreckte ihn selbst. Mit zärtlicher Beschämung schaute er zu Dr. Weber, zwang seine Stimme zur Räson und streckte etwas seinen Rücken. «Habe ich Sie erschreckt?»

«Aber durchaus nicht.» Als Dr. Weber sein «Durchaus nicht» wiederholte, ahnte Paul Schreber, dass seinem Psychiater dieser Schrecken nicht unangenehm war. «Ich werde Ihnen jetzt ein leichtes Schlafmittel verabreichen. Sie werden sehen, wie sehr Ihnen ein tiefer Schlaf neue Kräfte schenkt. Ich werde Sie auf Ihr Zimmer begleiten. Machen Sie sich keine Sorgen. Übrigens: Das Brüllen wird Sie auch in der Freiheit, sofern denn die Gerichte die Entmündigung zurücknehmen, nicht ganz verlassen. Aber es ist ganz unbedenklich. Ihre Umgebung wird sich daran gewöhnen.» Er kam hinter seinem Schreibtisch hervor, schaute ihm ins Gesicht, zwinkerte sogar. Es schien ihm klug, nach Paul Schrebers Puls zu fahnden. Diese Hände waren von einer unerhörten Weichheit. Und Paul entdeckte zwischen Daumen und Zeigefinger sieben, nein acht neue Altersflecken.

Es war doch noch ein guter Tag geworden.

Ein sehr guter Tag sogar.

3

Diese seltsam klebrig warme Hand.

Immer wenn er sie berührte, zuckte sein linkes Bein unwillkürlich. Er hielt diese Hand jedes Mal ein wenig zu lang; erst wenn er die plötzliche Reserviertheit in den Augen seiner Gastgeberin aufflackern sah, ließ er sie so plötzlich los, als hätte er sich verbrannt.

Wie glücklich er sei, endlich, nach einer kleinen Unpässlichkeit, wieder am Familientisch in der Klinik Sonnenstein Platz nehmen zu dürfen. Er wisse die Freundlichkeit der Einladung zu schätzen.

Mich erstaunt immer, dass sie so anders ist, als sie aussieht. Ihre Zurückhaltung ist vielleicht eher nüchternes Zuwarten als eine versteckte Überheblichkeit im Wissen um die eigenen Schätze!

«Wir freuen uns immer, Sie an unserer Tafel als Gast willkommen zu heißen.»

Paul Schreber prüfte die Wärme, die in diesen Worten lag. Sie hätte etwas kräftiger ausfallen können. Vielleicht hatte der Anstaltsarzt seiner Frau etwas mehr Zurückhaltung abverlangt.

Ob er, der verehrte Herr Senatspräsident Dr. Schreber, denn Zeit gefunden habe, in der heutigen Zeitung zu lesen, dass die Staatsverwaltung eine groß angelegte Reform betreibe, um gewisse Abläufe künftig zu beschleunigen?

Dr. Weber trug bei den abendlichen Mahlzeiten am Familientisch keinen weißen Arztkittel. Vielleicht glaubte er, dass seine geladenen Gäste dadurch entspannter würden, einen anderen Rhythmus fänden. Aber er, Paul Schreber, musste sich sehr zusammennehmen, um nicht sofort den Respekt zu verlieren. Dann kroch häufig ein kurzer Lacher in seinen Mund und ließ sich auf Dauer nicht gefangen nehmen.

Nein, leider habe er keine Zeit gefunden, einen Blick in die Zeitung zu werfen, er sei mit den kleinen Korrekturen an seinem Manuskript überaus beschäftigt, nahezu überlastet.

Hinter seinen Augen klopfte es. Er errötete ein wenig. Wie läppisch dieser Dr. Weber doch ohne Arztkittel wirkte. Ein kurzer Lacher entfuhr ihm. Er räusperte sich und zwang sich, ruhig zu bleiben. Er sprach zu seinem dritten Hemdknopf: «Vor etwa fünfzehn Jahren habe ich selbst Vorschläge zu einer kleinen Reform des Verwaltungswesens aufgesetzt und auch eingereicht. Bis heute sind sie unbeantwortet geblieben. Eine Verkürzung gewisser Arbeitsabläufe wäre also auch in meinem Sinne.»

Seine Gastgeberin schenkte ihm ein kurzes, silbriges Lachen. Er versuchte, eine plötzliche Erregung abzuschütteln, wäre am liebsten hineingesunken in dieses Lachen. Dr. Weber gönnte ihm immerhin ein Lächeln mit den Augen. Das reichte ihm. Er war streng zu sich selbst. Esprit zeigte sich darin, eine eigene amüsante Bemerkung durch keinen Gesichtsausdruck zu kommentieren.

Ich möchte mich gerne in diesem blonden Innenleben ein wenig ausruhen! Welche Schätze mögen dort verborgen liegen!

Sein Mund produzierte Übermengen an Speichel. Um sich nicht zu verraten, verzog er sein Gesicht zu einer Grimasse und fasste sich an den Hals, als ob er sich erwürgen wollte.

«Vielleicht ist es Ihnen entgangen, mein lieber Dr. Schreber, aber in Norwegen gibt es seit einigen Monaten ein allgemeines Stimmrecht für Frauen. Was halten Sie, der sich doch vor Jahren aktiv um ein politisches Mandat beworben hat, davon?» Dr. Weber schaute ihn so konzentriert an, als wollte er ihn hypnotisieren.

Gott sei Dank verbarg sich in seinem Mund noch ein Lacher, den er sofort hinauswarf. Er klopfte mit dem Zeigefinger gegen einen Nasenflügel. Seine Nackenmuskeln verspannten sich.

Er habe viele Frauen kennengelernt, die ihren Männern an Bildung und Einfühlsamkeit weit überlegen seien. Bedenken habe er allenfalls bei den niederen Schichten, traue sich aber kein Urteil zu, ob nicht auch der Kenntnisgrad bei Männern dieser Schichten so erbärmlich sei, dass man um das Wohl des Staates fürchten müsse, wenn alle geschlossen zur Wahl gingen. Er jedenfalls wolle nicht ausschließen, dass durch die Frauen ein friedliches, um nicht zu sagen mütterliches Element in die Politik Einzug halte.

Das sei, fiel ihm Dr. Weber ins Wort, ein sehr bedenkenswerter Beitrag, den er, wenn der Senatspräsident erlaube, an anderer Stelle einmal vorzubringen gedenke.

Paul Schreber vermisste den weißen Kittel immer schmerzlicher. Er verspürte große Lust, laut aufzubrüllen, wollte aber die Gastgeberin, die ihn konzentriert ansah, nicht erschrecken. Er traute sich nur, sie knapp oberhalb der Augenbraue anzusehen, weil er fürchtete, sonst zu schrumpfen.

Diese Frau ist mir ungewohnt. Wie sie vieles schweigend beobachtet! Wie ihre Augen sich an mir festsaugen und durch die Poren meiner Haut mein Innerstes durchleuchten! Wie angenehm muss es sein, diese Frau zu sein!

Mit der linken Hand kniff er sich in den Oberschenkel, um die Gedanken wieder auf das Gespräch zu lenken. Einen schmalen Augenblick lang war seine Konzentration geweckt. «Vielleicht wird dereinst sogar eine Frau unser schönes Land regieren.»

Dieser Satz löste eine allgemeine Heiterkeit am Tisch aus. Auch die anderen Gäste, der Hilfsarzt Dr. Hagedorn und ein Patient, ein Legationsrat, an dessen Namen er sich im Augenblick nicht erinnerte, lachten laut auf. «Welch schöne Prophetie! Vielleicht wird die künftige Kanzlerin Miss Schreber heißen.»

Paul Schreber kniff sich erneut mit aller Kraft in den Oberschenkel. Woher wusste diese namenlose Kreatur davon, dass er in seinen Träumen als Miss Schreber verhöhnt wurde? Er spreizte in seinen Schuhen die Zehen, um auf einen Widerstand zu stoßen, der ihn ablenkte. Sein Kopf war nicht aufgeräumt genug, um angemessen zu reagieren. Er schaffte es nur, einen schwachen Lacher hinauszuwürgen. Ein nervöses Zucken im Gesicht von Dr. Weber verriet ihm, wie sehr der sich wünschte, seinen Arztkittel überzustreifen.

«Ich hatte bereits einmal das Vergnügen, die Schwester des Herrn Senatspräsidenten persönlich kennenzulernen. Sie teilt mit ihrem Bruder den scharfen Verstand, gepaart mit großer menschlicher Wärme. Mir wäre nicht Angst, wenn eine solche Miss Schreber künftig die Geschicke unseres Landes lenken würde.»

Dieser Satz legte sich wie ein warmer Schal um Pauls Hals. Dr. Weber warf seiner Frau einen dankbaren Blick zu. Der Hilfsarzt nickte übertrieben heftig. Nur auf dem Gesicht des Legationsrates hielt sich ein freches Grinsen.

Mit ihr als Freundin würde ich gute Zeiten verleben. Was gäbe ich dafür, würde sie in meinen Träumen auferstehen.

Sein linker Arm begann zu zucken. Er musste heute seinen Körper unter Kontrolle halten. Deshalb legte er das Besteck, ein wunderbar schweres Besteck, das die Muskeln fühlbar machte, beiseite und begann wie selbstverständlich den Arm zu massieren. Wie rau und körnig die Haut war. Wie die Zunge eines Hundes. Wie die Zunge eines Hundes! Nein. Darüber wollte er jetzt nicht nachsinnen. Heute nicht. Er verbot sich mit letzter Kraft, das Wort «Hund» zu denken, und lobte in überschwänglichen Worten die Küche auf Sonnenstein, die in den ersten Häusern der Stadt ihresgleichen suche.

«Dieses Kompliment aus Ihrem Mund weiß ich besonders zu schätzen. Wir geben uns in der Tat alle Mühe, es unseren Gästen so angenehm wie möglich zu gestalten. Dazu gehört auch, dass wir sie mit guter Lektüre versorgen. Mir wurde von unserem Buchhändler ein in jeder Hinsicht gewichtiges Buch empfohlen. Ich weiß nicht, ob Sie, verehrter Herr Senatspräsident, bereits von dem Autor gehört haben. Ein gewisser Thomas Mann, Lübecker von Geburt, hat eine mächtige Familiensaga publiziert, *Die Buddenbrooks*, die Geschichte einer Kaufmannsfamilie.»

Sein Arm zitterte noch immer ein wenig, aber es gelang ihm, erneut in die Rolle des gebildeten Gastes zu schlüpfen. Er bedaure, von diesem Autor bisher nur den Namen gehört zu haben. Er schätze an Schriftstellern neben ihrer stilistischen Kunst vor allem ihre vaterländische Gesinnung. «Mit viel Gewinn habe ich stets die Gedichte und Romanwerke Victor von Scheffels gelesen. Es wäre mir ein großes Vergnügen, Ihnen aus meiner Hausbibliothek einen Band besorgen zu lassen. Und vielleicht findet auch Ihre Frau Gemahlin die Zeit, einen Blick in das Buch zu werfen.»

«So wollen wir es halten! Ich versorge Sie mit dem Roman von Thomas Mann, und Sie versorgen mich mit einer kleinen Arbeit Victor von Scheffels, von dem ich leider noch nichts gelesen habe.»

«Welch schöner Vorschlag, Herr Medizinalrat.» Seine Stimme klang noch immer, als hätte sie sich verlaufen. Morgen, vielleicht morgen würde er sich trauen, ihr in die Augen zu schauen.

Heute kann ich es nicht riskieren. Das Brüllen lauert nur darauf, sie zu erschrecken!

Das Scharren von Stuhlbeinen verriet ihm, dass die Tafel aufgehoben wurde. Noch einmal der Druck dieser seltsam klebrig warmen Hand. Er ließ die Hand früher los als gewöhnlich.

Kurz vor seinem Zimmer konnte er das Brüllen nicht länger unterdrücken. Er empfand es wie eine Erleichterung.

Keiner nahm Notiz davon.

Zeitzer Straße 43

1

Rituale gaben ihm Sicherheit.

Das glaubte er zumindest.

Wenn es ihm möglich war, machte er, Paul, am letzten Sonntag eines jeden Monats einen Ausflug in den Fläming. In dieser Landschaft fühlte er sich zu Hause. Mit seinen Eltern hatte er mehrfach die Ostsee besucht, aber sich am Strand nie richtig wohlgefühlt. Die Erdkruste war auch in den Dünen nur schwach gebacken und gab leicht nach, wenn man kräftig auftrat. Bei starkem Wind begann die Landschaft zu wandern, scheuerte seine sonnenverbrannte Haut wund, überholte ihn oder verkroch sich in seinen Haaren. Dort habe der Strand nichts zu suchen, sagte seine Mutter an den Abenden, wenn sie ihm die Haare sorgfältig ausbürstete. Streifte er durch den Fläming, erkannte er auch noch nach Wochen die Landschaft genau wieder; diese Landschaft war treu und verharrte an ihrem Ort, kleidete sich nur den Jahreszeiten entsprechend neu. Der Boden erlaubte ihm einen federnden Schritt, war wie gemacht für einen Mann, der schnell vorwärtskommen wollte, der Ziele hatte und es liebte, in frischer Luft kräftig zu singen. Am liebsten allein.

Jeden Mittwoch besuchte Paul den Stammtisch des Studentenvereins Wartburg. Ein enger Freund seines Vaters, den er Onkel nennen musste, hatte ihn dazu eingeladen. Mit Alkohohl hatte Paul bisher wenig Erfahrung gemacht. Aber bereits nach zwei Wochen empfand er es wie eine Unterschrift unter einen Vertrag, wenn man nach der Rede eines Kommilitonen stehend ein Bier trank und sich der Sache Preußens verschrieb. Mittwochs gingen sie gemeinsam in die schlecht besuchten Collegs von Treitschke, freitags zum Turnplatz. Dort durfte er, Paul, die Übungen vorturnen.

Zu den Höhepunkten der Woche gehörten die Stunden auf dem Fechtboden. Das waren die heiligen Donnerstage. Wenn er die wattierte Weste anzog, fühlte er sich, als würde er von seiner Mutter in einen dicken Wintermantel eingepackt und mit einem Kuss versehen zum Spielen geschickt. Er focht am liebsten mit Ernst. Als müsse Ernst mit aller Energie gegen die Bedeutung seines Namens angehen, eröffnete er den Wettkampf immer mit einem Scherz. Während Paul noch laut lachte, setzte Ernst den ersten Hieb, den Paul nur mit Mühe parieren konnte. Sofort war Paul präsent, wich geschickt den Angriffen aus und konterte jeweils mit einer eleganten Attacke. Und immer gewann er. Wenn sie die Fechtmontur ausgezogen hatten, kribbelte seine Haut noch lange von der Anstrengung. Seine Kehle war so trocken, dass er kaum sprechen konnte. Sie stiegen vom Fechtboden nach unten, schenkten sich ein Bier ein, nahmen Haltung an, räusperten sich, riefen «Auf Preußen!» und tranken das Bier auf ex. Ernsts Gesicht sah hinterher immer aus, als hätte er sich frisch gewaschen.

Beim nächsten Gesellschaftsabend erwarte man als Gast Treitschke selbst, sagte Ernst und tupfte sich mit dem Unterhemd den Schweiß von der Stirn. Er verstehe gar nicht, wieso Treitschke, der doch ein so beeindruckender Redner sei, so wenige Studenten ziehe. «Das ist nur eine Frage der Zeit!», antwortete Paul mit Entschiedenheit. Und um die Entschiedenheit noch zu steigern, wiederholte er den Satz: «Das ist nur eine Frage der Zeit.» Ernst hob das Bierglas. Nur mit dem Bierglas in der Hand sah Ernst richtig angezogen aus.

«Aber so sehr ich für die Sache Preußens bin und unsere sächsische Monarchie verachte, so entschieden bin ich gegen eine Umwandlung unserer Studentenvereinigung in eine Burschenschaft. Die politische Gesinnung wird andernfalls zu einer öffentlichen Angelegenheit, und die hat in der Universität keinen Platz.» Ernst lehnte sich ein wenig nach vorn und schaute Paul plötzlich mit einem herausfordernden Blick an. Paul kannte die Vorbehalte, die Ernst gegen die Umwandlung hatte, glaubte sie widerlegen zu können, spürte jetzt aber keine Lust, mit Ernst zu streiten. Er hatte bereits beim Fechten gewonnen. Er presste die Lippen zusammen und gab einen kleinen Seufzer von sich, den man als halbes Entgegenkommen deuten konnte.

«Mein Bruder hat mir die Adresse eines gewissen Hauses genannt, wo man die körperliche Anstrengung auf einem anderen Gebiet fortsetzen kann.» Er hatte diesen Satz nicht geplant; er war ihm wie ein Wunder vorgesprochen worden. Gustav hatte ihm in der Tat einmal, als er noch in Leipzig und nicht in Göttingen studierte, von einem privaten Turnplatz vorgeschwärmt, wo er sich von seinen naturwissenschaftlichen Studien so herrlich entspannen könne. Aber Paul hatte darüber nie wirklich nachgedacht. Und doch hatte sein Gehirn diese Information sehr genau gespeichert und nur auf einen günstigen Augenblick gewartet, um die Adresse weiterzureichen.

Das Kinn seines Gegenübers berührte plötzlich dessen Brust. Jetzt sah Ernst aus wie ein kleiner Junge, der soeben erfahren hat, dass der Vater und nicht das Christkind die Geschenke am Heiligabend bringt. Paul wartete, bis das Kinn seinen natürlichen Platz erneut einnahm und Ernst in etwa sein Alter zurückeroberte. «Du meinst, wir sollten …» Seine Stimmlage hinkte noch etwas hinterher. In seinem Körper baute sich eine Spannung auf wie bei einem Läufer vor dem Start. Paul glaubte eine Druckwelle zu spüren, die ihn einen Schritt zurückweichen ließ, um für Ernst freie Bahn zu lassen. An einem Luftzug spürte Paul, dass Ernst soeben mit schnellen Schritten an ihm vorbeigegangen war. «Worauf warten wir noch? Ich hoffe, du kennst den Weg.»

Er holte Ernst erst im Garten des Studentenhauses ein. Ernst schritt mit ausholenden Schritten über das raue Fell des Rasens. Paul erklärte ihm mit den Armen rudernd den Weg. «Wir schlagen die Richtung Zeitzer Straße ein, damit alle glauben, wir würden bei mir zu Hause vorbeischauen, dann machen wir einen kleinen Bogen und gehen ein Stück in die Südstadt zurück. In einer kleinen Seitenstraße befindet sich das besagte Haus.» Er gab Ernst einen Klaps auf den Arm, wie um ihn aufzumuntern, aber Ernst musste man nicht aufmuntern; er schritt mit aller Energie voran. Jetzt würden sie also eine besondere Erfahrung teilen; das würde ihre Freundschaft enger werden lassen. Seine Arme zuckten noch immer vor Erregung.

«Bedarf es eines geheimen Wortes, um Zugang zu dem besagten Haus zu bekommen?» Ernst schaute ihn nicht an, stemmte die Arme in die Seite, wie um Entschlossenheit zu demonstrieren.

Paul erinnerte sich nicht, ob Gustav etwas von einem Losungswort gesagt hatte, wollte aber keine Unsicherheit aufkommen lassen und sagte deshalb im Tonfall eines älteren Bruders: «Man erkennt auf einen Blick, dass wir Studenten sind. Da ist ein Losungswort nicht nötig. Die Damen wissen, warum wir gekommen sind. Die kennen ihr Gewerbe. Sei also unbesorgt.»

Den Rest des Weges, den sie zurücklegten, um den Feind einzukreisen, schwiegen sie. Und obwohl Paul kein Wort mehr gesagt hatte, schmerzte seine Kehle, als hätte er seit Stunden laut geschrien. Nur einmal drehte Ernst sich um, weil er wissen wollte, welches der Häuser gemeint sei. Paul gab ihm ein Zeichen, und Ernst betrat das Haus mit einer Selbstverständlichkeit, als würde er in einen Bäckerladen gehen.

Im Entree hatten sich ihre Augen noch nicht ganz an die

dämmrige Beleuchtung gewöhnt, als sie von einer Frau in Empfang genommen wurden, die kaum jünger war als Pauls Mutter. «Heute scheint die Universität entvölkert zu sein, so viele Ihrer Kommilitonen haben bereits den Weg zu uns gefunden. Wir könnten notfalls ein Colleg lesen lassen.» Dieser Satz entspannte Pauls Nerven merklich, und auch Ernst lachte kurz auf. «Ich darf Sie, wenn es erlaubt ist, mit meinen Damen bekannt machen?»

Sie betraten einen kleinen Salon, in dem sechs junge Frauen saßen, die sich alle erhoben. Ernst verbeugte sich, und Pauls Körper imitierte automatisch die Bewegung. Entschieden ging Ernst auf eine Frau zu, deren Haare mit bunten Federn geschmückt waren. Paul senkte den Kopf, als könnte er vor sich auf dem Boden einen Hinweis finden; dann verharkte sich sein Blick in den Ösen von Stiefeln, die sich vor ihm aufbauten. Er spürte, wie jemand seine Hand nahm und ihn wie ein Kind aus dem Zimmer führte. Er war von Ernst getrennt worden, und dieser Verlust nahm seine Aufmerksamkeit gefangen.

Paul schloss die Augen und ließ alles willenlos über sich ergehen. Wie er entkleidet wurde. Wie ihm die Frau mütterlich durch das Haar fuhr. Wie er auf den Rücken gelegt wurde und wie er nach den ringförmigen Schultertaschen fahndete. Wie sich die Frau über ihn beugte, um ihm einen Gutenachtkuss zu geben. Wie sie ihren Rock hob und sich auf ihn setzte. Wie sie anfing, auf ihm zu turnen. Wie sie schnell ermüdete und stöhnte. Wie dankbar er seinem Vater doch sein musste, seinen Körper so gut in der Gewalt zu haben.

Ernst wartete bereits auf ihn, als er wieder in den Salon trat. Er habe den Ausflug bereits beglichen, sagte er und zog Paul mit sich. Sie gingen erneut schweigend nebeneinander her. Ernsts Gesicht lehnte jede Frage ab.

Kurz vor ihrem Studentenhaus blieb er stehen. «Wenn ihr aus

der Wartburg eine Burschenschaft macht, werde ich die Vereinigung verlassen.» Er schaute mit zusammengekniffenen Augen geradeaus.

Paul nickte. Er hätte so gerne einen Freund gehabt.

Und was würde jetzt aus den Donnerstagen werden?

2

Er hatte bestanden.

Das war eigentlich nicht weiter überraschend, denn er hatte sich verbissen und ausdauernd auf seine erste Prüfung im Studium vorbereitet. Sein Professor, der während der Vorlesungen immer die Augen schloss, hatte ihn, als er ihm das Ergebnis verkündete – Bester im Studienjahr 1861 –, mit erstaunlich wachen Augen angesehen. Er sei ein Talent, das zeige sich bereits jetzt. Talente drängten sich zumeist in der ersten Prüfung nach vorn, aber er, der Student Schreber, tue dies, ohne auftrumpfen zu wollen. Man spüre die erwachenden Geisteskräfte, die sich in so überzeugender Form Ausdruck verschafft hätten. In ihm, Paul Schreber, hätten sich sehr viele schöne Anlagen versammelt. Er sei begünstigt von der Vorsehung. Jetzt gelte es, nicht selbstgerecht zu werden; die Gefahr bestünde bei Talenten seines Schlages. Aber er werde ein Auge auf ihn werfen. Vielleicht sei es ein gutes Omen, dass er, der Student Schreber, während der Prüfung die zwei Kommilitonen neben ihm an seinem Wissen habe teilhaben lassen: «Die Brosamen vom Tisch des Herrn, um es ein wenig pathetisch auszudrücken, haben hingereicht, dass die Studenten Kretschmar und Krause sich weiterhin Hoffnung machen dürfen, Richter zu werden, die künftig über Eigentumsdelikte zu befinden haben. Beide sind dafür prädestiniert, weil sie bereits in frühen Phasen ihres Studiums das juristisch schwierige Feld des geistigen Eigentums durchaus eigenwillig, aber erfolgreich bearbeiteten.» Kurz nur hatte sein Professor die Augen geschlossen und milde gelächelt, ihn dann erneut angesehen. Ob der Student Schreber denn gedenke, sein Studium in Leipzig abzuschließen; und ob er seine danach anstehende Promotion hier verfertigen wolle; und ob er im hiesigen Regierungsbezirk seine Karriere, denn eine große Karriere stünde ihm fraglos bevor, beginnen wolle? Bei jeder Frage nickte Paul nur, spürte schließlich einen festen Händedruck, wurde freundlich hinausgeschoben und sah, wie sein Professor die Tür hinter ihm leise schloss.

Er wollte sich freuen, hatte allen Grund, den Kopf ein wenig höher zu halten als gewöhnlich, nachdem ihm sein Professor so geschmeichelt hatte. Aber sein Lächeln verrutschte, eine tiefe Traurigkeit hatte ihn fest im Griff und ließ ihn schrumpfen. Er stand unschlüssig auf dem Flur herum, hoffte, Ernst würde vielleicht durch diesen Flur laufen. Aber der Flur blieb menschenleer. Und Ernst hatte die Burschenschaft, so wie er es angedroht hatte, verlassen. Aber hatte er, Paul, es sich nicht verdient, in die Vorstadt zu gehen, um ein wenig zu entspannen? Ein wellenförmiger Schmerz, der ihn seit drei Tagen immer wieder in der Leistengegend durchfuhr, ließ ihn zögern. Er war unsicher, ob die dortige Form von Bewegung helfen würde, den Schmerz dauerhaft zu betäuben.

Am Ende des Flurs knallte eine Tür, und als wäre dieser Lärm ein Startschuss gewesen, bewegte sich Paul mit schnellen Schritten Richtung Ausgang. Draußen dämmerte es bereits. Ein leichter Sprühregen hatte eingesetzt. Der Gehsteig wirkte wie glasiert, und sein Schritt reduzierte die eigene Geschwindigkeit, um nicht auszurutschen. Vor einem Schaufenster blieb Paul stehen. Ihn schaute ein trauriges Gesicht an. Musste er sich an diesen traurigen Blick gewöhnen, gehörte der jetzt für immer zu ihm? Er drehte sich abrupt um und ging langsam weiter. Durch zwei große Wohnzimmerfenster kroch warmes Licht nach draußen in den schmuddeligen Freitagabend. Er blieb in einem Lichtkegel so lange stehen, bis er die Wärme in sich aufgesogen hatte, dann schlug er die Richtung Zeitzer Straße ein.

Er begegnete seiner Mutter im Entrée, als hätte sie auf ihn gewartet. Er glaubte seine Mutter zu kennen, wie er niemanden auf der Welt kannte. Wie oft hatte er ihre kleinen Gesten registriert, mit denen sie, bevor sie etwas sagte, zu erkennen gab, was sie bedrückte, wie oft die Farbe ihrer Augen erkundet, die von Stimmungen abhängig war: Die bernsteinfarbene Iris signalisierte Glück; verschluckte das Schwarz der Pupille das Braun der Iris nahezu vollständig, kämpfte seine Mutter mit einem versteckten Groll, den sie nie laut aussprach. Jetzt aber stand seine Mutter vor ihm wie Magdalena unter dem Kreuz. Sie hatte ein schwarzes Tuch um die Schultern gelegt und hielt es mit ihrer knochigen Hand zusammen. Aus ihrem Gesicht sprang ihn eine nackte Verzweiflung an. «Vater ist leidend.» Ein Satz wie ein Schrei. «Und es ist nicht der Kopf.»

Dieser Zusatz war die Ursache, dass auch Paul von Schrecken erfasst wurde. Wie oft hatte sein Vater mit quälenden Kopfschmerzen das Bett hüten müssen, war aber stets nach einigen Tagen erholt an seine Arbeit zurückgekehrt. Alle in der Familie wussten, dass diese Schmerzen regelmäßig wiederkehrten, und alle wussten, dass er gesundete. Die Mutter ergriff seine Hand und drückte sie wie eine Ertrinkende, die nach einem Halt sucht. «Und es ist nicht der Kopf», wiederholte sie, als müsste sie ihre Verzweiflung noch einmal in die gleichen Worte pressen. Paul nahm die andere Hand zur Hilfe, um seine Mutter zu halten. Er hatte Angst, sie könne ihm entgleiten. Für einen Moment ließ ihn die Kälte ihrer Hand, die sich auf seine eigenen Hände übertrug, frösteln. Könnte er doch die Angst herausreiben, damit nur die

Hoffnung übrig bliebe! «Es ist nicht der Kopf?» Warum kam die Frage mit dieser rätselhaften Verzögerung, als wäre er schwerhörig oder schwachsinnig, oder als glaubte er seiner Mutter nicht?

Sie lehnte den Kopf gegen seine Schulter und machte gleichzeitig einen Schritt zur Seite, als müsste sie jemandem Platz machen, der hinter ihrem Rücken sich hindurchzuzwängen versuchte. Er rieb noch immer ihre Hand. Sein Magen krampfte sich kurz zusammen. Er torkelte, als hätte ihn jemand angestoßen, endlich riss er sich zusammen und fragte: «Woran leidet Vater?»

Der Seufzer dicht an seinem Ohr löste noch einmal ein Gefühl von Schwindel aus. «Es ist der Darm, Paul.»

Noch immer hielt er ihre Hand. Er wollte nicht wie ein Schwachsinniger erneut ihre Antwort wiederholen und nickte nur. Er schluckte – und schluckte und schluckte. Mit jedem Schlucken verjagte er die wenigen Wörter aus seinem Mund, die sich dort mühsam eingefunden hatten.

«Sein Darm arbeitet nicht mehr. Er kann nicht ausscheiden.»

Pauls Fassung geriet erneut ins Wanken. Er atmete dreimal tief durch, verbot sich zu schlucken. «Und die Ärzte?»

Seine Mutter zog die Hand zurück und schaute sie an, als wäre sie überrascht, dass sie zu ihr gehöre. «Die Ärzte», flüsterte sie. «Sie tun ihr Bestes. Sie haben Vater in den letzten fünf Tagen immer wieder klistiert; aber sein Darm versagt den Dienst, drückt nicht einmal vollständig das eingeführte Wasser heraus. Sein Bauch ist angeschwollen wie ein praller Ballon, der kurz vor dem Platzen steht.»

Als sei die Krankheit seines Vaters ansteckend, schien Pauls Gehirn zu verstopft, um eine Frage zu stellen. Er führte seine Mutter, die in ein leises Weinen verfallen war, in den Salon und stellte sich auf den dicken wollenen Teppich. Das hatte er als Kind bereits getan, weil er die federnde Weichheit unter seinen Füßen genoss. Und auch jetzt entspannte er sich von den Füßen her. Er räusperte sich, sagte dann mit erstaunlich fester Stimme: «Ich möchte Vater sehen!»

Die Mutter nickte stumm und ging ihm voraus. Je näher sie dem Schlafzimmer kamen, umso stärker presste sich von innen wie von außen die Angst an ihn, so dass sein Herz zu rasen anfing. Er schmeckte Blut, als würden seine Adern reißen. Seine Mutter öffnete die Tür, so wie man die Tür eines Zimmers öffnet, in dem früher einmal ein Mensch gelebt hat, der seit fünfzehn Jahren tot und in dem alles unverändert ist. Und in der Tat: Paul erkannte das Zimmer wieder. Stühle, der Sekretär, der Orientteppich, die Kommode. Beinahe überrascht entdeckte er im Bett seinen Vater. Der rote Kopf mit dem weißen Bart. Es war sein Vater. Daran bestand kein Zweifel. Nur das Deckbett wölbte sich unnatürlich stark über seinem Bauch.

Paul warf einen kurzen Blick zu seiner Mutter, die neben ihm in einer trauernden Haltung stand, als wäre ihr Mann bereits verstorben. Er beugte sich über den Vater, lauschte, hörte ein schwaches Atmen. «Vater», flüsterte er. Und noch einmal: «Vater.»

Die zwei Wörter benötigten lange, bis sie seinen Vater erreichten. Dann schlug er ganz langsam die Augen auf, glasige Augen, die längst anderes schauten und darüber enttäuscht und missvergnügt schienen, dass man sie zwang, noch einmal einen Blick in die Welt zu werfen. Paul nickte, und sein Vater schloss erneut die Augen. Ein Zucken in den Mundwinkeln wollte Paul als Lächeln deuten.

Er verharrte noch einige Minuten am Bett, spürte schließlich den Arm seiner Mutter, die ihn behutsam aus dem Zimmer geleitete. Im blauen Salon fand er endlich seine Sprache wieder. «Hast du unterschiedliche Ärzte konsultiert, Mutter?»

«Die besten der Stadt.» Sie sagte es leise und bestimmt.

«Kann eine Operation Vater das Leben retten?» Seine Stimme klang, als wüsste er bereits die Antwort.

«Die Ärzte haben es verneint, Paul. Wenn der Darm seinen Dienst vollständig einstellt, kann keine Operation etwas ausrichten.» Die Mutter wischte sich mit der Hand eine Träne weg.

«Er wird also sterben?» Die Frage sollte ungläubig klingen, aber sie klang eher wie eine Feststellung.

«Wenn nicht ein Wunder passiert, Paul, wird Vater schon bald in eine tiefe Ohnmacht fallen und sterben.»

«Hat er starke Schmerzen?»

«Wenn die Schmerzen stärker werden, was die Ärzte verneinen, dann werden sie ihm Morphium verabreichen, damit er nicht unnötig leiden muss.»

«Wir können also gar nichts tun?»

«Nein, Paul. Wir können gar nichts tun. Nur beten.»

Paul faltete seine Hände, senkte den Kopf.

Aber ein Gebet fiel ihm nicht ein.

3

Es war alles wie immer.

Sein Vater lag auf dem Rücken im Bett, als würde er einem Illustrator seines Hauptwerks *Kallipädie oder Erziehung zur Schönheit* die ideale Schlafposition demonstrieren. Er war ein beängstigend ruhiger Schläfer, wenn man den Worten seiner Mutter glaubte. Die weißen Kopf- und Barthaare verschwammen mit dem Weiß des Paradekissens. Dadurch zeichneten sich seine haarlosen Gesichtspartien überdeutlich ab: die nicht ganz gerade Nase, die tiefen Furchen auf der Stirn, die mächtigen, lila schimmernden Augenringe, die langen, femininen Wimpern, die Paul zum ersten Mal in aller Ruhe studieren konnte. Und seltsam. Die Schwellung des Bauchs war deutlich zurückgegangen.

Auf der Kommode wartete die *Ärztliche Zimmergymnastik*, die sein Vater für eine neue Auflage vorbereitet hatte. Bereits über einhunderttausendmal habe diese, wie er Paul vor Monatsfrist nicht ohne Stolz gesagt hatte, den Weg zu den Lesern und, ja auch zu den Leserinnen gefunden. Daneben lag die Brille, die gekauften Augen, wie der Vater immer spöttisch gesagt hatte. Gleich würde er wach werden, die Brille aufsetzen, im Nachtschrank nach der Bibel fahnden und einige Minuten darin lesen. Er war der einzige Mensch, den Paul kannte, der die Chroniken des Alten Testaments für eine spannende Lektüre hielt.

Alles war wie immer. Sein Vater war wirklich ein begnadeter Schläfer. Nichts vermochte ihn zu stören. Kein Hundegebell. Kein Pfeifen einer Lokomotive. Kein Kindergeschrei. Nur der scharfe Geruch nach Kampfer passte nicht hierher. Paul beugte sich über seinen Vater, küsste ihn auf die Stirn; doch auch die Stirn gab nur den Geruch von Kampfer frei. Er küsste ihn erneut. Wie tief die Falten waren. Wie Ackerfurchen. Würde er in diese Furchen Samen legen und diese wässern, könnte schon bald ein herrliches Blumenbeet auf der Stirn seines Vaters gedeihen. Er könnte natürlich auch Gemüse anbauen, er war schließlich für seinen Blumenkohl berühmt, und vielleicht dürfte er ihn schon bald ernten.

Er stand noch immer über seinen Vater gebeugt, als Sidonie das Zimmer betrat. An ihr haftete der Geruch des ersten Frühlingstages, der sofort den Kampfergeruch aus dem Zimmer vertrieb. Dafür war er ihr dankbar. Er ging zu ihr und nahm sie in den Arm, hielt sie lange fest, denn Sidonie weinte leise und drohte zu zerfließen. Plötzlich entwand sie sich heftig seiner Umarmung, schluchzte laut auf und lief aus dem Zimmer. Ihren Duft ließ sie zurück.

Paul baute sich erneut vor dem Bett auf. Wie konnte er seinem Vater am besten die Ehre erweisen?

Er überlegte lange, bis er spürte, wie sein Körper die Herrschaft übernahm. Der Kopf kreiste. Einmal. Noch einmal. Und noch einmal. Seine Schultern wurden angehoben. Zunächst die rechte, dann die linke. Er wiederholte die Figur zehnmal. Jetzt bemerkte er, wie die Arme zu kreisen anfingen. Ihm gelangen perfekte Kreise, er konnte sich kaum sattsehen an den eigenen eleganten Bewegungen. Dann hoben sich die Arme seitwärts. In einem ausgeklügelten Rhythmus. Die Ellbogen federten zurück. Seine Arme stießen nach vorne, nach oben, nach unten, nach hinten. Er sah aus den Augenwinkeln, wie der Brustkorb seines Vaters sich vor Stolz mächtig hob. Die Schreber'sche Choreografie in Vollendung. Ein Totenballett, von ihm, dem Studenten Paul Schreber, selbst entworfen. Ein Vorhang nach dem ersten Akt. Brandender Applaus. Lautes Getrampel. Kein einziges Buh.

Gerade noch rechtzeitig nahm er Aufstellung, als der Vorhang zum zweiten Akt hochgezogen wurde. Achtung. Der Einsatz der Musik. Und jetzt! Zusammenschlagen der Arme. Auseinanderrollen der Arme. Armrollen. Achtenbewegung der Hand. Perfekt ausgeführt. Bravo! Bravo! Ach, Vater! Fingerbeugen und -strecken. Handreiben. Rumpfbeugen vor- und rückwärts. Rumpfbeugen seitwärts. Rumpfwenden. Rumpfkreisen. Rumpfaufrichten. Beinkreisen. Beinheben seitwärts. Beinrollen. Beinzusammenziehen. Kniestrecken und -beugen nach vorn. Kniestrecken und -beugen nach hinten. Fußstrecken und -beugen. Knieheben nach vorn. Eine leichte Standunsicherheit! Er musste sich konzentrieren. Er durfte heute nicht wackeln. An diesem Auftritt hing seine Karriere. Also! Konzentriere dich! Lass dich nicht ablenken! Niederlassen. Armwerfen vor- und rückwärts. Armwerfen seitwärts. Sägebewegung. War das ein Spaß! Axthauen. Trottbewegung. Beinwerfen vor- und rückwärts. Beinwerfen seitwärts. Rückenwälzen. Rückenwälzen. Rückenwälzen. Welch ein Finale!

Der Vorhang fiel. Jubel brandete auf. Paul musste achtmal die Huldigung des Publikums über sich ergehen lassen, das beinahe auf die Bühne gestürmt wäre, hätten es nicht Bedienstete zurückgehalten. Kostbare Schweißperlen prunkten auf seiner Stirn. Er fühlte sich etwas seekrank. Langsam zogen sich die Wände, die sich ebenfalls stürmisch verbeugt hatten, auf ihren Platz zurück. Das riesige Zimmer kam endlich seufzend zur Ruhe.

Als er zur Seite blickte, stand Gustav neben ihm. Der Oberkörper verkroch sich in seinem Ausgehrock. Schlaff hingen die Hände an ihm herunter. Gustavs Augen, die so hochmütig blicken konnten, schienen von einem heftigen Schmerz verschleiert, suchten tastend einen Punkt oberhalb des Bettes, in dem ihr Vater soeben der Premiere seines Balletts beigewohnt hatte.

Paul senkte den Kopf. Schweißperlen arbeiteten sich durch den Backenbart und tropften auf den Fußboden. Er suchte nach einem angemessenen, um Fassung ringenden Gesichtsausdruck, probierte etliche aus, war aber mit allen, die er im Fundus vorfand, unzufrieden. Vielleicht war das nach einem viel bejubelten Auftritt normal. Er wischte sich mit der linken Hand Schweißperlen von der Stirn, als würde er Fliegen fangen. Er wäre dankbar, wenn ihm jetzt jemand frische Luft zufächeln würde.

Musste er nicht mit Gustav reden, ihn sogar umarmen? War der Bruder überhaupt noch im Zimmer? Paul wandte nur leicht den Kopf, sah den mächtigen Schatten, der im Holzfußboden eingebrannt schien. Eine angenehme Müdigkeit stieg in ihm auf. Am liebsten hätte er sich auf diesen Schatten gelegt und wäre sofort eingeschlafen.

Er starrte wieder auf den Fußboden vor sich. «Wir müssen uns um die Neuausgabe der *Ärztlichen Zimmergymnastik* kümmern. Es wäre Vaters Wunsch gewesen.» Die Wörter purzelten langsam aus seinem Mund und krochen über den Fußboden Richtung Gustav. Die Wörter benötigten offensichtlich lange, nahmen vielleicht einen Umweg, hatten sicherlich Mühe, an Gustav hochzuklettern, denn die Antwort schien eine Ewigkeit auf sich warten zu lassen. «Sobald wir ihn bestattet haben, machen wir uns an die Arbeit.» Paul spürte in seinem Ohr das Zittern der Stimme, mit dem diese Worte losgeschickt worden waren.

«Ich übertrage die Korrekturen.»

«Ja.»

«Du schreibst ein neues Vorwort.»

«Ja.»

Damit war die Anzahl der Wörter, die er zur Verfügung hatte, aufgebraucht. Paul schloss die Augen. Es dauerte nicht lange, dann knarrten die Dielen. Endlich stand sein Vater auf. Dieser großartige Schläfer! Es war, daran bestand kein Zweifel, der Gang seines Vaters. Er hörte, wie die Zimmertür leise geschlossen wurde.

Paul stand auf, wich dem Schatten aus und trat ans Bett. Sein Blick huschte über das Gesicht, das tiefer in die Kissen eingesunken schien. Das hier war nur die Hülle, die sterbliche Hülle, wie der Pastor in drei Tagen sagen würde, um der Familie Trost zu spenden. An den gefalteten Händen blieb Pauls Blick hängen. Starke blaue Adern zeichneten sich auf der milchig blassen Haut ab. Die Altersflecken, die wie ein dichter Teppich die Hand bedeckten, waren über Nacht ausgeblichen. Alle Farbe schien sich unter den Nägeln versammelt zu haben, die mit ihrem aufdringlichen Lila um Aufmerksamkeit buhlten. Wäre da nicht die bräunliche Kralle des rechten Zeigefingers gewesen! Er versuchte, den Blick abzuwenden; doch die Augen widersetzten sich. Er spürte, wie sich in seinem Rückgrat eine unerhörte Spannung aufbaute. Wenn er jetzt ausatmete, würde sein ganzer Mageninhalt herausfliegen. Seine nervöse Blase meldete sich mit einem stechenden Schmerz.

Er schloss die Augen. Seine Linke tastete nach den gefalteten Händen. Kurz nur erschrak er über die Kälte der Haut. Er nahm seine Rechte zur Hilfe, zerrte an den Händen, die die eigene Umklammerung nicht lösen wollten. Vorsichtig öffnete er die Augen einen Spaltbreit, bog die einzelnen Finger auseinander, bis er die Hände mit einem schmatzenden Laut freibekam. Er legte die rechte Hand auf die Bettdecke und platzierte die linke Hand so, dass die braune Kralle auf ewig verdeckt war. Er hob die Hände, wie um seinen Vater zu segnen. Er spürte, wie sich die Verspannung in seinem Rückgrat löste.

«Lebe wohl, Vater!», hörte er sich flüstern.

Dann, endlich, flossen die Tränen.

4

Die Mutter weinte tonlos.

Auf den Knien ein Buch, dessen Seiten sie seit Minuten nicht umgeblättert hatte.

Paul berührte mit der Stirn das kühle Glas der Salontür, aber seine Gedanken blieben überhitzt. Auch heute hatte er nicht arbeiten können, hatte seine Aufgaben in der Burschenschaft, die er sonst mit Feuereifer betrieb, vernachlässigt, blieb der Universität fern. Mit nur mäßig schlechtem Gewissen.

Er drehte sich zu ihr um. Seine Mutter kenne doch den Dr. Schildbach, sie kenne ihn sogar sehr gut; ein äußerst honoriger Mann, es gebe keinen Grund, ihm zu misstrauen. «Bereits während Vaters letzten beiden Lebensjahren hat er die Anstalt kommissarisch geleitet, weil Vater, wie du sehr wohl weißt, kaum noch in der Lage war, die Geschäfte zu führen. Nie hat es auch nur den Hauch einer Verstimmung gegeben. Nie wurden die Abrechnungen beanstandet.»

Ihre Haut schien ihm pergamentdünn, man sah die blauen Adern, die in einem dichten Netz ihre Hände überzogen. Wenn er jetzt ihre Hände streicheln würde, bräche die Haut, und die Adern würden herausquellen; ein Haarriss, und die Mutter würde vor seinen Augen verbluten. Erneut drehte er sich um und lehnte sich kurz mit der Stirn gegen das kühle Glas, um nicht länger auf die Hände seiner Mutter zu starren.

Der Vater würde von einer glücklichen Fügung sprechen, weil dieser Dr. Schildbach zwar nicht in jeder Hinsicht, aber doch in einem sehr hohen Maß sein medizinisches Erbe verwalte. Nahezu alle Patienten seines Vaters seien der orthopädischen Klinik verbunden geblieben.

Als er erneut zu seiner Mutter hinüberschaute, versuchte sie verzweifelt, ihre Traurigkeit wegzuschlucken.

Gestern hatte er für zwei Stunden den Möbelpackern geholfen, um abends wenigstens seine Knochen zu spüren. Dr. Schildbach residierte jetzt unter ihnen. Er, Paul, hatte sich in einen Witz geflüchtet, hatte schmunzelnd gesagt, die alte Hierarchie sei erhalten geblieben: Man tanze dem neuen Direktor weiterhin auf dem Kopf herum. Aber das Lächeln auf dem Gesicht seiner Mutter knickte sehr bald gegen die Widerstandskraft ihrer Traurigkeit ein.

Sie war so bedürftig nach Trost. Und er war ein schlechter Spender. Dr. Schildbach überlege sogar, den Turnsaal, an dem sein Vater doch so sehr gehangen habe, auszubauen. Vater würde sich darüber freuen, ganz sicher. «Und wenn wir dem neuen Klinikdirektor gut zureden, ist er vielleicht auch bereit, die Idee des Sonnenbadens hinter Glas weiterzuverfolgen.»

Er spürte eine Klebrigkeit auf seiner Zunge, weil er sehr genau wusste, wie skeptisch Dr. Schildbach in dieser Frage war.

Heute Abend habe Dr. Schildbach um eine Unterredung nachgesucht, und vielleicht gelänge es ihnen gemeinsam, ihn in dieser Frage mit neuen Argumenten zu überzeugen. Er sprach das Wort «gemeinsam» mit einem flehentlichen Unterton aus, weil er nicht wusste, was er von dieser Unterredung erwarten durfte. Nicht auszudenken, wenn Dr. Schildbach ihnen mitteilen würde, dass er die Klinik, weil wirtschaftliche Zwänge im Wege stünden, nicht fortzuführen gedenke.

Seine Mutter streckte vorsichtig den Rücken. Sie würde sich also einer Unterredung nicht verweigern. «Ich weiß, lieber Paul, wie sehr du dich abmühst, mir neuen Lebensmut zu schenken. Und ich weiß, wie wichtig es für meine Kinder ist, dass ich mich nicht meinem Schmerz ergebe. Aber es fällt mir unsäglich schwer, den Verlust deines Vaters zu verkraften, obwohl er doch bereits vor geraumer Zeit von uns gegangen ist. Wahrscheinlich wartet Dr. Schildbach bereits, dass du ihn hereinbittest. Nun denn. Also.»

Paul ging eilig aus dem Zimmer, als wäre er froh, dieser beengenden Atmosphäre aus Schmerz und Wehmut zu entkommen. Zehn Minuten später war er mit Dr. Schildbach zurück. Paul staunte immer, wie alt dieser Dr. Schildbach doch wirkte, obwohl er mehr als siebzehn Jahre jünger war als sein Vater. Das tägliche Turnen schien ihm alle Kraft und Frische aus dem Körper zu ziehen, sein Gang war schwerfällig, sein Blick stets besorgt.

Die Mutter hatte offenbar in den vergangenen zehn Minuten in einem gut versteckten Vorratsraum ihres Körpers neue Kraft gefunden. Sie wirkte selbstsicher und erstaunlich gefasst, als sie Dr. Schildbach mit einem zugewandten Lächeln, das von keiner sichtbaren Angst unterfüttert schien, begrüßte. Sie freue sich, den verehrten Dr. Schildbach, der doch fraglos von vielen Terminen des Tages erschöpft sei, bei sich begrüßen zu können. Ob sie es sich erlauben dürfe, ihm einen Portwein anzubieten? Es genügte, dass sich ihre Schultern Paul zuwandten, und er ging in die Küche, um nach Portwein zu fragen.

Als er sich zu ihnen setzte, redeten sie noch immer über das Wetter. Die Köchin, seine Eli, die auch nach dem Tod des Vaters ihre Stellung trotz geringeren Lohns behalten hatte, servierte ihnen den Portwein. Die erhobenen Gläser ermutigten Paul, die entscheidende Frage zu stellen. «Sie hatten um eine Unterredung gebeten, Herr Dr. Schildbach. Wie können meine Mutter und ich Ihnen behilflich sein?»

Dr. Schildbach nippte an seinem Portwein und ließ sich mit der Antwort Zeit. Paul spürte, wie seine Adern an den Schläfen anschwollen.

Es dürfe ihnen nicht verborgen geblieben sein, wie sehr er den verstorbenen Klinikdirektor verehrt habe. Nach dessen Tod habe er alle erdenklichen Anstrengungen unternommen, die Klinik auch wirtschaftlich erfolgreich zu führen.

Pauls Blick suchte den seiner Mutter; aber sie verweigerte sich, senkte den Kopf, als erwartete sie in Demut und Gottesfürchtigkeit das Beil des Henkers. Dr. Schildbach nippte erneut an seinem Portwein.

Mit den Ergebnissen dürfe er mehr als zufrieden sein.

«Das freut uns sehr, verehrter Herr Klinikdirektor.» Pauls Stimme erreichte wieder die Höhe wie vor dem Stimmbruch, so glücklich war er, nachdem die alles erlösende Antwort ergangen war. Was immer dieser Dr. Schildbach jetzt noch vorbringen wollte, seine Stimmung würde er so hochhalten wie das Glas. Sie prosteten sich zu.

Der schöne wirtschaftliche Erfolg sei fraglos noch immer dem Ruf zu verdanken, den sein Vorgänger bei den Patienten erworben habe. Deshalb trage er sich mit dem Gedanken, einen Verein zu gründen, der das Lebenswerk Dr. Schrebers weiterhin in Erinnerung halte. Und welcher Name würde besser passen als der Name «Schreberverein».

Seine Mutter klatschte in die Hände, als würde endlich eine ihrer Töchter ihr mitteilen, dass sie Großmutter wird. Paul wiederholte den Namen «Schreberverein»; aber der war so erinnerungsschwer, dass seine Stimme zusammenbrach und er sich in ein Hüsteln rettete.

Die Mutter griff nach der linken Hand von Dr. Schildbach und bettete sie zwischen ihre Hände. Nie habe sie Zweifel gehegt an der Integrität seiner Person. In Phasen großer Niedergeschlagenheit habe sie nur an ihn denken müssen, um sich wieder aufzurichten. Und jetzt sei er mit diesem Geschenk zu ihnen gekommen, dieser übergroßen Gabe, plane das Andenken ihres Mannes durch die Gründung eines Schrebervereins in Leipzig, vielleicht in ganz Sachsen zu verewigen. Wenn sie sich überhaupt noch traue, nach dieser Offenbarung einen Wunsch zu äußern, dann den, dass der hochverehrte Klinikdirektor den Vorsitz in diesem Verein führe. «Wenn Sie den Vorsitz im Schreberverein führen, sind Sie und mein Mann auch über den Tod hinaus verbunden.»

Paul lauschte den Worten seiner Mutter mit einer Dankbarkeit, die seine überreizten Nerven endlich beruhigte.

Er, Dr. Schildbach, werde diese Aufgabe selbstverständlich mit großer Freude übernehmen. «Mir schwebt vor Augen, die Gründungsveranstaltung durch einen Vortrag zu veredeln, in dem Schrebers Verdienste um das Turnen und die Volksgesundheit angemessen gewürdigt werden.»

«Und vielleicht sollte man erwähnen, wie eindringlich mein Vater auch das Turnen auf den Spielwiesen und Turnplätzen durch das Gärtnern ergänzt wissen wollte.» Noch immer hatte seine Stimme die Höhe eines aufgeregten Jungen.

Diesen Vorschlag werde er sehr gerne aufnehmen, antwortete Dr. Schildbach. «Natürlich werde ich Ihnen, verehrte Frau Schreber, antragen, den Ehrenvorsitz in unserem Verein zu bekleiden.»

«Sie ahnen nicht, wie glücklich mich ihre Vorschläge machen, mein lieber Dr. Schildbach. Und ich spüre, wie mein Mann im Himmel seinen Segen dazu spendet.»

Noch immer hielt seine Mutter die linke Hand von Dr. Schildbach zwischen ihren Händen.

Jetzt war nicht der Zeitpunkt, eifersüchtig zu sein.

5

Er war auf dem Weg nach Hause.

Noch fuhr er mit der Eisenbahn den ostwärts ziehenden Wolken hinterher. Sie schienen vor irgendetwas zu fliehen, wirkten schreckhaft und verloren zusehends die Form. Er trat ans Abteilfenster und spähte in die andere Richtung, aber er entdeckte nur weitere Wolken, denen es nicht besser erging, die sich verzweifelt aneinanderklammerten und doch auseinandergerissen wurden von einer Macht, die kein Pardon kannte.

Er setzte sich erneut, blickte zu seinem Gegenüber, das mit geziert abgewinkelten Fingern eine Zeitung las. Sie hatten bis vor wenigen Minuten ein längeres Gespräch geführt, und eine der erzählten Geschichten hatte ihn sehr nachdenklich gemacht. Der Mann, der in etwa so alt war wie sein Vater, würde der noch leben, hatte vor vierzig Jahren während des Studiums der Rechte Vorlesungen bei einem Professor besucht, der niemanden durchfallen lassen mochte, der immer von Gnade vor Recht gesprochen hatte. «Er strahlte keine Würde aus», hatte der Mann mit einem leichten Kopfschütteln gesagt. «Er traute seinem eigenen Wissen und seinem eigenen Anspruch nicht. Er wusste erstaunlich viel, machte, soweit ich mich erinnere, nie auch nur einen einzigen Fehler, kannte jede Verordnung, jede Gesetzesnovelle – und war doch der falsche Mann am falschen Ort. Viele von uns haben sich nach dem Examen von ihm nicht einmal verabschiedet. Insgeheim haben wir ihn verachtet, und wir haben es ihn spüren lassen.»

Diese Geschichte beschäftigte Paul unterschwellig weiter, als sie längst bei anderen Themen gelandet waren: Über Politik hatten sie mit Leidenschaft debattiert, sich über die Bedeutung Bismarcks nicht einigen können. Die Karrieren seiner Kinder hatte dieser Mann, der jeden Satz mit einem leichten Hüsteln abschloss, mit viel Enthusiasmus und hörbarem Stolz beschrieben –, einer seiner Söhne war beinahe Minister für Finanzen geworden – und auch das Turnen hatte er hochgehalten. Über seinen Vater hatten sie geredet, den berühmten Schreber, wie der Mann ihn nannte; natürlich habe er von ihm gehört und sogar jahrelang die Übungen der *Zimmergymnastik* befolgt; und wie angenehm es sei, seinen Sohn kennenzulernen, dem, das spüre er, eine große Karriere bevorstehe. Und warum niemand in die Fußstapfen seines Vaters getreten sei. Auch sein älterer Bruder habe offensichtlich einen anderen Weg eingeschlagen?

Er strahlte keine Würde aus! Würde. Wie schwer das Wort wog, wenn man es aussprach. Er strahlte keine Würde aus!

Sein Bruder. Gustav.

Oft hatte der im Familienkreis davon geschwärmt, wie sehr er sich für die Naturwissenschaften, vor allem für die Chemie, begeistere. Immer und immer wieder. Alle hatten geglaubt, er habe sich einen Herzenswunsch erfüllt, als er sich für ein Studium der Chemie entschied und es prompt mit Auszeichnung abschloss. Einmal, als er ihm, Paul, seine eigene Fabrik für chemische Fabrikate gezeigt hatte, schien er ganz betäubt vor Glück, sprach mit schwerer Zunge, beugte sich beinahe liebevoll über eine Mahlmaschine, die ein Pulver herstellte, hielt seinen Finger in die Rührschüssel, als würde er an einem Kuchenteig naschen, rieb sich anschließend die Augen, als könnte er seinem Glück doch nicht ganz trauen. «Das ist meine Fabrik», hatte er mit Nachdruck gesagt, so wie man seinem Bruder stolz die eigene Frau vorstellt.

Nur drei Wochen später erfuhr Paul, dass sein Bruder die Fabrik verkauft hatte, mit einem schmalen Gewinn, wie ihm die Mutter verriet. Er, Paul, hatte auf einem Geburtstag seiner Schwester Sidonie Gustav darauf angesprochen: «Bereust du es nicht, so viel Kraft in eine Sache gesteckt zu haben, die dich letztlich nicht ausfüllte?» Gustav hatte den Kopf sinken lassen, als ob er konzentriert in sich hineinhorchen müsse; schließlich hatte er auf seine Hände geschaut, genickt und schleppend geantwortet: Man müsse wissen, ob man am rechten Fleck sei. Er habe eines Morgens gewusst, dass diese Fabrik für ihn nicht der Ort seiner Bestimmung gewesen sei. Er habe sich mit falschen Voraussetzungen in die Arbeit gestürzt, habe geglaubt, er könne neue, aufregende Stoffe entdecken und der Menschheit einen kleinen Dienst erweisen. Aber diese Hoffnungen hätten sich zerschlagen; deshalb habe er seine Fabrik in bessere Hände gegeben und sei erhobenen Hauptes hinausgegangen. Nun habe er sich entschlossen, mit dem kleinen Gewinn noch einmal die Universität zu besuchen, um wie er, wie sein Bruder Paul, Jura zu studieren. Leise, als wäre es gar nicht so wichtig, hatte er hinzugefügt: «Dann sind wir künftig also Kollegen.» Paul hörte dieses kleine Schnaufen, das Gustav immer verlauten ließ, wenn er mit einer Entscheidung zufrieden war.

Hätte er, Paul, diese Kraft gehabt, noch einmal neu anzufangen? Hätte er sich nicht geschämt, sich morgens zu den jungen Studenten auf die Bänke der Hörsäle zu setzen? Hätte er sich einen falschen Entschluss eingestanden? Und war er, Paul, wirklich ganz sicher, dass sein eigener Karrierewunsch, einer der höchsten Richter in Sachsen zu werden, ihm wirklich entsprach? War diese Entscheidung damals nicht nur gereift, weil er vor seinem Vater fliehen wollte? Jetzt senkte auch er den Kopf, als müsste er in sich hineinhorchen, ob ihm vielleicht dort eine Antwort vorgesagt würde: Wäre er vielleicht doch gerne ein Mediziner geworden? Lebte in ihm irgendwo der verdrängte Wunsch, die orthopädische Klinik seines Vaters doch noch zu übernehmen? Besaß er diese Würde, die sein Bruder sich bewahrt hatte?

Ganz ohne Vorwarnung bremste der Zug. Nur mit Mühe konnte sich Paul an den Lehnen festhalten. Für Augenblicke schien das Gesicht seines Gegenübers eilig mit einer Zeitung abgedeckt worden zu sein, um den Reisenden den Anblick eines Toten zu ersparen; dann erschien über dem Rand der Zeitung das lächelnde Gesicht des Mitreisenden: «Zugfahrten sind nie langweilig. Man sollte der Eisenbahn empfehlen, einen Vergnügungszuschlag zu erheben.» Noch einmal das kleine Hüsteln. Paul zwinkerte freundlich, stand auf, nahm sein Gepäck von der Ablage, bedankte sich überschwänglich für das sehr anregende Gespräch, an das er sich noch lange erinnern werde, wünschte eine gute Weiterreise und stand Minuten später auf dem Bahnsteig in Leipzig.

Eine Erinnerung spielte sich in den Vordergrund, die ihn jene Menschen, die sich vor ihm zum Ausgang drängten, vergessen ließ: Wenn er stark verschwitzt vom Spielen nach Hause gekommen war, hatte seine Mutter ihm in nie nachlassender Selbstverständlichkeit die Haare mit einem weichen Handtuch frottiert, als käme er aus der Badewanne. Er hatte es geliebt, wie sie mit ihren großen Händen seinen Kopf mit leichtem Druck massierte, wie sie dabei ein Lied summte und die Augen schloss, als müsste sie sich ganz auf ihre Aufgabe konzentrieren. Er schmeckte Himbeersirup und Zwieback mit Zucker. Er schmeckte Holundermarmelade und Reineclauden. Er schmeckte das Heimweh in allen Nuancen. Erst als er rüde angerempelt wurde, drängte sich die Wirklichkeit erneut nach vorn. Wie angetrunken stolperte er durch die Menge.

Er ging auf großen Umwegen zur Zeitzer Straße. Machte einen Abstecher zur Universität, ging sogar beim Turnplatz vorbei. Dann endlich stand er vor dem Haus Nr. 43, das sich kaum verändert hatte. Es stand unbeugsam an seinem Platz, auch wenn es inzwischen von anderen Bauwerken bedrängt wurde.

Als er vor dem Gebäude stand, wusste er, dass es richtig gewesen war, nach zwei Jahren in Straßburg, wo er während und nach dem leidigen Deutsch-Französischen Krieg meinte, aus patriotischen Gründen seinen Beruf ausüben zu müssen, heimzukehren.

Er hatte sich dort nie wohlgefühlt, hatte eine trockene Kehle bekommen, wenn er irgendwo Töne der sächsischen Sprachmelodie aufschnappte. Er gehörte hierher. Nach Sachsen. Und er war ein klein wenig stolz darauf, sein Heimweh nach Sachsen nicht länger zu verleugnen. Wo auch immer man künftig seine Dienste benötigte, die Grenzen Sachsens würde er nicht wieder überschreiten.

Er schaute in den Himmel. Die Wolken taumelten nicht mehr herum, hatten ihre Festigkeit wiedergefunden, schlossen sich zu freien Formationen zusammen, nichts mehr erinnerte an den Vormittag ihres Missvergnügens.

Auch die Wolken hatten ihre Würde wiedergefunden.

6

Er saß in seinem alten Zimmer.

Das Zimmer schien ihm geschrumpft. Oder war er in Straßburg durch das mächtige Essen und den Wein in die Länge und in die Breite gewachsen? Essen und Wein. Darauf verstanden sich die Elsässer. Foie gras. Entenleberterrine mit Äpfeln. Mit dieser Gaumenfreude hatte er beinahe täglich versucht, seine Stimmung aufzuhellen. Und natürlich mit Rotwein. Viel Rotwein. Rotwein half zu vergessen. Monatelang hatte er mit einem Speiseröhrenkatarrh gerungen. Ein Arzt hatte ihm empfohlen, auf den Wein zu verzichten, er hatte aber die Kraft nicht besessen und vor dem ersten Schluck Wein Bullrich-Salz, das ihm seine Mutter monatlich schickte, zu sich genommen. So überstand er jeden Abend.

Er betrachtete eine Aquarellzeichnung an der Wand neben dem großen Fenster, die seine Schwester Klara ihm vor Jahren geschenkt hatte. Sie zeigte den Garten hinter dem Haus, der größer wirkte – wie eine Parklandschaft, in der man stundenlang spazieren gehen konnte. Vielleicht sollte er Klara bitten, dieses Zimmer zu zeichnen. Es würde dann wieder wachsen, und er könnte sich so unbeschwert wie früher in ihm bewegen.

Seine Mutter hatte sehr früh das Zeichentalent bei Klara entdeckt, die ihre Schularbeiten oft mit Zeichnungen schmückte. Gustav hatte sie verpetzt, wollte es seinem Vater anzeigen. Aber die Mutter hatte nur die Hand auf den Arm von Gustav gelegt, und der hatte den Kopf gesenkt und geschwiegen. Zu ihrem vierzehnten Geburtstag hatte Klara Rötelstifte und Aquarellfarben geschenkt bekommen. Er erinnerte sich genau, wie Klara stumm vor Glück vor diesem Geschenk gesessen hatte, wie sie minutenlang die Augen geschlossen hielt und wie eine Blinde die Stifte und den Tuschkasten befühlte. Seltsam. Vergessen hatte er, was sein Vater, der doch Wert darauf legte, bei jedem Geburtstag einige Vaterworte an das Geburtstagskind zu richten, gereimt hatte. Vielleicht waren das Wochen gewesen, in denen er sich in sein Schweigen verkrochen hatte, wenn er leidend war und sich beinahe nicht aus seinem Zimmer hinausbewegte.

Klara malte noch immer.

Aus dem Zimmer über ihm tröpfelten Stimmen. Er erkannte die Stimme von Sidonie; ihre Stimme machte jene großen Sprünge, ein Auf und Ab, als würde sie sich nach Konzerten sehnen. Er musste sehr genau hinhören, um aus den sich überlappenden Tönen die andere Stimme herauszufiltern. Es konnte nur die Stimme seiner Mutter sein, ohne Höhen und Tiefen, aber mit einer Intensität, die sich, ohne jemals laut zu werden, Gehör verschaffte. Er stutzte, hörte genauer hin. Wie oft beide gleichzeitig sprachen; als würde jede für sich, doch beide nicht miteinander reden!

Er trat ans Fenster. Starrte gedankenlos hinaus. Es klopfte. Sidonie trat herein, fragte, ob sie ihn störe. Paul drehte sich erschreckt um, als hätte ihn ein Lehrer ertappt, wie er sich aus dem Unterricht heraussträumte. Er lächelte, noch etwas steif, aber er hatte seine Erinnerungen gelüftet und fühlte sich von innen erfrischt. Er ergriff ihre Hände, drückte sie. Sie nahmen beide auf der Récamiere Platz. Sie hielten sich noch immer bei den Händen.

«Du bist also aus der weiten Welt zurück.» Der Satz klang sehnsüchtig, weil sie die Wörter «weite Welt» gedehnt aussprach. Wie die Eröffnung einer großen Arie.

Paul nickte bedächtig, als wäre ihm erst jetzt klar geworden, dass er zurück war. «Ich habe immer ein bisschen Heimweh verspürt.» Beinahe erschrocken lauschte er seinem eigenen Satz.

«Heimweh!» Sidonie drückte seine Hände mit aller Macht. Sie waren im Begriff, ein Libretto zu entwerfen.

Paul ließ ihre Hände los und machte eine entschuldigende Geste. «Ich habe keinen Grund zur Klage, liebste Sidonie. Das Elsass schmeichelt dem Gaumen und dem Auge.» Er wiegte leicht seinen Kopf hin und her. «Und das Straßburger Münster ist ein erhabenes Bauwerk. Wer an der Religion zweifelt, sollte dieses Bauwerk besuchen. Er wird schon nach Minuten wieder fest im Glauben. Dessen bin ich sicher. Aber jeden Tag habe ich mit Sehnsucht an die Zeitzer Straße gedacht, an Mutter, an dich.» Er sprach immer schneller, weil er spürte, dass das Heimweh, mit dem er zwei Jahre gerungen hatte, ihn hier, obwohl er zurück war, noch einmal niederringen würde. Wenn Sidonie jetzt erneut seine Hände suchte, würde er nicht an sich halten können. Aus den Augenwinkeln registrierte er, wie Sidonie den Kopf zurücklehnte und ihre Hände ruhig hielt.

«Ich würde auch gerne verreisen. Ich bin noch nie weiter als eine Tagesreise von Leipzig entfernt gewesen.»

Paul schluckte. Woher sollte Sidonie wissen, was Heimweh war! Sie besaßen gar keine Möglichkeiten, sich zu verständigen.

Sidonie lebte am Ort seiner Sehnsucht, aber konnte man diesen Ort wirklich schätzen, wenn man ihn nie verlassen hatte, wenn man niemals versucht hatte, an einem anderen Ort heimisch zu werden?

«Italien. Italien.» Sie hauchte die Wörter. Der leise Singsang ihrer Stimme rief Bilder einer in mildes Licht getauchten hügeligen Landschaft wach. Und irgendwo bellte ein Hirtenhund. Vor Jahren war er in Florenz gewesen, hatte sich beinahe übersättigt an der Kunst, die ununterbrochen Aufmerksamkeit verlangte. Verzaubert hatte ihn die toskanische Landschaft. Das schon. Acht Tage war er mit einem Freund durch dieses Arkadien gewandert. Aber dann hatte sich, zaghaft zunächst, das Heimweh nach der Kargheit des Fläming bemerkbar gemacht, war immer stärker geworden – und sie waren früher als geplant heimgekehrt. Geschwärmt hatte er von dieser Reise lautstark und in kräftigen Farben, so wie man es vor Zuhörern macht, die begierig sind, neidisch zu werden. Sidonie war damals auch unter seinen Zuhörern gewesen.

Er musterte sie. Ihre Augen waren leicht verschattet. Wäre sie in Italien glücklich? Suchte sich das Fernweh nicht nach Wochen neue Ziele? Griechenland? Warum nicht Griechenland? Und Ägypten? Käme das Fernweh dort ans Ziel? Und wenn das Fernweh nur dazu diente, das Heimweh zu füttern?

«Beinahe wäre ich nach Hamburg gezogen.»

Paul beugte sich leicht vor, als hörte er nicht gut. «Hamburg?», fragte er ungläubig. Sidonie roch schwach nach einer Seife aus Kamelienblüten, die sie seit Kindheitstagen bevorzugte.

«Ja. Hamburg.» Sie konnte es nicht verhindern, dass eine Röte über ihr Gesicht huschte. «Vor Jahren hat ein Mann um mich angehalten.» Sie machte eine Pause und holte tief Luft, als wollte sie eine längere Geschichte erzählen. «Er war ein stattlicher Mann.» Ihre Oberlippe zuckte leicht, dadurch gerieten die ersten Fältchen unter der Nase in Bewegung, erzählten eine Geschichte, die Spuren hinterlassen hatte. Paul wartete, ob sie weiterreden würde. Noch einmal holte sie tief Luft. «Mutter war der Mann nicht recht.» Ihre weichen Augenlider blieben für Sekunden geschlossen. «Er kam aus einfachen Verhältnissen, hatte sich hochgedient, wie Mutter sagte, und wollte in Hamburg bei einem entfernten Verwandten in die Firma einsteigen.» Sie seufzte kurz. «Ich habe also seinen Antrag abgelehnt.»

Paul wischte sich über den Mund, stützte die Hände auf die Knie, so wie es früher sein Vater gemacht hatte, wenn er Zeit gewinnen wollte. «Hast du es bereut?»

Sidonie starrte eine antike Vase an, die ein Freund Paul zur Promotion geschenkt hatte. «Ich habe Mutter noch zwei Männer vorgestellt. Auch an diesen Männern hatte sie etwas auszusetzen. Nun habe ich die Versuche aufgegeben.»

Pauls Blick flog über das Gesicht von Sidonie und schaute durch das Fenster in den Garten. Die Sonne hatte noch einmal den Weg durch die Wolken gefunden und strahlte eine Eibe an, als wäre sie vor allen Bäumen ausgezeichnet worden.

«Gustav und du, ihr habt das Haus früh verlassen, Anna hat bald geheiratet, und Klara lebt glücklich in ihrer Welt. Ich glaubte, ich könnte Mutter nicht alleine lassen.»

«Aber …» Paul hielt inne, als er merkte, wie sich der Gesichtsausdruck von Sidonie dramatisch veränderte.

«Paul, ich konnte doch nicht wissen, dass Anna mit ihrem Mann und ihren Kindern in das Nachbarhaus zieht. Jetzt ist Mutter häufig den ganzen Tag drüben und geht Anna zur Hand.»

Paul spürte, wie die Traurigkeit auch von ihm Besitz ergriff.

«Jetzt bin ich zu alt. Jetzt suchen die Männer mich nicht mehr. Und Mutter braucht mich auch nicht mehr.»

Sie wandte sich ihm zu, wollte in den Arm genommen werden.

Paul lehnte seine Stirn gegen ihre Schläfe, strich ihr übers Haar. Er roch seinen Atem, der von ihrer Wange zurückprallte. Und er roch Kamelienblüten. Er zog sie nah an sich heran. Er war jetzt ein Franzose. Ein fremder, fremder Franzose.

So konnte seine Schwester endlich verreisen.

7

Unerwartet stand Gustav vor ihm.

«Welch ein Zufall, lieber Bruder, dass wir uns hier auf der Straße treffen! Ich bin eher zufällig in der Stadt!»

Das Lachen hatte gepresst geklungen. Er spürte die Kraft, die es Gustav gekostet hatte und die ihn zurückweichen ließ. Zwischen ihnen öffnete sich ein Raum, der ihn unendlich groß anmutete. Er musste sich leicht nach vorn beugen, als kämpfte er gegen starken Wind, um auf Gustav zuzugehen und ihn zu umarmen. Gustav drückte ihn zunächst mit der üblichen Reserve. Erst als er sich bereits lösen wollte, verstärkte Gustav den Druck – als würde die jahrelang gehortete Trauer über den Verlust ihres Vaters endlich aus ihm herausdrängen.

«Gustav! Welche Freude. Komm! An der nächsten Ecke befindet sich eine Konditorei. Dort können wir einen Kaffee trinken und Stachelbeerkuchen mit Baiser essen, für den die Konditorei berühmt ist.» Seine eigene Stimme kam ihm künstlich vor, als er diese Banalitäten von sich gab.

«O ja! Wie du weißt, ist Stachelbeerkuchen mein Lieblingskuchen.» Gustav lächelte so, als wartete er darauf, dass er ihn noch einmal in den Arm nähme und mit ihm in die Erinnerungen eintauchte. Zeitzer Straße 43 durchfuhr es Paul, doch das Bild, das sich vor ihm aufbaute, besaß keine scharfen Konturen. Weil er irgendwie reagieren musste, nickte er zweimal und blickte in den Himmel, als würde dort eine passende Antwort geschrieben stehen. Aber die Wolkenschlieren waren von einer frechen Schludrigkeit, und er konnte die Schrift nicht entziffern.

Sie schritten nebeneinander her, traten beide laut auf, damit keiner von ihnen dem Schweigen des anderen lauschen musste. Ihm fielen einfach keine Worte ein, die er hätte sagen können. Sie betraten die Konditorei mit einer Entschiedenheit, als würden sie planen, die Tageskasse zu rauben.

Gustav bestellte bei der Bedienung den Stachelbeerkuchen, der ihm, wie er mit gespielt verschwörerischem Ton sagte, von seinem Bruder aufs Schönste empfohlen worden sei. Dabei zwinkerte er ihm zu, und diese Geste war es, die Paul erkennen ließ, wie verwundet das Gesicht seines Bruders aussah, als täte ihm jemand unaufhörlich weh. Die höflichen Floskeln, die diesem Mund entschlüpften, verstärkten die Wehmut, die Paul überfiel.

«Für mich das Gleiche, bitte.» Er mied den Blickkontakt mit der Bedienung, starrte nur auf die schlecht manikürten Fingernägel der Hand, die die Bestellung notierte.

Er musste endlich etwas sagen. «Mutter spricht sehr freundlich über Dr. Schildbach. Er leite die Klinik, soweit sie es abschätzen könne, noch immer mit ruhiger Hand.» Seine Kopfhaut spannte sich bei den Sätzen, und deshalb führte er sie nicht weiter aus. Gustav schenkte ihm ein schwaches Lächeln, dem man ansah, dass es auf Kredit vergeben wurde.

Paul rettete sich in eine Erzählung über einen, wie er wiederholt einflocht, sehr spannenden Kriminalfall: Ein Bibliomane habe, das müsse man sich einmal vorstellen, mehrere Personen erschlagen, um der krankhaften Sucht Nahrung zu verschaffen, er sei nicht einmal davor zurückgeschreckt, eine alte, selbstredend betuchte Frau, die in ihrer Bibliothek einige kostbare Schätze vergraben habe, mit einem Hammer, ein Akt unvorstellbarer Brutalität, zu erschlagen. Und, das mache den Kriminalfall, wie gesagt, so spannend, man habe es hier mit einer nachgeahmten Tat zu tun, nur sei dieses Mal der Täter nicht ein angesehener Pastor, Gustav erinnere sich doch noch an die Taten des Magisters Tinius?, sondern ein Bahnhofsvorsteher!

Gustav vermochte offensichtlich keinen neuen Wechsel für ein Lächeln zu unterschreiben. Er nickte stumm. Paul sah, wie seine leicht zitternde Hand auf der Stuhllehne zur Ruhe kam. Endlich erschien die Bedienung. Mit den Gabelspitzen berührte Gustav ganz vorsichtig die beschneiten Gipfel des Stachelbeerkuchens, als würde er testen, ob der Schnee die Qualität besitze, einen Schneemann daraus zu bauen. Dann stach er plötzlich zu und lud sich ein großes Stück auf die Gabel. Ängstlich verfolgte Paul, ob es seinem Bruder gelänge, das Stück mit der zittrigen Hand zum Mund zu führen. Übertrieben erleichtert fragte er: «Nun?», obwohl Gustav den Bissen soeben erst im Mund prüfte.

Gustav schloss die Augen, müde Augen, kaute langsam, aber mit sichtlichem Genuss. «Du hast nicht zu viel versprochen. Dieser Stachelbeerkuchen ist himmlisch.»

Paul erinnerte sich nicht, ob Gustav bereits einmal in seiner Gegenwart dieses Wort verwendet hatte. Himmlisch. Dieses Wort passte nicht zu Gustav.

Er ahnte, wie schlecht es ihm ging. Als Gustav sich erneut über seinen Kuchen beugte, sah er eine kahle Insel auf seinem Hinterkopf. Paul rückte unmerklich näher an ihn heran. Gerne hätte er jetzt seine Hand ausgestreckt und wäre ihm zärtlich über diese Stelle gefahren. Als er sah, wie sich sein eigener Atem in den Haaren von Gustav verfing, schaute er in die Runde und bremste sich. Wie sein Bruder jetzt mit großem Appetit den Kuchen verschlang, spürte Paul den Hunger nach Trost, der sich in diesen Gesten verbarg. Er durchstöberte seine Gehirnkammer, ob er einen Satz auftreiben könne, der Gustav aufzurichten verstand.

Aber der Vorrat an Trostsätzen, wenn er denn überhaupt einen solchen Vorrat je besessen hatte, schien aufgebraucht oder längst verdorben. Er fand nur banale Sätze vor und wählte einen beliebigen aus. «Verschafft dir deine Arbeit weiterhin Befriedigung?» Er schämte sich für diesen Satz, konnte ihn aber nicht mehr zurückrufen.

Gustav schaute ihn an, als wäre er überrascht, nicht allein in dieser Konditorei zu sitzen. Er legte die Gabel hin und wischte sich mit der Serviette den Mund ab, schloss kurz die Augen, schwelgte noch einmal im Geschmack des Kuchens, blickte ihn dann an. Er war wieder so unermesslich weit weg.

«Die Arbeit wird nicht weniger, aber ich bin gerne Jurist geworden, bereue nichts.»

Paul umkreiste diese Sätze, fand aber keine Stelle, die ihm eine Antwort auf seine Frage bot. Immer wenn Gustav besorgt war, rutschte er in den sächsischen Dialekt, der bei ihm selbst selten durchschien.

«Und meine Kräfte schwinden!»

Das Ausrufezeichen hielt sich hartnäckig in Pauls Ohr und beunruhigte ihn. Ihm fiel kein mütterlicher Spruch ein, der Gustav hätte stärken können.

Als der Kellner kam und fragte, ob sie noch einen Wunsch hätten, schauten beide hoch, als hätte man sie bei einer Heimlichkeit erwischt. Gleichzeitig schüttelten beide den Kopf und zogen sich wieder aus der Öffentlichkeit zurück.

Paul wollte sich Luft verschaffen, wollte sich der Gegenwart und Vergangenheit nicht länger ausliefern. Er sah Gustav und sich selbst als alte Männer, die auf einen Stock verzichten konnten, die aufrecht gingen wie in ihren besten Jahren, einen Park durchquerten, Pfingstrosen entdeckten und Bartnelken, die scherzten und Vogelstimmen nachmachten.

«Manchmal will es mir scheinen, als würde sich mein Hirn erweichen. Worte. Ganz schlichte Worte fallen mir nicht ein und Namen von Menschen, die mir nahestehen.»

Paul erwachte unsanft aus seiner Vision. Er zog den Kopf ein, als suchte er vor diesem Satz Deckung; aber dieser Satz verfolgte ihn und ließ sich nicht abschütteln. Gustav gestattete ihm nur einen Blick auf seine weichen Augenlider. Pauls Körper zuckte vor Sorge zusammen.

«Hast du bereits einen Arzt konsultiert?»

Gustav öffnete den Mund, aber Paul hörte nicht, was er sagte. Vielleicht sagte er auch nichts und schnappte nur nach Luft.

«Darf ich dir einen Arzt empfehlen?»

In Pauls Magengrube floss die Angst in großen Strömen zusammen. Und der nächste Satz machte, dass die Grube überfloss.

«Ich werde nicht wie ein Krüppel sterben. Ich werde ungebeugt diese Welt verlassen. Ich werde mit Würde gehen.»

Wie oft hatte Paul sich als junger Mann gewünscht, weinen zu können. Jetzt flossen ihm die Tränen die Wange hinunter, tropften auf den nur halb gegessenen Kuchen und ließen den Baiser schmelzen. In furchteinflößender Mächtigkeit stand eine nahe Zukunft vor ihm, in der sein Bruder nicht mehr da sein würde.

Und er wusste, dass er seinen Bruder bei diesem Schritt nicht aufhalten konnte. Gustav würde das eigene Ende selbst bestimmen.

Er entschied sich für den 8. Mai 1877, einen sehr milden Tag, an dem die Bäume Hoffnung trugen.

8

Die wie Lebertran glänzenden Stiefeletten.

Ein trockener Wind, den er herbeigesehnt hatte, saugte die Regenwolken am Himmel weg. Die Sonne blieb aber, obwohl sie auf keine Widerstände mehr traf, seltsam verhalten. Deshalb traute er sich nicht, sie zu einem Ausflug in den Fläming zu überreden. Und vielleicht, so tröstete er sich, würde sie, sollte sie zustimmen, ihre Stiefeletten durch derbes Schuhwerk ersetzen, und das wollte er um jeden Preis vermeiden. Wenn er neben ihr durch die engen Straßen von Leipzig schritt, achtete er häufig nur auf das helle Klickklack ihrer hohen Absätze, das von den Mauern als selbstbewusstes Echo zurückgeworfen wurde. Eine Melodie wie eine Verheißung, die ihn gleichermaßen aufregte und beruhigte.

Er versuchte seiner Stimme etwas Festes und Fesselndes zu geben, wenn er mit ihr sprach, imitierte die Redeweise eines seiner früheren Professoren, bannte die Gefahr zu dozieren, indem er im Gespräch seine juristischen Fälle mied. Wenn seine Rede ins Stocken geriet, wenn er vom Echo ihrer Schritte zu sehr gefangen genommen wurde, kam ihm sein verstorbener Vater zu Hilfe. Plötzlich drehten sich in seinem Kopf Bilder aus früheren Tagen, die er mit überbordender Begeisterung kommentierte. Sein Vater, ein strenger, gleichwohl einfühlsamer Mann; korrekt sei er gewesen, aber auch mitreißend in seiner Art. Ein Mann von herkulischer Energie, der, und das mache den großen Mediziner aus, wunderbar zuhören konnte. Kurz nur schloss er in diesen Augenblicken die Augen und schluckte: Also sein Vater habe, was die Nachwelt noch nicht hinreichend zu würdigen wisse, das Sonnenbaden hinter Glas erfunden. Rheumapatienten hätten von ihrem Leiden erlöst werden können einzig dadurch, dass sie sich auf einer Liege schläfrig der Sonne und ihrer heilenden Kraft überantworteten.

Sie möge es für eine Fama halten, aber mitleiderregende Geschöpfe, deren Gelenke durch hässliche Knoten entstellt worden seien, hätten ihre Krücken nach Wochen von sich geworfen und wären heiter ins Leben zurückgekehrt. Gerne könne er, sofern es sie interessiere, ihr ein kleines Konvolut von Briefen zeigen, die sein Vater von Patientinnen erhalten habe, die ihm ihr zweites, endlich lebenswertes Leben verdankten. Es sei wahrlich ein Skandal, dass in medizinischen Fachbüchern noch immer nicht der Name Schreber ein eigenes Kapitel überschreibe. Sein Vater. Ja.

Die Bilder in seinem Kopf drehten sich schneller. Sein Kopf begann hin und her zu schwenken, weil er die Bilder nicht alle erkennen konnte. Ein leichter Schwindel befiel ihn. Er senkte den Blick und folgte der eleganten Bewegung ihrer Füße. Er musste Schritt halten, wollte diesen Rhythmus in sich aufnehmen, holte Luft, fühlte, wie der Schwindel sich auflöste, und deshalb erzählte er, Paul, weiter.

Ein in jeder Hinsicht aufrechter, durch keinen Schicksalsschlag zu beugender Mann sei sein Vater gewesen. Sie erinnere sich noch an seinen Bericht über den schrecklichen Turnunfall? «Auch die körperliche Beeinträchtigung, die er zurückbehalten hatte, hielt ihn keine Minute auf, seinen Dienst am Menschen zu erfüllen. Ich darf sagen, dass ich in meinem bisherigen Leben keinen anderen Mann kennengelernt habe, der so sehr von seiner Mission durchdrungen war wie mein Vater.» Er drückte ihren Arm, ein zusätzliches Geständnis. Die Gefühle für seinen Vater waren durch seine Liebe wieder verdickt worden, nahmen mit sanfter Hitze wieder in ihm Wohnung. Und diese Hitze ermutigte ihn: «Mein Vater wäre sehr stolz darüber gewesen, wie Sie, meine Liebe, so kerzengerade zu gehen wissen. In einem aufrechten Gang spiegelt sich, das war die tiefste Überzeugung meines Vaters, die ihn in gewisser Weise auch zum Märtyrer gemacht hat, die sittliche Schönheit eines Menschen.»

Das Klickklack ihrer Schritte schien etwas heller zu klingen, aber seine Nerven waren so gereizt, dass er seinen Ohren nicht ganz traute. Er zählte die Sekunden, so wie er es früher bei einem Gewitter getan hatte. An der Spanne zwischen Blitz und Donner hatte er versucht abzuschätzen, ob er vom Spielen nach Hause eilen musste. Drei Sekunden dauerte es, bis sie mit einem Druck ihres Armes reagierte. Ihm stand keine Skala zur Verfügung, auf der er ablesen konnte, was diese Zeitspanne zu besagen hatte. Noch zweifelte er, bis er registrierte, dass die Melodie ihrer Schrittfolge abgebrochen war. Sie wandte ihm den Kopf zu, öffnete sich ein wenig und lächelte ihn an. Das Angebot war unmissverständlich. Doch er dachte an seinen Vater, der eine körperliche Umarmung auf der Straße für einen Affront gehalten hätte. Und so lächelte er ebenfalls, drückte ihren Arm erneut und drängte sie behutsam, weiterzugehen.

Die Bilder in seinem Kopf waren verblasst, wie er mit einiger Bestürzung feststellte. Er hielt den Kopf in die Sonne, um besser sehen zu können. Schon als Kind hatte er es ausgehalten, sehr lange in die Sonne zu blicken, ohne Kopfschmerzen oder eine kurze Blindheit zu erleiden. Doch die Bilder gewannen nicht an Farbe.

Natürlich sei der Ruf seines Vaters auch bis zu ihrer Familie gedrungen. Es sei allerdings nicht die *Zimmergymnastik* gewesen und, nein, auch kein Geradhalter, der ihr eher Angst mache, habe ihr diesen aufrechten Gang geschenkt. Dabei sei ihr von der Natur durchaus kein sehr gerader Rücken geschenkt worden. «Können Sie sich ausmalen, wie es mir gelungen ist, diesen Gang einzuüben, der Ihnen so kostbare Worte der Bewunderung entlockt?»

Er versuchte, seinen Spazierstock fester zu greifen. Seine linke Hand fühlte sich plötzlich an wie ein zu groß geschnittener Handschuh, und kurzzeitig benötigte er seine ganze Konzentration, damit der Stock ihm nicht entglitt. Ihre Bemerkung über den

Geradhalter zerrte an ihm. Musste er seinen Vater nicht gegen üble Verleumdungen, die immer wieder die Runde machten, in Schutz nehmen? Durfte er diesen leisen Vorbehalt dem Geradhalter gegenüber unkommentiert passieren lassen? Sein Vater war ein Prophet der Volksgesundheit gewesen, und Propheten durften nicht zimperlich sein. Hatten ihm die Stunden am Geradhalter etwa geschadet? Wenn er zurückdachte, freute er sich über die Stunden, die er an diesem Gerät zugebracht hatte. Wie sonst hätte er die Kunst, sich zu konzentrieren, so perfekt erlernen können? Seine Schwestern schienen, sobald der Geradhalter sie berührte, in tiefes, schwermütiges Brüten zu rutschen. Er hingegen war stets hellwach gewesen. Seine Fähigkeit zu beobachten, logische Schlüsse zu ziehen und mit seinen Gedanken in einen regen Austausch zu kommen, verdankte er diesen süßen Stunden. Süße Stunden. Genau. Süße, süße Stunden.

Wenn er nicht unhöflich erscheinen wollte, musste er endlich die Frage beantworten, die sie ihm gestellt hatte. Woher also rührte ihr aufrechter Gang?

Jetzt war er froh, dass er nicht still sitzen musste, dass er der Melodie ihrer Schritte, die ihn noch immer heiter stimmte, folgen konnte. Und deshalb scherzte er: «Ein Prinz hat Sie geküsst, und jetzt müssen Sie bis an Ihr Lebensende kerzengerade schreiten.»

Ihr Lachen folgte wie eine Koloratur der Melodie ihrer Füße.

«Manchmal will es mir scheinen, als könnten Sie hellsehen, lieber Paul. Es war kein Prinz, sondern ein Akrobat und Sangeskünstler, der in unserem Theater eine Saison lang gastierte. Er zeigte mir, wie man seinen Körper zur Räson rufen kann. Offensichtlich hatte er in mir eine gelehrige Schülerin.»

Paul spürte, wie sein Kiefer zu mahlen begann. Wie gerne hätte er diese Sätze in feinste Körner zerkleinert. Seine Familie war nicht glücklich über das Milieu, aus dem seine Freundin stammte. Die Tochter eines Theaterdirektors! Man argwöhnte übermäßigen Kontakt mit Personal, das nicht ganz dem eigenen gesellschaftlichen Niveau entsprach. Seine Mutter hatte es, ohne von ihren Häkelarbeiten aufzusehen, bei einem halb ausgesprochenen Satz belassen, in dem auch die Wörter «dein Vater» vorkamen. Sidonie hatte ihn, als er ihr von seiner Liebe zunächst stockend, dann mit großer Inbrunst erzählte, mit einem besorgten Gesicht angesehen und sich die Haut an ihrem Haaransatz gerieben – was sie immer tat, wenn sie großes Unheil heraufdämmern sah. Anna hatte vor überstürzten Entschlüssen gewarnt. Nur seine Schwester Klara, von der er sich am wenigsten Zuspruch erwartet hatte, würde sich, wie sie sagte, mit ihm freuen. Eine schmale Ausbeute.

Er hatte sich immer zum Theater hingezogen gefühlt, hatte als Student sehr vielen Aufführungen beigewohnt, hatte die Schauspieler bewundert, die in viele Rollen zu schlüpfen verstanden, war sogar einmal mit einem Freund im Fundus des Theaters gewesen, hatte Kostüme angefühlt und sich in große Figuren hineinphantasiert. Er empfand tiefe Sehnsucht, in diese Welt der Verrücktheiten einzutauchen, weil diese Welt Freiheit versprach. Vielleicht war es diese Sehnsucht, die ihn an Sabine band.

Er war Jurist geworden. Ein ehrbarer Beruf. Und er hatte sich für Sabine entschieden. Alt genug war er schließlich. Er würde sie auf sein gesellschaftliches Niveau hinaufhieven. Er war schließlich stark und ausdauernd. «Ich möchte künftig Ihr Prinz sein», sagte er und starrte dabei auf ihre Stiefeletten. Er spürte ihren Armdruck bereits, als er seinen Satz noch nicht einmal ganz ausgesprochen hatte. Das Gewitter war direkt über ihm.

Er trug Sorge um ihre Stiefeletten.

9

Ein Kribbeln wie vor der Verkündung einer Prüfungsnote.

Er durfte nicht in ihre sirupfarbenen Augen sehen, dann wurde sein Wille zäh, dann verklebte seine Begierde. Er war mit ihr allein, wünschte sich aber, er stünde in einem überfüllten Raum und jemand würde ihn von hinten anrempeln, damit er in ihre Arme stolperte. Gestern hatte er einen ersten Versuch unternommen, sie zu küssen, ihren Mund aber mit geschlossenen Augen verfehlt. Sie hatte gelacht, ein entspanntes Lachen, hatte ihre Nase vorwitzig genannt und einen Wachtposten über ihre Unschuld. Und er hatte ebenfalls gelacht wie jemand, der froh ist, dass ihm die Peinlichkeit verziehen wird, und der sich zugleich laut schämt, ein Tölpel zu sein.

«Hast du, meine Liebe, bereits die Muße gefunden, einen Blick in den kleinen Roman zu werfen, den ich mir erlaubte, dir gestern zum Geschenk zu machen?»

Wenn er sich in ihrer Gegenwart nur einen Augenblick zurückziehen könnte, dann würde er neue Kraft für einen mächtigen Angriff schöpfen, dann gelänge es ihm, eine Strategie auszutüfteln, die ihn endlich zum Ziel brächte. Und wenn er sich jetzt wortreich entschuldigte, an den Sekretär in der anderen Ecke des Raumes eilte, um einige wichtige Notizen zu machen? Würde sie ihn für sehr wichtig halten, würde sie nicht mit Stolz auf ihn herabsehen, auf ihren Verlobten, der auch in ganz privaten Stunden von Einfällen heimgesucht wird, die es ganz offensichtlich verdient haben, notiert zu werden?

«Du wirst lachen, lieber Paul, aber ich habe zunächst nur minutenlang das moosgrüne Leinengewand des Buches bestaunt. Es fühlte sich nicht rau, sondern sehr weich an, wie das Futter eines teuren Handschuhs, den man sich mit großer Lust überstreift.»

Vielleicht sollte er kurz hinausgehen, um im kleinen Salon einige Rumpfbeugen zu machen oder, noch besser, um zehnmal die Übung Axthauen auszuführen. Oder zwanzigmal. Aber wenn er verschwitzt erneut bei ihr erschiene, würde sie sich zu Recht wundern und falsche Schlüsse ziehen. Er massierte sich mit den Fingerspitzen die Schläfen und wischte den Vorschlag weg.

«Ich habe, wie ich zugeben muss, bei der Auswahl nicht nur auf den Autor, der dir natürlich nicht unbekannt sein dürfte, sondern auch auf den Einband geschaut, weil ich doch weiß, wie lieb dir die Farbe grün ist.»

Und wenn er ganz geschäftsmäßig von künftigen ehelichen Pflichten spräche? Schließlich hatte sie sich für einen Juristen entschieden, für einen Juristen, der, wie sie mit so viel Wärme gesagt hatte, zu den schönsten Hoffnungen Anlass gab. Suchte sie in ihm nicht ein Gegengewicht zu der Welt, aus der sie kam? Vielleicht würde sie eine gewisse Sprödigkeit als Entlastung empfinden!

«Ich sehe dir an, wie gespannt du bist, was ich von dem Autor halte, der mir natürlich bekannt war, mein lieber Paul. Ich habe noch am gestrigen Abend mehr als hundert Seiten gelesen. Ich liebe Romanfiguren, mit denen man leiden und fühlen kann, die einen so angenehm aus dem nüchternen Alltag herausschwindeln.»

Er blickte auf den Fußboden, weil er sich schämte, sie immer wieder falsch einzuschätzen. Er sah auf ihre Stiefeletten, die so verführerisch glänzten wie das Goldene Kalb. Am liebsten wäre er laut singend vor ihr auf- und abgetanzt. Er benötigte alle Kraft, um seinen Blick zu lösen und ihr ins Gesicht zu sehen.

«Du schätzt also, meine Liebe, wenn ich dir aufmerksam lausche, eine gewisse Theatralik auch im privaten Bereich?» Seine Stimme gehorchte ihm und verriet ihn nicht.

Sie massierte sich den linken Arm, als würde sie ernsthaft nachdenken. Plötzlich lachte sie laut auf. «Ach, Paul! Ganz ohne Verrücktheiten wäre das Leben doch etwas eintönig.»

Verrücktheiten. Verrücktheiten. Verrücktheiten. Er sagte sich das Wort so lange vor, bis sein Gehirn endlich den Befehl verstanden hatte. Er spürte, wie er auf die Knie sank und wie sich sein Mund den Stiefeletten näherte. Zunächst berührten die Lippen das Leder nur ganz sanft, dann drückte er mit aller Macht die Lippen darauf, glaubte die Nässe in sich aufzusaugen, die modrig schmeckte und verrucht. Ein Geräusch von sich bauschendem Taft verriet ihm, wie sie in die Hocke ging und sich hier auf den nackten Fußboden setzte. Verrücktheiten. Verrücktheiten. Verrücktheiten. Der Stiefel verlor den Kontakt mit dem Boden, endlich hatte er ihn in der Hand, er liebkoste den Absatz, mit dem sie eine so verführerische Musik zu machen verstand, zog mit den Lippen die Schlaufe auf, presste seinen Mund auf die Haken, bis sich der metallische Geschmack auf der ganzen Zunge verteilt hatte.

Er hatte bisher allenfalls ein erlöstes Lachen im Hintergrund gehört; jetzt wurde das Lachen kurzatmiger und fordernder, so fordernd wie diese warme Hand, die seinen Kopf das Bein hinaufgeleitete. Hungrig eroberte seine Zunge ihm unbekannte Regionen. Überall schien dieser weibliche Körper zu leben, als würden unendlich viele Nervenenden nur darauf warten, elektrisiert zu werden. Verwirrt und überreizt schmeckte seine Zunge erneut Metall. Er nahm seine Finger zu Hilfe und ertastete einen Verschluss, der offensichtlich wie der Kopfhalter funktionierte. Als er ihn öffnete, stöhnte sie leise auf, so wie er es damals getan hatte, wenn er von dem Kopfhalter erlöst wurde. Noch dreimal erlöste er sie an diesem Nachmittag.

Sein Pulsschlag drückte Blut in verwahrloste Gegenden seines Körpers. Als er mit einem schnellen und erstaunlich sicheren Griff seine Hose öffnete, erinnerte er sich an die lange zurückliegende Szene mit Gustav. Diese Bilder erregten ihn noch mehr. Er tauchte mit seinem Kopf unter dem Rock auf und robbte sich nach oben, kurz nur verharrte er bei dem Anblick von Sabine, die mit geschlossenen Augen vor ihm lag und leise wimmerte, drückte seinen Mund auf ihren, zwängte sich mit seiner Zunge an ihren Zähnen vorbei. Und dann drang er sehr energisch in sie ein.

Seine rechte Hand ertastete die Stiefelette, die er mit hartem Griff umfasste. Im Takt seiner Stöße schlug er den Absatz auf den Boden. Wie ein Echo nahm der Absatz der anderen Stiefelette den Rhythmus auf, wurde immer schneller. Und er wurde immer schneller, hechelte hinter dem Takt her, wollte ihr zeigen, wie elegant er war, wie musikalisch und was für ein guter Turner er sei.

Schweiß arbeitete sich durch sein Hemd hindurch, und er war sich sicher, dieses Mal würde er ein vergleichbar mächtiges Kreuz auf seiner Brust zustande bringen, mit dem Gustav immer geprahlt hatte, wenn er vom Turnen kam.

10

Woher konnte Hilfe kommen?

Paul versuchte, sich glückliche Szenen in Erinnerung zu rufen. Aber ihm fielen immer nur ihre Stiefeletten ein, die er beinahe jeden Abend stürmisch liebkoste, um sich dann ihre Schenkel hinaufzuarbeiten. Wie sie an seiner Wange wimmerte und mit den Stiefeletten einen Takt vorgab, und wie er hinterher erraten musste, welches Stück sie intoniert hatte, und wie ein heißer Stich ihn in der Hüfte durchfuhr, wenn er es richtig erriet. Das würde bedeuten, dass er, bevor sie in sein Leben trat, nicht glücklich gewesen war!

Ein Geräusch wie von billigen Kindertrommeln drang nach innen. Endlich hatte der Regen eingesetzt. Er öffnete die Fenster und ließ frische Luft herein. Sabine lächelte ihn dankbar an. Der Luftzug half ihm, aus seinen Tagträumen zu erwachen.

«In einigen Monaten werden wir eine kleine Familie sein.» Sie sagte es in einem Tonfall, als hätte sie soeben erst von ihrer Schwangerschaft erfahren.

Paul trat zu ihr und küsste sie auf den Haaransatz. Ein leichter Talggeschmack blieb zurück. Ärzte hatten ihnen geraten, auf ehelichen Verkehr zu verzichten, weil die Schwangerschaft, wie sie sagten, in einer labilen Phase verharre. Doch Sabine hatte nicht von den Konzerten lassen wollen, hatte ihm an anderer Stelle Einlass gewährt und neue, verwegene Melodien heraufbeschworen.

«Manchmal will es mir scheinen, als ob unser Sohn es nicht erwarten kann, auf die Welt zu kommen, und am liebsten bereits jetzt vorwitzig einen Blick nach draußen werfen würde.» Paul spürte die Angst, die sich hinter den Sätzen versteckt hielt.

«Woher weißt du, dass es ein Junge sein wird?» Das Trommeln der Regentropfen wurde lauter und gab der Frage einen unnötig dramatischen Unterton.

«Du wirst lachen, zum ersten Mal in meinem Leben glaube ich die Männer zu verstehen, und das gelingt mir sicherlich nur, weil ich etwas Männliches in mir trage.» Ihrer Kehle entwich ein fröhlicher Ton, und er stimmte ein, weil er sie nicht verunsichern wollte.

Oh, das würde ihn amüsieren. So dürfe er doch bald erfahren, was er sich dabei denke, wenn er in seiner Burschenschaft mit anderen Alten Herren auf Festen stets zu viel Bier trinke, obwohl er es sich doch jedes Mal vornehme, vernünftiger als beim letzten Mal zu sein. Und vielleicht könne ihm Sabine das Mysterium entdecken, wieso er wie alle Männer immer gewinnen wolle. Ach, wenn sie doch ein kleines Handbrevier über das geheime Wissen der Männer verfasste, er könnte es notfalls unter seinem Namen veröffentlichen, und sie würden einen hübschen Gewinn ziehen oder gleich einen Verlag gründen. Und warum sei es ihm bisher nicht eingefallen, seine Frau dazu zu überreden, Romane für Frauenzimmer zu verfassen, schließlich kenne er doch ihren erlesenen Geschmack, und wer so musikalisch sei wie sie, dem gelinge fraglos auch eine sehr einfühlsame Erzählung.

Er plapperte unaufhörlich weiter, kettete einen Satz an den anderen, weil er hoffte, die Stimmung würde halten und sie ihn zu einem kleinen Kammerkonzert einladen.

Das leichte Stöhnen, das er hörte, ordnete er zunächst ganz falsch zu, bis er registrierte, dass sie sich vor plötzlichem Schmerz auf die Hand biss. «Unser Kind», stammelte sie. Jetzt passten die Trommeln zur Szene.

Paul nahm sie in den Arm und drückte sie ganz fest, als könnte er es so verhindern, dass sein Kind den Weg nach draußen fand, und eilte hinaus, um nach einem Arzt schicken zu lassen. Als er den kleinen Salon erneut betrat, hatte Sabine sich auf die Récamiere gelegt und hielt sich mit der linken Hand die Augen zu. Er kniete sich hin, suchte ihre andere Hand, die sie wie eine Ertrinkende ergriff. Soeben noch waren ihm die Sätze ganz leicht über die Zunge gegangen, jetzt lag seine Zunge wie gelähmt im Mund. Er schaute flehentlich nach oben, rollte einmal wie ein Betrunkener mit dem Kopf. Wenn ihm jetzt wenigstens ein Psalm einfiele, aber er erinnerte nur alberne Kinderreime und Bruchstücke eines Gute-Nacht-Gebets.

Er wollte im Gesicht des Arztes, das endlich neben ihm erschien, eine Spur von Hoffnung lesen, aber der Arzt legte ihm nur eine kalte Hand auf die Schulter und schenkte ihm ein missglücktes Lächeln. «Ich muss Sie bitten, draußen zu warten, Herr Dr. Schreber.» Dieser harmlose Satz schickte ihn aus dem Zimmer und warf ihn aus den Träumen seiner Vaterschaft heraus. «Die Hebamme und ich werden uns jetzt um Ihre Frau Gemahlin kümmern.»

Paul blieb zögernd auf dem Flur stehen, hörte das Schluchzen seiner Frau. In der Hosentasche ballte sich seine Hand zur Faust. Hilflos ging er mit schnellen Schritten in die Küche, ließ die Tür angelehnt, sank auf einen Stuhl, schloss die Augen. Hier roch er die milde Schärfe aller Braten, die sich immer wieder gegen die anderen Gerüche durchsetzte, gegen den muffigen Dunst von Kohl, der nur für Stunden die Oberhand gewinnen konnte, dann aber resigniert dem Bratenduft den Vortritt lassen musste, ebenso wie der erdige Geruch nach Kaffee, der ölige Geruch nach heißem Kakao oder die stechende Süße einer geschälten Orange. Seine Lippen bewegten sich, als würde er eine Soße abschmecken. Hier also saß er, wie der kleine Paul, der sich manchmal vor den schlechten Launen seines Vaters in die Küche gerettet hatte und von der Köchin einen kleinen Bratenrest hingestellt bekam. Warum dachte er gerade jetzt an die Köchin, an seine Eli, hinter deren breitem Rücken man sich so gut verstecken konnte, die so herrlich warme Hände hatte, wenn man im Winter vom Spielen nach Hause kam, die einfach wusste, was einem guttat? «Wer jeden Tag ein großes Glas Milch trinkt, bekommt starke Zähne.» «Grüne Äpfel geben eine glatte Haut.» «Wer viel Spargel isst, wird kerzengerade.» Er sagte sich die Sätze leise vor, und es waren diese einfachen Sätze, die ihm Trost spendeten.

Doch. In der Küche, in der Zeitzer Straße, war er manchmal glücklich gewesen. Er hätte gerne ein Foto von ihr besessen, aber Eli hatte sich immer geweigert, sich zur Familie zu stellen, wenn ein Fotograf im Hause war. Auch ohne Foto sah er sie genau vor sich, fuhr mit einem Finger ihre Konturen nach, so stark war die Erinnerung, und er konnte sich ihren festen Händedruck herbeiwünschen, glaubte die Temperatur ihrer Wangen zu spüren, wenn er durchfroren nach Hause kam und sie so lange ihre Wange an seine hielt, bis sich die Temperaturen ihrer Wangen angeglichen hatten.

Zu ihrem vierzigjährigen Dienstjubiläum hatte er ihr ein kleines Gedicht geschrieben und vorgetragen, und sie hatte sich mit ihren starken Zähnen vor Rührung auf die Unterlippe gebissen. Zwischen den Seiten ihrer Bibel hatte er vor etwa zehn Jahren, er überlegte, ja, vor zehn Jahren war sie nach einer Lungenentzündung gestorben, sein Gedicht gefunden, als seine Familie ihre Sachen richtete.

Das Wort Tod schien das entscheidende Stichwort gewesen zu sein, denn er hörte, wie der Arzt seinen Namen rief. Seine Beine gehorchten ihm zunächst nicht. Er musste sich erst eine Turnübung ins Gedächtnis rufen, um vom Stuhl hochzukommen. Langsam, sich an den Wänden wie ein Betrunkener entlangtastend, ging er in den Salon zurück.

Er atmete nur ganz flach durch den Mund, wollte den Bratenduft in seiner Nase behalten und den scharfen Geruch nach Desinfektionsmitteln nicht in sich aufnehmen. Wie kerzengerade der Arzt sich vor ihm aufbaute! Sein Vater wäre stolz auf ihn gewesen, vielleicht war dieser Arzt ein heimlicher Schreberianer, man wäre also unter sich.

«Mein verehrter Herr Dr. Schreber. Leider hatte ihre Frau Gemahlin einen Abortus. Die einsetzenden Wehen waren zu früh, und wir konnten den Abgang leider nicht verhindern. Der Blutverlust war nicht unerheblich, aber wir können es riskieren, sie hier zu lassen. Die Hebamme wird heute Nacht auf sie achtgeben und nach mir schicken, wenn Komplikationen auftreten sollten.»

Paul streckte seinen Rücken. Er spürte, wie der Arzt ihm die Hand auf die Schulter legte. «Ihre Frau Gemahlin wird schon bald wieder zu Kräften kommen. Sie kann noch viele gesunde Kinder auf die Welt bringen. Seien Sie ganz unbesorgt.»

Paul nickte nur, nickte noch immer, als der Arzt seinen Koffer aus dem Zimmer trug. Er ging langsam zu der Récamiere. Aus dem Gesicht von Sabine war alle Farbe gewichen. Er war überrascht, obwohl er damit hatte rechnen müssen. Vor seinen Augen waberte die Erinnerung an das Gesicht seines toten Vaters. Er benötigte alle Kraft, um mit den Augenlidern diese Bilder wegzuwischen.

«Unser Sohn», stammelte sie. «Unser Sohn.»

Er kniete sich zu ihr und legte seine Wange an ihre Wange, als könnte er ihr so Blut zuführen. «Bleib ganz ruhig», flüsterte er. «Wir können noch viele Kinder haben, hat der Arzt gesagt.» An der leichten Erschütterung seiner Wange spürte er, wie sie lautlos weinte. Er wartete so lange, bis sie eingeschlafen war.

Er stand leise auf, und seine Hände entführten ihre Stiefeletten aus dem Zimmer.

11

Eher eine Höhle als ein Wirtshaus.

Sein Kollege, Dr. Gundolf Pfaffenroth, der in Würzburg Rechte studiert hatte und rührend ungeschickt um seine Freundschaft warb, liebte offenbar diesen Ort: zumeist überladen mit zwielichtigen Gestalten, die sich im Halbdunkel spätestens ab zehn Uhr grölend unterhielten, wo das schrille Lachen sehr schnell in ein Gezänk umkippte, wo die Bedienung, die aus ihrem schmalen Gesicht jegliche Mimik verbannt hatte, mit ihrem wippenden Pferdeschwanz alle anzüglichen Bemerkungen und Gesten wegfegte. An diesem Ort mussten sie immer damit rechnen, auf Männer zu treffen, die sie für Jahre an einen anderen schäbigen Ort verbannt hatten, wo es keinen Alkohol und wenig zu lachen gab. Vielleicht war es dieser Reiz, der seinen Kollegen Pfaffenroth hierher trieb.

Die Spannung, die sich über Tage bei Paul aufgebaut hatte, löste sich nicht, obwohl er, der sich anstrengte, dem Tempo seines Kollegen zu folgen, bereits das vierte Bier vor sich stehen sah.

Weil er, als er aufschaute, auf ein Gesicht traf, das in seinem Gesicht nach einer schweren Krankheit zu fahnden schien, lächelte Paul seinen Kollegen matt an. Ob er, so fragte Gundolf, auch der Meinung sei, eine künftige Aufgabe der Rechtswissenschaft sei es, die Souveränität politischer Entscheidungen zu garantieren. Ob. Und ob. Und ob.

Aber er, Paul, konnte sich nicht konzentrieren, lachte nach jedem Halbsatz hilflos auf; seine Zunge wurde zunehmend schwerfälliger, er rieb sich mit den Knöcheln die Augen, weil der beißende Qualm ihn weinen ließ. Er war der Inbegriff eines schlechten Gewissens.

Dann setzte sich plötzlich ein Mann zu ihnen, wortlos, mit einem nur angedeuteten Gruß. Paul starrte auf dessen schwielige Hände, nur kurz schaute er ihm ins Gesicht, an das er sich spontan zu erinnern glaubte: die eng stehenden Augen, die danach zu streben schienen, zu einem Auge zu verschmelzen, der seltsam schiefe Mund, die in diesem großen Gesicht verloren wirkende kleine Nase.

Er dachte zurück an den kleinen stickigen Gerichtssaal, in dem er diesen Fall verhandelt hatte. An jedem der beiden Gerichtstage hatte damals dieser jetzt neben ihm sitzende Mann, Karrenbach – ja Karrenbach, Paul erinnerte sich wieder an den Namen –, ein frisches Hemd getragen, der Kragen von einem beinahe schmerzlichen Weiß, als wollte er mit diesem Hemd seine Unschuld beweisen. Einer der mächtigen Bauern der Umgebung hatte ihn des Diebstahls beschuldigt. Es gab Zeugen mit weniger weißen Hemden, die bestätigten, wie dieser Karrenbach auf einem Tanzfest Freunde ausgehalten und damit geprahlt habe, er würde sich ein eigenes Pferdegespann kaufen und ein kleines Unternehmen gründen. Bei einer Durchsuchung fand man zwei silberne Leuchter – es waren in allen vergleichbaren Prozessen zwei Leuchter –, die ohne Zweifel dem Großbauern gehörten.

Aber es gab Anzeichen für seine Unschuld. Das ja. Der im Prozess eingesetzte Staatsanwalt war in seinen Kreisen für die Masche berüchtigt, bei seinen Vernehmungen eine Schwerhörigkeit vorzuschieben. Antworten ließ er sich dreimal wiederholen, so lange, bis auch die hartnäckigsten Leugner zu schwitzen anfingen und rote Ohren bekamen. Aber dieser Angeklagte hatte geduldig seine eigenen Aussagen wiederholt und bis zur Verurteilung alle Vorwürfe bestritten, hatte auf eine kleine Erbschaft verwiesen, die auch beurkundet war. Wer wollte es dem Staatsanwalt verdenken, dass er in seinem Schlussplädoyer von einer verstockten Kreatur sprach, die Scham und Reue vermissen lasse.

Und er, Paul Schreber, hatte während der ganzen Verhandlung immer wieder auf die zierliche Ehefrau geblickt, die mit gesenktem Kopf und mit im Schoß versteckten Händen dieser Verhandlung beiwohnte und ihre Schwangerschaft zu kaschieren suchte. Auch bei der Urteilsverkündigung hatte sie nicht aufgeblickt. Er hatte das unterste Strafmaß angewandt, sehr zum Verdruss des Staatsanwalts. Als die Frau aus dem Gerichtssaal hinausging, hatte etwas an ihm gezerrt; sie hatte ein Herz aus Gold, das hatte er gespürt, und er hatte ihr und ihrem Mann doch nicht helfen können. Tagelang war er in eine tiefe Schwermut gefallen, hatte sich in sein abgedunkeltes Zimmer zurückgezogen und an seinem Beruf gelitten. Auch Sabine hatte ihn nicht aufheitern können. Warum nur war er nicht Mediziner geworden?

Gundolf zog an einer Pfeife, schenkte ihm ein schlaues Lächeln, das ihm zeigen sollte, er wisse, woran er, Paul, sich zu erinnern versuche: an eine dieser vielen Geschichten, und deshalb liebe er diesen zwielichtigen Laden. Hier könne jeder Richter seine Menschenkenntnis erproben und sich bestätigen lassen, man sei von einem ganz anderen Schlag als dieses Gesindel hier. Und wie zur

Bestätigung grölten am Nebentisch zwei Männer, und ein Glas ging zu Bruch.

«Sie blicken so hilflos und traurig drein wie ein Hund, den man ausgesetzt hat.» Gundolf hob den Bierkrug, beugte sich vor: «Mein Vater, der, wie Sie wissen, ein nicht unbedeutender Richter war, hat mich in jungen Jahren einmal in solch ein Etablissement mitgenommen, das er monatlich besuchte, um, wie er mir sagte, seine eigene Angst zu bekämpfen.»

Angst. Es war das falsche Wort. Gundolf hatte die Fähigkeit, immer die falschen Worte zu wählen. Und der wollte sein Freund werden! Wenn als Kind Angst ihn steif werden ließ, hatte er immer einen Handschuh seiner Mutter genommen und ihn auf die Nase gepresst, hatte den Duft tief in sich eingesogen, bis sich seine Lungen von innen warm anfühlten und die Angst langsam verdunstete.

Ob man nicht mit ihm anstoßen wolle! Oder ob den Herren seine Gegenwart unangenehm sei. «Hier sind nur tugendhafte Menschen, schauen Sie sich nur ruhig um, es gibt also keinen Grund, unhöflich zu sein.»

Pauls Blick streifte Gundolf, der sofort den Bierkrug hob: «Trinken wir auf die Liebe, die alle Menschen verbindet!»

Der Mann nickte, hob kurz den Bierkrug, setzte ihn dann wieder ab. Paul verglich den Mann, der etwas nähergerückt schien, mit seiner Erinnerung. Er hatte der Zeit getrotzt. Ein zögerlicher Schmerz zog durch Pauls Brustkorb.

«Die Liebe hat aber auch ein Nachtgesicht!» Die Stimme von Karrenbach nahm an Schwere zu.

«Natürlich. Die Liebe hat viele Gesichter!» Gundolf schien sich prächtig zu amüsieren. «Das macht sie zu einem der großen Mysterien.» Er hob erneut den Bierkrug.

«Gott ist die Liebe», entfuhr es Paul, der die höchste Instanz anrief, um seine aufsteigende Angst zu unterdrücken.

«Gott ist die Liebe. Mag sein. Aber wie kann Gott es dann zulassen, dass die Liebe in den Dreck gezogen wird?»

Gundolf schien sich immer noch zu amüsieren! «Guter Mann, nun sind mein Freund und ich keine Pastoren, aber es gibt eine irdische Gerechtigkeit, die über die Züchtigkeit der Liebe wacht.»

Paul sah zuerst die weiß hervortretenden Knöchel, nahm wahr, dass der Mann Gundolfs linken Unterarm mit einem festen Griff umklammert hielt. «Und bürgen Sie für Ihren Freund hier, dass er immer der irdischen Gerechtigkeit Genüge getan hat?»

Gundolfs Blick wirkte plötzlich unsicher. Seine Stimme klang gepresst: «Mein Kollege ist über jeden Verdacht erhaben.»

«So wie alle Richter und alle Großbauern über jeden Verdacht erhaben sind?» Der Mann nahm jetzt die zweite Hand zur Hilfe und hielt auch den zweiten Arm von Gundolf mit einem eisernen Griff gefangen.

Die Angst legte sich auf Pauls Stimmbänder. Im Lärm ging das Murmeln unter, das er sich abrang.

«Richter und Großbauern sind Menschen und deshalb auch vor Irrtümern nicht gefeit.» Gundolfs Stimme hatte sich merklich erholt. «Und sollte Ihnen ein Großbauer Unrecht getan haben, bringen Sie den Fall doch vor Gericht.»

Jetzt schienen die Augen dieses Mannes endgültig zu einem Auge zu verschmelzen. Sein schiefer Mund lachte verächtlich. «Mit Richtern habe ich meine Erfahrungen gemacht, und den Großbauern sehe ich jeden Tag in der Gestalt meines Sohnes. Persönlich möchte ich ihm nicht mehr begegnen. Und meine Frau würde einen Prozess nicht überstehen.»

Dann drehte er sich plötzlich um und spuckte Paul ins Gesicht. Gundolf schlug er mit aller Kraft auf den Oberarm. Ohne Eile stand er auf und bahnte sich einen Weg durch das Gedränge. Man hörte eine Tür schlagen, dann Schritte auf der dunklen Gasse. Niemand hatte von diesem Auftritt Notiz genommen.

Paul wischte sich die Spucke mit dem Ärmel ab. Gundolf schaute hilflos in die Runde, starrte dann in sein Bier. Schließlich hob er erneut den Krug: «Mein lieber Herr Kollege, lassen Sie uns auf diesen Schreck noch einen Schluck nehmen, um die Nerven zu polstern.»

Paul nickte abwesend. Weil die Nerven blank lagen, mussten sie mächtig polstern. Es war bereits Mitternacht, als sie diesen Ort verließen.

Sie nahmen sich in den Arm, als wären sie Freunde geworden.

12

Er ahnte, dass der Schlaf ihn auch heute umgehen würde.

Langsam war er erneut in die Schlaflosigkeit hineingeschlittert, so wie man in die Alkoholsucht hineinschlittert. Zunächst hatte er nur Stunden wach gelegen und Szenen, die er tagsüber erlebt hatte, bearbeitet, immer und immer wieder, bis er seinen Frieden mit ihnen machen konnte. Er hatte sich ein wenig sogar in seine Kunst verliebt, die Szenen mächtig auszubauen, bis kleine Dramen entstanden, in denen er die wichtigste Rolle spielte. Auch die Bühne dekorierte er jedes Mal üppiger aus, bis ihm die ganze Szene behagte und er sich in den Schlaf hineingearbeitet hatte. Immer öfter aber war er nachts wach geworden, weil eine Szene nach einer Überarbeitung verlangte, und so sehr er sich auch quälte und schuftete, es gelang ihm immer seltener, eine gültige Form zu finden. Seine Bilder standen gegen ihn auf. Er durchmaß fünfzig-, hundertmal den Alltag. Es gab keinen Ausgang. Die Tage verbrachte er in einer Mattigkeit, die ihm bisher unbekannt war.

Eines Nachts hatte der Schlaf persönlich an seinem Bett gestanden und sich auf die Bettkante gesetzt, hatte ihn angelächelt, alle Bilder weggewischt, sich freundlich mit ihm unterhalten, Gespräche mit großem Tiefgang, die ihn auch tagsüber beschäftigten. Meistens war er gegen Morgen mit großem Einverständnis eingeschlafen. Abends ging er mit kleiner Vorfreude ins Bett, weil er sich auf diese Gespräche während der Nachtwachen freute.

Seit Tagen hatte der Schlaf aber diese scheußliche Angewohnheit, mit verführerischer Miene an seinem Bett zu erscheinen, um ihn dann spüren zu lassen, dass er keine Zeit und erst recht keine Lust empfand, sich zu ihm zu setzen. Er wandte sich ihm gar nicht richtig zu, drehte die Schulter von ihm weg, wippte gelangweilt mit dem rechten Fuß, schnippte mit den Fingern den Takt einer koketten Melodie.

Paul verbeugte sich mit beiden Augenlidern, gab sich albern demütig, hob sogar den Zeigefinger, als würde er sich wie ein vorbildlicher Zögling melden. Doch der Schlaf war streng, verbot sich mit einem kalten Blick das Betteln um Aufmerksamkeit, schlenderte durch den Raum, umkreiste den Tisch mit den überquellenden Akten, einmal, zweimal, dreimal, (warum dreimal und nicht siebenmal?), stellte sich dann ans Fenster, zog die schwere samtene Gardine einen Spaltbreit auf, als ob er, Paul Schreber, nicht wüsste, dass die Stadt schlief, sehr tief schlief. Die Kutscher schliefen, die Hunde lagen auf ihren Ketten, und die Vögel kuschelten aufreizend bequem in ihren Nestern, Nestern, Nestern. Bei dem Wort Nester musste er schlucken, presste die Augen zusammen, weil er vor dem Schlaf nicht greinen wollte wie ein kleines Kind. Denn noch besaß er Stolz genug, noch besaß er die Kraft, die Tränenkanäle zu verschließen, aber er spürte, wie die Kraft nachließ, wie die Tränen immer stärker gegen die Dichtungen drängten. Er wollte stark sein. Er zwang seine Atmung in einen ruhigeren Rhythmus. Nebenan schlief seine Frau. Sie benötigte den Schlaf. Jede einzelne Sekunde. An diese ärztliche Wahrheit musste er sich erst gewöhnen. Wie an den diskreten Abstand. Ein Körperteil war jetzt für ihn tabu. Ihre Locken. Ihr Mund. Ihre Brüste. Ihre Beine. Ja. Aber ihr Allerheiligstes blieb ihm auch am Versöhnungstag versperrt. Er durfte seine Göttin nur noch von hinten erkennen. *Cognitio Dei aposteriori.* Und er würde ihr so gerne ins Gesicht sehen. Er fühlte sich hinterher stets so verlassen, als hätte man ihn falsch herum ans Kreuz geschlagen.

Der Schlaf lüftete den Hut, als würde er einen Bekannten im Garten begrüßen. Und wenn er den Schlaf überrumpelte? Vor einer Woche (war es bereits eine Woche her?) war es ihm gelungen. Er hatte sich sehr leise erhoben, mit nasser Stirn und eingefallenen Wangen. Seine Beine waren über seinen Mut erstaunt gewesen, hatten Einwände gemacht, mussten überredet werden. Als er endlich gestanden hatte, war sofort die Sicherheit zurückgekehrt; denn um Kopfeslänge hatte er den Schlaf überragt. Der Schlaf war kleiner und zarter, als man gemeinhin glaubte. Meistens zeigte er sich nur, wenn man sich schlaflos im Bett wälzte. Wenn er so vor dem Bett stand, wirkte er imposant. Prächtig. Ehrbar. Wenn man aber nicht zu ihm aufschauen musste, schien er verwundbar, bloßgestellt. Er, Paul, hatte in dieser Nacht einfach beide Arme um ihn geschlungen, ihn leicht angehoben, ins Bett geschleppt, ihn ungestüm geküsst und ihn dann übermannt. Zwei vortretende Rippen hatten bedenklich geknarrt. Dann war er in den Schlaf geglitten. Keine Reue am anderen Tag. Sein Gewissen hatte versteinert in seiner linken Niere geruht.

Ließ sich das Verfahren nicht wiederholen? Vielleicht patentieren? Paul, der Schlafübermanner. Beim nächsten Mal versuchte er, sich ganz still zu erheben, hatte bereits die Beine über die vordere Bettkante gehoben, aber eine Feder, eine lächerliche Feder in seiner Matratze verriet ihn. Der Schlaf drehte sich abrupt zu ihm um, machte eine gelangweilte wegwerfende Geste, die Paul zurücksinken ließ. Die Arme wie gelähmt, er konnte nicht einmal die Hände heben, als wollte er sich ergeben. Ein kehliger Laut entfloh seinem Mund.

Er schloss die Augen, lauschte in sich hinein. Seine Organe schliefen nicht. Sie schliefen nicht. Sein Herz paukte einen viel zu schnellen Takt. So konnten seine Nieren nicht ruhen, die zum elften Mal (oder zum zwölften Mal?) den abendlichen Wein zu spülen schienen. Jedes Mal rührte sich sein versteinertes Gewissen. Die Leber baute lautstark den Alkohol ab, mit der leisen Wut der Überforderten. Seine Lungen und Bronchien intonierten ein pneumatisches Schmatzen, als gelte es das Festtagsmenü von vorletzter Woche zu kommentieren. Als er den Schlaf noch einmal um Nachsicht angehen wollte, musste seine Stimme über ein Reibeisen nach draußen geschleift werden. Diese Stimme war ein Signal der inneren Hochspannung. Er konnte sich nicht abschalten. Die Maschinen in seinem Inneren waren auf Dauerbetrieb eingestellt, hielten auch die Sonntagsruhe nicht ein. *Aber am siebten Tag sollst du ruhen und keine Arbeit tun*. Hah! Sein Körper lehnte sich gegen dieses Gebot auf! Sein eigener Körper stand auf gegen Gott! Sein Körper – nicht sein Geist! Und warum triumphierte sein Körper über seinen Geist? Warum konnte sein Geist nicht den Körper zur Räson rufen? Er hatte alles versucht: gönnerhaftes Zureden; strenges Ermahnen; Worte des Zorns hatte er gegen seinen Körper geschleudert, aber der hatte sich taub gestellt. Sein Körper, diese bewegliche Hülle für den Geist, ließ nicht mit sich reden. Ließ sich auch nicht betäuben. Zwei Flaschen Rotwein, von dem teuren, hatte er sich vorgestern Abend als Medizin verschrieben. Das Ergebnis war in jeder Hinsicht enttäuschend ausgefallen. Seine Zunge hatte leichte Lähmungserscheinungen gezeigt, auch aus seinem Gang war jede Leichtigkeit gewichen, und seine Gedanken hatten den Kopf schwer hängen lassen wie bei einem geprügelten Hund. Sein Körper allerdings war wach geblieben, hatte ihn ohne Gnade teilhaben lassen an den Phasen der

Ernüchterung, bis sein Kopf bei Tagesanbruch nur noch Schmerz gewesen war, als klopfte der Schmerz mit einem Hammer gegen die Schweißnähte des Schädels, um Ausgänge zu erkunden. *Pater dolorus.* Du an Schmerzen Reicher. Du an Geistesgaben Schwacher.

Er öffnete die Augen. Er hatte genug von seinem Inneren. Der Schlaf schaute ihn jetzt an, mit Schalk in den Augen! Paul empfand diesen Blick als Demütigung. Der Schlaf musste auf nichts und niemanden Rücksicht nehmen. Vielleicht machte es ihm Spaß, Menschen erst zu unterhalten und dann zu quälen, indem er sich entzog. Vielleicht amüsierte es ihn, Menschen dahinschwinden zu sehen. Wählte der Schlaf wie ein böser Gott Menschen aus, die er dazu bestimmte, im Tollhaus zu enden? War er, Paul, bereits in einem Tollhaus gelandet? Und wie hieß dieses Tollhaus? Villa Schreber?

Und warum rettete ihn kein Gott?

Paul Schreber sah, wie sein Körper sich zur Seite schob, um für den Schlaf Platz zu machen, wie seine rechte Hand – woher nahm sie plötzlich die Kraft? – das Bettlaken glatt strich und imaginäre Brotkrumen entfernte. Und wenn er mit dem Schlaf einen Pakt schlösse? Wenn er ihm seine Seele verkaufte? Vielleicht bekäme er sogar einen schwarzen Hund als Geschenk! Dieser Gedanke amüsierte ihn kurzzeitig. Er spürte, wie seine Lippen sich spannten.

Seine Nase meldete sich. Ein strenger Geruch, als hätte man die Unterwelt gelüftet. Jetzt sah er, wie der Schlaf gebückt vor seinem Bett stand, mit hochgeschlagenem Mantel, wie er ihm, dem ehrwürdigen Juristen Dr. Paul Schreber, seinen nackten Hintern entgegenstreckte und Fürze entweichen ließ. Paul wünschte sich ein Nasenpolster, um den Geruch abzumildern oder zu filtern. Doch seine Hände verweigerten sich den Befehlen des Körpers, und Paul wurde von diesem Gestank eingehüllt und geräuchert.

Aber eine Ohnmacht blieb ihm versagt. Nicht einmal eine Ohnmacht gönnte man ihm! Frauen. Frauen würden jetzt in Ohnmacht fallen.

Und zum wiederholten Mal spürte er den Wunsch, eine Frau zu sein. Eine Frau, die sich ergeben darf.

Er spürte, wie die Tränen erneut Wege nach draußen erkundeten, gegen die Augenlinsen schlugen und einen mächtigen Wasserdruck aufbauten. Und weil er sich so angestrengt mit den Dichtungen an seinen Augen beschäftigte, merkte er nicht, wie eine andere Dichtung plötzlich den Dienst quittierte, porös wurde wie ein altes Weckglasgummi. Zuerst empfand er die Wärme an seinen Beinen als angenehm, aber als diese Wärme in eine klamme Feuchtigkeit umkippte und seine zittrigen Hände das Malheur ertasteten, hielten auch die Dichtungen an seinen Augen nicht. Er begann zu greinen wie ein kleines Kind.

Jetzt drehte sich der Schlaf zu ihm um, beugte sich über ihn und begann ihn mit Scheußlichkeiten zu verhöhnen, mit harten Vokalen, die sein Trommelfell durchschlugen. Pissnelke. Sudelpaule. Gummihosenheld. Inkontinenzbengel. Und so einer träume von Nachkommenschaft. Lächerlich. Einfach lächerlich. Welche Frau wolle von solch einer erbärmlichen Kreatur ein Kind unter dem Herzen tragen. Hah?

Er hielt sich die Ohren zu. Inkontinenzbengel. Bengel. Bengel. Engel. Da lachte er plötzlich, ein jäher Stimmungsumschwung wie bei einem kleinen Kind. Lasset die Kindlein zu mir kommen und wehret ihnen nicht. Er nuckelte an seinem Daumen, verspürte Hunger.

Wo war seine Mutter?

Warum stillte sie ihn nicht?

13

Er stemmte kurz seine Hände in die Seite.

Zwischen seinen Rippen schien sich die Angst zu stauen, seine Frau könne, wenn er nicht ganz entschieden sofort ein banales Gespräch begänne, wieder diese eine Frage stellen. Ihm war kalt, er rieb sich mit einer albernen Geste die Hände, obwohl der Salon ausreichend beheizt war. Er würde sich jetzt gerne hinlegen, um wenigstens für Minuten, am liebsten für Stunden in den Schlaf zu desertieren, nur eins wollte er nicht, mit ihr erneut darüber reden.

«Man hat mir angetragen, mich um ein politisches Mandat zu bewerben.» Er machte eine Pause, hoffte, sie würde nachfragen, Interesse zeigen. Aber sie schwieg eisern. Er wagte nicht, sich umzudrehen; sonst würde er in ihre leicht verschleierten Augen schauen und sofort in ihrer Traurigkeit ertrinken – war er doch ein schlechter Schwimmer. «Ich überlege ernsthaft, auf das Ansinnen einzugehen.» Er schlich der Bedeutung dieses Satzes nach und war über sich selbst erstaunt. Bisher hatte er nicht ernsthaft in Erwägung gezogen, sich zu bewerben. Jetzt hingegen schien ihm die Vorstellung verlockend. Er würde viele Stunden außer Haus verbringen müssen, häufig auf Reisen gehen, könnte der Traurigkeit entfliehen, die in jeder schlecht ausgeleuchteten Ecke im Haus auf ihn wartete und ihn, sobald er unachtsam war, ansprang.

Paul glaubte ein Geräusch wahrzunehmen, ein Knistern wie von Seide, als würde Sabine sich endlich aus ihrer Starre lösen. Vorsichtig riskierte er einen Blick in den Spiegel einer Tür, kniff sofort die Augen zusammen, denn Sabine saß noch immer dort, wo sie ihn beobachten und einschätzen konnte. Wann würde er jenen Fehler machen, bei dem er endlich ihrer Frage nicht mehr ausweichen konnte? «Meierhofer, du erinnerst dich doch an den Geheimen Rat Dr. Meierhofer, ich habe ihn dir auf einem Empfang einmal vorgestellt, also dieser Meierhofer schätzt die Chancen zwar nicht sehr hoch ein. Aber ich besäße die Gabe, wie er mir versicherte, Menschen zu begeistern, und es sei durchaus nicht ausgeschlossen, für eine Überraschung, für eine, wie er sagte, kleine Revolution zu sorgen!»

Vielleicht sollte er sich ein Glas Wein einschenken, hätte etwas in der Hand, stünde nicht nackt da. Aber am liebsten würde er sich auf dem Teppich kugeln, würde zu Sabine robben und sie wie ein Hund anbellen. Aber sie hatte Angst vor Hunden. Und Angst durfte sie nicht vor ihm bekommen. Angst hatte er selbst.

Mit einem Ruck drehte er sich um, breitete die Arme aus wie ein Theaterdirektor: «Vielleicht hast du schon bald einen Abgeordneten zum Mann, wirst womöglich von fremden Menschen auf der Straße angesprochen. Man trägt dir kleine Sorgen vor, man zieht dich ins Vertrauen, und abends werden wir in Ruhe besprechen, was man in diesem oder jenem Fall, der dich besonders berührt hat, bewirken kann.» Sie könne mit Freundinnen einen Wohltätigkeitsverein gründen, einmal oder auch zweimal im Jahr ein Fest veranstalten, natürlich mit einer Tombola. Natürlich wolle er ihr in dieser Hinsicht keine Vorschriften machen; sie verstünde sich, wie er wisse, sehr gut auf diese Fragen. Ihr Organisationstalent sei fraglos merklich besser ausgebildet als seines; er sei schon sehr gespannt, wie sie die Einladungen zu gestalten gedenke; es müsse für diejenigen, die eine Einladung erhalten, eine große Ehre bedeuten, dem Fest beizuwohnen.

Er klatschte in die Hände und verbeugte sich leicht. Sein Publikum zeigte keine Rührung. Sabine warf ihm einen schnellen Blick zu, ihren unnachahmlich schnellen Blick: traurig und resigniert, aber auch stolz. Dann senkte sie den Kopf. Und im gleichen Maße, wie sie den Kopf senkte, stieg in ihm die Angst auf. Er spürte keine Kraft mehr, vernünftig und bestimmt zu reden. So wie sie dasaß, sog sie allen Mut aus ihm heraus. Ein Schwindel umklammerte ihn von hinten. Er machte einen Schritt nach vorne, um nicht umzufallen. An einer Stelle auf dem Rücken spürte er, wie ihm der Schweiß ausbrach.

«Warum stimmst du einer Adoption nicht zu, Paul?»

Seine Nerven entspannten sich auf einen Schlag. Der Schwindel ließ sofort von ihm ab. Dankbar, dass endlich die Frage im Raum stand, schaffte er es, mit warmer Sorge auf sie herabzuschauen. «Du wirst bald eine sehr gute Mutter sein, meine Liebste.»

Sie schüttelte langsam, aber entschieden den Kopf. Die Lippen ein schmaler Strich. Es half ihm nicht, auf ihre Schuhe zu starren, die heute Abend seltsam fremd an ihr aussahen. «Die Ärzte haben gesagt, dass die Abgänge nicht bedeuten, du könnest niemals gesunde Kinder auf die Welt bringen. Mit jeder Schwangerschaft dehnt sich deine Gebärmutter, und irgendwann hat sie die Kraft, unser Kind über neun Monate in sich zu halten.»

Sabine schien kurz davor, in Schluchzen auszubrechen. Ihr Körper bebte bereits, doch ihre Stimme war von überraschender Festigkeit: «Die Ärzte wissen nicht, wie es um mich steht, Paul. Mit jedem Abgang büße ich ein Stück meiner Kraft ein. Meine Kraft ist beinahe aufgebraucht. Ich benötige eine längere Pause.»

Das letzte Wort hallte in Pauls Kopf nach. Er würde sich zurücknehmen müssen, dürfte nicht mehr bis zum Äußersten gehen, müsste mehr in Phantasien schwelgen. Vielleicht sollte er einen Gliedhalter erfinden, der ihn an den Haaren zog, wenn er zu tief in sie eindrang. Kurz amüsierte er sich bei dem Gedanken, sah sich bereits an einer Werkzeugbank hantieren, dann tauchte er, spürbar erfrischt, wieder auf. «Gönnen wir uns ein kleines Moratorium, meine Liebe. Sagen wir ein Jahr?» Er redete, als würde er mit den Geschworenen über das Strafmaß verhandeln. Über sein eigenes Strafmaß.

Sabine streifte ihn mit ihrem Blick. «Nein, Paul. Das ist keine sehr gute Lösung. Dieses Jahr wäre für mich wie eine große Drohung. Und was würde es bedeuten, wenn meine Kraft nicht zurückkäme? Und was würde es bedeuten, wenn nach mehr als einem Jahr ein erneuter Abgang passiert? Würde die Verzweiflung nicht übermächtig werden? Und würde ich dich nicht enttäuschen? Würdest du dich vielleicht von mir abwenden? Vielleicht müssen wir uns damit abfinden, keine eigenen Kinder zu bekommen.»

Abfinden. Dieses Wort verletzte ihn mehr als jedes andere. Abfinden. Er wollte Kinder, eigene Kinder, mit seinen Anlagen, die er bewässern und pflegen könnte. Ein Leben war viel zu kurz, um alle Anlagen, die man in sich spürte, auszuleben. Man brauchte mehrere Chancen, die stellvertretend die Kinder ausleben konnten, die eigenen Kinder, keine fremden Kinder mit verwilderten Anlagen.

«So werden wir uns damit abfinden müssen. So schwer es uns auch fällt.» Die schneidende Stimme, mit der er es sagte, verletzte ihn selbst. Erste dicke Tränen liefen Sabines Wangen hinunter; sie transportierten den Schmerz der letzten Jahre. Wenn er in diese Augen schaute, heute malzfarben mit einem kupfernen Ring, kam sein Widerstand stets zum Erliegen. Seine Zunge formte eigenständig Worte, um die er sie nicht gebeten hatte, aber heute wollte er ausharren, heute würde er sich notfalls auf die Zunge beißen.

«Früher, so hast du mir erzählt, habt ihr in eurem Internat Kinder aufgenommen und erzogen. War die Erfahrung so schrecklich für dich, dass du dir nicht vorstellen kannst, ein fremdes Kind an Kindes statt anzunehmen?»

Die Tränen rollten weiter über ihre Wangen. Seine Augen folgten ihrem Lauf und konnten sich so von ihrem Blick befreien. War diese Erfahrung so schrecklich gewesen? Nein. Er hatte immer wieder Kontakt mit den Internatskindern gehabt, hatte sogar mit einem dieser Kinder, mit Jan, den alle Hugo nannten, später zusammen studiert. Eine Freundschaft war daraus nicht erwachsen, und brüderliche Gefühle hatte er nicht entwickelt. Nur bei Ann-Sophie hatte er eine tiefe Zuneigung empfunden, und eine stille Sehnsucht war geblieben, nachdem sie das Internat verlassen hatte. Er hatte nie erfahren, was aus ihr geworden war. Seine Mutter war immer ängstlich darauf bedacht gewesen, zwischen den Internatskindern und ihren eigenen Kindern einen Unterschied zu wahren. Sie war stets freundlich, hilfsbereit, aber die Wärme, die sie zu verteilen hatte, reservierte sie für ihre Kinder. Sein Vater hatte wiederholt eines der Kinder als glühendes Vorbild für seine eigenen Kinder präsentiert und rechnete es sich als seinen Verdienst an, dass Hugo die Rechte studieren konnte. Aber auch er stellte seine Kinder nie mit den Internatskindern auf eine Stufe. «Es waren durchaus angenehme Erfahrungen, liebste Sabine.»

Sabine wischte sich mit dem Handrücken die Tränen ab. «Dann tu es für mich. Bitte.»

Er verschränkte die Arme hinter dem Rücken wie ein alter Mann, nickte stumm. Er durfte ihr diese Bitte nicht abschlagen. Sie ahnte nicht, konnte nicht ahnen, wie sehr er sich eigene Kinder wünschte. «Vielleicht», stammelte er und schaute sie flehentlich an.

«Vielleicht», antwortete sie mit einem schwachen Lächeln.

Und in diesem «vielleicht» nistete seine Hoffnung.

14

Er hatte den Geschmack von angebranntem Fleisch im Mund.

Auch sein Geschmack betrog ihn. Hatte er doch seit Stunden nichts gegessen, fühlte sich schwach, wollte sich gerne setzen, aber niemand stand auf und bot ihm einen Platz an.

Nicht einmal Ferdinand Beierwaltes. Ferdinand Beierwaltes, Altphilologe, ein Mann mit feinen Manieren, der ihn immer wieder ermuntert hatte, an die eigene Sache oder, wie er etwas pathetisch sagte, an die eigene Sendung zu glauben. Der ihn zu Wahlreden in schlecht geheizten Wirtsstuben und auf zugigen Marktplätzen begleitet hatte, stellte sich nicht zu ihm, mied jeden Blickkontakt und sprach leise mit einem alten Mann, wiegte dabei leicht den Kopf, hob einmal wie zur Entschuldigung die Hände. Er stellte sich nicht einmal zu ihm, dieser Beierwaltes, der jeden griechischen Klassiker im Original zitieren konnte, aber heute offensichtlich keine Textstelle aus seinem riesigen Repertoire angemessen fand.

Paul erinnerte sich nicht, wann er zum letzten Mal verbranntes Fleisch gegessen hatte – vielleicht in der Kindheit; aber er konnte sich beim besten Willen nicht vorstellen, dass seine Mutter es zugelassen hätte. Und warum erinnerten sich seine Geschmacksnerven genau in diesem Moment daran? Und woher rührte dieser Geschmack, den er entweder vergessen haben musste oder den er, und diese Seite der Alternative überwog, nie erlebt hatte?

Wann endlich würde Meierhofer erscheinen, der wollte doch nur einmal kurz in der Redaktion des *Chemnitzer Tageblatts* vorbeischauen, um dem Chefredakteur, der ihnen sehr gesonnen war, für seine Artikel, auch wenn sie nichts bewirkt hatten, zu danken. Beinahe sehnsüchtig spähte er immer wieder in Richtung des Eingangs, ob sich dort nicht Meierhofers mächtige Silhouette abzeichnete und den Flur verdunkelte. Vielleicht hatte der Chefredakteur ihn auf einen Likör eingeladen, jeder, der Meierhofer kannte, wusste, wie gerne er sich zu einem Likör überreden ließ. Man war ins Gespräch gekommen, auf einem Bein kann man nicht stehen, aller guten Dinge sind drei, erst vier macht ein Quartett, fünf ist eine ungerade Zahl – und mit jedem klebrigen Likör vergaß Meierhofer Dr. Paul Schreber, der in einer lausigen Stube auf ihn wartete, vergaß die Kränkungen und die Untreue der Wähler. Jawohl: die Untreue der Wähler. Viele waren fremdgegangen. Und viele hatten offensichtlich nicht einmal ein schlechtes Gewissen. Gewissen. Gewissen. Gewissen. Gewissen. Gewissen. Gewissen. Auch dieser Meierhofer nicht. Der verkaufte eine Freundschaft für sechs lächerliche Liköre. Oder sieben. Oder acht. Oder neun. Oder für dreißig Silberlinge.

Wie sollte er Sabine die Nachricht übermitteln? Oder hatte sie bereits davon gehört? War ein Marathonläufer zu ihr gerannt, um ihr die Niederlage zu verkünden? Und was hatte der gesagt? Die Schlacht ist verloren, es gibt nichts zu beschönigen. Aber ihr Mann lebt. Er lebt! Er lebt! Und war der Überbringer tot umgefallen? Beugte sich seine Sabine jetzt über eine Leiche? Musste er nicht zu ihr eilen, um ihr in dieser Situation beizustehen? Seine arme Sabine, allein mit einem verschwitzten Toten.

Warum legte niemand eine Hand auf seine kalte Schulter?

Zahlen hatten auf ihn immer beruhigend gewirkt. Zehnmal Armkreisen. Zwanzigmal Fußkreisen. Fünfzigmal Armbeugen. Jeden Tag, an dem er die Ergebnisse des Vortags verbessert hatte, war er innerlich gewachsen, war abends oft als Riese schlafen gegangen. Aber diese Zahlen hier waren ehrenrührig. Sein Gegner hatte ihn nicht übertrumpft, er hatte ihn vernichtet. Der hatte mit sechzig Prozent der Stimmen gewonnen. Sechzig Prozent. Ein Sozialist! Dieser Geiser, der sich im Krieg eine Verwundung zugezogen hatte und während des ganzen Wahlkampfes mit seinem falschen Arm herumgefuchtelt hatte, um Mitleid zu erregen. Die Menschen hier in Chemnitz wollten keine Argumente hören, sondern von einem heiseren Schreihals, der es auch mit der Grammatik nicht so ernst nahm, verführt werden.

Paul drehte sich zu Friedrich Hodler um. Friedrich Hodler war Kassenwart und Sekretär in einer Person, baumlang und hager, mit einem ausgetrockneten Gesicht, als würde die Feuchtigkeit es nicht schaffen, bis dorthin aufzusteigen. Man könnte ihn, darauf würde Paul wetten, nachts aus dem Schlaf klingeln. Er würde fehlerfrei auf Heller und Pfennig den Kassenstand nennen können. Es war ein erfreulicher Kassenstand, weil die Mitglieder dieser Partei eine hohe Zahlungsmoral auszeichnete, auch wenn sie nicht immer geschlossen zur Wahl gingen. Wähler sind launig, pflegte Hodler zu sagen, wenn eine Wahlveranstaltung schlecht besucht war, so wie die Frauen an bestimmten Tagen. Manchmal habe er den Eindruck, ihre Wähler möchten am liebsten in Ruhe gelassen werden. Aber Forderungen, die würden natürlich schon erhoben: Aufopfern solle man sich für «unsere Sache», dann sagten tatsächlich stets alle «unsere Sache». Auch Ferdinand Hodler drehte seine hagere Gestalt weg, als Paul seinen Blick suchte.

Was hatte er sich vorzuwerfen? Sein politisches Glaubensbekenntnis lag ganz auf der Linie Bismarcks, und gegen Bismarck konnte doch kein ernsthafter Mensch etwas haben? Er, Paul Schreber, stand in unerschütterlicher Treue zu Kaiser und Reich – und ebenso zur verfassungsmäßigen Selbständigkeit Sachsens. Die parlamentarische Regierungsform, die plötzlich in aller Munde war, führte doch nur dazu, die Regierungsfähigkeit Bismarcks zu unterminieren! Also! Und hatte er nicht entschieden für die Handwerker Partei ergriffen? Warum hatten nicht alle Handwerker ihm die Stimme gegeben? Was erwarteten die sich von diesem Geiser? Der konnte ihnen doch nichts bieten, keine Sicherheiten, keine Zukunft! Warum hatten sich die Arbeiter ihm verweigert? Hatte er nicht für eine Ausdehnung der Kranken- und Unfallversicherung auf alle Arbeiter plädiert, die bisher noch davon ausgeschlossen waren? Warum war ihm dieser Einsatz nicht angerechnet worden?

Im halb abgedunkelten Raum erkannte er Franz Leuker. Ihre Blicke kreuzten sich, dann schaute Franz Leuker vor sich auf den Boden. Paul Schreber suchte in seinem Körper nach der Kraft aufzustehen, um zu ihm zu gehen. Doch als er sah, wie dieser Leuker plötzlich angewidert den Kautabak ausspukte, spürte er nur noch die Schwere des eigenen Körpers. Leuker, dem immer der Händedruck misslang, der entweder zu entschieden drückte oder seine Hand nur ausdruckslos hinhielt, hatte stets darauf gedrungen, gegen den sozialistischen Kandidaten einen Einheitskandidaten aufzustellen. Aber mit dem freisinnigen Kandidaten, diesem Rechtsanwalt Harnisch, war nicht zu reden gewesen. Er, Paul Schreber, wäre durchaus bereit gewesen, auf die Kandidatur zu verzichten, wenn, ja wenn dieser Harnisch Kompromisse signalisiert hätte. Der hingegen beharrte auf seinen Positionen, konnte sich nicht zu einer entschiedenen Bejahung der Kolonialpolitik durchringen, liebäugelte mit der parlamentarischen Regierungsform, und über Bismarck hatte er sich in einem längeren Gespräch immer wieder verächtlich geäußert. Allenfalls spürte er, der Kandidat Paul Schreber, eine leise Genugtuung, dass dieser Harnisch nur den dritten Platz erreicht hatte. Fünfzehn Prozent. Lächerliche fünfzehn Prozent. Da hörten sich seine fünfundzwanzig Prozent doch ganz anders an. Zusammen hatten sie vierzig Prozent eingefahren. Ein gemeinsamer Kandidat hätte vielleicht diesen Geiser schlagen können. Dann wären mehr konservative Bürger zur Wahl gegangen, dann hätten sie sich nicht mit dem Satz beruhigen können, die Wahl sei längst zugunsten von Geiser entschieden. Warum also schaute dieser Leuker ihn nicht an? Er musste sich doch erinnern, dass er, Paul Schreber, durchaus nicht auf eine eigene Kandidatur gedrängt hatte!

Und dann stand er unvermittelt auf, rollte mit dem Nacken, um seinen Schmerz zu lindern, und ging einfach durch alle hindurch. Draußen schob ihn ein leichter Wind durch die Straßen und leitete ihn zum Landgericht. Er sperrte auf, ging mit sicheren Schritten die Treppe nach oben, durchquerte den langen Flur, bis er in seinem Zimmer war. Er sperrte die Tür hinter sich zu. Er war nicht wenig erstaunt, als er sah, wie zuerst seine Jacke, dann seine Stiefel, die Hose, das Hemd, die Sockenhalter, die Socken und seine Trikotage auf dem Boden lagen. Er holte sich einen Stuhl, kletterte hinauf, um besser in den Spiegel über dem Waschbecken sehen zu können. Er strich sich mit der rechten Hand über die Brust, zuerst wie ein Masseur, bald wurden die Bewegungen fließender und zärtlicher. Er umspielte seine Brustwarzen, die zunächst erschrocken schienen, sich dann aber in ganzer Pracht zeigten. Er kletterte vom Stuhl, suchte im Schreibtisch seiner Sekretärin im Zimmer nebenan nach Bändern, die er nach kurzem Suchen auch fand, ging in sein Büro zurück, band sich Schleifchen ins Haar, eine rosafarbene, eine rote und schließlich eine blaue. Er kletterte erneut auf den Stuhl und begutachtete sein Werk. Der Anblick gefiel ihm. Er umkreiste seine Brustwarzen, versteckte sein Glied zwischen den Schenkeln und lächelte sich zu. Jetzt wusste er, worin sein Fehler bestanden hatte. Er hätte für die Wahlrechte der Frauen eintreten sollen. Die Frauen hätten nächtens ihre Männer überredet, für ihn, für Paul Schreber, zu stimmen. Vielleicht hätten Frauen auch gespürt, wie nahe er sich ihnen fühlte.

Ein angenehmer Geschmack verbreitete sich auf seiner Zunge. Ein Geschmack nach Honigblüten. Die Knospen seiner Zunge sprangen in Sekundenschnelle auf.

15

Fürsorgliche Belagerung!

Man verlangte von ihm strikte Schonung, zwang ihn in die Waagerechte, entfernte alle Akten aus seinem Zimmer, brachte ihm bittere Kräutertees, die seine geschundenen Stimmbänder schützen sollten. Denn manchmal brach sich jetzt ein wildes Temperament Bahn: Er schnaubte und brüllte, riss an seinen Haaren, ballte die Fäuste, stampfte mit den Füßen auf, verschreckte die Köchin, die bereits zweimal Sabine um Hilfe gerufen hatte. Man redete von Schlafkuren, ließ Ärzte auf- und wieder abtreten, die ihm etwas von Zaubertränken ins Ohr flüsterten. Einer wollte ihm weismachen, seine Frau habe die Fruchtbarkeit aufgespart, um dereinst (was aber bedeutete dieses dereinst?) einen Gott mit ihm zu zeugen. Nur einer wusste die Lösung. Bromkali. Bei diesem Wort lächelte Paul, zwinkerte dem Sanitätsrat zu. Bromkali. Natürlich. Bromkali. Hatte nicht auch sein Bruder Gustav wiederholt von Bromkali als einem Geschenk gesprochen, für das sich die Menschheit bisher nicht hinlänglich bedankt hatte? «Bromkali», flüsterte er. Er hatte keine Angst mehr, sich lächerlich zu machen. Vor wem denn auch? Vor denen da draußen? Diesem ungerechten Pack?

Tagtäglich dünstete dieses Pack Ungerechtigkeit aus, die sich zu einer giftigen Wolke verdichtete, aufstieg, einige Runden drehte, sich am höchsten Kirchturm aufritzte und dann ausregnete. Und er, Paul Schreber, hatte oft in diesem Regen gestanden. Zu oft. War nicht auch er ungerecht? Sabine gegenüber? Seiner Mutter gegenüber? Seinen Geschwistern? Und damals Gustav?

Aber wie ungerecht war die Welt ihm gegenüber!

Sechzig Prozent für diesen Kutschersozialisten Geiser bei der Wahl! Wer wollte da ernsthaft von einer Gerechtigkeit sprechen?

Seit zwei Wochen hatte er die Wohnung nicht mehr verlassen, weil er es vermeiden wollte, mit dem Regen der giftigen Wolke in Kontakt zu kommen. Musste er nicht der Welt zeigen, dass man Gerechtigkeit leben konnte? Er hatte erwogen, irgendwo aufs Land zu ziehen, wo kein Kirchturm in der Nähe war, der die giftige Wolke schlitzen konnte. Doch traute er dem Wind nicht, der imstande war, Regentropfen in feiner Stäubung sehr weit zu transportieren. Und er traute sich auch nicht, Sabine diesen Vorschlag zu unterbreiten. In physikalischen Fragen war ihre Bildung leider noch immer äußerst mangelhaft.

Sabine, seine Sabine. Sie hatte während der ersten Nächte nach der verlorenen Wahl neben ihm gelegen, hatte gefühlt, dass er wie Jakob am Jabboq mit einem Dämon rang. Hatte die gepresste Atmung gehört, als würde er mit aller Kraft den Schlaf festhalten, damit er ihn segnete. Der Anblick, wie er hinkend im Zimmer herumschlich und sich die Schläfen massierte, hatte sie aufgeschreckt. Sabine war aufgestanden, hatte ihn an die Hand genommen, hatte einen Finger auf seine Lippen gelegt, hatte ihn behutsam zurück zum Bett geführt und in die Kissen gedrückt, ihm sogar ein Schlaflied vorgesungen, mit so viel Gefühl, dass sie selbst während der zweiten Strophe eingenickt war.

Pah! Nicht eine Nacht hatte sie es durchgehalten, mit ihm, ihrem Mann, dem sie in der Kirche vor den Ohren der ganzen Gemeinde Beistand in guten wie in schlechten Zeiten versprochen hatte, zu wachen. Sie war genauso schwach gewesen wie die Jünger Jesu, die im Garten Gethsemane, in dem einst Jesus Christus mit Gott gerungen hatte, ob nicht der Kelch des Kreuztodes an ihm vorübergehen könne, ihren Herrn und Meister in Stich ließen und einschliefen. Er, Paul Schreber, hatte diesen bitteren Kelch bereits bis zur Neige leer getrunken; man hatte ihn in Chemnitz öffentlich ans Holz geschlagen. Sechzig Prozent für den Kutschersozialisten Geiser. Das war unfassbar!

Morgen, bereits morgen würde er in sein Amt gehen und einen Vorschlag für die Änderung des Wahlrechts diktieren. War es nicht die Pflicht eines jeden Bürgers, seine Stimme abzugeben? Woher nahm dieses Geschmeiß das Recht, sich zu verweigern? Wenn jeder ohne Ausnahme an die Wahlurne gerufen wurde, dann gab es keine billigen Ausflüchte mehr wie: Die kränkelnde Mutter könne nicht, auch nicht für eine Stunde, allein gelassen werden; man sei bei einer auswärtigen Konfirmation unabkömmlich gewesen; habe am Grab eines Verwandten seine Tränen abgeben müssen.

Und wenn er einen mutigen Schritt voranging und eine Gesetzesnovelle für die allgemeine Wahlpflicht der Frauen entwarf? Gestern hatte er einen schüchternen Versuch unternommen, hatte seinem Gerichtsschreiber einen kurzen Text diktiert, aber bei dem Diktat fiel ihm, dem Unfehlbaren, der Paragraf nicht mehr ein, den er zitieren wollte. Er ließ unzählige Paragrafen an sich vorbeimarschieren, hochdekorierte, unansehnliche, aber keiner machte ordentlich Meldung. Er hatte gehüstelt, hatte den Satz noch einmal diktiert und noch einmal, der Gerichtsschreiber schaute ihn bereits verwundert an, sagte ihm schließlich leise den Paragrafen vor. Er, Dr. Schreber, hatte eine witzige Ausflucht genommen. Jetzt wohnte in ihm die Angst, dieser Ausfall könne sich wiederholen, sein Gehirn könne weich werden wie bei seinem Bruder. Und jede Nacht arbeitete die Angst in ihm.

Wer ein weiches Gehirn hatte, schälte altes Brot.

Wer ein weiches Gehirn hatte, betete zu Eichhörnchen. Oder Raben.

Wer ein weiches Gehirn hatte, plapperte mit dem Nordwind, flocht sich samtene Schleifchen ins Haar, rief rote Ameisen zur Ordnung, steckte den kleinen Finger in die Butter, hielt die eigenen Töchter für Königinnen, ritt auf gescheckten Hunden, trank den eigenen Frühurin, bildete Reime auf öis, rührte braunen

Zucker in den Wein, zerlegte neidische Taschenuhren, redete mit seinem posaunenden Stuhl, wusch sich mit Schwarzbrot, goss Zimmerpflanzen mit Kochwasser, nagelte Maikäfer an die Wände, steckte sich blutige Orangen in die Hosen, kraulte Fischen den silbrigen Bauch, wollte auf schäumenden Wellen reiten, grub im Wohnzimmer nach Schätzen, verschenkte Hosenknöpfe aus Perlmutt.

Wer ein weiches Gehirn hatte, trug auch nachts breitkrempige Hüte.

Wer ein weiches Gehirn hatte, legte sich zur eigenen kalten Mutter.

Wer ein weiches Gehirn hatte, hörte Stimmen.

Diese Stimmen waren allerdings nicht immer unangenehm. Es gab Tage, da waren diese Stimmen nicht gehässig, auch nicht volltönend, sondern von verführerischer Süße. Aber natürlich. Mit Sabine konnte er darüber nicht reden. Es gab Töne, die waren sirupsüß. Worte, die mit den Vokalen spielten, die ein ö und ein i kombinierten und ein weiches, unerhört weiches s folgen ließen. Solche Worte gab es im Deutschen nicht, und er, Paul, musste dann alle Macht aufbieten, hinter den Sinn dieser Worte zu kommen. Wenn er jedoch den Sinn erahnt und in das hässliche Deutsch übersetzt hatte, fand er in seinem Mund den Geschmack von Karamellbonbons.

Meistens aber standen andere Stimmen in seinem Gehirn auf. Sie schwätzten unerträglich, äußerten Banalitäten, die sich gegenseitig überboten. Man redete nur, um ihn von seinen großen Plänen abzulenken, abgenutzte Redewendungen, Kindermund, Bierkutscherwissen. Ohne Sinn und Verstand kommentierte eine Stimme jene Stimme, die soeben den letzten Vokal verschluckt hatte, ganz unaufgeregt, ohne Zorn und Heiterkeit, in der immer gleichen Stimmlage, ältliche Stimmen, die scheinbares Wissen weitertrugen, und wenn er nicht aufpasste, schlichen sich in seine

Sätze, die doch immer von einer gewissen Schwere und Bedeutsamkeit kündeten, Bruchstücke dieses unseligen Geschwätzes ein. Er selbst schämte sich dieser verbalen Fehltritte, rettete sich in ausufernde Gesten; aber seine Zuhörer schienen oft nicht einmal zu bemerken, wie Einflüsterungen den Duktus seiner Rede erschütterten. Es schien ihm wie Hohn, wenn ihm jetzt Menschen Gehör schenkten, die ihm bisher mit Desinteresse begegnet waren – als wollten sie ihm zu verstehen geben, erst mit solchen Äußerungen sei er auf der Höhe der Zeit. Aber solche Höhe war nie Ziel seines Ehrgeizes. Es waren Spötter, die sich einen Spaß daraus machten, ihm nach dem Mund zu reden. Wenn er solche Reden geführt hätte, so gaben sie ihm zu verstehen, hätte er diesen Geiser an Stimmen deutlich überflügelt.

Paul brach in Gelächter aus. Natürlich. Wenn man die Stimmen in seinem Kopf gezählt hätte, wäre die Wahl anders ausgegangen. Er würde einen Apparat erfinden, der die Stimmen in seinem Kopf zählte. So viele wie die Sandkörner der Sahara.

Er wiederholte den letzten Satz, den alle Stimmen in seinem Kopf gleichzeitig zu flüstern schienen. Er filterte Sprachen heraus, die ihm vertraut, und solche, die ihm gänzlich unbekannt waren. Jetzt endlich verstand er. Er trug die ganze Menschheit in seinem Gehirn. «Abraham», flüsterte er. Ich bin der zweite Urvater der Welt. Als er sich aus seinem Fauteuil erhob, musste er mit beiden Händen seinen Kopf stützen, fürchtete er doch, die Stimmen würden aus seinem Kopf herausfallen, wenn er sich zu ungestüm bewegte.

Als Sabine in der Tür erschien, deutete sie die Geste falsch und rief erneut nach einem Mediziner. Seine Sabine. Er durfte sie nicht überfordern und ließ sie gewähren. Wahrscheinlich würde man zu einer Kur raten. Nun gut.

Er würde Sabine diesen Gefallen auch noch tun.

16

Er würde notfalls versickern.

Versickern. So einfach war das.

So einfach? So einfach.

Draußen kreiste eine mächtige Gewitterwolke die Kurklinik ein. Eine Wolke der Ungerechtigkeit. Mit ihr musste er sich heute verbünden. So lautete sein Plan. Wenn es ihm gelänge, mit der Macht der Sonnenstrahlen die Wolke siebenmal um dieses Beinhaus herumzuführen, in dem Männer und Frauen mit einer albernen Hartnäckigkeit an einen zweiten oder dritten Frühling glaubten, sich abends kaum die Treppen in den zweiten Stock hinaufschleppen konnten, die faulig stinkendes Wasser tranken und selbst bei den Kurkonzerten nur auf die rumorenden Geräusche in ihren Eingeweiden achteten, dann würden die Mauern der Klinik einstürzen und die ganze müde Schar der Gebresten unter sich begraben. Er, Paul Schreber, würde als Einziger brüllen vor Vergnügen. Brüllen! Ich, Paul Schreber, Sohn des berühmten Orthopäden Moritz Schreber, verlache den Tod und gehe aufrecht, jawohl aufrecht dahin. Und da ist keiner, der mich aufhalten darf.

Er hielt Ausschau nach der Gewitterwolke. Sie wurde von zwei Sonnenstrahlen wie ein bedächtiges, altersschwaches Kettenkarussell im Kreis geführt. Wie gerne würde er diese Wolke, die schwindlig zu werden drohte und das Wasser beinahe nicht mehr halten konnte, noch stärker anschieben, um entschlossen am Untergang dieser Anstalt mitzuwirken. Er konzentrierte sich, versuchte Kontakt mit den Sonnenstrahlen herzustellen, um sie zu mehr Engagement zu ermuntern. Er feuerte die Strahlen an, als wäre er auf einer Pferderennbahn. Noch fünfmal musste die Wolke kreisen. Aber das Karussell verlor deutlich an Fahrt, und seine Hoffnung schwand.

Auf dem Flur hörte er, wie nach und nach die Zimmertüren aufsprangen und die Kurgäste – alle bildeten sich etwas darauf ein, Gast zu sein, putzten sich albern heraus, als besuchten sie die Oper – sich anschickten, in den Speisesaal zu gehen. Eine Prozession hinkender und keuchender Gesellen, die den Eindruck erweckte, sie würde wie weiland die Israeliten in die babylonische Verbannung geschickt.

Zwar spürte auch er, Paul Schreber, einen drängenden Hunger, denn seit Tagen verlor er unmäßig an Gewicht. Aber er konnte sich beim besten Willen nicht vorstellen, sich in diesen Gefangenentross einzureihen, in dem alle stumm nach ewiger Jugend verlangten und Gerechtigkeit von Gott einforderten. Gottes Gerechtigkeit als irdische Gerechtigkeit ewiger, lahmender und stinkender Jugend! Wie konnten diese armseligen Gestalten, aus deren Kehlen nach jeder kleinsten Anstrengung ein röchelndes Grunzen ertönte, nur so vermessen sein und nach Gerechtigkeit schreien? Diese auf ewig verdammte Masse, die ununterbrochen vor sich hinsabberte und die Luft mit üblen Ausdünstungen verpestete!

Die Wolke schleppte immer langsamer das Wasser mit sich herum. Auch diese Wolke benötigte dringend eine Kur, weil sonst die Gefahr bestand, dass sie bereits jetzt alles unter sich ließ, obwohl sie erst drei-, vielleicht viermal um die Klinik gekreist war. Wie konnte er verhindern, dass sie inkontinent wurde, bevor sie ihre Aufgabe erfüllt hatte? Er müsste diese Wolken windeln. Leider hatte er nie zuschauen können, wenn ein Säugling gewickelt wurde.

Sehnsucht überfiel ihn jäh, Sehnsucht nach Sabine. Er trat vom Fenster zurück, setzte sich auf einen Fauteuil, auf dem sie vorgestern bei ihrem Besuch gesessen hatte. Er legte seine Handfläche auf die Armlehne, wo auch ihr Arm geruht hatte, glaubte noch eine leichte Feuchte zu erspüren. Wenn er doch nur eine Tasse besäße, aus der sie getrunken hatte, dann könnte er seinen Mund auf diese Stelle pressen. Und warum nur hatte er es zugelassen, dass man den Raum lüftete? Gab es noch eine verschwiegene Ecke in diesem Raum, wo Teile ihres Atems anzutreffen waren, die er in seinen Lungen bunkern konnte? Er sehnte sich nach ihrem ewig frischen Atem. Atem, der blaue Blumen erblühen lassen konnte. Er schaute hilflos im Raum herum. Sabine war zu einem Gespenst geworden. Er erschrak bei dem Gedanken, stand auf und stellte sich erneut ans Fenster.

Sabine.

Ja. Nun gut. Sie schlief ein, wenn es galt zu wachen; aber sie wusste um seine heimliche Leidenschaft: In der dritten Nacht hatte sie, als sie sich zu ihm ins Bett legte, die Stiefel angelassen, hatte ihre Füße mit den Stiefeln ganz aufreizend auf das Paradekissen gelegt. Und er hatte alle Kraft zusammengenommen, hatte sein Blut aufgefordert, bis in die äußersten Winkel zu reisen, hatte die Stiefel liebkost, sich dann wacker a tergo geschlagen. Nach dem ehelichen Verkehr stellte er sich schlafend, bis er den gleichmäßigen Atem Sabines neben sich hörte. Er hatte seine Atmung diesem Rhythmus angeglichen, aber auch so ließ sich der Schlaf nicht überlisten. Er hatte die ganze Nacht durchwacht.

Er schüttelte den Kopf, denn er wollte nicht wahrhaben, was er sah. Ein leichter Regen hatte eingesetzt. Die Wolke über ihm schien blasser geworden zu sein, vielleicht aber gab sie nur eine winzige Menge an Regen ab, um kraftvoller noch zweimal um die Klinik zu reisen. Dann sah er den Teufel vom Himmel fallen wie einen Blitz. Ein Donner ließ das Haus erzittern. Bestand nicht doch noch Hoffnung? Er fuhr mit der Hand durch die Luft. Wenn er nur einen langen Stab zur Hand hätte, er würde trotz des strömenden Regens nach draußen rennen und notfalls die Wolke eigenhändig noch zweimal um das Haus führen. Paul, der Heilige mit dem langen Stab!

Irgendwo in diesen Gemäuern läutete es. Ein schrilles, die Gäste verhöhnendes Läuten. Esst, damit euer irdisches Leiden verlängert wird! Dicke Soßen, um die Leber zu stopfen. Gänsebraten für die Galle! Grünkohl für den Magen. Und alle würden verschlingen, was man ihnen auf den Teller legte – mit dem Heißhunger der Verzweifelten, die glaubten, dass nur fettes Essen ihnen erneut die Kraft verleihen würde, verwandelt und gestärkt nach Hause zurückzukehren. Und abends die leisen, mühsam unterdrückten Schreie nach Magenbitter. Das Konzert der Rülpser und Furzer. Nächtens stopfte er sich Watte in die Ohren, um das Konzert auszusperren.

Sein Bruder.

Gustav besuchte ihn jetzt öfter. Er wirkte schlanker, schien an anderem Ort gewissenhaft die väterlichen Übungen zu machen. Und er lächelte meistens, ein Ausdruck, den sein eigenes Gesicht momentan nicht hergab. Paul kannte einen ganz einfachen Trick, Gustav zu sich einzuladen. Wenn Paul sich konzentrierte und in den Erinnerungen spazieren ging, tauchte an einer überraschenden Stelle sein Bruder auf: Er wartete stets in der Nähe eines silbrig glänzenden Baumstamms. Du hast dich gar nicht verändert, pflegte er jedes Mal zu sagen, bist gar nicht älter geworden. Vor einigen Tagen allerdings hatte ihn sein Bruder nur traurig angesehen, als hätte er über Nacht das madonnenhafte Lächeln verlernt, hatte die Hände tiefer in die Taschen gesteckt und ihm dann einen langen sorgenvollen Blick zugeworfen. Aber er, Paul, hatte die Sorge nicht verstanden, hatte mit den Lidern die Bilder weggewischt und sich auf dem Abort erleichtert. Jetzt ahnte er, warum ihn sein Bruder mit diesem Gesicht heimgesucht hatte. Er rief ihn zu sich, wollte, dass er ihm nacheiferte, wollte ihn bewahren vor weiterer Schmach, wollte ihn davor schützen, dass sich Sabine von ihm abwandte, wenn sein Gehirn endgültig weich wurde, er ihren Namen vergaß und nur noch brabbelte wie ein altersloses Kind. Sein Bruder, sein älterer Bruder hatte ihn gerufen.

Und Sabine?

Ach. Er prüfte sein Gewissen, drückte einmal auf die linke Niere. Dann noch einmal. Deutlich entschiedener. Jetzt glaubte er, das Gewissen zu ertasten, puffte noch einmal. Es rührte sich nicht. Nein. Er durfte aus dieser Welt gehen. Sabine würde es verstehen, und vielleicht, er musste es sich nur sehr innig wünschen, würde sie ihm heimlich ihre Stiefeletten mit in den Sarg schmuggeln.

Draußen ging ein Platzregen nieder. Auch die Wolke, die die Form eines Gehirns gehabt hatte, war weich geworden. Auch sie hatte ihre Bestimmung verfehlt. Heute würden keine Mauern einstürzen. Heute nicht und morgen nicht. Jericho war anderswo. Die Insassen, das wusste er, würden den Regen nach den Tagen der lastenden Schwüle begrüßen und glaubten sich reingewaschen von allen Sünden. Diese erbarmungswürdigen Tölpel des Herrn. Sollten sie doch weiterleben und dem Herrgott die Zeit stehlen.

Er ging zurück ins Zimmer, nahm ein Obstmesser, prüfte an einem Apfel die Schärfe der Klinge, dann legte er Hand an sich. Er würde versickern. So einfach war das.

So einfach?

Ja. So einfach.

17

Er war nicht versickert.

Man hatte ihn aufgewischt – und in die Nervenklinik von Professor Flechsig nach Leipzig gebracht. In einer weich ausgepolsterten Kutsche. Das ja. Eine berühmte Nervenklinik hatte man, wie man ihm sagte, ausgewählt. Jetzt residierte er also wieder in seiner Heimatstadt. Mit feiner Adresse. Immerhin. Offensichtlich hatte seine Familie länger benötigt, sich herauszuputzen, denn es dauerte zwei Wochen (es waren doch zwei Wochen?), bis seine Frau, seine Mutter und Sidonie ihn besuchten. Sie wussten nicht, wie man sich in dieser Umgebung angemessen verhielt: Sie standen, nachdem sie eingetreten waren, dicht nebeneinander, als müsste jeder den anderen stützen, warteten beinahe ängstlich, ob er etwas sagen würde, hingen an seinen Lippen, als wäre er ein Fürst, der eine Audienz erteilt.

Früher hatte seine Mutter ihn, wenn er krank war und das Bett hüten musste, mit Sirup versorgt, hatte seine Füße massiert und sich vorsichtig auf seine Beine gesetzt, damit er, wenn das Fieber weiter ansteige, nicht davonflöge. Dieses Muttergewicht fehlte ihm heute. Er wollte seine Familie nicht unnötig beunruhigen, aber er spürte, wie sein Körper immer leichter wurde, wie die Pfunde weggefressen wurden von einer seltsamen Macht. Deshalb lenkte er von seinen Nöten ab und sprach mit ausholenden Gesten über Politik, versorgte sie mit seiner Vision eines starken Preußen. Und seine Familie hörte ihm geduldig zu, obwohl die Zusammenhänge, die er ihnen deutlich zu machen versuchte, nicht einfach waren. Er musste langmütig sein. Er zwang ein geduldiges Lächeln auf sein Gesicht, und dieses Lächeln tat seine Wirkung, fand einen Widerhall bei seinen Gästen.

Als sie gingen, nach nicht einmal einer halben Stunde, reichte ihm seine Mutter die Hand, scheu und ehrfürchtig, als begriffe sie noch immer nicht, warum sie vor allen Müttern ausgezeichnet war, einen Sohn zu gebären, der zu den Berufenen zählte. Sehr gerne hätte er ihr seine Dankbarkeit ausgedrückt, aber Sabine drängte sich plötzlich nach vorn, umarmte ihn mit großer Leidenschaft, als wollte sie mit dieser Geste ihre Rechte auf ihn unterstreichen. Er fuhr ihr zweimal übers Haar, küsste sie auf die Stirn, hätte sie gerne gesegnet, wandte sich dann aber Sidonie zu.

Die Fältchen über der Oberlippe traten immer stärker hervor. Er konnte in diesen Zeichen lesen wie in einem offenen Buch. Sie verbot sich seit Langem, an Hamburg zu denken und an Italien. «Wir waren und sind uns immer sehr nahe», flüsterte er, und wie durch ein Wunder glätteten sich die Züge, und ein milder Stolz hielt in ihrem Gesicht Einzug. Wie einfach es doch war, Menschen glücklich zu machen.

Als sie gegangen waren, fühlte er sich plötzlich sehr müde. Er kniff sich in den Oberarm, aber sogar der Schmerz wirkte abgeschlafft. Er spürte, wie die Kraft ihn floh, wie die Beine zitterten, wie sie einknickten, und es war nur ein durch das Turnen eingeübter Reflex, der verhinderte, dass er mit voller Wucht auf den Boden aufschlug. Er drehte sich auf den Rücken wie ein Käfer, presste die Handballen auf die Augenlider, versuchte zu schreien, war aber kaum zu hören. Vorsichtig streckte er sich aus. Er fuhr mit der linken Hand über den Holzfußboden. Der Geruch von Bohnerwachs. Warum traten ihm bei diesem Geruch Tränen in die Augen? Er versuchte sich zu erinnern, aber auch die Erinnerungen waren porös, halfen ihm nicht. Keine Bilder eines versonnen spielenden Kindes. Keine Spur von Halt. Nicht einmal der Geruch hielt vor, er verflog, löste sich in nichts auf. In nichts.

Mit letzter Kraft zog er die Beine an und schob sich wie ein Rückenschwimmer ein Stück Richtung Tür, blieb erschöpft liegen, zählte bis zehn und wiederholte den Versuch. Er quälte sich Zentimeter für Zentimeter voran. Schweiß trat ihm auf die Stirn. Er lachte plötzlich laut auf. Natürlich. Rückenschwimmen auf dem Trockenen! Es fehlte das kühlende Nass. Er hustete. Das Lachen hatte ihn noch mehr erschöpft. Er schloss die Augen, hatte aber Angst einzuschlafen. Wenn er jetzt einschliefe, würde er vielleicht nie wieder aufwachen. Er würde an Schwäche sterben. Und das wollte er auf keinen Fall. Mit aller Macht zwang er seine Augenlider, sich zu öffnen. Er zog die Beine erneut an und schob seinen

Körper mit letzter Kraft voran. Jetzt durfte er nicht schlafen. Jetzt nicht. Und noch ein Zug und noch ein Zug, endlich schlug er mit der Linken an. Er gönnte sich nur eine kleine Pause, schlug dann mit der Linken noch dreimal kräftig gegen die Tür.

Als ein Wärter die Tür öffnete, musste er Paul ein Stück ins Zimmer zurückschieben, um eintreten zu können. Paul hörte einen Pfiff, ein weiterer Wärter eilte herbei. Sie beugten sich über ihn, fahndeten nach seinem Puls. Ob er aufstehen könne, fragte einer der Wärter. Paul schüttelte nur schwach den Kopf. Die Wärter legten sich jeder einen Arm über die Schulter und wuchteten ihn hoch, verharrten kurz, tauschten einen Blick, fassten mit der freien Hand in seine Kniekehlen und trugen ihn über den langen Flur in das Behandlungszimmer. Paul empfand die Art, wie man ihn trug, als entwürdigend, nahm sich vor, nächstes Mal darauf zu bestehen, in einem Sessel transportiert zu werden. Jetzt aber fühlte er sich zu entkräftet, um zu protestieren. Auch als die Wärter ihn unsanft auf dem Stuhl im Behandlungszimmer absetzten, schwieg er. Er dürfte dreißig Pfund abgenommen haben, wog also nicht mehr als eine schlanke junge Frau, warum also stöhnten die Wärter so, als sie hinausgingen? Gab es denn gar keine Männer mehr in Sachsen?

Er betrachtete, wie schon in den Tagen zuvor, die an einem Galgen aufgehängte große Karte eines Gehirns, die so platziert war, dass der Kopf von Professor Flechsig, wenn er an seinem Schreibtisch saß, von dem Gehirn wie eine mächtige Aureole umgeben wurde. Er musste nicht lange warten, bis sich der Kopf zur Aureole gesellte. Professor Flechsig besaß die Angewohnheit, seine Patienten niemals mit Handschlag zu begrüßen; er nickte nur kurz, fixierte einen dann mit seinen kleinen, sezierenden Augen.

«Man sagte mir, Sie, verehrter Herr Landgerichtsdirektor, hätten einen kleinen Schwächeanfall erlitten.»

Paul massierte sich die Schläfen. «Das darf Sie nicht überraschen, hochverehrter Herr Professor, ich habe während der drei Wochen in der Nervenklinik dreißig, vielleicht vierzig Pfund an Gewicht verloren, meine Muskelkraft hat spürbar nachgelassen, die Beine können meinen Oberkörper nicht mehr halten, ich bin auf fremde Hilfe angewiesen. Man wird mich künftig tragen müssen; allenfalls über die Art, wie dieses geschieht, besteht Verständigungsbedarf.»

Professor Flechsig schlug eine Akte auf, warf nur einen schnellen Blick hinein. «Sie waren vorher beim Sanitätsrat Dr. Reiter in Behandlung?»

«Er wurde mir von einem Freund der Familie empfohlen. Ich darf sagen, dass ich mit seiner Kur sehr zufrieden war.»

Professor Flechsig lehnte sich zurück. Er schlüpfte elegant in die Rolle des überlegenen Kollegen. «Nun. Der Sanitätsrat Reiter hängt der Irrlehre an, mit Bromkali jede Krankheit heilen zu können. Lachhaft. Wenn man mit Bromkali unachtsam umgeht, erreicht man das genaue Gegenteil. Es kommt zu einer Vergiftung, die großflächige Schädigungen hervorrufen kann. Eine dieser Folgen kann etwa darin bestehen, an Gewicht zu verlieren oder zumindest zu glauben, man verlöre an Gewicht.»

Das Gehirn schwebte jetzt über ihm wie eine vollkommen geformte Wolke. Er lehnte sich wieder nach vorn. «Seien Sie unbesorgt. Ich weiß ein Gegenmittel, das noch nie seine Wirkung verfehlt hat. Es wird Ihnen auch helfen, leichter Schlaf zu finden. Dann wird sich auch Ihr altes Gewicht wieder einstellen.»

«Und die Bromkalivergiftung ist auch die Ursache für meine Geisteskrankheit?» Seine Stimme schwankte zwischen Überraschung und Skepsis.

Professor Flechsig schien sichtlich amüsiert. «Mein lieber Herr Landgerichtsdirektor. Ich spreche nicht von Geisteskrankheit. Das Gehirn, sie sehen es hinter mir, besteht aus Nervenbahnen, die unsere Seele ausmachen. Eine Erkrankung der Seele ist also immer auch eine Erkrankung des Körpers. Der Geist mag wehen, wo er will. Mich und meine Kollegen, wie Kraepelin, und der unverwüstliche Haeckel, interessiert es, ihn naturgemäß zu verorten.» Er räusperte sich, Begeisterung ergriff von ihm Besitz, der sich Paul nicht entziehen konnte. «Unsere Kunst besteht darin, die Krankheit im Gehirn genauer zu lokalisieren. Eine Schädigung der Nervenbahnen ist die Ursache für alle Krankheitsbilder. Leider, leider können wir eine sichere Diagnose nur stellen, wenn wir das Gehirn sezieren. Die Erhebung des Leichenbefundes ist untrüglich. Das Gehirn vergisst nichts, lieber Dr. Schreber. Künftig wird es darum gehen, Medikamente zu entwickeln, die die Schädigungen im Gehirn ausgleichen. Aber wir stehen erst am Anfang. Ich sehe jedoch eine Zukunft vor mir, in der es keine Nervenheilanstalten mehr geben wird.»

Flechsig schloss die Augen und schwelgte für Minuten in seiner Vision. «Ich fasse zusammen: Ob die Bromkalivergiftung bei Ihnen auch eine Nervenschädigung verursacht hat, können wir mit Sicherheit heute nicht feststellen. Aber meine Erfahrung sagt mir, dass die Gefahr nicht sehr hoch und die Schädigung allenfalls unerheblich ist. Wir werden Sie also in den nächsten Monaten entgiften, sodann werden wir dafür sorgen, dass sich das Gewicht stabilisiert und Sie schon bald Ihrer für unser Land wichtigen Arbeit nachgehen können.»

Wie überzeugend dieser Flechsig doch sein konnte. Paul spürte, wie eine neue Kraft sich von seinem Gehirn aus im Körper verteilte. Aber er traute sich dennoch nicht aufzustehen, nachdem Professor Flechsig gegangen war. Er wartete geduldig, bis die Wärter kamen, verlangte einen Sessel und wurde dann wie in einer Sänfte auf sein Zimmer getragen.

Er wäre gerne Mediziner geworden.

Ein guter Mediziner.

Anstalt Sonnenstein

1

Flechsig», murmelte Paul.

Wie lange lag die erste Begegnung mit Flechsig zurück? Ewigkeiten. Und wie dankbar war er dafür, in die Obhut von Dr. Weber gekommen zu sein!

Paul saß auf seinem Sessel und starrte die Decke an, spürte, wie der Blick von Dr. Weber schwer auf ihm ruhte. Mit beiden Händen umklammerte er die Sessellehne, weil er Angst hatte, er könne mit dem Sessel umfallen. Lange würde er so nicht ausharren können, denn die Blicke von Dr. Weber waren an manchen Vormittagen – er war leider noch nicht hinter das Geheimnis gekommen, an welchen Vormittagen – wie dichte Strahlenbündel, die direkten Einfluss auf die Nervenbahnen in seinem Hirn nahmen, die darin herumfuhren wie in einer Rührschüssel, die seinen Kopf zwangen, leichte Kreisbewegungen zu vollführen, und ihn nach Minuten, vielleicht waren es auch nur Sekunden, schwindlig machten.

Er hatte schlecht geschlafen, fühlte sich wund, und natürlich hatte Dr. Weber bei seinem Eintreten sofort erkannt, in welch schlechter Verfassung er war. Offensichtlich verspürte dieser Weber heute keine Lust, ihn aufzuheitern. Er, Paul, vermisste die gesittete Innigkeit, die sie in vielen Gesprächen erobert hatten. Also musste er sich selbst erlösen. Er mimte plötzliche Begeisterung über einen Bericht, den er in einer Zeitschrift über neue naturwissenschaftliche Erkenntnisse gelesen hatte. Die selbsterzeugte Welle der Begeisterung ebbte jäh ab, weil sein Gegenüber unerwartet von einem Niesanfall geschüttelt wurde. Das Gesicht Dr. Webers verzog sich zu einer Grimasse, die Paul nicht für möglich gehalten hatte. Zunehmend erstaunt, entdeckte er erst eine, dann drei Zahnlücken; und obwohl sich Dr. Weber, ein Mann mit tadellosen Manieren, bei jeder konvulsiven Entladung die Hand vor den Mund hielt, wurde Paul Schreber von einem feinen Speichelregen eingehüllt. Weber nieste siebenmal, murmelte, dieser Anfall zeuge offenbar von einer jähen Erkältung. Mit Gesten des Bedauerns verließ er das Behandlungszimmer.

Paul lehnte sich zurück. Er war gebildet genug, um diese Szene als Zeichen zu nehmen. Seit sieben Jahren erkundete er mit einigem Fleiß die Religionen dieser Erde, um die Wunder, die sich ihm zugetragen hatten, angemessen zu deuten. Seine Lippe zuckte, morste ihm erste Erkenntnisse. Dieser Weber hatte ihn getauft! Daran bestand kein Zweifel. Und: Man hatte ihn siebenmal getauft.

Er stutzte. Vor ihm auf dem Tisch lag die Feder, mit der Dr. Weber gewöhnlich seine Notate machte. Taufe. Feder. Vogelfeder. Taube. Er wiederholte die Reihenfolge. Taufe. Feder. Vogelfeder. Taube.

Auf dem Fußboden unter dem Fenster ruhte die Morgensonne. Mit seinen Augen tankte er Kraft. War diesem Dr. Weber nicht beim eiligen Verlassen des Raumes das Verb «zeugen» entschlüpft? Also. Taufe. Feder. Vogelfeder. Taube. Zeugen.

Pauls Lippen morsten immer stärker. Hatte nicht der Evangelist Lukas berichtet, bei der Taufe Jesu am Jordan habe sich der Himmel geöffnet, eine Taube sei herabgeschwebt, und eine Stimme habe verkündet: «Du bist mein lieber Sohn, heute habe ich dich gezeugt?»

Ich muss mir sicher sein. Ich darf keine voreiligen und unsauberen Schlüsse ziehen.

Und auf welchen Namen hatte man ihn soeben getauft? Er wollte wachsam sein und sehr genau den ersten Satz analysieren, den Weber sagte, wenn er erneut das Behandlungszimmer betrat. Wahrscheinlich, sehr wahrscheinlich verbarg sich dort ein versteckter Hinweis. Bei den Stimmen in seinem Kopf verbot er sich Belästigungen.

Hüstelnd kehrte Dr. Weber zurück. Offensichtlich waren bei dem Niesanfall einige Äderchen im linken Auge geplatzt; deshalb tastete er wie ein Halbblinder nach seinem Stuhl, räusperte sich: «Pardon, aber unseligerweise läuten Anfälle von Niesreiz bei mir die Phase einer instabilen Gesundheit ein. Ich habe sofort einige Gegengifte zu mir genommen.»

«Ich habe mit Ihnen gelitten, mein lieber Herr Medizinalrat. Wir können liebend gerne unsere kleine Sitzung noch um einige Minuten verschieben, damit Sie sich erholen können.» Er sprach langsam, weil er gleichzeitig den ersten Satz von Dr. Weber analysierte, und fand in seinem Mund einen kleinen spöttischen Lacher, weil die Lösung so banal war. Addierte man die Anfangsbuchstaben der ersten fünf Wörter, erhielt er seinen Taufnamen.

PAULA.

Nun gut. Er durfte nicht hochnäsig sein. Einfachen Lösungen haftete immer etwas Geniales an. Aus Paul wird Paula. Er lauschte dem vertrauten unvertrauten Namen nach. Doch. Der Klang des Namens gefiel ihm, verschaffte dem männlichen Vornamen einen schönen Abgang wie bei einem anständigen Wein.

«Sie machen auf mich plötzlich einen sehr aufgeräumten Eindruck, lieber Herr Senatspräsident.»

Dass Dr. Weber sich so betont Mühe gab, musste ihm Paul verzeihen. Er würde ihm nicht signalisieren, dass er verstanden hatte. Die siebenfache Taufe unterstrich selbstredend nur die Heiligkeit der Handlung. Doch all diese hoch delikaten Fragen durften nicht öffentlich erörtert werden. Jeder hatte seine ihm zugedachte Aufgabe, und jeder musste sich ihr stellen. Vielleicht war Dr. Weber über seine eigene Sendung nicht hinreichend im

Bilde. Eines wollte er nicht: Dr. Weber überfordern. Am besten wäre es, er, Paul Schreber, würde ihn ablenken. So bliebe alles in der Balance.

«Darf ich Sie, mein lieber Herr Medizinalrat, fragen, sofern Sie sich wieder bei Kräften fühlen, wie Sie heute die Methoden beurteilen, mit denen Ihr Kollege Flechsig mich vor vielen Jahren während eines ersten Klinikaufenthalts behandelt hat?»

Er sagte sich noch einmal leise den Namen Paula vor. Er spürte, wie seine Haare sich anmutig wellten. Jetzt wusste er: Es war der richtige Name.

Ich heiße Paula, auserwählt aus allen Frauen der Erde.

«Flechsig, mein lieber Herr Senatspräsident. Ja. Flechsig. Er ist fraglos eine Koryphäe auf seinem Gebiet, und welchem Mediziner ist es noch zu Lebzeiten vergönnt, dass mit seinem Namen auf ewig eine chirurgische Technik verbunden wird: der berühmte Flechsig-Schnitt, mit dem dieser große Gelehrte zentrale Partien des Gehirns kunstvoll freilegt.»

Paul Schreber bewunderte aufrichtig Webers Gabe, aus dem Stand heraus einen geschliffenen Satz für einen Nachruf zu formulieren. Die erste Pause diente dazu, die Überhöhung wirken zu lassen, um im nächsten Atemzug mit einer Relativierung beginnen zu können. Ein halbes Pfund Eitelkeit drückte auf seine Stimmbänder, als Weber fortfuhr. «Nur im dankbaren Rückgriff auf diese Vorarbeiten können wir heute auch die Wirkweise von Medikamenten besser beurteilen. Der große Flechsig war noch sehr auf Vermutungen angewiesen. Sie dürfen es als Glück verbuchen, dass bei Ihrem ersten Klinikaufenthalt die medizinischen Kuren und Pülverchen sehr gut angeschlagen haben und Sie, wenn ich mich recht entsinne, bereits nach einigen Monaten die Klinik verlassen und zu Ihrer Frau zurückkehren konnten.»

Die Pause wurde länger. Weber packte noch ein Pfund Eitelkeit auf die Stimmbänder. «Eine gewisse Reserve scheint mir dagegen bei einigen äußerst, ich darf sagen radikalen Behandlungsmethoden angebracht. Flechsigs Kastrationen bei Hysterikerinnen, also die vollständige Entfernung der Gebärmutter, haben keinen durchschlagenden Heilerfolg gezeitigt.»

Alte Ängste krochen mit wildem Lärm plötzlich aus Pauls Ohren. Wild gestikulierend versuchte er sie einzufangen und in die Ohren zurückzustecken. Paul sah, wie Dr. Weber zur Feder griff und einige Sätze mit schön verzierten Bogen notierte. Diese Bewegung beruhigte ihn etwas, und er traute sich, eine Hand vom Ohr zu nehmen.

«Diese Methoden, mein lieber Schreber, gehören definitiv der Vergangenheit an. Seien Sie also unbesorgt. Über Ihr sehr spezielles Verhältnis zu Flechsig bin ich natürlich durch Ihre Schriften informiert. In dieser Hinsicht kann ich Sie also beruhigen. Und über meinen eigenen bescheidenen Beitrag zur Heilung von Nervenkrankheiten werden wir noch an anderer Stelle sprechen.»

«Paula», flüsterte Paul, dann nahm er auch die andere Hand vom Ohr.

«Ich bin mit dem Fortgang Ihrer Genesung übrigens sehr zufrieden. Wann immer Sie möchten, dürfen Sie die Anstalt zu einem längeren Spaziergang verlassen. Trauen Sie sich durchaus, meine Frau zum Lustwandeln einzuladen; schließlich sollen Sie, sofern die Gerichte die Entmündigung zurücknehmen, bald auch wieder in der Gesellschaft von Frauen verkehren. Eingewöhnung scheint mir daher angebracht. Ich habe mir auch bereits Gedanken darüber gemacht, welcher Verlag Ihre *Denkwürdigkeiten* drucken könnte. Ich denke, wir werden eine komfortable Lösung finden.»

Paul traute sich nicht den Mund zu öffnen, weil die Angst vielleicht Kanäle gegraben hatte und jetzt über die Zunge nach draußen rutschen wollte. Er nickte. Nicht ein einziges Mal hatte Dr. Weber heute über Gustav gesprochen. Seltsam.

Am Tag seiner Taufe war sein Bruder nicht im Raum.

2

Sie war ihm gefolgt.

Der Wind bürstete kräftig die Wiesen, die sich links und rechts des Weges erstreckten. Sie musste immer wieder mit einem kleinen Jauchzer ihren Hut festhalten, wenn der Wind sich übermächtig danach sehnte, sich auch ihre Frisur vorzunehmen. Paul triefte vor glücklichem Schweigen, weil sie ihn zu einem Spaziergang eingeladen hatte. Er wendete häufig den Kopf, als wollte er kontrollieren, ob ihnen jemand folgte, vielleicht ein Wärter, als harmloser Wanderer getarnt. Er kannte diesen Weg nicht, hätte gerne eine Landkarte zur Hand gehabt, wollte aber nicht unsicher wirken und trat deshalb bei jedem Schritt mit Nachdruck auf.

Sie hatte sich in seine Hände gegeben! Es fühlte sich seidig an, wie die erste Berührung mit dem Schal, den ihm seine Mutter zur Promotion geschenkt hatte. Frau Medizinalrat Weber schritt neben ihm, und er überlegte, ob er sich trauen durfte, ihr den Arm anzutragen, weil sie andernfalls vielleicht von einem Windstoß davongetragen würde. Er vermisste Berührungen, konnte sich kaum an sie erinnern, aber er war unsicher, ob er ihnen gewachsen sein würde. Und deshalb verwarf er die Idee für diesen Augenblick. Aber nur für diesen Augenblick!

Mit der linken Hand hielt er sich das Ohr zu, um dort jene Sätze gefangen zu halten, die sie an ihn gerichtet hatte: «Ich liebe es, bei einem kräftigen Wind spazieren zu gehen. Haben Sie, verehrter Herr Senatspräsident, Zeit und Muße, mich zu begleiten?» Ängstlich hatte er darauf gewartet, ob sich nicht eine Beklemmung einstellen würde, aber sein Körper hatte sich tot gestellt. Es sei ihm eine Ehre, hatte er sich stammeln hören, war in seine Kammer geeilt, hatte den Ausgehrock gebürstet, die Stiefel geputzt, zwei Übungen gemacht, Haare und Fingernägel kontrolliert. In der Eingangshalle hatte er geraume Zeit warten müssen, weil er deutlich zu früh zum vereinbarten Zeitpunkt erschienen war. Zwei Wärter hatten ihn zweifelnd gemustert, dann fraglos Erkundigungen eingezogen.

Ob er es auch genieße, bei jedem Schritt gegen den Wind kämpfen zu müssen? Bereits als Kind habe sie immer nur gegen den Wind anrennen wollen, habe sich sogar einmal geweigert umzukehren, sei einfach stehen geblieben und habe gewartet, ob der Wind nicht die Richtung zu wechseln gedenke. Deshalb sei sie viel zu spät nach Hause gekommen, sei heftig von ihrer Mutter gescholten worden und habe eine Woche das Haus nicht verlassen dürfen. Er könne sich nicht vorstellen, wie sie gelitten habe, wenn der Wind an den Fensterläden rüttelte, um sie einzuladen, mit ihm zu ringen. Noch heute ergehe es ihr ähnlich. Ihr Mann, dem sie die Geschichte erzählt habe, ziehe sie gerne damit auf, bemühe die griechische Mythologie, gönne ihr aber von Herzen dieses Vergnügen, sofern er wisse, dass sie in guten Händen sei. Und heute, als er spürte, wie sie sich nach einem Spaziergang sehnte, habe er vorgeschlagen, er, Dr. Schreber, solle sie begleiten.

Er fühlte sich noch immer wie von Seligkeit überschwemmt. Deshalb filterte er aus diesen Sätzen nur das heraus, was er hören wollte, und verbannte Dr. Weber aus dieser Rede. O ja. Auch er ziehe es vor, gegen den Wind anzukämpfen. Nähme man den starken Wind in den Rücken, sähe es zuweilen aus, als würde man wie Adam und Eva aus dem Paradies herausgeschoben. Denn das sei ihm klar: Als Adam gegen den Willen Gottes vom Baum der Erkenntnis gegessen habe, sei es Gott selbst gewesen, der diesen Baum so stark schüttelte, damit ein Wind das erste Menschenpaar hinaustreibe.

Sie lachte kurz auf. Ihr silbriges Lachen. Das nenne sie eine galante Erklärung ihres Verhaltens. Gegen den Wind anzukämpfen sei also ein Sinnbild menschlicher Sehnsucht. In diese Vorstellung könne sie sich verlieben. Jetzt erst verstehe sie, warum es ihr unangenehm sei, den Wind in den Rücken zu nehmen. Künftig werde sie noch präziser darauf achtgeben. Dann hoffe sie also, dass der Wind irgendwann die Richtung wechsle, weil sie andernfalls den ganzen Erdball umkreisen müssten, um zum Sonnenstein zurückzukehren.

Er war aufgewühlt, musste sich mit aller Macht konzentrieren, um jeden ihrer Sätze zu genießen. Einmal mit ihr die Erde umkreisen. Kreisen. Kreisen. Kreisen.

Sie gingen jetzt eine kleine Anhöhe hinauf. Er blinzelte nach oben, schätzte ab, wie viel Kraft ihn dieser Weg kosten würde. Er hoffte, sie würde seine Anstrengung nicht bemerken. Da der Wind die Luft erzittern ließ, konnte sie das leichte Beben seiner Stimme nicht wahrnehmen: «Seit Monaten beschäftige ich mich damit, eine bescheidene Sonate zu komponieren. Vielleicht gelingt es mir, das Brausen des Windes einzufangen. Darf ich mich getrauen, sollte mir Erfolg beschieden sein, Sie und Ihren Herrn Gatten zu einer ersten privaten Aufführung einzuladen?»

Er spürte, wie sie ihre Hand auf seinen Arm legte und kurz kräftig drückte. «Aber mein lieber Herr Senatspräsident! Was für eine schöne Idee! Ich wünsche Ihnen von ganzem Herzen, es möge Ihnen gelingen. Und wer, wenn nicht Sie, sind dafür prädestiniert, diese Musik zu komponieren. Aber schonen Sie sich bitte auch, damit die Arbeit Sie nicht überanstrengt und Ihre Gesundung beeinträchtigt. Ich jedenfalls, und ich darf hier sicherlich auch für meinen Gatten sprechen, der sich über Ihre schrittweise Gesundung übrigens aufrichtig freut, bin ganz neugierig, wie Sie den Wind in Töne übersetzen.»

Er wusste, wie blasiert er aussah, wenn er glücklich war, deshalb wandte er den Kopf, als ob er einem Vogel hinterherschaute, der laut krächzend über ihnen hinwegflog. Er wedelte sogar mit dem Finger in Richtung des Vogels, als wäre er eine ganz besondere Kreatur. Wenn sie in seiner Nähe war, dann fühlte er sich nicht überflüssig, dann musste er nur auf ihren schlanken Nacken schauen, diese zerbrechliche Stele, die er am liebsten, wenn sie allein war, mit einem eisernen Kragen geschützt wüsste, damit ihr nichts zustieße.

Als sie auf der Kuppe der kleinen Anhöhe ankamen, blieb sie plötzlich stehen, streckte die Arme aus, wandte sich mit einer leichten Drehung der Sonne zu, die schüchtern hinter den Wolken hervorlugte, breitete die Arme aus, legte den Kopf zurück und schloss die Augen. Er blieb seitlich hinter ihr stehen. Ihr Gesicht verdeckte für Augenblicke die Sonne. In der Geste ihrer ausgestreckten Arme, in den Falten ihres langen Kleides und in der durch lange Nadeln zusammengehaltenen Silhouette ihrer Haartracht fanden die Strahlen der Sonne ihre Fortsetzung. Der Wind zeichnete die Konturen ihres Körpers randscharf nach. Heute war der Wind sein Verbündeter. Und dann hörte er, wie sie leise seufzte, und er glaubte zu erkennen, wie sich ein Beben durch ihren Körper arbeitete. Sie machte den Eindruck, ganz bei sich zu sein, als hätte sie alles um sich herum vergessen, als könnte sie inmitten der Natur und trotz Begleitung allein glücklich sein. Diese Frau vor untergehender Sonne schien ihm der Inbegriff einer ans Ziel gelangten Sehnsucht.

Paul spürte, wie zwei Empfindungen, Neid und Zufriedenheit, in ihm stritten; nach kurzem Zögern entschloss er sich, zunächst dem Neid nachzugeben.

Ach! Wenn Männer mit ihrer gönnerhaften Selbstzufriedenheit über das schwache weibliche Geschlecht sprachen, übersahen sie willentlich, ja, doch!, willentlich die Stärke einer Frau. Denn wer Augen hatte, der musste doch erkennen, worin die Stärke einer Frau bestand! Warum waren die Männer nur so blind und feige! Wie oft hatte auch er sich früher an diesen Gesprächen beteiligt und sich dabei auf seine läppische Muskelkraft töricht viel eingebildet. Wenn sich eine erste leichte Schwäche in der Lendengegend ankündigte, umspülte den Mann eine Angst, die ihn nie wieder ganz verließ. Von dieser Angst war die Frau entbunden. Die Frau besaß am ganzen Körper Wollustnerven, musste sich nicht wie der Mann mit einem Organ, in dem die Wollustnerven gebündelt wurden, bescheiden. Seht her, ihr Männer! Ein leichter Windstoß reicht bereits aus, um diese Nerven zu reizen, bis ein herrliches Schaudern vom ganzen weiblichen Körper Besitz ergreift. Schaut auf diese Frau, möchte er ausrufen. Sie besitzt die Fülle der Lust.

Er überlegte, ob er lächeln sollte. Der Neid kam nicht richtig zum Zuge, weil er nicht nur um das Geheimnis der Frauen wusste, sondern jeden Tag spürte, wie sich seine Wollustnerven langsam über den ganzen Körper ausbreiteten. Wenn er abends sein Geschlechtsteil in seiner erschlafften Weichheit befühlte, dann war er nicht länger ängstlich, dann war er glücklich, weil sich Wollustnerven an Stellen, die er nicht für möglich gehalten hatte, ausbildeten – im Nacken, in den Kniekehlen, sogar jüngst am linken Ellbogen.

Er, Paul Schreber, war im Begriff, zur schwesterlichen Freundin seiner Begleiterin zu werden.

Er stellte sich neben seine Freundin und breitete ebenfalls die Arme aus. Sonnenstrahlen nahmen von seinem Körper Besitz und weckten jeden Nerv in ihm. Ein erster leichter Seufzer entfuhr ihm, der von seiner Freundin beglückt aufgenommen wurde.

Der Wind war gnädig und weigerte sich, die Richtung zu wechseln.

Zeitzer Straße 43

1

Zurück.

Er legte seine Fingerspitzen auf die Augenlider, so wie ein Kind es macht, wenn es den Augenblick auskosten will, bis es den Geburtstagskuchen und die Geschenke bestaunen darf, öffnete dann die Augen, schaute beinahe ängstlich zu Sabine, forschte in ihrem Gesicht nach Anzeichen von Freude. Sein Blick bewirkte aber nur, dass sie ihre Hände unsicher an ihrem Kleid abwischte und an ihm vorbei auf die rückwärtige Wand schaute.

Als er endlich die Kraft zu sprechen gesammelt hatte, konnte er seine eigenen Worte kaum verstehen. «Die Nervenheilanstalt. Das ist eine Welt, die mit der vertrauten Welt wenig gemein hat, liebste Sabine. Manchmal weiß man nicht, welcher Wochentag ist. Man gewöhnt sich an die Gesichter, die neben einem beim Mittagstisch sitzen, hat aber keinen Zugang zu ihnen, wechselt mit ihnen nur die nötigsten Sätze, erinnert sich oft nicht einmal an die Namen der Patienten, ist am Schicksal der anderen nur leidlich interessiert. Jeder ist auf sich selbst zurückgeworfen. Man überlebt mit der Hoffnung, dass die Ärzte vielleicht doch die richtigen Medikamente und die richtige Therapie finden, die einem einen Weg zurück erschließen.»

Er machte eine Pause, suchte die Reste seiner Kraft zusammen, die sich in den entlegenen Winkeln seines Körpers versteckt hatte. «Als ich die erste Nacht durchgeschlafen hatte, wuchs diese stille Hoffnung in mir. Professor Flechsig war es offenbar gelungen, ein Mittel zu mischen, das mich schlafen ließ. Ich blieb an jenem Morgen noch eine ganze Zeit lang glücklich in meinem Bett liegen. Seit Monaten war das Bett erstmals eine Nacht lang nicht mein Feind gewesen. Wir hatten einen ersten, noch unsicheren Waffenstillstand geschlossen. Aber der Frieden war noch lange nicht in Sicht. Das spürte ich.»

Wieder machte er eine Pause, schluckte die ungewohnte Rührung hinunter, schaute mit Scham in den Augen zu ihr hinüber. Sabine hatte sich, ohne dass er es bemerkt hatte, hingesetzt. Sie nickte, als wollte sie ihn ermuntern weiterzusprechen.

«Als ich in einer Woche zweimal durchgeschlafen hatte, wusste ich, dass der Waffenstillstand vielleicht halten könnte. Die Träume schreckten mich nicht mehr auf. Als ich mich an einem Morgen erinnerte, dass ich von der Zeitzer Straße geträumt hatte, habe ich geweint vor Glück. In meinen Träumen war ich bereits wieder zu Hause.»

Er horchte diesem Wort hinterher. Zu Hause. Er war nicht in der Zeitzer Straße. Aber immer wenn er an zu Hause dachte, landete er dort. Diesen kleinen Salon hier hatte seine Sabine mit viel Liebe eingerichtet. Sie hatte die Wände mit den gleichen Tapeten bespannen lassen wie in der Zeitzer Straße. Die große Bodenvase war einer Bodenvase in der Zeitzer Straße täuschend ähnlich. Sabine hatte sogar eine Récamiere gekauft, die an jene erinnerte, auf der er so gerne bei seiner Mutter saß. Sie hatte die Récamiere so platziert, dass der Kamin seine Wärme bevorzugt an die Person am linken Rand abgab. Dort saß er auch stets in der Zeitzer Straße.

Jetzt erst bemerkte er, dass er noch immer stand. Er spürte eine Zärtlichkeit in sich aufsteigen. Diese warmherzige, starke Frau! Wie gut sie es mit ihm meinte! Wie bedingungslos sie zu ihm stand! Die vielen aufmunternden Briefe, die sie geschrieben hatte, waren ihm seitens der Anstaltsleitung, aus welchen Gründen auch immer, lange vorenthalten und erst kurz vor seiner Entlassung ausgehändigt worden. Es waren Briefe voller Zuversicht. So glaubensstark. So kompromisslos in ihrer Treue. Er ging langsam zu der Récamiere und setzte sich auf seinen Platz. Er war wieder zu Hause. Er war den Tränen nahe, räusperte sich, fand aber keine Worte in seinem Mund vor.

«Professor Flechsig sprach angelegentlich eines meiner Besuche davon, du würdest an einer Bromkalivergiftung leiden. Hat er eine Erwähnung getan, ob es ihm gelungen ist, eine Entgiftung zu bewirken?»

Ihre Stimme war seidendünn, drohte bei jedem Wort zu zerreißen. Vielleicht wäre es einfacher, sie würden während der ersten Tage Briefe tauschen. Aber er durfte keinen Vorschlag machen, der sie verunsicherte. Er setzte sich gerade hin. Er musste seinen Körper überreden, stark und gesund zu wirken. Sabine sollte nicht spüren, wie er seinen Körper zum Lügen zwang.

Die Bromkalivergiftung. Seine gute Sabine. Die Bromkalivergiftung. Lachhaft. Er hatte bereits sehr früh die Überzeugung gewonnen, dass Professor Flechsig zu einer Notlüge gegriffen hatte, um ihn zu beruhigen. Aber diese Notlüge war durchaus nicht am Platz gewesen. So etwas konnte man Menschen erzählen, die weniger geistig hochstehend waren als er. Er spürte, wie ein leichter Groll seine Stimmung verdüsterte. Er massierte sich mit den Fingerspitzen die Schläfen, um den Groll auszutreiben. Nein. An einer Bromkalivergiftung hatte er nie gelitten, und Professor Flechsig hatte das auch nie geglaubt. Nur Sabine wollte er, Paul, in diesem Glauben bestärken.

«Diese Bromkalivergiftung war fraglos ernst, und man kann wohl nicht ganz ausschließen, dass einige Störungen, deren Ursachen die Bromkalivergiftung ist, sich gelegentlich wieder melden. Aber Professor Flechsig hat alles getan, um die Schäden, die diese Vergiftung verursacht hat, einzudämmen.»

«Ich habe den Sanitätsrat Dr. Reiter, der dich mit Bromkali

behandelt hat, immer für einen besonnenen Mann gehalten.» Sie schüttelte leicht den Kopf, als begriffe sie nicht, wie sie sich in den Fähigkeiten dieses Mediziners habe irren können.

Paul spürte, dass sein Geist wie ein alter Mann durch seine Gehirnkammern schlurfte. Er müsste jetzt zu einer Antwort ansetzen.

«Vielleicht sollte man andere Patienten vor diesem Dr. Reiter warnen, damit ihnen nicht das gleiche Schicksal wie dir, liebster Paul, widerfährt.»

Jetzt. Jetzt musste er reagieren. Wenigstens sein Arm hob sich, um einen Einspruch zu signalisieren. «Meine, meine Liebe», stammelte er, dann endlich war sein Geist zur Stelle. «Dieser Sanitätsrat Reiter ist ein ganz braver Mann. Dessen bin ich mir sicher. Leider hat er einer veralteten medizinischen Lehrmeinung angehangen, der heute niemand mehr Glauben schenkt. Wir dürfen darauf vertrauen, dass sich auch bei ihm inzwischen diese Erkenntnis durchgesetzt hat und er behutsamer mit Bromkali umgeht. Wir alle haben dem Fortschritt in der medizinischen Wissenschaft sehr viel zu verdanken, dabei kann es, wie bei jedem Fortschritt, passieren, dass einige Patienten zu den Leidtragenden zählen. Bedauerlicherweise habe ich dazu gezählt. Aber ich bin auch in den Genuss der neueren Erkenntnisse in der Nervenheilkunde gekommen, die bewirkt haben, dass ich heute neben dir auf der Récamiere sitze. Bei mir, meine Liebe, halten sich Schaden und Gewinn in etwa die Waage.»

Er streichelte seinen eigenen Arm, als wollte er sich dafür belohnen, so gut gelogen zu haben.

«Ich jedenfalls bin Professor Flechsig überaus dankbar, dass er die Ursachen erkannt und die richtige Heilmethode ausgewählt hat.» Ihre Stimme gewann an Festigkeit.

Er nickte übertrieben heftig, weil er endlich mit gutem Gewissen zustimmen konnte. «Professor Flechsig hat in der Tat hellsichtig gehandelt. Ich werde, dein Einverständnis vorausgesetzt, ihm ein entsprechend hohes Honorar aushändigen, das meinen lebhaften Dank unter Beweis stellt.»

Sie rückte näher zu ihm, umfasste mit beiden Händen seine Rechte. «Das ist ganz gewiss in meinem Sinne, liebster Paul. Ich habe, als ich erfuhr, dass du nach so wenigen Monaten schon entlassen wirst, mir von Professor Flechsig ein Bildnis erbeten, damit ich den Retter meines Mannes zu den Bildnissen meiner Familie stellen kann.»

Wie warm diese Frauenhände doch waren. Jede Faser seines Körpers sehnte sich nach dieser Wärme. Er widerstand der Versuchung, diese Wärme an anderen Orten zu suchen. Er durfte sich nicht überfordern. Heute noch nicht.

«Und ich habe noch eine herrliche Neuigkeit für dich, die mir Professor Flechsig anvertraut hat. Ich habe ihm die Erlaubnis abgerungen, sie dir mitzuteilen.»

Er versuchte, entspannt zu atmen, aber die Hitze ihrer Hände bewirkte, dass sein Atem hörbar wurde. Er schloss die Augen, lauschte nur ihrer Stimme.

«Professor Flechsig hat dem Justizministerium deine vollständige Gesundung mitgeteilt und darum gebeten, dich nach Leipzig zu versetzen, weil eine berufliche Tätigkeit in vertrauter Umgebung, im Kreis der Familie, zur Stabilisierung beitragen würde. Man ist seinem Ersuchen nachgekommen und hat dich zum 1. Januar zum Landgerichtsdirektor in Leipzig bestellt. Deine Mutter spricht von einer göttlichen Fügung, hat sich bereits kundig gemacht und ganz in der Nähe der Zeitzer Straße eine leer stehende Wohnung entdeckt, die wir schon bald beziehen können.»

Zeitzer Straße 43. Also doch. Er würde bald zu Hause sein. Er lächelte, blickte sie kurz dankbar an, dann machte er sich klein und kroch ganz in ihre Hände. Dort blieb er sieben Jahre. Und machte mit großem Eifer Karriere.

Aber die Angst schlich jeden Abend durch seinen Körper.

2

Dieser Traum wog drei Tonnen.

Er kündigte sein Kommen durch ein Knacken an, wie das Knacken von Hühnerknöchelchen. Er schob alle Geräusche in den Hintergrund: das gleichmäßige Atmen von Sabine neben ihm, das nervöse Rütteln der Fensterläden, das aggressive Surren einer Stubenfliege. Seine Ohren polsterten das Knacken schlecht, ließen es ganz ungefiltert zu ihm dringen, hielten zunächst einfach still, hörten selber mit gemischten Gefühlen zu, dann verstärkten sie sogar das Geräusch, wie um sich selbst und Paul zu warnen. Als Erstes rührte sich die Milz, die auf Geräusche stets sehr empfindlich reagierte; sie antwortete mit einem kurzen, aber sehr energisch vorgetragenen Schmerz. Auf diesen Schmerz war Paul nicht vorbereitet; er zuckte mit dem linken Bein, streifte Sabine, deren Atem kurz stockte, hielt sich dann krampfhaft gerade, als hätte ihn sein Vater zur Räson gerufen. Plötzlich ließ das Knacken nach. Die Ohren schienen merklich verunsichert, fahndeten in der plötzlichen Stille nach verebbten Geräuschen, hörten vorbei. Und auch der Tastsinn arbeitete schlecht. Ein mächtiges Gewicht kroch auf seine Füße, dann auf seine Schienbeine. Sein Tastsinn deutete dieses Gewicht zunächst positiv, erinnerte sich daran, wie Pauls Mutter sich auf seine Beine gesetzt hatte, wenn ihn als Kind Fieberträume plagten. So sendete der Tastsinn zunächst beruhigende Signale, wollte lange nicht wahrhaben, was sich zutrug – auch dann noch nicht, als das Gewicht immer stärker wurde und sich die Lendengegend und schließlich die Brust hinaufarbeitete. Wenn er doch nur seinen Augen trauen dürfte! Wenn seine Augen mit ihm keinen Schabernack trieben, lag er unter einer tonnenschweren Eisenplatte begraben und konnte sich kaum noch rühren. Er versuchte, mit beiden Händen die

Platte zurückzuschieben, nahm alle Kraft zusammen, aber die Platte rührte sich keinen Millimeter. Im Gegenteil: Sie schob sich, von seiner Abwehr unbeeindruckt, weiter über ihn, bis nur noch Hals und Kopf frei waren. Als ihn überraschend ein sehr zarter und mutterwarmer Kuss streifte, war der Tastsinn endgültig überfordert und schaltete sich einfach ab.

«Guten Tag, verehrter Herr Senatspräsident.»

Paul blickte in das Gesicht des Schlafes, der ihn mit einem harmlosen Lächeln anschaute. Das Gesicht war freigeräumt von aller Hochnäsigkeit, die Nasenspitze schien ihm, Paul, etwas abgeflacht, das Spiel der Augenbrauen nicht mehr ganz so selbstverliebt, die Mimik merklich reduziert. Insgesamt war der Kopf schmaler gearbeitet und durchsichtiger, überhaupt schien der Schlaf verjüngt. Er saß auf der Eisenplatte und ließ die Füße frei baumeln, beide Hände unter das Gesäß geschoben, um sich vor der Kälte der Eisenplatte zu schützen.

«Mit großem Wohlwollen habe ich Ihrer Karriere während der letzten Jahre beigewohnt, mein lieber Herr Senatspräsident, aus nächster Nähe, wenn ich so sagen darf, aber es bestand wenig Anlass, mich direkt an Sie zu wenden. Und überhaupt: Sie wirkten bei unseren vormaligen persönlichen Zusammentreffen so schreckhaft. Sie fielen aus dem gewohnten Zeitmaß heraus.»

Der Schlaf beugte sich zu ihm herunter und kniff ihm freundschaftlich in die Wange. Paul erinnerte sich nicht, ob dem Schlaf bei seinen ersten Besuchen bereits der Zeigefinger der linken Hand gefehlt hatte, traute sich aber auch nicht zu fragen.

«Ich habe nicht übersehen, wie Sie mit großer Schaffenslust und – diesen Vorwurf darf ich Ihnen nicht ersparen – ohne Schonung Ihrer Kräfte auf der Karriereleiter hinaufgeklettert sind. Sie werden sich doch erinnern, dass Ihr verehrter Herr Vater mit unliebsamen Folgen von einer ganz realen Leiter gestürzt ist? Ihnen, einem hochsensiblen und gebildeten Menschen, Ihnen, lieber

Herr Senatspräsident, werde ich doch sagen dürfen, dass auch imaginäre Leitern umstürzen können?»

In Sekundenschnelle nahm das Gesicht des Schlafes die sorgenvolle Miene seiner Mutter an. Paul staunte zu sehr über dieses Kunststück, um betroffen zu reagieren.

«Verehrter Herr Senatspräsident, Sie sind offensichtlich nicht in der Stimmung, meine Warnung ernst zu nehmen. Sie wirken so unbeteiligt. Vielleicht sehnen Sie sich nach jenen Zeiten zurück, die Sie unter der Aufsicht von Professor Flechsig in der Klinik verbracht haben, weil Sie sich dort alle Freiheiten nehmen durften, die Ihnen hier verwehrt sind. Vielleicht sehnen Sie sich danach, verrückt zu werden, um in geschützter Umgebung Ihre geheimen Sehnsüchte zu leben? Ist es so?»

Der Schlaf schwang ein Bein auf die Eisenplatte, stellte geziert den Fuß auf und platzierte, jetzt wieder auf Effekt bedacht, das Kinn auf dem linken Knie. Die Wade wirkte auf Paul etwas mollig, offensichtlich hatte der Schlaf nur in den oberen Körperteilen gehungert. Und die Sätze, die der Schlaf von sich gab, waren ebenfalls äußerst dürr. Es war an der Zeit zu protestieren. Die Zunge fragte, noch bevor ihr Paul den ausdrücklichen Befehl erteilt hatte: «Wieso, werter Herr, gebrauchten Sie wiederholt die Bezeichnung Senatspräsident? Sie müssen sich offensichtlich geirrt, wahrscheinlich sogar in der Anschrift geirrt haben. Die Bezeichnung Senatspräsident kommt mir durchaus nicht zu! Wer Titel führt, die ihm nicht zustehen, macht sich nach unserer Rechtsprechung schuldig und muss mit Gefängnisstrafen rechnen. Ich jedenfalls habe diese Bezeichnung nie im Munde geführt. Ich lege Wert auf diese Feststellung.»

Paul war mit seiner Zunge sehr zufrieden. Er wollte ihr künftig mehr Freiheit schenken.

Der Schlaf pflückte eine lilafarbene Blume, die aus seinen Schuhen wuchs, schaute sie zärtlich an, roch an ihr und ließ einen kleinen Jauchzer hören. «Wer so häufig wie ich unter Tage arbeitet, mein lieber Herr Senatspräsident, der schätzt den Geruch und die Farbenpracht der Blumen ganz außerordentlich.» Er legte die Blume auf das Kopfkissen neben Paul mit einer Geste, als würde er ein kostbares Gebinde vor einem Denkmal ablegen.

«Ich darf noch einmal insistieren!» Die Freiheit bekam seiner Zunge. Sie nahm ihm etwas von der Angst.

«Nehmen Sie mich als Boten, mein lieber Freund.» Der Schlaf kontrollierte den Sitz seiner Halsbinde. «Ich bin ein *angelus novus* und walte also jetzt meines Amtes.» Er stellte sich hin, trat an den Rand der Eisenplatte, nahm Haltung an. «Ich darf Ihnen, dem Landgerichtsdirektor Dr. Schreber, zur Kenntnis bringen, dass Sie in den nächsten Tagen ein amtliches Schreiben erhalten werden, in dem Ihnen mitgeteilt wird, dass man an höchster Stelle entschieden hat, Sie zum Senatspräsidenten in Dresden zu berufen. Man erwartet Ihren Dienstantritt innerhalb der nächsten vier Wochen nach Eingang des Schreibens. Ich darf Ihnen für dieses neue Amt viel Kraft und Gottes Segen wünschen.»

Paul musste den Kopf nach hinten in das Kissen drücken, um dem Schlaf ins Gesicht sehen zu können. Seine Zunge hatte alle Vorwitzigkeit eingebüßt. «Ich kann meiner Freude nicht wirklich Ausdruck verleihen, weil ich nicht weiß, ob ich Ihren Worten trauen kann. Woher rührt Ihre Macht, mir diese Ernennung mitzuteilen?»

Der Schlaf hockte sich hin, schaute Paul sehr lange prüfend an. «Im großen Himmelsbuch ist alles notiert. Glauben Sie mir, Schreber. Tagsüber bin ich Bibliothekar und habe deshalb ungehindert Zugang zu diesem Buch, dessen Strahlkraft übrigens jedes irdische Auge verbrennen würde – und auch ich bin froh, nachts meine Augen schonen zu dürfen. Wenn es die Zeit erlaubt, bringe ich persönlich ausgesuchten Menschen wichtige Botschaften, um sie einzustimmen. Es sind, leider Gottes, nicht immer frohe Botschaften, deshalb belastet mich diese Arbeit zuweilen.» Der Schlaf schob sein Gesicht noch näher an Paul heran. «Geben Sie auf sich acht, Herr Senatspräsident!»

Pauls Zunge wollte mehr wissen, wollte am liebsten alle Seiten in diesem Buch erfragen, aber sie wurde vom gleichen lauten Knacken, mit dem der Auftritt des Schlafes angekündigt worden war, daran gehindert. Der Schlaf war aufgestanden, hatte sich umgedreht und war mit schnellen Schritten Richtung Fußende davongeeilt. Paul spürte, wie die Eisenplatte langsam von seinem Körper gezogen wurde. Er betastete seine vor Kälte starren Beine, schob sie dann vorsichtig unter Sabines warme Bettdecke.

Senatspräsident.

Senatspräsident.

Beim Frühstück umarmte ihn Sabine überschwänglich, sie sei so glücklich, einen Mann zu haben, der seiner Frau nächtens eine Blume auf das Nachtkissen lege, eine wunderschöne Blume mit einem Duft, der betöre, jawohl betöre. Wie denn diese Blume heiße, deren Namen sie nicht kenne.

Paul tat geheimnisvoll.

Und wartete mit großer Anspannung auf die Post.

3

Zweithöchster Richter in Sachsen.

Paul ließ seine Gedanken durch die langen Flure seiner Kindheit streifen. Hier trug er noch kurze Hemden und die kurzen Hosen, die er immer so gehasst hatte. Wie er nach seiner Mutter schrie, wenn er sich die Knie aufgeschlagen hatte! Das Zittern, wenn der Vater mit der kleinen braunen Flasche kam! Das Schluchzen, wenn Eli ihm ein Glas Buttermilch reichte! Und jetzt stand er in seinem Arbeitszimmer und befühlte die samtschwere Robe. Zweithöchster Richter.

Wie würde sein Vater diesen Titel betonen? Würde er *zweit*höchster Richter sagen, um ihn anzuspornen? «Du bist noch jung, Paul, einundfünfzig Jahre alt, warum willst du dich damit begnügen, *zweit*höchster Richter in Sachsen zu sein? Strebe das Ministerium an. Dort besitzt du die Macht, Großes zu bewirken. Gib dich nicht halbherzig und kleinmütig mit dem zufrieden, was du bereits erreicht hast!» Kerzengerade würde der Vater vor ihm stehen und seine, Pauls, Haltung mustern. Und ob er noch gewissenhaft seine Übungen mache! Oder würde sein Vater zweit*höchster* Richter flüstern, mit leichtem Vaterstolz in der Stimme? Würde er zur Demut raten, nicht nach dem höchsten Amt zu streben? «Fülle dieses Amt, mein Sohn, mit Anstand aus. Damit kannst du unserem Land bessere Dienste erweisen, als wenn die Ministerwürden dich dazu verdammen, deine Gesundheit in den Ränkespielen der Macht aufzureiben.» Ob Paul sich noch daran erinnere, wie er ihn gelehrt habe, sich auf die wesentlichen Dinge des Lebens zu konzentrieren? Und ob diese Lehre jetzt nicht schöne Früchte trage?

Er strich wie ein Verliebter über den Samt. Seltsam. An manchen Tagen wurde ihm die Robe zur zweiten Haut, dann raffte er den Saum ohne nachzudenken, wenn er Stufen steigen musste. An anderen Tagen fühlte sich die Robe wie ein Kettenhemd an, das er am liebsten abstreifen würde, um federnd zu schreiten, dann verfingen sich seine Füße manchmal im Saum, und er geriet ins Stolpern, wenn er unachtsam eine Treppe hinaufstieg.

Er zog die Robe aus, hängte sie auf den Bügel, strich sie glatt und eilte aus dem Gerichtsgebäude. Er musste noch zu einer Bezirksversammlung, wollte vorher aber bei Sabine vorbeischauen, die heute Morgen ein wenig unpässlich gewesen war. Er kämpfte sich durch die Hitze des Spätnachmittags. Die Luft stand still, die Elbe lag träge in ihrem Bett und weigerte sich, einen kühlen Windstoß herüberzuschicken. Verschwitzt erreichte er die Wohnung. Er schaute zunächst ins Schlafzimmer, dann in den Salon. Sabine ruhte, nur mit einem dünnen Leinen bedeckt, auf der Récamiere im großen Salon.

«Du bist in Eile?»

Als er sie so liegen sah, ergriff eine große Lust von ihm Besitz. «In Eile?»

Sie blinzelte ihn an. «Wenn du den Schlüssel auf eine gewisse Art ins Schloss steckst, weiß ich, dass du sehr in Eile bist.»

«Ich habe mir nur Sorgen gemacht, weil ich dich heute Morgen in einer Stimmung zurückließ, die ich als Vorbotin einer Erkrankung deutete.» Er war noch immer erstaunt darüber, wie präzise Sabine Nuancen und kleine Gesten wahrnahm.

«Ich bin nur ein wenig erschöpft. Der Umzug nach Dresden hat meine Kräfte sehr stark in Anspruch genommen, obwohl Sidonie und deine Mutter mir kräftig zur Hand gegangen sind. Jetzt ist alles an seinem Platz, und ich kann mich ein wenig erholen.»

Er holte einen Stuhl und setzte sich zu ihr. Er tastete unter dem Laken nach ihrer Hand. «Fühlst du dich wohl in den neuen Räumen?»

Sie streichelte mit dem Daumen über seine Handfläche. «Die Wohnung in Freiberg war sehr dunkel durch die großen Eichen, die vor den Fenstern standen und das Licht kaum durchließen. Außerdem fehlte mir Leipzig. Aber diese Wohnung ist hell, und ich bin froh, jetzt, nach vier Jahren, wieder in einer größeren Stadt zu leben. Und ich habe den Eindruck, dass es dir ähnlich ergeht.»

Er sog den Duft auf, den ihr verschwitzter Körper verströmte. Die Begierde meldete sich wie ein vorwitziges kleines Tier. «Auch ich bin sehr glücklich, dass ich Senatspräsident in dieser prachtvollen Stadt geworden bin, selbst wenn mich die Arbeit zuweilen, wie du leider weißt, sehr in Anspruch nimmt.»

Noch immer streichelte ihr Daumen seine Hand. «An Tagen, da du viele Geschäfte zu erledigen hast, fühle ich mich oft einsam, liebster Paul. Eine Ablenkung täte mir dann gut.»

Er kannte ihren Wunsch, ein Kind zu adoptieren, versuchte ihn wegzuwischen, aber wie durch ein Wunder formte er sich immer wieder neu. Sein ganzer Körper bettelte, sie möge dieses eine Wort nicht aussprechen. Nicht dieses eine Wort. Er musste handeln. Endlich handeln.

«An mir, liebste Sabine, kannst du sehen, was die medizinische Wissenschaft alles bewirken kann. Vor sieben Jahren glaubte ich noch, mir das Leben nehmen zu müssen. Ich durchschritt ein sehr tiefes Tal, glaubte nicht mehr herauszufinden, bis Professor Flechsig ein Wunder bewirkt und mir ein neues Leben geschenkt hat.» Er sagte es mit einer Stimme, die ihr Zuversicht einflößen sollte, und hoffte, sie würde nicht merken, wie angestrengt er versuchte, sich selbst hinters Licht zu führen. Eine mächtige Woge durchspülte ihn und rief eine Gänsehaut hervor, die Sabine sofort spürte, aber nur falsch deuten konnte. Sie durfte nicht hinter sein Geheimnis kommen, denn wenn sie so dalag, dann konnte er nicht anders, als sie mit mäßig gezügelter Begierde anstarren, dann wollte er sie besitzen und sie beschützen, ja doch, das auch.

Wenn er ihr jetzt gestehen würde, dass seine Träume ihn erneut quälten, dass seine Ernennung zum Senatspräsidenten ihm bereits in einem Traum vorab angekündigt worden war, würde sie ihn abweisen, liebevoll, aber doch entschieden. Wie viel Kraft hatte es ihn gekostet, den freudig Überraschten zu spielen, als die Ernennung mit der Post eintraf. Er hatte sich, albern genug, in französische Wortfetzen geflüchtet, die er seit seiner Zeit in Straßburg unter Verschluss gehalten hatte. Er hatte von großen Aufgaben schwadroniert und die Zukunft in hellen Farben gemalt. Und frech behauptet, er sei noch nicht am Ende seiner Karriere angelangt. Obwohl er es besser wusste.

«Durch Zufall fiel mir jüngst eine Fachzeitschrift in die Hände, die von neuen Erkenntnissen auf dem Gebiet der Frauenheilkunde berichtet. Wie auf den anderen Gebieten der medizinischen Wissenschaft, so schreitet auch auf diesem Terrain die Wissenschaft kräftig voran. Was gestern noch unmöglich schien, wird heute bereits mit Selbstverständlichkeit ausgeführt. Du siehst also, liebste Sabine, dass auch du durchaus mit Zuversicht noch einmal einen Versuch wagen darfst, deinen und auch meinen Kinderwunsch zu erfüllen. Schau auf mich, dann weißt du, welche Wunder möglich sind.»

Seine Stimme klang etwas flach und dünn. Er räusperte sich, um eine Rührung vorzutäuschen.

Dreimal hatte Sabine bereits eine Fehlgeburt gehabt, beim letzten Mal sehr viel Blut verloren, und der Arzt hatte eine bedenkliche Miene gemacht und zu einer mehrjährigen Pause geraten. Aber er war ein älterer Arzt, den er endlich durch einen jüngeren Arzt ersetzen musste. Warum war er nur so nachlässig in diesen Dingen? Seither weigerte sich Sabine, ihn tief in sich aufzunehmen, nahm ihre Hand zur Hilfe, wenn er drängte, oder, aber das geschah eher selten, drehte sich auf den Bauch und gewährte ihm an anderer Stelle Einlass.

Sein Körper wurde immer stärker von der Begierde geschüttelt; er versuchte, einen wiegenden Rhythmus vorzutäuschen, als säße er an ihrem Bett und sänge ihr ein Gute-Nacht-Lied vor.

Woher nahm er nur die Kraft, sich so zu verstellen? Vorgestern Nacht hatte er davon geträumt, er befände sich erneut in der Nervenheilanstalt von Professor Flechsig. Und wieder hatte dieser Flechsig von einer Bromkalivergiftung gesprochen, mit einem Zwinkern dieses Mal, weil er wusste, dass er, der Senatspräsident Dr. Paul Schreber, ihn durchschaute. Sogar ein Zimmernachbar, dessen Namen er sich nicht merken konnte, hatte ihn wie einen alten Bekannten begrüßt. Alle Personen waren ihm größer erschienen – als würde er sie aus der Froschperspektive wahrnehmen, und er hatte Angst, man könne ihn zertreten. Noch größer war die Angst gewesen, Flechsig würde, gegen seinen Willen, zu einer Kastration greifen, die er bisher nur bei Hysterikerinnen angewandt hatte. Grundsätzlich, so hatte er ihm erzählt, könne eine Kastration beim Mann auch Erfolge bei Nervenkrankheiten zeitigen. Aber bei ihm, bei dem Senatspräsidenten Dr. Paul Schreber, läge ja nur eine Bromkalivergiftung vor. Und die ließe sich, ohne, wie er mit einem erneuten Zwinkern gesagt hatte, große Geschütze aufzufahren, erfolgreich behandeln. Wie glücklich war er gewesen, als er endlich die Augen aufmachte und Sabine neben sich fand. Und wie ängstlich, ob nicht auch dieser Traum eine Ankündigung seines künftigen Schicksals war. Sabine hatte von seinem Schrecken nichts gemerkt.

«Wenn es ein Junge wird, soll er wie dein Vater Moritz heißen.»

Dieser Satz veränderte alles. Sie sah ihn mit großer Zuversicht an. Diese Zuversicht schnürte kurz seine Kehle zusammen, er glaubte schwindlig zu werden, dann aber spürte er, wie eine jähe Lebensfreude durch seinen Körper pulste. Ihre Hand zog ihn langsam zu sich. Er schlug das Linnen zurück, kniete vor ihr, als müsste er um Entschuldigung beten, bevor er sich zu ihr legte.

Mea culpa. Mea maxima culpa.

Dann machte er sich an ihren Vorhöfen zu schaffen.

Er war der zweithöchste Richter in Sachsen.

Es war durch nichts zu entschuldigen.

4

Er bilanzierte.

Bilanzieren. Nur so glaubte er endlich Ruhe zu finden. Aber schon wieder erblühte sein Geschlecht, schon zum fünften Mal in dieser Nacht. Es stellte sich einfach auf, unaufgefordert, machte sich selbständig, und er musste mit ihm hart ins Gericht gehen, musste sehr fest zugreifen, damit es sich seinem Willen beugte. Gelblicher Schleim auf seinen entblößten Oberschenkeln. Er würde achtgeben müssen, um nicht auf sich selbst auszurutschen.

Konzentrier dich! Das ist immer deine Stärke gewesen! Nimm die Feder und schreib! Sei unerbittlich. Aber zunächst ein geistiger Blick nach oben ohne Worte. Nun denn! Also!

DR. PAUL SCHREBER:	
Zweithöchster Richter in Sachsen	+
Geachteter Kollege	+
Stattliches Heim	+
Resp. Einkommen	+
Verdienstorden Ritter 1. Klasse	+
Mutter, Schwestern wohlauf	+
Berühmter Vater	+
Kinderlosigkeit	–
Versuchter Totschlag an der eigenen Frau	————

An dieser Stelle hielt er inne; denn es schien ihm, als durchtrennten die zwei Minuszeichen die Sehnen seiner Schreibhand. Es war ihm unmöglich, weiter die Feder zu führen. Er starrte auf seine Hand. Seine Hand versagte. Es war ein Zeichen! Wie sollte er es anders deuten!

Er versuchte noch einmal, die Schreibfeder in die Hand zu nehmen, aber seine Finger konnten den Schaft nicht umgreifen. Das Urteil stand fest. Er hätte es wissen müssen. Seit Tagen verweigerte sich ihm der Schlaf, als wollte er ihn zwingen, endlich Bilanz zu ziehen, endlich selbst ein Urteil zu fällen. Aber er hatte sich verstockt gezeigt, hatte in jeder Falte seines Kissens nach dem Schlaf gesucht, als machten sie ein lustiges Versteckspiel. Aber der Schlaf ließ sich nicht einfangen. Und persönlich erschien er auch nicht.

Tagsüber hatte er sich in die Arbeit gestürzt, wollte durch extreme Müdigkeit den kleinen Tod herbeizwingen. Die Aktenberge, die ihm dienstbare Geister aufwarfen, wurden nicht kleiner, drohten umzufallen und ihn bei lebendigem Leib zu begraben. Er musste jeden Akt studieren und abschließend entscheiden. Und jede Entscheidung dauerte länger, nahm mehr Zeit in Anspruch, weil die vorige Entscheidung noch nachreifte, manchmal faulig wurde und die andere Entscheidung ansteckte. Wenn er abends, abgekämpft und mutlos, nach Hause kam, konnte sich sein Geist nicht lösen von den mächtigen Aktenbergen, die er unbestiegen zurückgelassen hatte. Und niemand wusste um seine Höhenangst.

Er warf einen Blick von seinem Sekretär aus zu seiner Frau, die ihre Bettdecke mit zwei Händen festzuhalten schien, als hätte sie Angst, er könne sie ihr wegreißen, ihr Nachthemd hochschieben und die ehelichen Pflichten mit gebotenem Nachdruck einfordern. Welche Strafe würde er gegen sich selbst verhängen müssen, sollte er noch einmal den Strafbestand des versuchten Totschlags begehen? Dieses Mal gäbe es keine mildernden Umstände. Auf Gnade dürfte er nicht rechnen.

Sabine hatte vor zwei Wochen tagelang mit dem Tod gerungen. Der junge Arzt hatte um das Leben von Sabine mit einer Energie gekämpft, als hinge sein eigenes Leben vom Ausgang der Krise ab. Und er hatte gewonnen. Irgendwann hatte sie plötzlich die Augen aufgeschlagen, überrascht umhergeschaut, als müsste sie sich mühsam erinnern, hatte dann ihn, Paul, mit großen Augen angesehen, hatte um ein Wort des Trostes gebettelt. Er hatte genickt, hatte etwas sagen wollen, aber seine Stimmbänder sperrten sich, irgendetwas verlauten zu lassen, und so hatte er nur einen Seufzer herausbekommen, in dem das ganze Leid ihrer Ehe beschlossen lag. Sie hatte sehr langsam die Augen geschlossen und leise geweint. Und er hatte stumm neben ihr gesessen.

Seitdem hatte sie Angst vor ihm. Sogar im Schlaf erkannte er die Angst auf ihrem Gesicht. Sie wohnte zwischen den Augenbrauen, und jeder, der Augen hatte, konnte es sehen. Er, ihr eigener Mann, machte Sabine Angst.

Aber diese Angst war töricht. Sie musste nicht länger Angst vor ihm haben. Vor drei Tagen erst war es gewesen: Er war nach einem schweren Traum aufgewacht, verschwitzt, auf dem Rücken liegend, die Beine durch Zufall ein wenig gespreizt, und in jenem Moment hatte ihn die Vorstellung überwältigt, wie schön es sein müsse, eine Frau zu sein, die dem Beischlaf unterliegt. Diese Vorstellung trieb warme Ströme durch seinen Körper, die er, wenn er sich recht erinnerte, genossen hatte, und auch hinterher war er nicht schockiert gewesen. Müde. Ja. Das schon. Er glaubte noch das angenehme Gewicht zu spüren, das auf ihm gelegen hatte. Endlich hatte er seinen eigenen Körper gespürt.

Konzentrier dich! Weine nicht aus Selbstmitleid. Es ist besser, dass eine Hand verdorrt, als wenn der ganze Mensch abstirbt.

Aber wie um ihn und seine Phantasien zu verhöhnen, fühlte er, wie sich sein Geschlecht erneut aufstellte. Es konnte unmöglich wahr sein. Er traute sich nicht hinzuschauen, schloss die Augen, tastete mit der Linken wie ein Blinder, und was er umfasste, war hart und heiß. Er war so ungeschickt mit der linken Hand, benötigte deshalb quälend lange, um sein Geschlecht zur Räson zu rufen. Endlich gewann er die Oberhand. Er erhob sich mühsam, rutschte aus und sah, wie sich der Fußboden erstaunlich schnell auf ihn zubewegte.

Zuerst spürte er die Enge einer Decke, mit der man ihn eingepackt hatte, hörte den monotonen Singsang, mit dem ein Zug ihn entführte. Dann das Flüstern von Sabine. Leipzig hörte er, nickte und hielt sich ganz ruhig. Sein Arm brannte, als hätte man vergessen, die Nadel einer Spritze zu entfernen.

«Bromkalivergiftung» war das erste Wort, das ihm einfiel, als er, völlig überrascht, in das Gesicht von Professor Flechsig sah. Er war älter geworden, saß nicht mehr ganz so gerade, der Bart schlohweiß, die Augen schienen tiefer in den Kopf hineingewandert. Gleich würde er es sagen: Bromkalivergiftung. Er, Paul, blinzelte mit den Augen, um sein Einverständnis zu signalisieren. Er wollte Sabine nicht beunruhigen; sie hatte genug gelitten. Bitte. Die Bromkalivergiftung. Eine Notlüge. So wie beim letzten Mal. Sie würde es erneut glauben.

«Eine Schlafkur, verehrte Frau Senatspräsidentin, dürfte zu einer tiefen Entspannung Ihres Herrn Gemahl führen. Ich werde Ihnen die entsprechenden Pülverchen mitgeben lassen. Sie können die Kur in seinem Elternhaus durchführen, die gewohnte Umgebung wird zu seiner Entspannung beitragen, da bin ich mir sicher.»

Warum wollte dieser Flechsig seine Sabine nicht schonen? Warum log er nicht aus Nächstenliebe, sondern salbaderte etwas von neuen Schlafmitteln, die Wunder wirken konnten? Und warum schickte er ihn weg! Darüber würden sie reden müssen! Nur sehr unwillig folgte er seiner Frau.

Die traurigen Augen seiner Mutter. Er war so unvorbereitet, sie zu sehen! Wie sehr schreckten ihn diese Augen auf. So schlecht also stand es um ihn! Maria unter dem Kreuz. Er legte kurz den Kopf in ihren Schoß, fuhr dann hoch, weil Sabine seinen Namen rief. An der Hand seiner Mutter ging er ins Schlafzimmer; seine Mutter und Sabine halfen ihm, sich zu entkleiden; er legte sich ins Bett. Aber dieses Bett war vom Lüften feucht, und sofort nachdem die Decke sich auf ihn gesenkt hatte, überfiel ihn ein

Schüttelfrost, hielt ihn mit eisigen Krallen gefangen. Nur mit Mühe konnte er das aufgelöste Schlafmittel zu sich nehmen. Er schaute noch einmal in das Gesicht seiner Mutter. Es schien ihm, als nähme sie Abschied, als wüsste sie, dass dieser Kelch an ihr nicht vorübergehen dürfe.

Das Schlafmittel dehnte die Zeit. Er schlang die Arme um sich, weil er nicht wollte, dass die Zeit von ihm abrückte, wollte sie stauchen und gefangen nehmen. Das Flüstern der Frauen im Nebenzimmer. Sidonie, er erkannte sofort die Stimme von Sidonie, die gekommen war und der man den Wunsch abschlug, nach ihm zu sehen. Sidonie. Seine gute Sidonie. Er war ihr doch einmal so nahe gewesen!

Die Zeit entwand sich seinen Umarmungen. Dehnte sich wieder aus. Er musste sie überlisten. Auch er war ein Odysseus. Er nahm ein großes Handtuch, versuchte mit der Linken eine Schlinge zu machen, musste mehrere Anläufe nehmen, benötigte alle Kraft, um das Ende an dem Bettpfosten festzumachen und seinen Kopf durch die Schlinge zu pressen. Jetzt würde er die Zeit anhalten. Stunde null. Seine Mutter war vorbereitet.

Mit einem Ruck warf er sich aus dem Bett. Die Schlinge hielt nicht. Er landete ungebremst auf dem Fußboden. Das Geklapper von sechs sich schnell nähernden Frauenfüßen. Seine Mutter gab den Einsatz. Ein Chor von schluchzenden und schreienden Frauen. Ein Arzt wurde gerufen. Ein kluger Arzt, der die sofortige Einweisung in die Flechsig'sche Anstalt anordnete.

Zum dritten Mal landete er jetzt bei Flechsig.

Er war nicht länger bereit, die Begegnungen als zufällig anzusehen.

5

Er durfte sich nicht aus dem Konzept bringen lassen.

Der Wärter schenkte ihm ein Lächeln, seltsam überdehnt, so wie man es kleinen Kindern schenkte oder hoffnungslosen Fällen. Ob er noch etwas zu trinken wünsche, fragte dieser Wärter im Tonfall eines schlecht ausgebildeten Kellners. Er, Dr. Paul Schreber, presste etwas Luft durch die Nase, das musste genügen, um anzudeuten, dass er Ruhe wünschte.

Seine feuchten Hände lagen angespannt auf den Knien. Wie sollte er dieser niederen Kreatur nur verständlich machen, wie es sich anfühlte, mit einer zerrissenen Speiseröhre zu leben? Würde er trinken, dann sickerte der Tee in die Bauchhöhle und schwappte hin und her, verhöhnte ihn mit den Geräuschen seiner inneren Leere. Er konnte sich nicht einmal mehr exakt des Geschmacks von Tee entsinnen, erinnerte nur eine ungefähre Bitterkeit, die durch Zucker überlistet werden wollte.

Hah! Dieser vor Gesundheit strotzende Mensch ahnte nicht, was er durchmachte! Kein normal sterblicher Mensch konnte mit einer zerrissenen Speiseröhre auf der Welt ausharren. Aber man hatte ihn dazu verdammt, als Toter zu leben! Er war ein ausgeleierter Hautsack mit Öffnungen, die zu nichts mehr nütze waren.

Zu nichts nütze! Zu nichts nütze!

Dieser Flechsig!

Hah! Er hatte ihm entschieden zu lange vertraut. Schon immer hatte er das X gehasst. Dieser Dr. Flechsig hatte ihm eine Medizin verabreicht, in der zwei X vorkamen, und ein X hatte sich verhakt und seine Speiseröhre aufgeschlitzt. Es war völlig unklar, ob seine Speiseröhre jemals wieder heilen würde. Künftig wünschte er, nur noch Speisen und Getränke zu sich nehmen, die keine scharfen und kantigen Buchstaben im Namen führten.

Also bitte!

Ob er nicht doch ein wenig Kamillentee haben dürfe. Wieder dieses gutmütige Lächeln. Aber er besaß Stil, natürlich, sagte artig, ganz artig «Danke!». Sprang dann plötzlich auf und legte in militärischer Haltung die Hände an die Hosennaht. Ein wenig Drill könnte diesem unbedarften Menschen nicht schaden. Vielleicht könnte er ihm ein Vorbild sein! Er blieb einfach in korrekter Haltung stehen. Notfalls stundenlang. Prompt schlug der Wärter die Hacken zusammen und ging mit festen Schritten aus dem Zimmer. Paul war über diese erste gelungene Lektion sehr glücklich.

Den Glauben an die Menschheit nicht aufgeben!

Jetzt also der Tee. Vielleicht war seine Speiseröhre bereits etwas vernarbt. Vielleicht könnte er einen kleinen Versuch mit dem Tee wagen, obwohl er Angst hatte, denn dieser nicht ganz ungefährliche Buchstabe T könnte verkanten und seine Heilung ruinieren. Aber die Milch hatte ein gefährliches i und Wasser ein tückisches r. Also Tee. Und wenn er sich auf den Kopf stellte? Dann würde das T, weil der Schwerpunkt unten lag, sehr leicht den Weg zum Magen finden. Für einen Turner, wie er es war, machte ein Kopfstand keine Probleme. Er stellte also die Tasse auf den Boden, ging in die Knie, stützte den Kopf auf und schwang seine Beine in die Höhe.

Wenn ihn sein Vater doch sehen könnte! Ihm wäre die Eleganz dieser Bewegung nicht verborgen geblieben. Und auch dieses Kunststück hätte er mit einem wohlwollenden Kopfnicken quittiert: Er verlagerte mit den Beinen vorsichtig das Schwergewicht so, dass er eine Hand freibekam und die Tasse zum Mund führen konnte. Er musste die Flüssigkeit mit großer Kraft ansaugen; es gelang ihm, einen kleinen Schluck zu trinken und vorsichtig zu schlucken. Mit Mühe konnte er einen Hustenreiz unterdrücken, schloss die Übung mit einer nicht ganz gelungenen Bewegung ab.

Er schüttelte sich, lauschte, aber der Tee schwappte nirgendwo im Körper herum. Er war also auf dem Weg der Besserung. Wenn er sich künftig beim Essen still verhielte, könnte er ein wenig Brühe zu sich nehmen. Trotz des r. Und still sitzen konnte er nun wahrlich. Er musste seinem Vater mehr Dankbarkeit zollen für das, was er ihm in jungen Jahren beigebracht hatte. Er half ihm auch in dieser nicht ganz angenehmen Situation! Mehr Dankbarkeit, Paul, bitte mehr Dankbarkeit!

Mehr Dankbarkeit! Und zwar sofort!

Ob er zu ruhen gedenke! Ob er eine Wärmflasche wünsche! Und wieder dieses überdehnte Lächeln. Ruhen! Unablässig huschte dieser Wärter ins Zimmer und fragte unsinnige Sachen. Man störte ihn von außen, und man störte ihn von innen. Wie konnte er ruhen, wo doch Stimmen in ihm herumschlenderten und ihn aufregten! Altvertraute Stimmen, die von Gundolf Pfaffenroth, die von Beierwaltes und unbekannte, auch sehr angenehme Stimmen, das auch!

Aufregung meiden! Aufregung meiden!

Gleich würden wieder rote Flecken auf seiner Haut ihren Auftritt haben. Sie kamen immer ans Tageslicht, wenn er sich unbändig aufregte. Es war nicht länger auszuhalten! Sogar seine eigene Haut machte sich über ihn lustig, erblühte wie in der Pubertät, um ihn zu verlachen. Es musste hinausgeschrien werden, wie sehr er litt, damit die Welt endlich von seinem Martyrium erfuhr.

Ans Kreuz geschlagen!

Er hatte die Augen geschlossen gehalten und nicht auf die unterschiedliche Intensität des Huschens geachtet. Denn als er jetzt die Augen öffnete, stand plötzlich Flechsig vor ihm, verschränkte die Arme, und mit jedem Atemzug wuchs er und wuchs; er zwang die Wände, Platz zu machen, und die Decke musste sich strecken. Er blickte auf Paul hinunter, flüsterte, wie gerne er, Flechsig, einen Blick in sein Gehirn werfen würde. Nerven seien wie eifersüchtige Frauen, sie vergäßen nichts. Und dann lachte dieser Flechsig wie ein Bauernbengel. Paul wurde durch die Lachsalve in eine Ecke des Zimmers gedrückt und ekelte sich vor dem fauligen Geruch, den dieser Flechsig verströmte.

Nicht mitlachen! Niemals!

Pah! Er, Dr. Paul Schreber, war ein viel größerer Wissenschaftler als dieser Flechsig, er hatte eine Methode erfunden, sich gegen diesen Flechsig zur Wehr zu setzen. Wenn er seinen Blick auf eine Stelle konzentrierte, konnte er diese Stelle löchrig denken, sie verlor dann zusehends an Farbe, wurde bleich und schließlich ganz weiß. Zumeist begann er damit, Flechsigs Mund, der so erschreckende und beleidigende Dinge sagte, weiß zu denken, dann seine linke Hand, die er häufig, wenn er sich unbeobachtet fühlte, zur Säuberung seiner Nasenschleimhäute einsetzte, dann dachte er eine Stelle weiß, wo in etwa die Milz saß, dann – aber dafür brauchte er alle Konzentration – begann er die Augen, die ihn so stechend anzustarren pflegten, auszukreisen, bis der Kopf dieses Flechsig wie ein löchriger Käse aussah. Nur die Nase ließ er stehen, das wirkte sehr lustig, wenn diese mächtige Nase mit pferdegroßen Nüstern im Raum herumtanzte. Dann konnte Paul ein pubertäres Lachen nicht ganz unterdrücken. Zwerg Nase.

Zwerg Nase!

Heute musste er sich sehr konzentrieren, massierte seine Schläfen, sprach sich selbst Mut zu. Denn der Mund von Flechsig weigerte sich hartnäckig, die Farbe abzugeben, schien sich hinterrücks immer wieder Farbe von anderen Körperteilen zu leihen. Jetzt endlich wisse er, so Flechsig, wie es um den kleinen Senatspräsidenten Schreber bestellt sei. Seine Wollustnerven seien unnatürlich überreizt! Flechsig tönte, als wollte er die ganze Klinik an seinem Wissen teilhaben lassen. Man habe ihm Meldung gemacht, dass der kleine Schreber, wenn er am Tage unartig, leider sehr unartig war, nächtens in eine Zelle gesperrt werden müsse, um ihn vor sich selbst zu schützen. Wie also dieser kleine Schreber aufopfernd mit seiner Geschlechtlichkeit ringe. Und es sei durch seine Forschungen nun einmal erwiesen, dass ständig unnatürlich überreizte Wollustnerven die Nerven im Kopf ansteckten, kurzum, es bestünde die Gefahr einer bleibenden Schädigung, die eine Rückführung in die Gesellschaft unmöglich mache. Da helfe weiß Gott nur ein radikaler Schnitt. Denn wenn diese lästigen Nerven entfernt seien, fände er endlich Ruhe: Dann würden die Nerven in seinem Kopf entlastet, dann würde der Gesundungsprozess schnell voranschreiten, dann könne er schon bald entlassen werden. Er aber, Flechsig, sei auserkoren, mit einem sicheren Schnitt den kleinen Schreber zu erlösen, und er wäre kein guter Arzt, wenn er nicht das richtige Besteck zur Hand hätte. Also: Mutige voran. Entschlossen beugte sich Flechsig zu ihm und nestelte mit dicken Fingern an seinem Hosenschlitz.

«Löcherdenken», stammelte Schreber. «Ich bin ein großer Wissenschaftler des Löcherdenkens!»

LÖCHERDENKEN!

Er spürte nur das Zittern seines eigenen Kehlkopfes, sah, wie sich der Wärter kurz die Ohren zuhielt und endlich sein gedehntes Lächeln zusammenschnurrte, fühlte, wie seine Handgelenke von den mächtigen Händen des Wärters unsanft umgriffen und zusammengeführt wurden, als nötigte man ihn, ein albernes Kinderlied aufzuführen. Backe, backe Kuchen. Seine Füße weigerten sich lange, das Zimmer zu verlassen, bis ein zweiter, sehr grober Wärter hinzutrat und so heftig an ihm zerrte, dass er über den Flur und durch das Billardzimmer torkelte. Es gelang ihm, eine Hand freizubekommen und sich am Billardtisch eine Zeit lang mit aller Kraft festzuhalten. Aber als er sah, wie seine Beine plötzlich in den Armen des zweiten Wärters lagen, entkrampfte er – überrascht und auch ein wenig amüsiert von diesem Anblick – die Hand so plötzlich, dass beide Wärter beinahe hinfielen. Auch diese ungelenken Bewegungen amüsierten ihn, und er ließ sich lachend in die Zelle für Tobsüchtige bringen.

Man wünschte ihm eine gute Nacht.

Gegen Morgen gelang es ihm endlich, Flechsig löchrig zu denken.

WIE EIN KÄSE!

6

Er spuckte in den Napf.

Hustete. Und spuckte erneut in den Napf. Nichts war in bester Ordnung. Seine Oberschenkel waren bis zu den Knien zusammengewachsen, und er musste alberne kleine Schritte machen, bis er das Fenster erreichte. Wenn die Unterschenkel auch noch zusammenwüchsen, würde er zu seinem eigenen Denkmal werden. Und er hatte doch noch so viele Pläne. Deshalb trippelte er den ganzen Tag im Zimmer herum, um der Versteinerung vorzubeugen.

Missmutig prüfte er seinen Auswurf. Die Farbe des Schleims war heute von einer wässrigen Konsistenz. Er konnte keine festen Formen ausmachen. Sein Atem ging schwer. Er hielt sich die Hand vor den Mund, um die Luft, die er einatmete, zu filtern. Seine Widerstandskraft war so geschwächt, dass er es nicht riskieren konnte, Staubpartikel oder womöglich kleine Fliegen einzuatmen. Er rührte mit einem Finger in seinem Schleim. Nichts. Er rang, ja ringen war das richtige Wort, seinen Bronchien noch einmal einen Auswurf ab, aber die Konsistenz seines Schleims war erneut von aufregender Dürftigkeit. Gestern, aber auf einen Tag wollte er sich nicht festlegen, hatte er ein tierähnliches Teil in seinem Schleim ausgemacht, ähnlich einem Krebsschwanz, und er hatte gehofft, es gelänge ihm, wenn er sich konzentrierte, den Lungenwurm, der ihn seit Tagen quälte, auszuhusten. Nur kurz hatte der Lungenwurm Ruhe gegeben, nur kurz hatte der bohrende Schmerz nachgelassen, aber ein kleiner Pickel auf seiner Brust hatte ihm verraten, dass er nachgewachsen war. Seit Stunden fraß sich der Wurm nun schon durch seine Lunge, die ungewohnte, durchaus amüsante Pfeifgeräusche von sich gab. Wenn es ihm nicht bald gelänge, den großen Appetit des Lungenwurms zu stillen, würde er ganz ohne Lunge leben müssen. Er spürte, wie sein Zwerchfell, durch die schrumpfende Lunge dazu genötigt, nach oben wanderte und beinahe den Kehlkopf erreicht hatte. Er musste sich mit jedem Einatmen die Lunge neu erkaufen. Wie er sich überhaupt alles erkämpfen musste! Weil hinterrücks alles vereitelt wurde. Er benötigte doch die Lungenflügel, damit sein Geist abheben konnte. Sollte er ewig in dieser Anstalt verkümmern? Der Knochenfraß in seiner Ferse machte eine Flucht unmöglich! Würde er Flechsig also nie entkommen können? Das durfte nicht sein! Ein Mann mit seinen Qualitäten und seiner Standfestigkeit durfte nicht für fragwürdige, höchst fragwürdige wissenschaftliche Experimente geopfert werden. Nun denn. Also!

RINGEN! RINGEN! RINGEN!

Weil sein Zwerchfell sich immer stärker dehnen musste, fing er plötzlich an zu lachen, zuerst ein hüstelndes Lachen, das, mit Angst versetzt, immer schriller und hysterischer wurde. Beinahe dankbar nahm er wahr, dass endlich die Wärter kamen und ihn in eine Zelle trugen.

Er lag auf der eisernen Bettstelle – man hatte die Matratze entfernt – und vergaß sehr schnell das Lachen, denn nach wenigen Minuten arbeitete sich ein stechender Schmerz durch seinen Rücken. Sein Herzschlag war offenbar so stark, dass die Eisenfedern auf ihn einzuschlagen begannen und Druckstellen auf seinem ganzen Körper hinterließen.

Dieser Flechsig! Ich werde mich nicht für seine Forschungen opfern!

Er brüllte die ganze Nacht hindurch diese Sätze, überbrüllte auch den Schmerz, bis ein erster Sonnenstrahl den Weg durch das Fenster der Zelle fand und ihn beschien. Wie angenehm das war! Er schloss die Augen und ließ sich von diesem friedlichen Strahl wärmen und kuren. Neue Lebenskraft sammelte sich an den Nervenknoten in seinen Schläfen. Das pelzige Gefühl auf seiner Zunge war plötzlich verschwunden. Die Wundmale auf dem Rücken schienen wie durch ein Wunder verschlossen und vernarbt. Also doch: die Sonne! Die liebe, liebe Sonne!

Liebe, liebe Sonne!

Mochten auf der Welt beinahe nur Feinde leben, die Sonne hielt offenbar zu ihm, zeigte Mitleid mit seiner geschundenen Existenz. Die Sonne! Die liebe, liebe Sonne! Sein Vater war damals auf der richtigen Spur gewesen. Hätte er, der kleine Paul, seinem Vater doch mehr Dankbarkeit gezollt!

Du undankbarer Bengel!

Er fühlte, wie sich die Strahlen der Sonne mit seinen Nervenstrahlen verbanden und mit ihm zu reden begannen. Alle schlechten Gedanken sprangen aus seinem Kopf und verkrochen sich unter dem Bett. Der Anblick des silberglänzenden Strahlenmeers, das die Sonne umfloss, war so gewaltig und prächtig, dass er ihn nicht lange aushalten konnte. Von dem Blick blieb nur ein fiebriges Kribbeln übrig, ein Rauschen in den Adern und ein Druck in der Magengegend, als wäre er mit einem neuartigen Zug zu schnell gereist. Aber dieser Augenblick genügte. Er spürte, wie seine Haut sich vor Stolz glättete und der Lungenwurm zu Staub zerfiel. Er atmete einmal ganz tief durch.

Du bist auserwählt worden vor allen anderen Menschen!

Er, der bisher an religiösen Dingen nicht sonderlich interessiert war, der die Religion allenfalls in Maßen genoss, der mit Gott gehadert hatte, weil er ihm bisher die Vaterschaft verwehrte, er war es, mit dem Gott durch das Medium Sonne sprach! Er lachte laut auf! Er! Paul Schreber! Er stand mit Gott im Verkehr!

Er verstummte plötzlich. Wie sollte er die Welt teilhaben lassen an seinem Wissen? Wie konnte er mitteilen, was ihm, kurz, nun gut, sehr kurz, zu sehen erlaubt worden war?

Seine Freude bekam einen kleinen hässlichen Riss. Seine Lippen kämpften schon seit Tagen mit jedem Buchstaben. Er aber würde eine Sprache sprechen müssen, die beinahe nur aus Vokalen bestand, denn nur die Vokale verstanden das Staunenswerte einzufangen. Es gab Gelegenheitsgedichte von ihm, das wohl, aber einen Dichter durfte er sich nicht nennen. Könnte er, an diesem entlegenen Ort, lernen, Bilder und Gleichnisse zu erfinden, um verständlich zu machen, was ihm heute mitgeteilt worden war? Er verstand sich bisher nur auf ein kräftiges, ja doch, sehr kräftiges Juristendeutsch; doch dieses schien ihm ungeeignet aufzuschreiben und verständlich zu machen, was Gott ihm sagte und zeigte – sofern, ja sofern er weiterhin mit ihm über die Sonne verkehrte.

Konnte er das Glück halten? Vielleicht müsste er ein Gerät erfinden, das die sehr tiefe Stimme der Sonne in höhere Tonlagen überführte! Seine Ohren schmerzten, weil sie den jubilierenden Grundton, der die Mahnungen unterstrich, kaum aushalten konnten. «Vorsicht!», hörte er die Stimme immer wieder sagen, ein besorgtes, väterlich tiefes: «Vorsicht!» Und: «Wasche die Hände im Tau», glaubte er zu verstehen. Und: «Trage weite Hosen!» Und: «Benetze deine Augen mit Speichel.» Und: «Iss keine wässrigen Dinge.» Und: «Gehe zwei Stunden am Tag rückwärts.» Und: «Halte dich rührig!»

Dann bedeckte plötzlich eine Wolke das Strahlenmeer. Sekunden später setzte ein starker Regen ein. Als die Tür der Zelle aufsprang, hielt er sich noch immer die Hände vors Gesicht, weil die Blendung nicht nachließ. Er hörte die Stimme seines Wärters, der nahm ihn am Arm und führte ihn wie einen Blinden hinaus. Erst im Behandlungszimmer von Professor Flechsig kehrte seine Sehkraft langsam zurück.

Er blickte nach draußen. Regen klopfte ungeduldig an die Fensterscheibe. Noch immer spürte er das Kribbeln auf seiner Haut, wie eine geheime Zeichensprache, fordernd und zärtlich. Flechsig saß ihm gegenüber und schaute ihn lange prüfend an.

Vielleicht ahnte dieser Flechsig, was in der Nacht wirklich passiert war. Sein Blick verdichtete sich zu einem Strahl und schien sich mit seinen, Paul Schrebers, Nervenenden ebenfalls verbünden zu wollen wie ein eifersüchtiger Ehemann. War Flechsig vielleicht Gott und Gott Flechsig? Oder war dieser Flechsig ein Gegengott?

EIN GEGENGOTT!

Er musste auf der Hut sein. Ein Zittern seiner Hände verriet ihm, wie Kraft aus ihm herausgesogen wurde. Er hörte, wie dieser Flechsig davon sprach, welch spannender Fall ihm in Schreber begegnet sei, wie mächtig ihn dieser Fall berühre und in seiner Wissenschaft voranbringe; schon bald werde er, der Senatspräsident Dr. Paul Schreber, zu einem berühmten, vielleicht zum berühmtesten Fall in der Nervenheilkunde aufsteigen.

PAH!

LÄCHERLICH!

Der Senatspräsident Paul Schreber war durch Eitelkeit nicht verführbar. Manche Menschen musste man nur auf ihre Eitelkeit hin ansprechen, schon versagten alle Vorsätze, schon verschwand die Seele aus ihrem Gesicht und wurde durch ein beinahe blödsinniges Lächeln ersetzt. Nicht so bei ihm, der mit der Sonne im Bunde stand.

Er blieb einfach sitzen, setzte ein madonnenhaftes Lächeln auf und machte kleine Übungen mit den Füßen, weil er nicht riskieren wollte, dass die Unterschenkel zusammenwuchsen.

Noch wusste er Flechsig nicht zu deuten.

Ich bleibe auf der Hut!

7

Mord!

Seelenmord!

Als er diese zwei Wörter aussprach, zitterte die Luft im Zimmer. Mord. Seelenmord. Und der war nicht justiziabel. Was half es ihm, Paul Schreber, den ganzen Paragrafenwald des sächsischen Rechts durchforstet zu haben, wenn an der alles entscheidenden Stelle das Recht eine hässliche Lücke aufwies? Es gab keinen Paragrafen für Seelenmord! Das war ein Skandal. Fraglos. Aber wenn er eine Eingabe an das Justizministerium in dieser Angelegenheit machen würde, dann hieße es, der Herr Senatspräsident habe offensichtlich den Verstand verloren und man solle ihn gefälligst auf der Stelle entmündigen und ihm eine kleine Rente aussetzen! Und hätten diese einfachen Gemüter nicht recht? Woher sollten sie wissen, was er herausgefunden hatte?

Er lachte kurz auf. Er blinzelte, als würde die Einsicht, die sich ihm nach vielen Tagen und durchwachten Nächten erschlossen hatte, wie eine Tochter vor ihm stehen. Er wollte nachsichtig sein wie ein guter Vater. Jeder kultivierte Sachse hatte seinen *Faust* gelesen oder wenigstens einer Aufführung im Theater beigewohnt, jeder wusste also, wie weit Menschen gingen, um Ziele zu erreichen. Und wenn man sie auf diesen Umstand anspräche? «Aber mein hochverehrter Herr Senatspräsident», würden alle wie im Chor sagen, «das ist doch nur Literatur, gute Literatur, fürwahr, aber natürlich Hirngespinste. Wir müssen uns leider, leider an die lieben Fakten halten und können nicht den Teufel vor ein hiesiges Gericht vorladen.»

Er schmiegte sich kurz an seine Einsicht, um Kraft zu schöpfen. Wie einfältig die Kinder Sachsens doch waren! Hatte der Teufel denn einen Pferdefuß und stank nach Schwefel? Glaubten das die Kinder Sachsens wirklich? Lachhaft. Und wenn der Teufel vielleicht in der Gestalt eines honorigen Professors aufträte? Was würden die Kinder Sachsens dann sagen?

Er klatschte in die Hände. Sie würden in großes Staunen verfallen, würden oh! und ah! rufen, würden ungläubig den Kopf hin- und herwenden und nach der Polizei verlangen. Die würde ihn in Handschellen abführen und in eine Nervenheilanstalt einweisen. Man durfte die lieben Kinder Sachsens nicht erschrecken. Man musste Beweise sammeln und sie in eine schöne Reihung bringen, dann, vielleicht wären sie dann bereit, auf ihn zu hören.

Sein Lachen machte erneut einen Ausflug und ging im Zimmer spazieren. Hatte er so viel Kraft und Ausdauer, um die groteske Weltunordnung, die er glaubte, entdeckt zu haben, und die er, nur er, zu richten berufen worden war, offenzulegen?

Aufs Aktenstudium, darauf verstand er sich. Wie häufig hatte er Aussagen von Angeklagten so lange durchleuchtet, bis sich ihm plötzlich ein versteckter Sinn erschloss! Seine Augen konnten Texte auspressen, bis sie alle gestanden, jede Missetat bis ins dritte und vierte Glied. Unter seinen Blicken konnten Texte in Tränen ausbrechen und um Gnade flehen. Und vor zwei Tagen hatten auch die Texte von Flechsig unter lautem Wehklagen, nachdem er zwei Seiten verspeist hatte und bereits die dritte Seite in der Hand hielt, ihr geheimes Wissen preisgegeben.

Oh! Es war alles ganz einfach. Er musste nur alles in eine schöne Ordnung bringen, was er gelesen und gehört hatte. Die Seele, das waren die Nerven. Und das Gehirn war das geistige Zentrum der Nervenbahnen. Dort wurde wie in einem Lebensbuch gespeichert, was der Mensch getan und erlitten hatte. Das Gehirn vergaß nichts! Gar nichts! Nach dem Tod eines Menschen konnte Flechsig in diesem Gehirn, wenn er seinen berühmten Flechsig-Schnitt, seinen Coup de Flechsig setzte, lesen wie Gott. Er war wie Gott! Gott Flechsig!

Gott Flechsig! Gott Flechsig!

Und wer wollte ihm verdenken, dass er den Platz von Gott einzunehmen gedachte? Dieser Wunsch war – mit Verlaub – menschlich! Allzu menschlich!

Er, Paul Schreber, kannte doch seine Klassiker! Eine stille Freude nistete in seinem Gesicht. Wer wie Flechsig hinter das Geheimnis der Seele gekommen war, der wollte mehr, der konnte der Versuchung nicht widerstehen zu sein wie Gott. Der wollte Ewigkeit und Allwissenheit! Und er, Paul Schreber, hatte gespürt, wie dieser Flechsig während der letzten zwei Tage mit seinen Nervenbahnen direkten Kontakt aufgenommen hatte, um ihm viel Kraft zu rauben und seine Seele zu morden. Offenbar hatte sich dieser Flechsig die Kraft von der Sonne geborgt, denn seine Augen konnten wie die Sonne kräftige Strahlen aussenden, denen man, saß man ihm gegenüber, schutzlos ausgeliefert war.

Er spürte, wie sein Körper bebte. Ja. Aber ja. Er verstand diesen Flechsig! Aber ja. Ja. Ja. Ja. Er schrie, als würde er gestehen, obwohl er doch der Richter war. Er, Paul Schreber, war ein ganz ungewöhnlicher Fall, er verkehrte mit Gott und wurde langsam, nun gut sehr langsam, in seine Geheimnisse eingeweiht. Wie wichtig musste es für Flechsig sein, in seinem Gehirn zu lesen. Dann wäre Flechsig der Allwissenheit nahe!

Gott Flechsig!

Gott Flechsig!

Er stampfte mit dem gesunden Fuß auf. Warum nur hatte er diesem Flechsig erste Einsichten, die ihm, Paul, gekommen waren, verraten. Verraten. Ja. Das war das richtige Wort. Und Verräter mussten Strafe erleiden. Aber vor dieser Strafe fürchtete er sich. Er schaute seine zitternden Hände an, als würde er seinem eigenen Martyrium bereits beiwohnen.

Kinder Sachsens! Wie soll ich euch erklären, was mir droht! Man trachtet danach, meine Seele zu morden! Und da ist keiner, der mir in diesem ungleichen Kampf beisteht!

Er kraulte sich unterm Kinn, so wie man Hunde kraulte, um sie zu beruhigen. Er musste einen Plan fassen, um diesem Flechsig, dem seine Frau und er so lange vertraut hatten, zu entkommen. Wie konnte es ihm gelingen, dass man ihn ziehen ließ oder ihn in eine andere Nervenheilanstalt überstellte? Er musste überleben, um die Pläne dieses Flechsig zu durchkreuzen. Er hatte einen Auftrag. Und es war an der Zeit, endlich zu handeln.

Handel! So handel doch!

Seine Hände zitterten noch immer. Wie ein Eisenring umschloss ihn Müdigkeit. Er machte einige Übungen, bis der Ring plötzlich aufsprang. Er griff nach einer Gabel, versteckte sie unter dem linken Ärmel und rannte aus dem Zimmer. Der Wärter, den er auf dem Flur traf, schaute ihm mit offen stehendem Mund nach, so schnell hatte der ihn, Paul Schreber, der stets bedächtig im Garten spazieren ging, oft stundenlang auf einer Bank saß, noch nicht rennen sehen. Erst der zweite Pfleger wurde vom Sog seiner Geschwindigkeit offenbar mitgerissen und folgte ihm. Paul Schreber riss die Tür des Direktorenzimmers auf, fingerte die Gabel aus dem Ärmel, stand bereits vor dem zurückweichenden Flechsig und holte aus. Beinahe zu lange verharrte er in dieser Geste, bis der Pfleger ihm endlich in den Arm fiel.

«Ich werde Sie entmannen», keuchte er, «dann werden Sie von ihrem Zwang befreit, sich vor den Augen Ihrer Patienten stets sexuell selbst affizieren zu müssen.» Er zerrte noch einmal an seinem Arm, um seinem Auftritt Nachdruck zu verleihen, presste schließlich hervor: «Nur so kann ein langes Siechtum, auf das Sie fraglos hinsteuern, verhindert werden. Nehmen Sie mannhaft den Schmerz in Kauf, Flechsig! Sie werden reichlich belohnt.» Endlich war auch der zweite Pfleger zur Stelle, noch immer mit weit aufgerissenem Mund. Paul Schrebers Mund ahmte den Ausdruck nach und schickte bellende Laute in Flechsigs Richtung. Dann trafen sich beider Blicke.

Paul spürte, wie Flechsig versuchte, ihn in die Schranken zu weisen, Strahlen zu bündeln und auszusenden, aber er, der Senatspräsident Dr. Paul Schreber, hielt dem Blick stand. Und plötzlich trat eine Trauer in den Blick dieses berühmten Professors, eine schmerzende Traurigkeit, die immer dann auftritt, wenn man sich dem großen Ziel ganz nahe glaubte und plötzlich einsehen musste, man würde es nie erreichen. Professor Flechsig hatte einen Ruf zu verteidigen! Er konnte es nicht zulassen, dass einer seiner Patienten ihn der Unsittlichkeit bezichtigte. Darauf hatte er, Paul Schreber, spekuliert.

«Bringen Sie ihn in die Zelle für Demente.» Mit diesem Satz wollte Flechsig wieder Herr der Situation werden, aber Paul Schreber sah, wie sich die Strahlen seiner Augen verfärbten. Flechsig, das wusste er jetzt, würde ihn ziehen lassen. Wahrscheinlich würde er ihn in eine Anstalt überweisen, deren Methoden nicht im besten Ruf standen. Vielleicht hoffte er auf ein schnelles Ende, hatte sich wahrscheinlich vorab die Rechte an seinem Gehirn gesichert, um so der göttlichen Allwissenheit nahezukommen.

ACH, FLECHSIG!

Die Wärter schoben ihn rückwärts aus dem Zimmer, und er, Paul Schreber, verbeugte sich, so gut es ihm möglich war, als würde er sich von einem König verabschieden.

«Gott Flechsig», hauchte er, dann schloss sich die Tür.

Er war ihm entkommen.

8

Flechsigs kleiner Neffe!

DER NEFFE DES SONNENKÖNIGS!

Die gleiche massige Gestalt. Die gleichen mächtigen Augenbrauen. Die gleiche wulstige Narbe unterhalb des linken Auges. Der nach außen gestellte linke Fuß. Die markante Lücke zwischen den Schneidezähnen. Sogar der leicht nasale Tonfall stimmte überein. Und die schlanken, sorgfältig manikürten Hände. Dieser Dr. Pierson, um einige Jahre jünger als Flechsig, schien fraglos dem Geschlecht der Flechsigs entsprungen, vielleicht ein Nebenzweig, der aber die wichtigsten Merkmale gespeichert und weitergereicht hatte. Flechsig musste gewusst haben, wie dieser Anblick auf ihn, Paul Schreber, wirken würde, hatte dieses tiefe Erschaudern geplant, wollte, dass er beim ersten Anblick in die Knie ging und wie ein Kind greinte. Offenbar fiel er so schnell auf die Knie, dass der Kaffee, den er auf der Reise zu sich genommen hatte, aus seinem Mund herausschwappte. Er sackte zur Seite und schlang seine Arme um seinen Kopf, als hätte er Angst vor Schlägen.

«Lassen Sie ihn dort liegen.» Und dieser Satz, mit einem verächtlichen Unterton ausgesprochen, verfolgte ihn die ganze Nacht über.

LIEGEN LASSEN! LIEGEN LASSEN!

Persönlich hatte er Flechsig in den Tagen und Nächten vor seiner Überstellung in die Pierson'sche Anstalt zwar nicht mehr gesehen, aber er hatte gespürt, wie der durch die Kraft seiner Strahlen weiter an ihm zerrte, wie er in ihm herumschritt und herumschnitt, einen neuen Flechsig-Schnitt probierte, um ihn dann, so lautete wahrscheinlich der Plan, den Wärtern der Anstalt vorzuwerfen, damit die sich an ihm geschlechtlich vergehen konnten.

Ein Senatspräsident, der von brutalen Wärtern gefickt wurde, um anschließend wie eine Hure liegen gelassen zu werden! So sollte er enden – als missbrauchte weibliche Dirne!

Als Dirne!

Der Seelenmord reichte diesem Flechsig nicht, er wollte auch noch sein, Pauls, männliches Ehr- und Selbstgefühl verhöhnen! Der zweithöchste Richter in Sachsen heißt Miss Schreber und lässt sich von verwahrlosten Wärtern ficken! Wer hätte noch Vertrauen in die Gerichte, wenn dieses Gerücht die Runde machte?

Was würde seine Mutter sagen, wenn man ihn so fände!

Er, Paul Schreber, hatte sein Glied in diesen Nächten zwischen die gefalteten Hände genommen und es behütet, so gut es ging. Jetzt also fand das Drama eine nächste Aufführung. Dieser Pierson aus dem Stamme der Flechsigs kannte die Stichworte.

Liegen lassen! Liegen lassen!

Wieder war es der erste Sonnenstrahl – nur ganz zart lugte er durch das Fenster und legte sich tröstend auf ihn –, der ihm eingab, wie er auch dieser Klinik und allen Flechsigs dieser Welt entkommen konnte. Er durfte nicht sterben, weil andernfalls sein Gehirn diesem Flechsig als Buch der Offenbarung zur Verfügung stünde, aber er musste so tun, als ob er nach dem eigenen Leben trachtete – bis sich die Situation zu seinen Gunsten änderte.

Dieses Vorhaben schenkte ihm die Kraft, sich aufzurichten. Er schleppte sich ins Bad und ließ kaltes Wasser in die Wanne laufen. Ohne sich auszuziehen, stieg er hinein und tauchte ganz unter. Dann öffnete er den Mund und ließ das Wasser hineinströmen, bis er hustend und speiend seinen Kopf aus dem Wasser auftauchen ließ und laut schrie. Dann wiederholte er den Vorgang, sah, wie starke Arme ihn aus dem Wasser zogen, ihn vor die Wanne legten und wie man auf seinem Brustkorb herumstieg, bis er sich in einen kleinen Zimmerspringbrunnen verwandelte. Schließlich ließ man ihn liegen. Ein Hilfsarzt kam, fühlte ihm den

Puls, horchte ihn mit einem Stethoskop ab und gab schließlich Entwarnung.

Der Oberwärter, der ihn anschließend auf dem Bett festband, hatte eine auffällig rote Gesichtsfarbe, die offensichtlich durch keinen Puder abgedeckt werden konnte. Paul Schreber lächelte wissend. Er war in einem zweitklassigen Theater gelandet, wo die Maskenbildner Taugenichtse waren. «Teufelsküche», sagte eine Stimme in seinem Kopf. Paul Schreber schüttelte energisch den Kopf. Und irgendwo vor dem Fenster kläffte ein Hund.

Er wusste Bescheid!

Und weil das Theater ein so beschämend niedriges Niveau besaß, gelang es ihm während der nächsten acht Tage noch dreimal, den Wärtern zu entkommen, um seine Farce zu wiederholen, sich in der Badewanne zu ertränken. Beim letzten Versuch stieg der Oberwärter so heftig auf seinem Brustkorb herum, dass zwei Rippen brachen.

Ein kleiner Eklat, der ausreichte, dass man ihn nach nur acht oder vierzehn Tagen ziehen ließ. Vielleicht hatte seine Familie – er hatte seit Wochen niemanden gesehen, weder seine Mutter noch Sidonie oder Sabine – ohne sein Wissen interveniert und auf eine Verlegung gedrängt: Offenbar sei man in der Pierson'schen Klinik unfähig, für seine körperliche Unversehrtheit zu sorgen, also müsse man nach einer anderen privaten Klinik Ausschau halten.

Bereits als er den Namen der neuen Nervenheilanstalt hörte, breitete sich eine erdige Ruhe in ihm aus. Sonnenstein. Sonnenstein bei Pirna.

Sonnenstein!

Die Sonne meinte es stets gut mit ihm. Hier also würde er Zeit und Muße finden, die Geheimnisse um den Riss, der offensichtlich durch die Weltordnung ging, zu ergründen und vielleicht auch zu heilen. Den Schmerz in seiner Brust betäubte er, indem er sich von der Sonne auf einem kleinen Spaziergang vor seiner

Abreise bescheinen ließ. Der Oberwärter suchte ängstlich immer den Schatten auf.

Sonnenstein also.

Der leitende Arzt der Landesheilanstalt empfing ihn mit einem sehr kräftigen Händedruck, ohne sich namentlich zunächst vorzustellen. Eine schlanke Gestalt. Schmale Augenbrauen. Keine Narbe unter dem linken Auge. Eine orthopädisch perfekte Fußstellung. Keine Lücke zwischen den Schneidezähnen. Eine kraftvolle männliche Stimme. Angenehm wurstige Finger. So viel war klar: Dieser hier gehörte nicht zum Stamme der Flechsigs.

KEINER AUS DEM STAMME DER FLECHSIGS!

Ob denn die Reise über Coswig ohne große Anstrengung verlaufen sei. Ob denn der Komfort im Zug angemessen gewesen sei. Und ob denn das Zimmer in der hiesigen Anstalt den Wünschen genüge. Ob er hinsichtlich der Speisen besondere Vorlieben habe.

Paul hielt sich die Hand vor den Mund, denn beinahe wäre ihm das Wort Flechsig, das sich wie ein glitschiger Aal auf seiner Zunge und zwischen den Zähnen wand, herausgerutscht. Flechsig. «Sind Sie mit dem verehrten und hochberühmten Herrn Professor Flechsig aus der Nervenheilanstalt in Leipzig vertraut?», wollte er fragen, aber es schien ihm ratsam, den Mund verschlossen zu halten.

Ob Übelkeit ihn plage, wollte der Arzt wissen, aber Paul winkte ab, sagte, er habe Angst, ein Pesthauch, der gewöhnlich seinem Mund um diese frühe Nachmittagsstunde entweiche, könne den verehrten Arzt infizieren. Er empfehle ihm also, sich eine Pestmaske aufzusetzen und die Nase mit kräftigen Kräutern auszustopfen, damit keine Gefahr für Leib und Leben bestünde.

Er werde im Fundus des Dresdner Theaters eine Pestmaske besorgen lassen, antwortete der Arzt mit einer Selbstverständlichkeit, als hätte man sich soeben über den Ablauf des Mittagessens beraten und entschieden, die Suppe vom Speiseplan zu streichen. Und im Übrigen habe seine Gewichtskontrolle keinen Anlass zur Besorgnis ergeben. Seine fehlende Kraft rühre nicht von einem Gewichtsverlust her, sondern sei eine Folge seiner anstrengenden Badekuren.

Paul nickte. Dieser Arzt, der die Unhöflichkeit besaß, sich noch immer nicht namentlich vorzustellen, hatte offensichtlich seine Krankenakte gelesen und schätzte lakonische Bemerkungen. Er, Paul Schreber, fächerte sich Luft zu, weil eine plötzliche Hitze in ihm aufstieg. Sein Atem kam aus dem Rhythmus. Wie sollte er sich ihm gegenüber verhalten? Konnte er ihm vertrauen, oder hatte auch dieser Arzt versteckte Flechsig-Anteile?

Die Kälte des Glases, das er plötzlich in der Hand hielt, schreckte ihn auf. Er möge trinken, bat man ihn, die Reise habe fraglos Kraft gekostet. Ein Wärter brächte ihn auf sein Zimmer im Elbflügel. Dort könnte er ruhen. Später würde man ihm ein leichtes Schlafmittel verabreichen. Man sähe sich ab jetzt regelmäßig.

Er stand in seinem Zimmer. Ein gewachster Parkettboden. Der Geruch rührte ihn zu Tränen. «Zeitzer Straße», flüsterte er. Er suchte sich unbefleckte Szenen seiner Kindheit zusammen, entkleidete sich, legte sich hin, stand auf, ging im Zimmer auf und ab, legte sich erneut hin und versuchte zu schlafen. Er streichelte seinen Unterarm, so wie seine Mutter es früher häufig getan hatte. Kurz erinnerte er die Weichheit ihrer Hand, die die Härte des Lebens vergessen machte und Trost spendete. Aber an seiner Hand hing nicht der Geruch der Mutter, und der war offensichtlich nötig, um Ruhe zu finden.

Die Stimmen in seinem Kopf ließen sich nicht überlisten. Er musste laut brüllen, um sie zu übertönen.

Bereits in dieser ersten Nacht wurde er von den Wärtern abgeholt und in eine Zelle für Demente gebracht.

Da war kein Trost. TROST!

9

Er war etwas gewachsen.

Als er einen Wärter um ein Maßband fragte, höflich, wie es seine Art war, schaute der stur in eine andere Richtung, gähnte, ein sehr gesundes Gähnen übrigens, ging dann, eine Melodie summend, die er, Paul, heute Morgen auf dem Klavier intoniert hatte, zu einem anderen Patienten, einem Legationsrat Lechtenbrink, der für gewöhnlich zwischen vier und fünf Uhr nachmittags erblindete und von einem Wärter am Arm herumgeführt werden wollte.

Er, der durchaus stattliche Richter Schreber, war etwas gewachsen, konnte aber nicht genau einschätzen, ob um zwei, drei oder vielleicht vier Zentimeter.

Täglich war er bestrebt, sich ein wenig mit der Sonne zu unterhalten, rückte zu diesem Zweck einen Stuhl nahe an ein großes Fenster und ließ sich bescheinen. Wenn er in den Stunden zuvor etwas Falsches gelesen hatte, verstand er die Sonne überhaupt nicht. (Nur so viel war sicher: Die Sonne verachtete Tageszeitungen.) Die Hoffnung, eine Bibellektüre könne seine Ohren am besten einstimmen, hatte sich als trügerisch erwiesen. Weder Texte des Alten noch des Neuen Testaments zeigten eine übermäßige Wirkung. Oft, sehr oft, war auch der Wolkenstand ungünstig. Dann gelangten nur wie durch Watte gesprochene Worte an sein Ohr. Versuche, ein Hörrohr zu Hilfe zu nehmen, blieben ohne Erfolg. Und deshalb wartete Paul Schreber stundenlang, ob sich der Wolkenstand vielleicht doch noch veränderte, ob er nicht doch noch ein Wort, eine Silbe wenigstens souffliert bekäme. Nur widerwillig verließ er zu den Essenszeiten seinen Horchplatz und aß in großer, den Anstand milde verletzender Eile. Die Februarsonne war die gesprächigste Sonne, wie seine

Forschungen ergeben hatten, vielleicht weil sie durch die wenigen Kalendertage größere Reserven an Kraft besaß und kräftiger zu ihm durchdrang.

Die liebe, liebe Februarsonne!

Heute hatte er, was eher die Ausnahme war, ein Sonnenbad im Garten genommen; die Sonne hatte nicht gegeizt, ihm sogar einige Wortbrocken hingeworfen, er glaubte verstanden zu haben: *Nun wollen wir ihn größer machen!*, hatte sich aber zunächst keinen Reim darauf machen können. Er hatte sehr angestrengt gelauscht und gar nicht gespürt, wie stark er schwitzte. Aus Angst, sich zu erkälten, blieb er ganz ruhig stehen und wartete, bis der Schweiß abgetrocknet war. Seine Haut spannte. Er glaubte einen Sonnenbrand davongetragen zu haben, aber der Spiegel zeigte keine Rötung. Die Spannung nahm noch zu; er fühlte sich gestreckt. Nein, nein, durchaus nicht! Es war kein unangenehmes Gefühl! Es kam ihm vor, als hätte die Sonne ihn sprießen lassen. Er lebte ab sofort in der Zeit der Heiligkeit. Vielleicht würde er irgendwann mit den Händen die Sterne berühren können. Vielleicht sogar die Plejaden, seine Lieblingssterne. Oder die Wega. Er musste auf alles gefasst sein.

Ich bleibe auf alles gefasst!

Vielleicht sollte er sich mit diesem Dr. Weber, der ihm langsam ans Herz wuchs, der sich nach vielen Monaten (oder Jahren?) des Desinteresses langsam für seinen Fall und seine Ideen erwärmte, darüber austauschen. Dessen kleine Marotte, mit ihm immer über seinen Bruder reden zu wollen, musste er ihm nachsehen. Schließlich verfolgte auch er einige Ideen, die schlichtere Menschen überforderten. Vielleicht, wahrscheinlich sogar, besaß auch dieser Weber ein geheimes Wissen, das ihn zu einigen absonderlichen Verhaltensweisen zwang.

Er ging in sein Zimmer, um die Wörter und Sätze zu wiegen, die ihm souffliert worden waren. Das Verfahren, das er dazu entwickelt hatte, war ganz einfach. Unter einem Vorwand hatte er sich eine kleine Briefwaage mit goldenen Schälchen besorgt. Er benutzte für seine Forschungen das aus feinem Bütten gearbeitete Briefpapier, oben rechts sein Monogramm. Die Feder setzte er nur ganz vorsichtig auf, wenn er einzelne Wörter oder Sätze notierte, und legte diese dann sehr behutsam auf die Briefwaage. Manchmal schlug die Waage bei einigen Wörtern plötzlich gewaltig aus. «Nerven» war so ein Wort. Oder «Seelenmord». Und natürlich «Flechsig». Und zwei Namen, mit denen sich Gott ihm durch die Sonne vorgestellt hatte, seltsame Namen: Ariman und Ormuzd hatten die kräftigsten Ausschläge gemacht. Warum aber Gott zwei Namen verwendete, erschloss sich ihm nicht. Die Lösung, es handle sich vielleicht um Rufnamen und Nachnamen, hatte er nach langem Nachdenken verworfen. Er stand erst am Anfang. Wenn er ungeduldig wurde, was bei diesen Fragen von einigem Gewicht nicht sonderlich überraschte, griff er auf eine altbewährte Verstandesgymnastik zurück und sagte sich das Alphabet rückwärts auf. Oder er übersprang, wenn die Ungeduld überhandnahm, auch noch jeweils einen Buchstaben beim Rückwärtsaufsagen. Hatte er diese kleine Übung zwanzigmal gemacht, wurde er ruhiger. Die Zeit tröpfelte wieder im Gleichmaß, sein Verstand renkte sich wieder ein.

Nur einmal hatte die Waage ihm ein Rätsel aufgegeben. Als er einen Briefbogen mit dem Wort «Strahlen» auf die Waage legte, hatte die sich nicht entscheiden können, war zunächst stark ausgeschlagen, dann wieder nach oben geschnellt, in einem immer nervöseren Rhythmus, bis schließlich das Blatt herunterfiel. Er hatte den Versuch mehrfach wiederholt – mit dem immer gleichen Ergebnis. Die Waage blieb unschlüssig. Er hatte nächtelang – o dieses Mal waren es herrliche Nächte gewesen! – darüber nachgedacht. Offenbar gab es Strahlen von unterschiedlicher Qualität! Zu dieser Lösung war er gelangt – eine erste Lösung, die natürlich noch lange ausreifen musste. Oft blieb er deshalb regungslos vor dem Fenster oder im Garten sitzen, atmete flach, stellte sich tot, weil Gott dann leichter mit ihm Kontakt aufnehmen konnte. Dann war er ein irdisches Gefäß für Gottes gute Strahlen.

Er schrieb den Satz, den er verstanden hatte, auf einen frischen Papierbogen: *Jetzt wollen wir ihn größer machen!* Er faltete das Papier zusammen und legte es vorsichtig auf die Waage, die sehr entschlossen ausschlug. Es waren zentnerschwere Wörter. Er musste seine ganze Kraft aufwenden, um den Briefbogen von der Waage auf den Tisch zu legen.

JETZT WOLLEN WIR IHN GRÖSSER MACHEN!

Weil der Tisch unter der Last der Wörter wie ein waidwundes Tier aufschrie, nahm er nochmals seine ganze Kraft zusammen und trug den Zettel nach draußen. Wärtern, die ihm begegneten, verweigerte er den Augenkontakt. Was wussten die schon davon, woran er so schwer trug! Und um Hilfestellung mochte er sie auch nicht bitten, obwohl er nur mit äußerster Anstrengung den Gartenzaun erreichte. Vielleicht hatte er, den doch als Turner eine gewisse Zähigkeit auszeichnete, durch die Streckung an Kraft eingebüßt! Vielleicht würde er in Zukunft nicht mehr schwer tragen können! Er bekam eine erste Ahnung davon, was es hieß, zum schwachen Geschlecht zu gehören.

SCHWACHES GESCHLECHT!

Er hockte sich hin, drehte sich einmal kurz um, ob er beobachtet wurde, grub flink mit den Händen ein Loch, schob den Zettel hinein und füllte den Sand wieder auf. Er wünschte sich Regen. Aber der Himmel blieb unentschieden. Deshalb wunderte er aus sich etwas Wasser heraus, weil er, der Sohn des großen Schrebergarten-Erfinders Moritz Schreber, es nicht riskieren wollte, dass die Saat nicht aufging. Er würde einen Wortbaum züchten, einen Baum der schweren Worte, und wer künftig davon aß, würde eingeweiht in die Sprache des Himmels. Durch die Früchte eines

Baumes, des Baumes der Erkenntnis, waren Adam und Eva aus dem Paradies vertrieben worden. Und durch die Früchte eines anderen Baumes sollten die Menschen den Weg zurückfinden. Dank eines Gärtners, dank Paul Schreber, kam wieder Hoffnung in die Welt. Und hatten die Frauen am Ostersonntag den auferstandenen Jesus nicht zunächst auch für einen Gärtner gehalten? Wie einfach doch alles war, wenn man die richtigen Schlüsse zog!

So einfach!

Er blieb andächtig noch einige Minuten vor seinem kleinen Beet stehen, ging dann beschwingt, tänzelnd beinahe, zurück auf sein Zimmer. Im Spiegel traf er auf einen sehr heiteren Schreber. Die kleine Gartenarbeit hatte ihm sehr gutgetan. Vielleicht könnte er den Direktor davon überzeugen, in dieser Anstalt für die Kranken Rabatten anlegen zu lassen. Und einen kleinen Turnplatz. Er würde Dr. Weber mit warmen Worten diesen Vorschlag unterbreiten. Und er könnte Sabine bitten, ihm die einschlägigen Schriften seines Vaters zum Wohle der Volksgesundheit zu schicken, damit man sie in der hiesigen Bibliothek auslegte. Vielleicht würden sie auch kleine Wunder bewirken.

Sabine. Der Gedanke an seine Frau ließ die Heiterkeit auf einen Schlag aus ihm herausspringen. Sie besuchte ihn regelmäßig, das wohl, aber er spürte die Scheu, mit der sie ihm begegnete. Er seinerseits glaubte, sie besser zu verstehen, als es einem Mann auf dieser Welt jemals möglich gewesen war. Wenn er sich ihr doch nur verständlich machen könnte. Ihm fehlten, so banal war das, noch Wörter von Gewicht.

An manchen Abenden war er unsicher, ob seine Frau nicht tot sei, ob man ihm ihre Existenz nicht vorgaukelte, um ihn zu verwirren. War er vielleicht der einzige noch lebende Mensch? Waren alle Menschen nur Schein? Auch Sabine? Auch Dr. Weber?

Und was war mit der Zeit? Galt eine Stunde noch eine Stunde? Oder hatten einzelne Nächte die Dauer von Jahrhunderten?

Und wer schützte ihn vor den Augen, die ihn nächtens von überall her anstarrten?

Vierzigmal musste er seine Verstandesgymnastikübungen – er sagte sich alle russischen Gouvernements und französischen Departements auf – machen, bis er endlich Ruhe fand.

Er musste sich gedulden.

GEDULD! GEDULD! DULDEN!

10

Das Klavier spielte verrückt.

Er massierte zuerst seinen linken, dann seinen rechten Daumenballen, er zerrte an jedem Finger, er schüttelte die Hände aus, wischte sie sich an den Hosenbeinen ab, trommelte auf seinen Oberschenkeln eine einfache Übung, versammelte die Hände über den Tasten, schloss die Augen, gab das Kommando, riss die Augen auf, fixierte die Noten, und seine Finger erzeugten jetzt auf Anhieb die richtigen Töne.

Eine ganze Notenzeile lang.

«Mehlhäufchen wird wieder gesagt», soufflierte ihm plötzlich eine Stimme in seinem Kopf, «Mehlhäufchen wird wieder gesagt». Sein Mund formte ein «RUHE JETZT», aber die Stimme lenkte ihn weiter ab: «Nun muss er doch», «nun muss er doch!» Nun muss er was? Nun muss er spielen, nun muss er gut spielen, nun muss er sehr gut spielen, aber sein Blick verrutschte beim Zeilenwechsel, und der kleine Finger seiner linken Hand, der ihm schon als Kind häufig einen Streich gespielt hatte, schlug eine Taste an, die Chopin leider nicht vorgesehen hatte.

«Ei verflucht einigermaßen», lästerte die Stimme, und als wäre er schwerhörig, wiederholte sie den Satz zweimal: «Ei verflucht einigermaßen», «Ei verflucht einigermaßen.» «Warum nur?»

RUHE JETZT! RUHE JETZT!

Sein kleiner Finger war begierig danach, abgelenkt zu werden, suchte sich die Tasten selbst, die er trotzig und vorlaut anschlug, sich ungehörig in den Mittelpunkt spielend. Erste Eifersüchteleien bei den anderen Fingern waren die Folge. Der kleine Finger seiner rechten Hand, eigentlich ein Vorbild an Genauigkeit, tanzte zweimal aus der Reihe, mochte nicht hinter seinem Zwillingsbruder zurückstehen, musste von ihm, Paul, gescholten werden, wurde zur Strafe ausgestreckt, als würde er, Paul, in blasierter Manier eine Tasse Tee trinken; darunter litt zwar die Melodie, aber er durfte diese Ungezogenheit nicht durchgehen lassen, gliederte erst nach zwei Zeilen den kleinen Finger wieder ein, der übereifrig und mit spürbar schlechtem Gewissen seine Arbeit erneut aufnahm und die anderen anspornte. Papas Liebling.

PAPAS LIEBLING!

«Nun will ich mich», flüsterte es und zwang ihn, den Gedanken zu Ende zu denken, «nun will ich mich auf mein Klavierspiel konzentrieren, es soll ein beseelter Vortrag werden, der das Herz betört und die Nerven streichelt». Sein Kopf ruckte bei jeder Note, die er ablas, zur Seite, einmal so stark, dass er zwei Noten übersprang und die Melodie unnötig an Tempo gewann. Aus Angst, noch einmal Noten zu überspringen, summte er die Melodie. Aber der Wirrwarr in seinem Kopf nahm zu.

«Salat und Radieschen», soufflierte die Stimme in seinem Kopf. Dabei mochte er, wie die Stimmen sehr wohl wussten, keine Radieschen, hasste diesen leicht scharfen Geschmack, der nichts neben sich duldete, und überhaupt, er hasste die rote Farbe. Bereits als Kind hatte er sich stets geweigert, rotes Gemüse zu essen, Rote Bete, Tomaten, Radieschen. Radieschen aß er nur, wenn sie geschält waren, sehr zum Unwillen seines Vaters, der ihn einmal gezwungen hatte, einen ganzen Nachmittag am Esstisch sitzen zu bleiben, bis er die zwei Radieschen – auf zwei Radieschen hatte seine Mutter den Vater heruntergehandelt – gegessen hatte. «Ich esse keine Radieschen», antwortete er und schlug eine Spur zu kräftig auf die Tasten.

Ich esse keine Radieschen! Stimmen bändigen! Bändigen!

«Der David und der Salomo?», schallte es in seinem Kopf. «Der David, der mit der Schleuder den Goliath in die Knie zwang, war der Nachfolger Salomos auf dem Thron», führte Paul, ein wenig oberlehrerhaft polternd, den Gedanken zu Ende. Aber dieses Stück von Chopin war heute ein starker, ein übermächtiger Gegner, und ihm fehlte die Schleuder und der glatte Stein.

Er zwang sich, sehr viel Empfindung in das Spiel zu legen. Plötzlich erlahmte der Ringfinger der linken Hand, steckte den Zeigefinger an, und beide verschleppten das Tempo, gaben dem Spiel etwas unnötig Schwerfälliges und Getragenes. Der Rhythmus schaltete sich abrupt um, fand keine Bindung an das alte Thema, drohte zu versanden. Er überredete die Fingermuskeln, sich schneller in Bewegung zu setzen; doch da verschwamm die Melodie, und die Übergänge wurden unscharf; die Steigerung schwoll, schmal und schlecht gestaffelt, viel zu schnell an, ergoss sich schließlich ins Leere.

«Aber freilich», juchzte eine Stimme in seinem Kopf. «Woran denken Sie denn jetzt?» Und er wusste sich in seiner Tristesse nicht mehr zu helfen und fing an, auf das Klavier loszupauken, hämmerte auf die Tasten, bis Chopin trunken war, herumkrakeelte, mit Weinlaub in den Haaren. Ein brausender, leicht verspäteter Triumph. Seine Finger schienen sich in die Tasten eingraben zu wollen, schwärzten die weißen Tasten ein, gruben Löcher für neue Weinstöcke, die schon bald Früchte tragen würden, und er paukte und paukte, betäubte die Stimmen in seinem Kopf, brüllte laut und lachte verwegen; die Finger erfanden Töne von schmerzender Intensität und Ausgelassenheit, Töne, die zügig andrängten, sich offenherzig gaben und seine Augen feucht werden ließen.

Und dann das. Offensichtlich neideten die bösen Stimmen ihm, dem Senatspräsidenten Dr. Paul Schreber, diesen kleinen Triumph. Mit einem lauten Knall, als er soeben, mit plötzlicher Zärtlichkeit in den Fingerspitzen, zu einem furiosen Finale ansetzen wollte, zersprangen zwei Klaviersaiten gleichzeitig.

Er starrte auf seine Hände. Die Töne im Zimmer zitterten noch nach. Er hatte Chopin in Stücke gerissen.

Nur ein Kater blieb zurück.

Als er sich umdrehte, stand sein Wärter im Zimmer. Er wusste im Augenblick seinen Namen nicht, starrte ihn nur ausdruckslos an. Ob das Klavier wieder verrückt spiele, fragte der Wärter ohne jeden Unterton.

Er, Paul, massierte sich erneut den Handballen, flüsterte, zwei Klaviersaiten hätten ihren Dienst versagt. Es sei ihm leider unmöglich, sein Konzert fortzusetzen. Später. Morgen vielleicht. Oder übermorgen, wenn der Schaden behoben sei.

Zwei Saiten auf einen Streich!

«Zwei Saiten auf einen Streich!» Das habe er bisher noch nicht erlebt. Wenn er sich recht erinnere, habe der Herr Senatspräsident während der letzten Monate deutlich über zehn Saiten ruiniert. «Und jetzt zwei auf einen Streich!» Der Wärter machte ein dummes Gesicht dabei, das nicht verriet, ob es vorwurfsvoll oder anerkennend gemeint war.

«Zwei Klaviersaiten auf einen Streich ist in der Tat ungewöhnlich.»

Paul konzentrierte sich auf eine schmerzende Stelle an seinem rechten kleinen Finger, der sich jetzt nachdrücklich über die erlittene Ungerechtigkeit zu beschweren drohte, und schreckte hoch, hatte er doch Dr. Weber weder kommen hören noch bisher wahrgenommen.

«Sie werden eines Tages diese Anstalt als großer Schuldner verlassen, wenn Sie weiterhin den Saiten so zusetzen.»

Paul zog sich in ein verletztes Schweigen zurück. Als er aus den Augenwinkeln sah, wie Dr. Weber sich abwandte, holte er aus und hämmerte mit seinem beleidigten Finger so kräftig wie möglich auf eine Taste, immer und immer wieder – so lange, bis er spürte, wie ihm Dr. Weber die Hand auf die Schulter legte. «So beruhigen Sie sich doch!»

Beruhigen. Wie konnte er, Paul, sich beruhigen, wenn er wusste, wie falsch man über ihn dachte. Er nahm, ohne über die Unhöflichkeit der Geste auch nur eine Sekunde nachzudenken, die linke Hand von Dr. Weber und paukte mit ihr wie wild auf den Tasten herum, so lange, bis er Widerstand spürte.

Er, Paul, drehte sich zu Dr. Weber um, verschwitzt und noch immer maßlos erregt. «Man glaubt mir nicht. Man glaubt mir wieder nicht. Aber jetzt ist er Zeuge!» Und weil Dr. Weber ihn verständnislos anschaute, sprach er einfach weiter: «Jetzt ist er Zeuge, dass das Zerspringen der Saiten gewundert wird und nicht durch mein unvernünftiges Gebaren veranlasst worden ist. Kein Musikus der Welt vermag durch das bloße Aufschlagen der Tasten die Saiten eines Klaviers zu ruinieren. Das kann jeder Kundige aus der Pianofortebranche bestätigen! Wenn also in den nächsten Tagen ein Mitarbeiter der Musikalienhandlung Clemm hier den Schaden richtet, kann dieser Fachmann Ihnen fraglos versichern, wie unmöglich es ist, durch Lospauken eine Saite zum Springen zu bringen. Und ich frage Sie, verehrter Herr Medizinalrat, ob Sie jemals anlässlich eines Konzerts Zeuge geworden sind, dass während eines langen und furiosen Vortrags Saiten auf einem Konzertflügel gerissen sind und die Veranstaltung daraufhin abgebrochen werden musste!»

Seltsam fahrig, als hätte sich Zweifel in ihn gesenkt, antwortete Dr. Weber: «Das ist ganz erstaunlich. Wirklich erstaunlich.» Er schlug die Hacken zusammen, um Haltung zu finden, nickte und verließ das Klavierzimmer.

Möbius, ja genau, sein Wärter Möbius trat zu ihm und sagte ebenfalls seltsam fahrig: «Das ist ganz erstaunlich. Wirklich erstaunlich.» Auch er schlug die Hacken zusammen und verließ mit einem kurzen Nicken den Raum.

WIRKLICH ERSTAUNLICH!

Er, Paul, schaute ihnen nach und lauschte, wie sich beide auf weichen Sohlen über den Flur entfernten.

11

Man hatte sie zu ihm geschickt.

Plötzlich entdeckte er sie, auf seinem Schreibtisch sitzend, mit den Beinen schlenkernd und mit den Augen winkend. Er hielt sich zunächst abseits, wählte eine denkerische Pose, streifte sie aber in immer kürzeren Intervallen mit seinem Blick. Dann näherte er sich wie zufällig dem Schreibtisch, blieb stehen, legte, ein wenig affektiert, eine Hand aufs Herz und verbeugte sich leicht. Sie tat es ihm gleich, nur hatte ihre Bewegung den grazilen Schwung einer Primaballerina. Dreimal wiederholten sie das Ritual, dann lachte sie silberhell auf. Ob es ihm angenehm sei, wenn sie für eine begrenzte Zeit in seinem Zimmer Wohnung nehme, sie habe sich in seinem Kleiderschrank sehr behaglich eingerichtet, leider sei sie nur auf der Durchreise, wolle auch nicht zur Last fallen, aber man habe ihr aufgetragen, ihm ein wenig Gesellschaft zu leisten, um ihn von den Stimmen in seinem Kopf, die es darauf abgesehen hätten, ihn blödsinnig zu machen, abzulenken, und sehr gerne sei sie diesem Auftrag nachgekommen, hege sie doch seit Kindertagen einen großen Respekt vor außerordentlichen künstlerischen Naturen, zu denen er doch fraglos zu rechnen sei.

Paul schaute etwas verlegen, wurde sogar ein wenig rot, verbeugte sich etwas ungelenk noch einmal. Zwar sei er Gesellschaft nicht mehr gewohnt, fühle sich aber geehrt, von ihr auserkoren worden zu sein, biete ihr natürlich sein Bett an, nehme gerne mit dem Schrank vorlieb. Doch sie legte ihm sehr zart ihre Hand auf den Oberarm und hauchte, ein Wesen wie sie benötige die Dunkelheit; wieder lachte sie silberhell, bat ihn, die Hand auszustrecken, und legte darauf eine Flügelmutter. «Ein Gastgeschenk», flüsterte sie, und ob es ihm recht sei, wenn sie sich für zwei Stunden in den Schrank zurückzöge, um Perlen zu pressen.

Sofort trat Paul einen Schritt zur Seite, bot ihr den Arm und geleitete sie zu seinem Schrank, einem mit viel Liebe gearbeiteten Möbelstück. Er öffnete die Schranktür und half ihr einzusteigen. Mit seinem Wintermantel hatte sie den Boden des Schranks sehr klug ausgepolstert. Sie legte sich hin, zog die Beine an und lächelte. Ob es ihn stören würde, wenn sie die Tür angelehnt ließe, sie sei in der Dunkelheit, die sie aufsuchen müsse, nicht gern ganz allein und würde ihrem Geschäft, das könne sie versprechen, so leise wie möglich nachgehen.

Sie möge sich bei ihm zu Hause fühlen, sagte Paul, lehnte die Tür an, schlich zu seinem Schreibtisch, setzte sich und ordnete sein Briefpapier. Er lauschte angestrengt, vernahm aber zunächst kein Geräusch. Wenig später hörte er einen pressenden Atem, dann wieder nichts, dann erneut einen pressenden Atem, die Wechsel wurden schneller, das Pressen lauter, dann folgte ein kleiner, glückstrunkener Schrei. Er glaubte ihr zu Hilfe eilen zu müssen, vernahm aber ein leises Quietschen der Tür, und sein Gast sprang mit einem Satz aus dem Kleiderschrank, trat, verschwitzt und nach Luft ringend, zu ihm, hielt zwischen Daumen und Zeigefinger eine kleine weiße Kugel, rieb sie, mit schräg gelegtem Kopf, zwischen den Fingern, bis sie zu Kalk zerbröselte. Es fehle ihr, wie sie glucksend sagte, leider noch ein wenig an Inspiration, aber mit ein bisschen gutem Willen gelänge es ihr schon bald, zwischen ihren Schenkeln schönste Perlen zu pressen.

Paul nickte, versprach ihr, die Luft mit Ideen zu schwängern, und ob sie bereits etwas von seinen Forschungen gehört habe. Sie nickte, natürlich habe man an anderem Ort bereits vernommen, wie schnell, wie atemberaubend schnell sein Wissen wachse, er sei ein Geisterseher von größtem Format, da er mit allen Seelen in Kontakt stehe. Sie setzte sich erneut auf seinen Schreibtisch und ließ sich von Paul, zunächst stockend, dann immer flüssiger, erzählen, wie weit er in seiner Theorie der Strahlen vorangekommen sei.

Ihr Gesicht hatte etwas Unbestimmtes, erinnerte ihn, wenn er aufgeregt war, an Frau Weber, wenn er aber sehr ruhig seine Forschungen präsentierte, an seine Sabine. Mund, Nase und Stellung der Augen konnte er durch die Art seines Vortrags bestimmen. Bereits nach einem Tag hatte er sie sehr liebgewonnen. Sie kam ihm überaus vertraut vor. Aus allen heiligen Büchern hatte er viel Kluges über die Frauen zusammengetragen. Aber diese hier war extraordinär. Sie konnte nicht nur zwischen ihren Schenkeln Perlen pressen. Sie konnte einhändig stricken. Sie konnte mit ihrer Zunge kochen. Und sie konnte stundenlang schweigen, wenn er ihr kleine, wohltemperierte Vorträge hielt, über den gelben Schleimpilz etwa, halb Pflanze, halb Tier, und der einzige Pilz, der fliegen könne. Oder über Gardinen, die ihre Farben nach den Launen wechselten. Oder über eine Erzählung von Stevenson, die immer aus dem Regal fiel, weil sie nicht neben einem Roman von Lawrence Sterne stehen wolle. Ach, die Eitelkeit, darüber konnte er sich bei ihr ungestört stundenlang auslassen. Nie zeigte sie Desinteresse oder Überdruss.

Jetzt ging sie, nicht ohne ihn vorher am linken Ohrläppchen

zu ziehen, in den Schrank, um erneut in aller Ruhe Perlen zu pressen. Sie besaß bereits eine ganze Zigarrenkiste voller Perlen, zweit- und leider drittklassiger Perlen, wie sie sagte, aber er verstand es, sie aufzumuntern; wenn sie weiterhin mit so viel Leidenschaft Perlen pressen würde, könnte sie sehr bald die reichste Frau der Welt sein. Und er könnte mit ihr dann überallhin reisen, nach China, nach Afrika. Zu den Eskimos. Am liebsten zu den Eskimos, denn er verfolge seit Langem eine Theorie über diesen entlegenen Volksstamm. Dieser Theorie zufolge waren die Eskimos im Geheimen Strahlensammler, bauten Iglus aus Eis und speicherten in den Eiskristallen das Licht des Nordens. Seit Jahrhunderten, seit Jahrtausenden häuften sie das reine Licht. Sie waren die Weisen des Nordens. Wahrscheinlich wohnte irgendwo ein Heiliger, ein blonder Eskimo, der dieses Wissen verkörperte. Wie gerne würde er zu ihm reisen und mit ihm seine Erkenntnisse austauschen. Oder in einem Fahrstuhl könnte er mit seiner kleinen Frau in die Tiefe der Erde reisen, um zu studieren, wie die liebe Erde Edelsteine presste. Ja. Das war eine sehr gute Idee!

Ganz leise öffnete er die Tür des Schranks und spähte hinein. Ihr Kopf war rot angelaufen, die Augen drohten ihr aus dem Kopf zu springen, sie atmete schwer, drückte mit aller Kraft ihre Schenkel zusammen; sie stöhnte, halb aus Lust, halb aus Schmerz, sie zog die Beine an, schrie kurz auf, dann machte es plopp, ein leises Plopp. Er schaute sie mit großer Zärtlichkeit an, küsste ihre Hände, faltete sie über ihrem Bauch zusammen und entdeckte zwischen ihren Schenkeln eine Perle von reiner Vollkommenheit. Niemand außer seiner kleinen Frau, er nannte sie kleine Frau, konnte eine so perfekte Perle pressen.

Du bist gebenedeit unter den Frauen.

Er küsste sie auf die Stirn, holte aus seiner Hose ein Taschentuch und bettete die Perle hinein. Behutsam trocknete er sie ab, fragte, mit vor Rührung brechender Stimme, ob seine kleine Frau bereits einen Namen für die Perle erdacht habe. Sie lächelte. Er war ihr für dieses Lächeln so dankbar. Ein glückliches Sabine-Lächeln. Sie flüsterte einen Namen. Er musste sich mit dem Ohr über sie beugen, um zu verstehen, was sie sagte. «Fridoline», glaubte er zu verstehen. «Das sei ein schöner, ausnehmend schöner Name», hauchte er. Fridoline. «Diese Perle soll Fridoline heißen.» Er schaukelte sehr vorsichtig das Taschentuch mit der Perle. Fridoline. Er trug das Taschentuch zu seinem Sekretär, legte es vorsichtig ab, stellte sich gerade hin, ballte vor Freude die Fäuste und ließ einen kleinen Juchzer aus seinem Mund entweichen.

Fridoline.

Er setzte sich auf seinen Stuhl, faltete die Hände. «Fridoline», flüsterte er. «Du bist die schönste Perle der Welt.» Und wie zur Belohnung glänzte die Perle mit einer ungeheuren Kraft, als hätte sie das ganze Licht in sich versammelt.

Er spürte, wie sich eine warme Hand auf seine linke Schulter legte. «Sorge gut für Fridoline», hörte er die kleine Frau sagen, «denn ich kann nicht bleiben.»

Noch lange spürte er dem Abschiedskuss auf seinem Nacken nach. Schließlich nahm er die Perle und platzierte sie ganz vorsichtig auf der Flügelmutter.

Fridoline. Verdichtetes Licht.

An diesem Abend war er sehr, sehr glücklich.

12

Er verharrte in kauernder Stellung.

Seine Kehle zog sich zusammen. Er konnte nur flüstern, obwohl er wütend klingen wollte, grimmig, aber er fispelte wie ein ängstlicher kleiner Junge. Jetzt war er über fünfzig Jahre alt und immer noch ein Knirps, sehnsüchtig auf die niemals tadelnde, ihn stets kraulende und streckende Stimme seiner Mutter wartend, die jede Angst verschlingen konnte, während er den Kopf an ihr warmes Knie lehnte. «Paul, Paul, du bist mein lieber Sohn, an dem ich Wohlgefallen habe.»

MEIN SOHN! MEIN SOHN!

Er hielt sich eine Hand vor die Augen, öffnete einen Spaltbreit die Finger und wagte es, zum Fenster hinauszuschauen. Es dämmerte bereits. Die Gitterstäbe vor dem Fenster erinnerten ihn an die gemalten Gitterstäbe in einem Kinderbuch, in dem die Prinzessin, versunken ihr Haar bürstend, darauf wartete, von einem Prinzen befreit zu werden. Dieser Prinz, das war der bessere Teil von ihm. Und der gab sich langsam zu erkennen.

Er spürte, wie die Wut auf sich selbst aus ihm herausfloss. Hatte nicht auch Paulus, nachdem ihm der auferstandene Jesus im gleißenden Licht erschienen war, sehr lange benötigt, bis er sich Klarheit über diese Offenbarung verschafft und eine Theologie formuliert hatte, die dann die Welt eroberte? Durfte er nicht auch für sich in Anspruch nehmen, was die ganze Christenheit diesem Paulus, dem ehemaligen Christenhasser Saulus, zugestand? Vielleicht gelänge es ihm, Paul Schreber, klarere Schlüsse zu ziehen, als es diesem Saulus/Paulus damals in der Enge jener Jahrhunderte und in der Kargheit seiner Landschaft möglich gewesen war!

Ja. Er, Paul Schreber, war naiv gewesen. So naiv und verblendet wie Paulus. Ja. Er hatte nicht hinlänglich nachgedacht. Ja. Er war, das durfte er sich eingestehen, überfordert gewesen, aber jetzt hob sich der Schleier ein kleines Stück. So wie es gute und böse Menschen gab – und er als zweithöchster Richter kannte sich in dieser Frage aus! –, so gab es auch sehrende und segnende Strahlen: Strahlen, die, mit Leichengift verseucht, Schaden anrichteten, und Strahlen, die heilten. Und vielleicht gab es auch nicht nur einen einzigen Gott, wie die christlichen Theologen behaupteten, obwohl sie doch Vater, Sohn und Heiligen Geist unterschieden, sondern zwei Götter, so wie es Männer und Frauen gab. Vielleicht sollte er den Stimmen, die ihm diese zwei durchaus ungewöhnlichen, persisch klingenden Götternamen, Ariman und Ormuzd, genannt hatten, Glauben schenken!

GLAUBEN SCHENKEN!

Als er diese Gedanken in seinem Kopf ganz vorsichtig bewegte, wurde plötzlich sein ganzer Brustkorb zusammengepresst. Ein Gefühl der Enge meldete sich, als würde ihm eine zu schmale Rüstung angelegt. Er konnte kaum noch atmen, begann stark zu schwitzen, seine Lungen schienen ihm vom Lungenwurm, der immer wieder in seinem Innern sein Unwesen trieb, halb aufgefressen; sein Zwerchfell saß erneut ganz unmittelbar unter dem Kehlkopf, aus seinem Mund entwichen kleine graue Wölkchen, ein sicheres Indiz dafür, dass kleine Männer sein Rückenmark auspumpten. Er stemmte sich ächzend hoch, stellte sich taumelnd vor das Fenster und ließ sich von den ersten Strahlen der Sonne bescheinen. Sofort spürte er, wie die Rüstung gesprengt wurde und er wieder Luft schöpfen konnte.

Er wischte sich mit einer Geste, die gleichermaßen anmutig und erschöpft wirkte, den Schweiß von der Stirn. Auch wenn die Sonne zwei Gesichter besaß, so zeigte sie schließlich doch ihr gütiges Gesicht und spendete heilsame Kraft. Das machte ihr Wesen aus. Krankheitskeime entstanden durch schädigenden Strahlenverkehr und wurden durch die Strahlen wieder vernichtet. *Sonne der Gerechtigkeit*, summte er, und Tränen der Rührung traten in seine Augen.

SONNE DER GERECHTIGKEIT!

Vielleicht war er, Paul Schreber, solange der Strahlenverkehr anhielt, gar nicht sterblich! Das war, wenn man einen nüchternen Blick auf seine Krankheitsgeschichte warf, nicht unvorstellbar. Wie oft hatten die schlechten Strahlen bei ihm Krankheitswunder bewirkt! Hatte er nicht wiederholt durch schlechte Strahlen Teile seines Kehlkopfes aufgegessen, hatte er nicht teilweise ohne Magen und Darm und mit zerschlissener Speiseröhre gelebt? Hatte nicht ein Knochenfraß in seiner linken Ferse es ihm tagelang unmöglich gemacht zu gehen? Waren nicht Seelen als kleine Männer zu Tausenden von den Sternen auf seinen Kopf herabgeträufelt und in ihn eingedrungen und hatten ihn überfordert? Aber hatte die Sonne nicht auch stets ihre heilende Wirkung in allen diesen Fällen bewiesen? Kam man nicht nur durch das Martyrium zu höherer Einsicht? Ja, er, Paul Schreber, musste diese Martyrien durchleiden, um wissend zu werden. Er war aber erst am Anfang dieses Weges, und dieser Weg würde, das wusste er, kein leichter sein, dieser Weg würde steinig und schwer. Nicht mit vielen würde er einig sein.

EIN MÄRTYRER. ER WAR ZUM MÄRTYRER GEWORDEN!

Er hörte, wie ein Schlüssel ins Schloss gesteckt wurde. Man kam, ihn abzuholen. Summend verließ er sein Zimmer, spürte, wie eine silberne Strahlenkrone sein Haupt umgab. Er lehnte das Frühstück ab, weil ihm momentan der Magen weggewundert sei, machte stattdessen einen kleinen Spaziergang im Garten der Anstalt, ging wie zufällig zu der Stelle, wo er den Wortbaum gepflanzt hatte, der wie kräftiges Schilfrohr heranwuchs. Er musste einerseits demütig sein und warten, was der göttliche Plan vorsah, durfte aber auch nicht ganz untätig bleiben. Er ging zu einer Bank und setzte sich.

Hatte nicht auch Paulus die Schriften studiert und Schlüsse gezogen? Musste nicht auch er, Paul Schreber, die heiligen Schriften der Wissenschaft und die Chroniken der Geschichte studieren, um die erlebten Wunder zu deuten? War er vielleicht, so anmaßend der Gedanke auch sein mochte, auserkoren, die Welt zu retten?

Als er zur Seite blickte, saß Dr. Weber neben ihm, mit geschlossenen Augen, die Sonne genießend. Paul war nicht überrascht, nahm diese kleinen Wunder – Schweinsbraten verwandelten sich in Kalbsbraten, nachts saßen Bären auf seinem Bett – längst wie eine Selbstverständlichkeit hin, wartete einfach geduldig ab, was dieser Dr. Weber ihm zu sagen hatte.

Nachdem er seit einigen Minuten hier auf der Bank ein Sonnenbad nehme, finde er durchaus Gefallen an der Vorstellung, Gott rede durch die Sonne mit auserwählten Menschen, auch wenn er, Dr. Weber, sich leider nicht zu den Auserwählten zählen dürfe.

Er, Paul, entschloss sich, den leisen Spott, der in diesem Satz mitschwang, zu überhören. Er benötigte Webers Zustimmung, damit man ihn weiterhin mit Literatur versorgte, durfte also nicht harsch und überheblich reagieren. «Gott spricht ein altertümliches, sehr kraftvolles Deutsch. Vielleicht gelingt es mir, ein Wörterbuch zu erstellen, damit Menschen, die leider keinen bevorzugten Zugang zu Gott besitzen, gleichwohl dessen eigentümliche Sprachmelodie vermittelt bekommen.» Paul sprach sehr leise, betonte jede Silbe, damit Weber die Ernsthaftigkeit seines Ansinnens heraushören konnte.

Als Dr. Weber ihm jetzt antwortete, klang seine Stimme nicht mehr ironisch und spielerisch, wenn sie denn überhaupt jemals ironisch und spielerisch geklungen hatte. «Ich wollte Sie, verehrter Herr Senatspräsident, bereits seit Längerem dazu überreden, in einer Kladde Ihre Erkenntnisse zusammenzutragen oder mitzuschreiben, was Ihnen von höchster Warte aus mitgeteilt wird. Vielleicht gelingt es Ihnen auch so, die Stimmen in Ihrem Kopf, die Ihre Aufmerksamkeit oft durch stumpfsinnige Wiederholungen und *Phrasengeklingel*, das war doch Ihr Wort, nicht wahr?, sehr in Anspruch nehmen, ein Stück weit in die Schranken zu weisen.»

Dieser Vorstoß kam überraschend. Seit Monaten hatte er, Paul, bei den Wärtern um Kladden gebettelt. Aber jedes Mal war sein Ansinnen, offenbar von höchster Warte aus gesteuert, abgelehnt worden: Er verschwende bereits mehr als genug Papier, schönstes Bütten, das oft nur mit einem einzigen Satz oder Wort beschrieben im Abfall lande.

An anderem Ort wurde, wie er wusste, von hilfreichen Geistern seit Langem genauestens verzeichnet, was er an jedem Tag tat, mit wem er sprach, welche Gedanken durch seinen Kopf rasten. Diese Bücher, die man über ihn führte, waren ihm allerdings nicht zugänglich, und er verstand nicht genau, was man mit diesem Aufschreibsystem bezweckte. Umso wichtiger erschien es ihm, sein eigener Stenograf zu werden.

Er schaute Dr. Weber an und sagte mit weichem Blick, der um Vertrauen warb: «Diese Arbeit will ich gerne auf mich nehmen. Vielleicht finden wir auch Muße, darüber in einen Austausch zu treten.» Er machte eine kleine Pause, hielt die Freude zurück, die sich in seiner Brust ausbreitete. Jetzt konnte er zu einem Gegenzug ansetzen. «Und darf ich auch mit einer Bitte an Sie, verehrter Herr Medizinalrat, herantreten?»

Dr. Weber verbeugte sich leicht.

Paul räusperte sich kurz, setzte sich gerade hin, sprach etwas zu laut, weil die Stimmen in seinem Kopf sich Gehör verschaffen wollten, um ihn aus dem Konzept zu bringen. «Wie Sie wissen, bin ich noch immer an den Forschungen Ihres geschätzten Kollegen Professor Flechsig interessiert; aber nicht nur an seinen Forschungen. Vielmehr übt diese Person einen gewissen Reiz auf mich aus, und ich bin begierig, alles über ihn zu erfahren. Ob sich etwa bei seinen Vorfahren Anlagen finden, die bei Professor Flechsig vollständig erblüht sind. Mein Vater hat stets die These vertreten, über einen Menschen könne man nur gültig urteilen, wenn man eine Familienaufstellung mache und zeigen könne, wie eine hochberühmte Figur die Summe einer glückenden Erziehung zur Schönheit, mein Vater sprach gerne von Kallipädie, über mehrere Generationen hin darstelle.»

Dr. Weber nickte übertrieben heftig. «Das macht keine großen Umstände, glauben Sie mir. Wie Sie vielleicht wissen, muss jeder Professor, der in die Akademie aufgenommen werden will, einen ausführlichen Lebenslauf vorlegen, und in der Regel ist jeder bemüht, auch durch seine Vorfahren zu glänzen. Ich darf also vermuten, dass der Kollege Flechsig sich nicht gescheut hat, seine Herkunft in ein positives Licht zu rücken. Ich werde bei Gelegenheit die Akten der Akademie anfordern und Ihnen eine Abschrift zukommen lassen.»

Paul zwang sich, keine Gemütsregung zu zeigen. Er tat so, als ob er längst anderen Gedanken nachhinge. Er zählte bis dreiundvierzig, blickte dann zur Seite. Dr. Weber war gegangen. Die Freude, die in ihm kauerte, ließ er mit einem lauten Brüllen frei, das allerdings von einer Schiffssirene auf der nahen Elbe übertönt wurde.

Noch passte nicht alles zusammen.

DIE LÖSUNG ALLER RÄTSEL WAR NAHE!

13

War er ein Ungeheuer?

Schämen Sie sich denn nicht vor Ihrer Frau Gemahlin? Das will ein Senatspräsident sein, der sich ficken lässt?

EIN UNGEHEUER!

Die Stimmen in seinem Kopf verhöhnten ihn seit Stunden, und bösartige Schatten, die für Augenblicke menschliche Gestalt annahmen, schienen ihn einzukreisen. Er stand auf, erschlug die Schatten mit einem feuchten Handtuch, trat, jetzt etwas ruhiger, ans Fenster, öffnete ein Oberlicht. Geräusche vom nahen Elbufer, das noch immer, obwohl es bereits zehn Uhr geschlagen hatte, ganz unter einer Nebeldecke beschützt lag, brandeten an. Er glaubte die zornigen Rufe eines Fährmanns zu hören, das unbeschwerte Lachen eines Kindes, das Mauzen einer Katze – bis die Laute zu einem Gemurmel zusammenschmolzen, das der Wind in eine andere Richtung lenkte.

War er ein Ungeheuer, das nur noch dem augenblicklichen Genusse frönte?

EIN UNGEHEUER!

Und warum quälte ihn diese Vorstellung nicht mehr so stark wie noch vor Monaten? Warum fand er schneller Ruhe? Ersannen die Stimmen einen neuen Angriff, wechselten sie die Strategie, weil es ihnen bisher nicht gelungen war, die Heiligkeit seiner Gesinnung zu zerstören? Wunderten die Stimmen ihm jetzt, vergleichbar dem Genuss von Morphium, einen Stimmungsumschwung an, damit er sich ganz unbekümmert der Wollust hingab und nicht einmal von einem schlechten Gewissen heimgesucht und herumgeworfen wurde? Glaubten sie so seine Seele schwärzen zu können?

In seiner Kladde hatte er notiert: *Das Stimmungsfälschungswunder gewähren lassen!* Er fühlte sich seit dieser Stimmungsfälschung subjektiv weniger unglücklich und vertraute im Übrigen seiner sittlichen Festigkeit. Und Zigarren rauchte er auch wieder!

Er zog sein Nachthemd aus und stellte sich vor den Spiegel. An seinem ganzen Körper nahmen die Zeichen der Verweiblichung zu. Sein Busen war merklich gewachsen und sein Glied auffallend kleiner geworden. Dass es überhaupt noch zu erkennen war, lag an seinem noch immer leidlich ausgebildeten männlichen Ehrgefühl, das sich einem vollständigen Einziehen des Geschlechtsteils widersetzte. Er schmunzelte über die Eitelkeit der Männer! Wie rührend einfältig sie doch waren! Man durfte nicht allzu streng mit ihnen sein!

Er, Paul, verstand es inzwischen, Inseln der Wollust auf Körperteilen hervorzurufen, die bisher für keine Erregung zugänglich gewesen waren: auf den Armen, an den Füßen, am Hintern. Zwischen den Fingern! Mit einem geringen Aufwand an Einbildungskraft konnte er sich ein sinnliches Behagen verschaffen, das eine Vorahnung vom Genuss der Frau beim Beischlaf gewährte. Es stand außer Frage: Er musste sich mit dem Gedanken einer Verwandlung in eine Frau befreunden!

Offenbar war nicht länger Flechsig die treibende Kraft der Entmannung, offenbar walteten stärkere Mächte im Hintergrund, die einen anderen Plan mit ihm hatten. Flechsig hatte an Kraft verloren, das spürte er, der Verkehr, den er, Flechsig, mit seinen, Pauls, Nerven unterhielt, war schwächer geworden, wahrscheinlich, sehr wahrscheinlich durch die verstärkte Einleibung von Gottesnerven, die wie ein Bollwerk den Andrang schlechter Einflüsse abwehrten.

Seine Konturen verschwammen wie in einer Nebelwand, so dicht hatte er sich dem Spiegel genähert. Er trat einen Schritt zurück, bedeckte seine untere Gesichtshälfte mit einer Hand. Aus dem Nebel erschien wie durch ein selbstbewirktes Wunder ein ganz neuer Mensch: eine Männin. War der mächtige Bart abgedeckt, wirkten seine Augen sehr weiblich; sie sandten ein Strahlen aus, als erwarteten sie den Liebsten und verzehrten sich vor Sehnsucht.

Sein Entschluss stand fest. Er zog sich hastig an. Hinaus in den nach Trauer riechenden Flur, vorbei an Türen, hinter denen Menschen hausten, denen man jede Hoffnung geraubt hatte, ihr eigenes Ich wiederzufinden. Zwei Bilder an den weiß gekalkten Wänden, die keine Haltung bewahrten, rückte er gerade. Im Esssaal, natürlich im Esssaal, traf er seinen Wärter, Möbius; heute erinnerte er sofort den Namen, baute sich vor ihm auf, sagte mit einer Stimme, die keinen Widerspruch duldete: «Ich möchte, dass man mir Rasierzeug überlässt, weil ich gedenke, mir meinen Bart abzurasieren.»

Der Wärter musterte ihn mit offenem Mund, und er, Paul, übersah geflissentlich, dass er nicht leer gegessen war. Es dauerte eine Weile, bis der Wärter, der sich hilfesuchend im Zimmer umgesehen hatte, zu einer Antwort fand. Er kenne ihn, den Herrn Senatspräsidenten, nur mit diesem Bart, der ihn sehr kleide. Ob es nicht möglich sei, dass er, der seit heute früh seinen Dienst versehe, zunächst das Essen beende, um sich dann sofort den Wünschen des Herrn Senatspräsidenten zu widmen? Paul nickte, blieb aber wortlos neben dem Wärter stehen, bis der, sichtlich verstimmt, aufstand und Rasierzeug sowie eine Schere besorgte. Möbius überließ ihm das Rasierzeug samt Schere, zögerte kurz, gab ihm unvermittelt in gespielter Kameradschaft einen leichten Klaps auf die Schulter, sagte, er würde ihm nach dem Essen, das kalt zu werden drohe, wenn nötig assistieren. Der Barbier sei heute nicht im Hause. Paul bedankte sich eine Spur zu höflich, eilte in sein Zimmer zurück und stellte sich erneut nackt vor den Spiegel.

Als er das erste metallische Geräusch vernahm, mit dem die Scherenkiefern zuschnappten, zuckte er am ganzen Körper zusammen. Mit jedem neuen Schnitt wandelte sich das Zucken in ein freudiges Kribbeln. Er erinnerte die Kälte der Schere, die ihn als Kind wohlig erschreckt hatte, wenn er mit seinem Vater zu einem Friseur ging: der erhöhte Kinderstuhl, der Vater, der neben ihm saß, der das Kinn hob, wenn der Friseur sein Werk begutachtete, die Augenlider schließend, um seinen Segen zu geben, wie auch er, Paul, nicken musste, damit der Nacken ausrasiert werden konnte, wie er, mit einem Spritzer Resedawasser belohnt, von seinem Thron herunterkletterte und wehmütig die Haarkringel auf dem Fußboden betrachtete.

Er wässerte den Rasierpinsel, ekelte sich kurz davor, einen Pinsel benutzen zu müssen, mit dem andere Männer in ihrem Gesicht herumgefahren waren. Ein Schluckauf machte sich bemerkbar; er zwang sich zur Ruhe, seifte Kinn und Wangen gründlich ein und klappte das Messer auseinander. Er zögerte. Noch vor weniger als einem Jahr hätte er sich die Chance nicht entgehen lassen, Hand an sich zu legen; heute wusste er, was Gott von ihm erwartete: sein Martyrium zu durchleiden, das man, doch, doch, der Gedanke musste erlaubt sein, in seiner Gesamtheit wohl nur mit dem Kreuzestod Christi vergleichen konnte. Und die Palme des Sieges war noch weit entfernt.

Er verbot sich diese Gedanken, wedelte mit dem Rasiermesser wie ein Dirigent herum, aber das Orchester brachte nur einen schleppenden Takt zustande. Er stampfte mit dem Fuß auf, warf zornige Blicke in alle Richtungen. Er erhob noch einmal die Hände, schloss kurz in tiefer Konzentration die Augen, zählte bis drei und gab den Einsatz. Eine Musik, hungrig nach Verlangen, breitete sich im ganzen Zimmer aus.

Und er, der Senatspräsident a. D. Dr. Paul Schreber, setzte das Messer an. Er schälte ein sehr zart geschnittenes Kinn heraus. Er legte einen anmutig geschwungenen Mund frei. Er entdeckte rosige, durch keine Narben entstellte Wangenlandschaften.

Ein Tusch.

Er drehte sich um und verbeugte sich. Das Publikum, ein verwöhntes Publikum, klatschte verhalten. Unsicherheit kroch in ihm hoch. Dann hob er, wie der Clown in einem Kinderzirkus, den Finger, rollte mit den Augen, lief in kleinen, tapsigen Schritten zu seinem Sekretär, drehte sich um und legte einen Finger auf den Mund, kramte in einer Schublade herum, bis er bunte Schleifchen gefunden hatte. Triumphierend hielt er sie hoch, lief erneut in tapsigen Schritten zum Spiegel, prüfte die Farben, entschied sich für eine rosarote und eine grüne Schleife, die er sich, leise summend, ins Haar band. Er drehte sich um und verbeugte sich. Freundlicher Applaus breitete sich wie ein Teppich vor ihm aus.

Pah. Er war seinem Publikum noch Besseres schuldig. Er tat, als würde er über große Hindernisse hinwegsteigen, als er sich einer kleinen Kommode näherte. In einem Schälchen fand er bunte Ketten, präsentierte sie seinem Publikum, das – endlich! – zu johlen begann. Er schmückte seine Hand- und Fußgelenke, legte sich schließlich eine große Kette um den Hals, deren Stein, wenn er seinen Oberkörper leicht bewegte, seine beiden neugierigen Brustwarzen berührte. Das Publikum war nicht mehr zu halten, grölte, johlte, pfiff.

Immer wieder musste er sich verbeugen. Ein Gast konnte nicht genug bekommen, klatschte immer weiter, bis er, Paul, vom vielen Verbeugen leicht schwindlig geworden, hochschaute und in das Gesicht seines Wärters sah, der mit schräg gelegtem Kopf, ausdauernd applaudierte.

«Ich sehe, ich muss Ihnen nicht mehr assistieren. Sie haben es ohne meine Hilfe geschafft, Miss Schreber.»

Er verbeugte sich noch einmal.

Schämte er sich nicht?

Nein. Er schämte sich ganz und gar nicht.

MISS SCHREBER!

14

Es war seine Pflicht, die richtigen Worte zu finden.

In der Anstalt Sonnenstein, im Zimmer des Senatspräsidenten Dr. Paul Schreber, prallte eine Klage auf die Tischplatte.

Seit Stunden saß er hier und las immer wieder die ersten Zeilen, die er geschrieben hatte, um eine Form für seine *Denkwürdigkeiten* zu erproben. «Meine lieben Schwestern und Brüder, die ich abermals mit Schmerzen gebäre, ich wollte, dass ich jetzt bei euch wäre, aber eine abklingende Nervenkrankheit zwingt mich …»

Er stockte erneut. Konnte er die Leser für sich gewinnen, indem er den Briefstil des Paulus kopierte? Würden sich nicht diejenigen, die seiner Theologie vielleicht durchaus aufgeschlossen waren, unnötig provoziert fühlen?

Der Abfalleimer, der in eine Ecke verbannt worden war, quoll über von Versen, schlechten Versen! Daran war auch der Gärtner der Anstalt schuld, ein Mann mit wenig Sachverstand, der Pauls austreibenden Wortbaum wie Unkraut ausgerissen hatte. Ihm fehlten Wörter von Gewicht, und deshalb hatte er schließlich den Plan verworfen, ein langes dramatisches Gedicht zu schreiben. War es nicht klüger, seine Ansichten so gut es ging in einem nüchternen Stil, unter Verzicht auf missionarischen und dichterischen Eifer, verständlich darzulegen?

Er riss die angefangene Seite aus seiner braunen Kladde, zerknüllte sie und warf sie in den Abfalleimer. Er entschloss sich, zunächst ein grobes Raster seiner Theologie zu erstellen. Er setzte erneut, jetzt entschiedener, an.

Erstes Buch: Vom wundervollen Aufbau der Weltordnung

- *Allgemeine Lehre vom Menschen*: Die menschliche Seele ist in den Nerven des Körpers enthalten, auf deren Erregbarkeit durch äußere Eindrücke das gesamte geistige Leben des Menschen beruht.
- *Allgemeine Lehre von Gott*: Gott ist von Anbeginn nur Nerv, nie Körper, demnach etwas der menschlichen Seele Verwandtes. Die Gottesnerven sind unzählig und ewig.
- *Lehre von der Schöpfung*: Die Gottesnerven haben die Fähigkeit, sich umzusetzen in alle möglichen Dinge; in dieser Funktion heißen sie Strahlen; hierin liegt das Wesen des göttlichen Schaffens. Gott kann eine Seele vorübergehend in Menschengestalt

umsetzen. (Flüchtig hingemachte Männer! Vielleicht Idee verdeutlichen!) Die Sonne, als Wärme und Licht spendende Kraft die Ursache allen Lebens auf Erden, ist eine Lebensäußerung Gottes. Hypothese: Die Sterne bestehen aus Seelen. Tatsache: Die Sonne unterhält sich seit Jahren in menschlichen Worten mit mir und ist somit ein Gottesorgan. Gott spricht ein kräftiges basstiefes Lutherdeutsch.

- *Lehre von Gottes Weltregierung*: Gott macht das Wetter und kann durch Wind und Wetter die Welt regieren – etwa als er 1588 durch einen mächtigen Sturm die spanische Armada vernichtete oder durch einen harten Winter, der 1870/1871 das Kriegsglück auf Seiten der Deutschen zu wenden half. Eingriffe Gottes in den Weltenlauf bilden allerdings die Ausnahme. Gewöhnlich belässt Gott es dabei, durch die Sonnenwärme Erhaltung und Fortpflanzung der Gattungen zu ermöglichen.
- *Lehre von Gottes Schwäche*: Zwar kann Gott sich mit hochbegabten Menschen in Verbindung setzen und einen Nervenanhang (sic!) nehmen; im Gegenzug können hochgradig erregte Nerven zu einer bedenklichen Anziehungskraft für die Gottesnerven werden und Gott schwächen, sogar seine Existenz gefährden.
- *Lehre vom Gericht und von der Seligkeit*: Mit Menschenseelen verkehrt Gott in der Regel erst nach dem Tode. Toten Menschen kann sich Gott ungefährdet nähern. Lebende Menschen versteht Gott schlecht! Nerven sittlich verkommener Menschen sind geschwärzt, sittlich reine Menschen haben weiße Nerven. Der Zustand der Nerven bestimmt die Grade der Seligkeit. Auferstehung aller! (Hier: Eventuell Seelenwanderung als Läuterung behandeln!) Gereinigte Seelen schwelgen im Genuss der Ansehung Gottes und der Erinnerung an das irdische Glück. Bestimmung aller Seelen ist es, mit anderen Seelen zu Einheiten (Jehovastrahlen, Zoroasterstrahlen, Odinstrahlen) zu verschmelzen und zu den Vorhöfen Gottes zu werden. Eine per-

sönliche Unsterblichkeit gibt es, anders als es das Christentum will, nur für einen beschränkten Zeitraum. Ausnahme: Große Menschen haben ein längeres Selbstbewusstsein. Goethe!

- *Lehre vom Teufel:* Der Teufel ist kein Gegengott; es sind geprüfte Seelen, die sich im Reinigungsprozess befinden. Diese Seelen können als Strahlen in Menschen eindringen, um sie blödsinnig zu machen. Wer sie bändigt, wer den Denkzwang und Begründungszwang besteht, nimmt an Kraft zu, wird ein Nationalheiliger.
- *Spezielle Gotteslehre; Lehre von der Zweigottheit:* So wie es niedere und höhere Hirnteile gibt, so gibt es auch eine eigentümliche Zweiteilung hinsichtlich des eigentlichen Gottesreiches, nach der ein niederer Gott (Ariman) und ein oberer Gott (Ormuzd) unterschieden werden. Der niedere Gott fühlt sich zu den Völkern brünetter Rasse, der obere Gott zu den Völkern blonder Rasse hingezogen. Der Poseidon der Griechen und der Neptun der Römer ist mit Ormuzd, der Zeus der Griechen und der Jupiter der Römer ist mit Ariman identisch.

Zweites Buch: Sündenfall

- *Lehre vom Riss:* Durch den wundervollen Aufbau der Weltordnung zieht sich ein Riss. Die Genesis dieser Entwicklung reicht bis in die Zeit der Regierung Friedrichs II. zurück und ist mit den Familien der Flechsigs und Schrebers ursächlich verknüpft. Diese sind zum höchsten himmlischen Adel zu rechnen, weil sie sich einzigartig um die sittliche Bildung der Menschheit verdient gemacht haben.
- *Allgemeine Lehre vom Seelenmord:* Es ist möglich, sich der Seele eines anderen zu bemächtigen, um sich auf Kosten der betreffenden Seele entweder ein längeres Leben oder andere, über den Tod hinausreichende Vorteile zu verschaffen. (Hinweis: Goethes *Faust*, Lord Byrons *Manfred*, Webers *Freischütz*! Zweiter

Hinweis: Meine Nervenkrankheit ist Folge eines missglückten Seelenmords!)

- *Spezielle Lehre vom Seelenmord:* Ein Träger des Namens Flechsig hat einen Nervenanhang Gottes zum Festhalten der göttlichen Strahlen missbraucht. Wahrscheinlich wurde ein göttlicher Nervenanhang einer Person erlaubt, die sich mit der Nervenheilkunde befasste. Es kommt dabei in Frage: Daniel Fürchtegott Flechsig, Landgeistlicher und gleichermaßen an der Nervenheilkunde interessierter Wissenschaftler während der Regierungszeit Friedrichs II. Durch Träume erfuhr er von seinen verstorbenen Verwandten, dass das himmlische Adelsgeschlecht der Schrebers im Begriff war, den Flechsigs den Rang abzulaufen. Daniel Fürchtegott Flechsig gelang es durch Anspannung seiner Willensenergie, auf die Nerven der Schrebers einzuwirken, etwa so, dass die Wahl von Berufen, die wie die des Nervenarztes in nähere Beziehungen zu Gott führen konnten, verhindert wurden. Die Schrebers der nächsten Generationen wurden deshalb Orthopäden oder Juristen. (Hinweis: Nähe eines Chemikers zur Nervenheilkunde!!! Gustavs Schicksal??) Mögliche sittliche Verfehlungen im Geschlecht der Schrebers sind Folge dieser Verschwörung!
- *Lehre von der Götterdämmerung:* Die Anziehungskraft, das heißt dasjenige auch für mich seinem innersten Wesen nach unergründliche Gesetz, vermöge dessen Strahlen und Nerven sich gegenseitig anziehen, birgt einen Keim von Gefahren für die Gottesreiche in sich. Die germanische Sage von der Götterdämmerung gibt verschlüsselte Hinweise. (Unklar: Gottes Seelenpolitik! Hat er sich anfänglich an dem Komplott der Flechsigs gegen die Schrebers beteiligt, um seine Herrschaft zu sichern?)
- *Lehre vom Heil, Soteriologie:* Im Falle von Weltkatastrophen (Hinweis: Cuviers Vorstellung von periodisch aufeinanderfolgenden Weltkatastrophen), wenn etwa sittliche Fäulnis mit der

Folge übermäßig geschwärzter Nerven zu einem riesigen Unglück führt, muss eine Erneuerung des Menschengeschlechts in Angriff genommen werden. In der Regel wird dann ein einziger Mensch zurückgehalten und auserwählt (Hinweis: Noah, Deukalion, Phyrra) und entmannt (Ariman-Strahlen), damit ein neues Geschlecht gezeugt werden kann (Ormuzd-Strahlen). Gefahren für die Welt: die Herrschaft von Slawen, Katholiken, Juden.

- *Lehre vom Leiden und der Erlösung:* Der an der Verschwörung beteiligte Professor Flechsig hat bei mir eine Entmannung zu weltordnungswidrigen Zwecken betrieben! Ziel: eine Wollust zu befördern, die mein sittliches Niveau absenken und zu einer Schwärzung meiner Nerven beitragen sollte. Durch ein langes, opferreiches Leiden konnte ich den Seelenmord abwenden, Gott umstimmen, seine Gunst gewinnen und mich vorbereiten auf eine weltordnungsgemäße Entmannung, um mit Gott ein neues Geschlecht zu zeugen.

Paul Schreber lehnte sich erschöpft zurück. Draußen ging ein leichter Wind. Er tastete noch einmal mit seinen Augen die Seiten ab, die er beschrieben hatte. Wie viel Mühsal verbarg sich hinter diesen Sätzen. Beinahe sechs Jahre, deutlich länger als Paulus, hatte er benötigt, um zu verstehen, was mit ihm geschehen war. Diese Mühsal durfte nicht verborgen bleiben, damit die Leser einen Eindruck erhielten, wie er, der seine nächsten Verwandten leider unglücklich gemacht hatte, unter der von den Flechsigs angezettelten Verschwörung noch immer litt. Er würde alles aufschreiben müssen, ohne Rücksicht auf andere und sich selbst, Bekenntnisse einer schönen Seele, die hinterrücks von dunklen Mächten eingeschwärzt werden sollte.

Er zitterte. Vielleicht vor Angst. Vielleicht vor Freude.

FREUDE!

15

Sein erster Sieg seit Jahren.

Seit sieben Jahren.

SIEBEN!

Und der Sieg ließ ihn lächeln.

Er hatte gerungen, so wie man mit einem übermächtigen Gegner kämpfte und immer wieder in die Unterlage geriet, hatte das Manuskript verflucht, Seiten zerrissen, sogar zwei Seiten verschlungen und mit lärmendem Magengrimmen verdaut, hatte sich eine Nacht lang an seinem Stuhl festgebunden, einen Geradhalter gebastelt und täglich ohne zu murren benutzt, hatte seine Handschrift umgestellt und verfremdet, damit ihm der Text nicht zu nahe kommen konnte, hatte nächtelang den eigenen Schreibtisch umrundet, wenn eine Formulierung nicht glücken wollte, hatte widerspenstige oder unbeholfene Sätze angestarrt, bis sie erröteten und zu Flammenworten wurden; er hatte, wenn ein Teil ihm gefiel, sich sehr fest selbst umarmt, war leicht hochgesprungen, als würde seine Mutter ihn, den kleinen Paul, vor Freude anheben. Jetzt stand er im Behandlungszimmer von Dr. Weber, überreichte ihm das dicke, mit einer rosa Schleife verzierte Konvolut. Und dieser Dr. Weber, der ihn unmäßig häufig während der ersten Jahre auf Sonnenstein in eine Zelle für Demente eingesperrt – auf kalte Güsse und medizinisch-elektrische Barbarei aber verzichtet hatte, nun gut –, dessen Gutachten im ersten Entmündigungsprozess ihm, Paul, sehr geschadet hatte, dieser Dr. Weber stand vor ihm, seltsam gerührt, so wie ein alter Vater, der von seinem Jüngsten zum Geburtstag ein selbstverfasstes Gedicht geschenkt bekommt.

«Ich bin, verehrter Herr Senatspräsident, gleichermaßen glücklich und neugierig, Ihre Aufzeichnungen, zu denen ich Sie, wie Sie sich fraglos erinnern, ermuntert habe, gleichsam in einem Rutsch lesen zu können, nachdem wir bereits wiederholt einige Passagen besprochen haben. Sie werden also in mir, dessen darf ich Sie versichern, einen hochinteressierten Leser finden.»

Er, Paul, kniff die Augen zusammen, fühlte sich verlegen, wäre gerne umarmt worden.

«Jetzt, da Sie diese, darf ich sagen herkulische Aufgabe bewältigt haben, darf ich Ihnen meine Intention verraten, Sie zum Schreiben Ihrer *Denkwürdigkeiten* zu überreden. Es war nicht, wie Sie vielleicht vermutet haben, nur der Wunsch, schreibend könnten Sie die Stimmen in Ihrem Kopf überlisten. Darum ging es mir natürlich auch, aber ich verfolgte und verfolge noch eine andere, auch für meine Kollegen noch ungewohnte Idee. Wir hatten einmal über die medizinische Lehrmeinung des verehrten Kollegen Flechsig gesprochen ...»

Dr. Weber machte eine kleine kunstvolle Pause, die ihre Wirkung nicht verfehlte, denn er, Paul Schreber, spürte, wie ein giftiger Schmerz sein Becken umkreiste, wie sein Mund plötzlich trocken wurde und er nur mit Mühe ein Brüllen unterdrücken konnte.

«... also ein Axiom der Flechsig'schen Theorie besagt, jede Nervenkrankheit sei an einer krankhaften Veränderung der Gehirnnerven ablesbar und durch Schlafkuren oder medikamentöse Behandlungen therapierbar.»

Paul Schreber nickte sehr vorsichtig, weil er zu häufig Dr. Weber entgegengekommen war.

«Über die Beweise, die aus diesem Axiom folgen, will ich nicht diskutieren; mich lehrt die Erfahrung in Ihrem sehr speziellen Fall, dass eine schriftliche *Verarbeitung* der eigenen Krankheitsgeschichte zu einer Linderung des Leidens führt. So ist mir nicht verborgen geblieben, wie Ihre Überempfindlichkeit, die Hyperästhesie gegen Licht und Geräusche merklich zurückgegangen ist, wie Ihre Brülllaute, die Sie so galant als psychisches Räuspern bezeichnen, stetig weniger werden; und auch Ihre Gesichtsverzerrungen, die ich stets als mimischen Ausdruck Ihrer Gespräche mit den Sie verfolgenden Stimmen gedeutet habe, nehme ich kaum noch wahr.»

Paul Schreber nickte noch einmal sehr vorsichtig. Seine Mundwinkel zuckten leicht.

«Wie diese, so will ich sie weiterhin nennen, *Verarbeitung* zu beurteilen ist, vermag ich noch nicht hinlänglich zu deuten. Ob etwa dazu eine Persönlichkeit vonnöten ist, die geistig reich begabt, kenntnisreich und ethisch hochstehend ist, oder ob ein vergleichbares Ergebnis auch bei ärmlich entwickelten und stumpfsinnigen Individuen möglich ist, will ich nicht entscheiden. Vielleicht ist bei der zweiten Spezies eine größere Hilfestellung von Seiten des Psychiaters nötig, vielleicht lassen sich vergleichbare Ergebnisse in Gesprächen erreichen – Sie sehen, ich bin erst am Anfang, mein lieber Herr Senatspräsident, könnte mir aber vorstellen, dass die, wie in Ihrem Fall, schriftliche *Verarbeitung* einen chemischen Prozess im Gehirn auslöst, der eine Schädigung der Gehirnnerven repariert.»

Jetzt wollte Dr. Weber gelobt werden, und er, Paul Schreber, gab die Zurückhaltung auf, tat einen kräftigen Schritt nach vorne, ergriff seine rechte Hand und schüttelte sie kräftig, so kräftig, dass noch ein Apfel vom Baum der Erkenntnis fiel.

«In gewisser Hinsicht bin ich bereit, sollte ich vom Hohen Gericht bei einer Revision in Ihrem Entmündigungsprozess noch einmal um eine Stellungnahme und ein Gutachten gebeten werden, mich eindeutiger einzulassen in der von Ihnen verfochtenen zentralen Frage.»

Weil Dr. Weber stockte, schüttelte der entmündigte Paul Schreber noch einmal kräftig dessen Hand.

«Stets haben Sie auf das Allerentschiedenste bestritten, geisteskrank zu sein, sofern man damit die Vorstellung einer Verstandestrübung verbindet. Unter gewissen Vorbehalten würde ich mich dieser Einschätzung anschließen, sofern Sie zugestehen, dass Ihr Nervensystem sich in einer krankhaften Verfassung befindet. Nun, im Vorgriff auf die Lektüre, die mich erwartet, darf man sagen, dass Ihr Verstand sehr logisch argumentiert, auch wenn man Voraussetzungen und Konsequenzen des Systems, das Sie kühn entwerfen, vielleicht nicht teilen mag. Aber ich folge auch vielen Axiomen philosophischer und religiöser Systeme nicht, ohne mir zu erlauben, an der Verstandeskraft der jeweiligen Autoren zu zweifeln.»

Noch einmal schüttelte Paul Schreber kräftig Webers Hand.

«Die Vorstellung sprechender gewunderter Vögel etwa, die Sie einmal erwähnten, mag auf den ersten Blick sehr märchenhaft und schrullig erscheinen; auch Franz von Assisi hatte bekanntlich einen sehr regen Verkehr mit Vögeln. Er hielt es mit den Tauben, Sie bevorzugen eher die vorlauten und neugierigen Singvögel. Wie dem auch sei, die katholische Kirche hat jedenfalls, wenn ich mich recht entsinne, kein Entmündigungsverfahren gegen Franz von Assisi eingeleitet. Man hält ihn auch weiterhin in Ehren.»

Und jetzt lachten beide, wie sie noch niemals zusammen gelacht hatten. Ein gesundes Lachen.

Das Lachen verebbte langsam. Sie standen nebeneinander, schauten unsicher zur Seite, als hätten beide Angst, von den Wärtern überrascht zu werden. Dr. Weber hüstelte, bog den Kopf zurück. «Ratsam wäre es, wenn Sie sich entschließen könnten, den Prozess vor Gericht selbst zu führen, weil Sie so den Staatsanwalt und den Richter leichter von Ihrer Verstandesklarheit überzeugen können. Bleiben Sie maßvoll in der Opposition gegen den Staatsanwalt und notfalls gegen den Gutacher. Beweisen Sie, dass Sie sehr wohl in der Lage sind, die juristischen Operationen eigenhändig durchzuführen.» Er hüstelte noch einmal, sagte: «Nun denn. Also!», und ging.

Paul Schreber bereitete mit größter Sorgfalt die Berufungsbegründung vor, stellte einen Antrag, seine Sache selbst vor Gericht zu vertreten, probte schließlich vor dem Spiegel die alten Gesten ein. An einem Donnerstag fand er auf dem Schreibtisch von Dr. Weber, der sehr verspätet zum Gespräch erschien, wie zufällig dessen Gutachten für die Gerichtsverhandlung vor, konnte und wollte seine Augen nicht abwenden.

«Es ist darum die Tatsache weder eine seltene noch eine auffällige, dass Paranoiker lange Zeit hindurch zwar vielleicht als Sonderlinge gelten, aber ihren Berufspflichten genügend gerecht werden, ihre Geschäfte ordnungsgemäß besorgen, selbst wissenschaftlich mit Erfolg tätig sind, obwohl ihr geistiges Geschehen schwer gestört ist und sie sich im Banne eines oft recht absurden Wahnsystems befinden. Jedem Psychiater von einiger Erfahrung sind solche Fälle in größerer Zahl bekannt, ja sie illustrieren recht eigentlich die Eigenart der Paranoiker.»

PARANOIKER!

Er fand wenig Geschmack an dem Begriff, aber er, Paul Schreber, wusste, nachdem er diese Sätze gelesen hatte, dass ein Sieg vor Gericht so gut wie sicher war.

Am 20. Dezember 1902 wurde Paul Schreber aus der Anstalt Sonnenstein entlassen.

Eine Amsel, vorlaut und neugierig, begleitete ihn bis zum Bahnhof. Er fuhr nach Leipzig.

Zeitzer Straße 43.

Er fuhr nach Hause.

16

Er ging einige Schritte hinter ihnen.

Sie hielten zu ihm, hatten ihn, nachdem er einige Monate bei seiner Mutter gewohnt und sich in den Alltag außerhalb der Klinik mit seinen kleinen Fallen eingeübt hatte, zu sich geholt. Glaubten ihn während der ersten Tage dauernd anfassen zu müssen, damit er nicht davonliefe. Ein eigenes Zimmer hatten sie ihm eingerichtet, ihn morgens lange schlafen lassen, ein neues Necessaire und Rasierutensilien gekauft, seinen Wunsch, Kaffee mit Buttermilch zu mischen, ohne Zeichen von Ekel erfüllt. Täglich gingen sie mit ihm spazieren, reisten an den Wochenenden häufig mit ihm in den Fläming, dorthin, wo die Landschaft in sich selbst verliebt schien und die Luft seine Haut so zärtlich streichelte. Jetzt drehten sie sich wieder nach ihm um, wie zufällig, als ob sie ein Rufen vernommen hätten, und auch er drehte sich um, weil er mitspielen wollte, aber hinter ihnen schritt niemand, nicht in diesem Augenblick und vor drei Minuten und fünf Minuten und acht Minuten auch nicht.

Vor ihm lief seine Tochter, seine adoptierte Tochter, Fridoline, die ihn jeden Morgen mit großen Augen anstarrte, neugierig, ob sie ihn vielleicht noch einmal dabei ertappen würde, wie er in großer Eile, sich in ein verlegenes Hüsteln rettend, seine Schleifen aus dem Haar entfernte. Das musste ihr seltsam vorkommen, weil sie sich seit Wochen weigerte, Schleifen ins Haar zu binden. Er hatte lange überlegt, ob er ihr etwas erklären könne, ob es klug sei, ihr seine *Denkwürdigkeiten* zu schenken, ob er sich mit Sabine beraten solle, hatte aber alle Möglichkeiten verworfen, hatte sich vorgenommen, vorsichtiger zu sein und sein Schlafzimmer jede Nacht abzusperren.

Gleich zu Beginn ihres neuen ehelichen Zusammenlebens hatte

er einen schüchternen Versuch gemacht, Sabine seine, wie er es genannt hatte, weltordnungsnotwendigen Vorlieben zu erklären. Doch Sabine hatte die Hand gehoben, hatte geantwortet, sie sei von Dr. Weber instruiert worden, und auch die Neger trügen bekanntlich an den Armen und Beinen kleine lärmende Kettchen. «Vielleicht erinnerst du dich noch, wie ich dir zu Beginn unserer Liebe gestand, wie gerne ich kleine Verrücktheiten mag. Ich bin schließlich die Tochter eines Theaterdirektors. Und wie das Schicksal es wollte, bist du selbst zu einer Figur wie aus dem *Freischütz* geworden. Und Weber ist, wie du weißt, mein Lieblingskomponist.» Sie hatte es schnell und mit großer Erregung gesagt, als wäre sie von ihm, ihrem Paul, gleichermaßen fasziniert und über ihn erschrocken. Die Faszination schien zu überwiegen. Seine gute, gute Sabine. Wie einfach manchmal doch das Leben war.

Ein übermäßiger Herzschlag weckte ihn aus der Nachdenklichkeit. Wenn sein Herz plötzlich sehr stark schlug, holte sein linkes Bein stets weiter aus, und das rechte Bein kam kaum hinterher. Mit stotterndem Gang näherte er sich Fridoline und seiner Sabine, die, wie durch eine geheime Choreografie geführt, nach außen schritten, damit er sich eingliedern konnte.

In den nächsten Wochen gedenke er, bei Freunden und nahen Verwandten einen Antrittsbesuch zu machen, damit auch sie sich von seiner Gesundung überzeugen könnten. Andernfalls, so befürchte er, drohe seiner kleinen Familie das Unglück einer monatelangen Quarantäne.

Er wusste nicht zu entscheiden, wer von beiden zuerst genickt hatte, aber herrlich synchron nickten beide unerträglich lange, bis sie sich ihm zuwandten und lächelten. Das sei, sagte seine Frau, eine sehr, sehr schöne Idee. Diese Idee sei ihr auch schon gekommen, schloss sich seine Adoptivtochter an, mit ihrer stets leicht heiseren Stimme, als wäre sie sehr aufgeregt. Und vielleicht könne sein Töchterlein ihn begleiten, hörte er sich sagen, und dabei erschrak er selbst so stark, dass er mit dem linken Bein sehr weit ausholte und sein Gang etwas Stelzendes bekam. Er war viel zu sehr auf seinen Gang konzentriert, um genauer zu registrieren, wie Sabine ein Taschentuch vor ihr Gesicht presste und laut zu schnäuzen vorgab. Und sein Töchterlein neben ihm machte einen kleinen anmutigen Sprung, den er als Zustimmung werten durfte. So einfach konnte er seine Familie glücklich machen. So einfach ging das. Durch ein einziges Wort. *Töchterlein.*

Wie lange hatte er sich in der Klinik gegen die Vorstellung gewehrt, nach seiner Entlassung mit einem fremden Kind unter einem Dach leben zu müssen, einem halbwüchsigen Kind. Der leibliche Vater, ein ehemaliger Opernsänger, hatte nicht den besten Leumund, was Sabine, die ihn gut zu kennen vorgab, entschieden bestritt. Nun gut. Seine Sabine. Auch er hatte ihr viel zugemutet. Hatte sie viele Jahre allein gelassen. Sie war ihm auf einem sehr hohen sittlichen Niveau treu geblieben. Das war entscheidend. Alles andere waren Petitessen. Und doch hatte er mit einer leichten Anspannung diesem ersten Treffen entgegengesehen. Und dann dieser Anblick! Wie sie ihn schüchtern und mit hilflos nach unten hängenden Armen begrüßt hatte; wie unvermittelt Leben in ihre Gestalt gekommen war, wie sie einen Knicks gemacht hatte *comme il faut*, als wäre er eine hohe Persönlichkeit; wie sie in ihrer kindlichen Einfalt sofort verstanden hatte, was sein, Pauls, Wesen ausmachte – sie hatte es tiefer verstanden als alle Erwachsenen, auf die er bisher gestoßen war und die ihn in ihrer Verstocktheit auch nach der Lektüre seiner *Denkwürdigkeiten* noch immer missverstanden. Und sofort hatte er sie in sein Herz geschlossen.

Töchterlein. Töchterlein.

Und kleine Gedichte für Familienfeiern wolle er künftig wieder verfassen, so wie er es früher gemacht habe, schnörkellose, aber doch mit Kunstsinn gefertigte Verse. Wieder nickten beide mit aller Entschiedenheit, und Sabine schaffte es, stockend zwar, aber doch mit viel Innigkeit, einige Verse zu rezitieren, die er ihr anlässlich eines Hochzeitstages vor vielen Jahren vorgetragen hatte.

Und ob sie es gutheißen würden, wenn er sich mit Plänen befasse, seiner Familie endlich eine eigene Heimstatt zu bauen. Seine Pension, das wisse seine liebe Sabine, sei nicht unerheblich, und wenn er es geschickt anstellen würde, könnten sie hier in Dresden ein bequemes Haus bald ihr Eigen nennen, mit einem schönen Ornat aus Stein und einem kleinen Garten, in dem man vielleicht einen Hund halten dürfe. Er habe bereits einen Bauplatz in der Angelikastraße in Augenschein genommen und sei sich sicher, dass seiner kleinen Familie dieser Ort gefallen werde.

Und sein Kopf schmerzte vor Glück, als er sah, wie seine Tochter auf seinen Einfall hin stehen blieb, sich hinhockte, einen Ast nahm und die Skizze eines Hauses oder eher einer Burg in den Sand zeichnete. Auch Sabine hockte sich hin und wünschte noch einen Erker und eine kleine Treppe vor dem Eingang, und er ging um beide herum, tippte gelegentlich mit dem Stock auf eine Stelle. Dann wischte seine Tochter mit einer schnellen Handbewegung den Erker aus und vergrößerte ihn oder ergänzte die Fenster um Läden und zeichnete einen Gartenzaun und zeichnete Bäume und eine große Tanne, und als Sabine und Paul bereits in Rufe der Begeisterung ausbrachen, schaute sie ihn mit ihren unverbrauchten Augen an und malte einen Hund, mit riesigen Ohren und einem mächtigen Schwanz und hohen Beinen und großen Pfoten.

Töchterlein. Töchterlein.

Als ein kräftiger Windstoß die Zeichnung zu ruinieren drohte, als Sabine und er ihre Hüte festhalten mussten und sich klein machten, um dem Wind keine Angriffsfläche zu bieten, legte sich seine Tochter mit ausgestreckten Armen auf die Zeichnung, als bedeckte sie heilige Erde, und wartete, bis der Wind sich beruhigt hatte. Sie rettete den großen Erker, sie rettete den Wirtschaftstrakt, sie rettete einen Laubbaum und die Tanne, und den Hund rettete sie auch.

Ihre Mutter half ihr auf und klopfte ihr den Sand vom Kleid, lachend, unbeschwert, und er, Paul, beugte sich auch zu ihr herunter und pustete ihr Sand aus den Haaren, berührte sogar leicht mit der linken Hand ihren Zopf. Jetzt hockte er sich hin, tat so, als wäre er unsicher und seine Tochter führte ihm die Hand, als er den Dachstuhl reparierte, als er den Weg neu pflasterte und ein Fenster auswechselte.

Und sein Kopf schmerzte vor schierem Glück.

Sie setzten sich auf eine Decke neben ihrem Haus. Sabine hatte kalten Braten eingepackt und Wurstbrote und Tee und Buttermilch, und Wein hatte sie auch nicht vergessen. Vielleicht könne man dem Haus auch einen kleinen Turm beigeben, schlug seine Frau vor; so fühle man sich vor allen Gefahren geschützt. Sofort stellte sich ihre Tochter hin, schaute prüfend auf die Zeichnung, nickte dann und baute einen Erker zu einem kleinen Turm aus. Paul und Sabine applaudierten, und die Tochter verbeugte sich, den Stock wie einen Dirigentenstab schwingend.

Einen Wunsch hege sie noch, bettelte Sabine gespielt, sie wünsche sich über der Eingangstür einen Balken, in den Noten eingraviert werden sollten. Dieses Mal nickte Paul entschieden, und man überlegte summend und singend, welche Noten geeignet seien, bis Sabine vorschlug, eine schöne Stelle aus einer Wagneroper zu verewigen, und sie wisse auch schon, welche. Es komme doch nur jene Stelle in Betracht, in der Siegfried die Bühne betrete, um den Drachen zu besiegen. Ausgelassen stießen sie mit Wein auf ihr neues Haus an, und Paul spürte zu seinem großen Erstaunen, wie Sabine ihre Hand auf seinen Unterarm legte und ihn nicht zurückzog.

Und ein Zimmer, wenn es denn erlaubt sei, einen Wunsch zu äußern, möge die Architektin für sein Schachspiel und sein Klavierspiel reservieren. Und falls er nicht so viele Saiten wie in der Klinik kaputt hämmern würde, bliebe vielleicht auch noch Geld übrig, um die Türen des Klavierzimmers zu polstern. «Hier», sagte seine Adoptivtochter und zeigte mit ihrem Stock auf ein Eckzimmer des Hauses, «hier soll dein Klavierzimmer sein.»

Und alle sahen es vor sich, wie das schwarz polierte Klavier in das Haus transportiert wurde, wie Sabine den Staub abwischte, wie Paul sich hinsetzte, kurz nickte und zu spielen anfing, Chopin zunächst und dann, mit einem kurzen Blick Sabine streifend, Richard Wagner. Und die Saiten blieben heil, und Paul spielte mit einer lange vermissten Sicherheit. Er spielte dort zweieinhalb Jahre. Glückliche Jahre zumeist.

Und dann starb seine Mutter.

17

Es glättete nicht mehr.

Seine Mutter strich immer ihren Rock glatt, wenn sie bedrückt war, als würden glatt gestrichene Falten eine Besserung ihrer Stimmung bewirken. Er hatte sie nie seufzen hören, aber in diesen Augenblicken sog sie stets ihre Lippen nach innen, und ihre Augen schienen etwas ins Visier zu nehmen; sie verharrte dann minutenlang, strich noch einmal den Rock glatt, stand auf, ging zu einem geflochtenen Korb in der dunklen Ecke neben dem Sekretär, in dem sie ihre Handarbeitsutensilien verwahrte, und suchte sich eine kleine Stickerei aus. Als Kind hatte er sich nie getraut zu fragen, warum sie bedrückt war, hatte nur ganz flach geatmet, um zu hören, wann sie zu summen anfing, denn dann wusste er: Das Glattstreichen des Rockes hatte wie durch ein Wunder die Wende tatsächlich eingeleitet. Später, in seinen kraftvollen Jahren, hatte er stets geglaubt zu wissen, was seiner Mutter Sorgen bereitete, hatte entschieden gehandelt und dabei das Summen geschäftig überhört. Während der letzten Jahre hatte er sich gefürchtet, sie zu fragen, wenn er sie bedrückt vorfand, weil er damit rechnen musste, sie würde ihn, seine leichten Absenzen, wie sie einmal gesagt hatte, als Grund ihrer Sorge benennen.

Nach menschlichen Maßstäben war seine Mutter alt geworden. Doch ihre Hände verrieten, obwohl sie gefaltet waren, die Spannkraft der frühen Jahre. Und ihre langen Wimpern, auf die sie mädchenhaft stolz gewesen war, hatten die schwarze Farbe noch immer gespeichert. Vorsichtig hob er die Decke hoch und strich die Falten ihres Totenhemdes glatt. Seine Mutter war im alten Glauben gestorben, scheinbar gelassen; nur einmal, es war der Todestag seines Vaters gewesen, hatte sie Andeutungen gemacht, wie inständig sie, die doch nicht alle Erwartungen, die man in sie gesetzt hatte, habe erfüllen können, auf einen gnädigen Gott hoffe. Ihre nur mühsam versteckte Angst zitterte damals durchs Zimmer und hatte auch ihn, Paul, angesteckt. Die Angst konnte er ihr damals nicht und gestern nicht mehr nehmen; aber er, der so viele Wunder am eigenen Leib erlebt hatte, war überzeugt, das Glattstreichen des Hemds konnte seine Wirkung nicht verfehlen. Gott würde in ihren Nerven nichts Böses gespeichert finden, so viel war gewiss, und ihre Seele, ungeschwärzt, hatte längst in den Vorhöfen des Himmels Platz genommen.

Er wusste nicht, ob sie jemals seine *Denkwürdigkeiten* gelesen und ob sie sein System verstanden hatte; er hatte sie nicht unnötig mit seinem Wissen belasten wollen. Und ob sie am mäßig verschwiegenen Versuch der Familie beteiligt gewesen war, viele Exemplare der *Denkwürdigkeiten* aufzukaufen, ihn also hinterrücks noch einmal aus dem Verkehr zu ziehen, mochte er sich nicht vorstellen.

Wieder hob er die Decke hoch und strich noch einmal zärtlich die Falten des Totenhemdes glatt. Mehr konnte er für seine Mutter, mit der er jede Minute ihres Zusammenseins genossen hatte, nicht tun. Und mehr konnte sie, die seine grenzenlose Sehnsucht nach Unterschlupf immer bedient hatte, für ihn nicht tun. Zeitzer Straße 43. Hier hatte er sich immer zu Hause gefühlt, dieses Haus war für ihn wie ein mächtiger Mutterrock, unter dem er sich als kleines Kind, wenn sein Bruder ihn verfolgte, so gerne versteckt und die mutterwarmen Düfte aufgesogen hatte. Und als er sich umdrehte, fingen seine Ohren ein leises Summen auf, das von draußen zu ihm drang. Er stand still, erkannte die altgute Melodie und nickte zufrieden.

Als er aufblickte, sah er, kurzzeitig verwirrt, in das Gesicht seines Vaters. Er stellte sich schrebergerade vor der Büste des Vaters auf, die vor einigen Jahren, wenn er sich recht entsann, ein gewisser Professor Lehnert sehr lebensecht modelliert hatte. Die Büste stand, wie er jetzt erst wahrnahm, neben seiner aufgebahrten Mutter und hielt unerschütterlich Totenwache. Er streckte die Hand aus und berührte seines Vaters Bart. Als kleiner Junge hatte er, wenn sein Vater in aufgeräumter Stimmung war, gelegentlich daran zupfen dürfen. Voller Sehnsucht hatte er häufig den Vater beobachtet, wenn der seinen Bart mit einer gelassenen Selbstverständlichkeit im Bad pflegte. Seltsam. Wie glücklich er gewesen war, nachdem er in der Klinik den eigenen Bart abrasiert hatte, eine Frau mit Bart, das kam ihm damals und heute gleichermaßen albern vor. Gut. Er trug inzwischen einen Schnauzer, aber das war ein schüchterner Kompromiss, um seine Frau nicht unnötig zu belasten. Wenn dereinst, und daran war nicht ernsthaft zu zweifeln, seine Büste gefertigt würde, dann müssten wissende Künstler, die vielleicht noch gar nicht das Licht der Welt erblickt hatten, auf jedes Barthaar in seinem Gesicht verzichten. Er verbeugte sich kurz und ging dann eilenden Schrittes aus dem Zimmer.

Bei der Beerdigung, an einem sonnenreichen Tag, schien er Sidonie und seine Frau mit starker Geste am offenen Grab zu stützen. Doch er spürte, wie beide sich immer wieder leicht nach vorne beugten und ihn aus den Augenwinkeln beobachteten, ob sie vielleicht Anzeichen einer Krise entdeckten. Ein Arzt hatte ihm ein Beruhigungsmittel verabreicht und war offenbar in der Dosierung nicht sehr zurückhaltend gewesen. Vielleicht lag es auch an der lustlosen Trauerrede des Pfarrers Hartung, der erst seit Kurzem der Gemeinde vorstand, dass er, der überlebende Sohn Paul der Else Schreber, die im gesegneten Alter von einundneunzig Jahren am 14. Mai des Jahres 1907 in die Ewigkeit abberufen worden war, seine Tränenkanäle verstopft fand und wie versteinert der Zeremonie beiwohnte. Erst als der Vorsitzende der Schrebervereine, Richard Siegel, ein Mann so klein wie breit, aber mit einer sehr gelenkigen Stimme gesegnet, in warmen Worten das Leben seiner Mutter im Dienst des Andenkens an seinen Vater Revue passieren ließ, schmeckte er endlich eine Träne, die sich durch den Schnauzer hindurchgearbeitet hatte. Mit den Trauergästen, die ihm kondolierten, vermied er jeden Augenkontakt. Abends saßen sie sehr still im kleinen Salon beisammen. Als Sidonie allen Familienmitgliedern einen Kaffee servierte, stellte sie auch vor dem verwaisten Stuhl ihrer Mutter eine gefüllte Tasse ab. Es war diese kleine Geste, die ihn an diesem Abend tröstete. Ach Sidonie!

In den nächsten Tagen ordnete und sichtete Paul den Nachlass. Er schlief schlecht, obwohl die Angelegenheiten sorgfältig vorbereitet waren und zunächst keine Probleme machten. Für Klara und Sidonie war bestens gesorgt. Seine Mutter hatte den Schrebervereinen jeweils fünfhundert Mark vermacht, und seine Aufgabe bestand darin, sich einen Überblick zu verschaffen, wie viele Schrebervereine existierten. Weil die Stimmen in seinem Kopf in jenen Tagen wieder lauter wurden, legte sich Paul eine gewisse Zurückhaltung auf, ging mit seiner Tochter viel spazieren, reiste noch einmal für einige Wochen nach Dresden zurück.

Zur Herbsttagung der Schrebervereine versammelte sich die

ganze Familie erneut in der Zeitzer Straße 43. Der Vorsitzende hatte ihm geschrieben, man plane, diese Tagung ganz dem Andenken seines Vaters und seiner Mutter zu widmen, und er hoffe inständig, den Sohn der Familie nebst Gattin als Ehrengäste begrüßen zu dürfen. So fände sich sicherlich auch die Gelegenheit, über die Ausschüttung der den Schrebervereinen vermachten Gelder eine letztgültige Entscheidung herbeizuführen.

Da war ein schulterklopfendes Begrüßen reihum, als sie im Festsaal angekommen waren; alte Bekannte hockten mit ihren Kindern und Kindeskindern in feinem Sonntagsstaat nebeneinander; die Männer rauchten dicke Zigarren, ein Chor nahm Aufstellung und sang die vertrauten Lieder. Der Vorsitzende Siegel, breit und klein, ließ die Zuhörer während des Nachrufes auf seine Mutter zustimmend nicken; einige, es waren auch Männer darunter, schämten sich einer Träne nicht. Man stand ihr zur Ehre auf und gedachte ihr schweigend. Anschließend fuhr dieser Siegel mit seinem Vortrag über das Wesen und Ziel des Schrebervereins fort, zitierte ausführlich aus den Schriften des Vaters, um zu belegen, dass die Schrebervereine Eltern- und Erziehungsvereine und nicht einfach Gartenvereine seien, zeigte damit einen klaren Unterschied zwischen wahren und unechten Schrebervereinen auf, forderte, die Unterscheidung zu beherzigen, und bat, mit einer flehentlichen Geste an ihn, Paul Schreber, gewandt, gegen den Missbrauch des Namens einzuschreiten, der Ehre und dem Andenken seines Vaters zuliebe. Die Festgemeinde klatschte frenetisch, nur Paul schaute leicht bedrückt, als der Vorsitzende zu ihm trat und ihn auf Zehenspitzen umarmte.

In der Zeitzer Straße saß Paul in den nächsten Tagen lange schweigend an seinem Sekretär. Er musste jetzt, nachdem er die Entscheidung immer wieder vertagt hatte, darüber richten, wer zu den wahren und wer zu den unechten Schrebervereinen zu zählen sei.

Und hatte man seinem damaligen Antrag auf Rücknahme der Entmündigung nicht positiv entschieden, weil er durchaus in der Lage sei, die Geldgeschäfte verantwortlich zu regeln? Und war er nicht der Senatspräsident a. D. Dr. Paul Schreber, der zwischen Gut und Böse zu richten verstand? Und war er, der letzte Sohn des Moritz Schreber, nicht in der Tat aufgerufen, das Andenken seines Vaters in Ehren zu halten und die unechten Schrebervereine auszumerzen?

Er strich dreimal die Falten seiner Hose glatt, aber an diesem Abend blieb das Wunder aus.

Als Sidonie ihn spätabends auf dem Boden neben dem Sekretär liegend vorfand, flüsterte er nur schwer verständliche Worte. Sie glaubte, wie sie ihren Schwestern mit einer hilflosen Geste mitteilte, verstanden zu haben: «Es glättet nicht mehr.»

Anstalt Dösen

Sein Taktgefühl verbot es ihm nachzufragen.

Der Kittel spannte über dem Bauch, und die Ärmel schienen beim letzten Waschgang eingelaufen, dieser Mann wirkte, als wäre er plötzlich, und für sein Alter bedenklich spät, noch einmal ein mächtiges Stück gewachsen, als hätten seine Eltern nicht einmal die Zeit gefunden, neue Kleidung zu kaufen, und auch die Pickel, die auf seinen Wangen auf zwei leider sehr unregelmäßigen Feldern erblüht waren, deuteten auf eine kleine, nicht unwesentliche Entwicklungsstörung hin. Denn über die Identität dieses Mannes, der dort vor ihm stand, bestand für Paul kein Zweifel. Die Altersflecken, deren Anordnung er notfalls im Halbschlaf auf einem Stück Papier aufzeichnen könnte, waren noch alle vollzählig auf ihrem Platz, stritten aber im Gesicht mit den eifersüchtigen Pickeln um den schmalen Lebensraum: Dr. Weber befand sich offenbar in einer schweren gesundheitlichen Krise, und er, Paul, tat gut daran, ihn zu schonen.

«Mein lieber Herr Senatspräsident, ich darf Sie hier bei uns in der Heilanstalt Dösen in Leipzig willkommen heißen. Offensichtlich sind unsere Schicksalsfäden so eng verknotet, dass wir nicht voneinander lassen können, denn seit zwei Jahren bin ich in leitender Position in dieser Klinik tätig.» Er machte eine kleine, alberne Verbeugung, die Paul rührte. «Es ist mir gelungen, Räumlichkeiten für Sie auszuwählen, die in etwa an die Räumlichkeiten auf Sonnenstein erinnern. Sie werden sich also sehr schnell bei uns zu Hause fühlen.»

Plötzlich erlahmte die Begrüßungsrede. Paul filterte eine schlecht kaschierte Traurigkeit aus den Sätzen heraus und verwandte alle Kraft darauf, Dr. Weber zu trösten. «Machen Sie sich keine Umstände, mein lieber Herr Medizinalrat, ich benötige nach anstrengenden Wochen – meine Mutter ist vor wenigen Monaten verschieden, und meine Frau erlitt vor einigen Tagen einen leichten, Gott sei Dank nur leichten Schlagfluss – eine kleine Schlafkur. Und da sind noch die lästigen Folgen der Bromkalivergiftung, eine Kurzatmigkeit, die mich zunehmend belastet. Aber ich weiß mich bei Ihnen in sehr guten Händen, verspürte angelegentlich sogar ein wenig Heimweh nach unseren intensiven Gesprächen.»

Dr. Weber stierte abwechselnd auf seine eigenen Unterarme, die ihm offenbar plötzlich sehr lang vorkamen, blickte erneut zu Paul, lächelte seltsam abwesend. Er, Paul, durfte ihm diese kleine Unhöflichkeit nicht nachtragen, er wusste doch, wie anstrengend es war, wenn der Körper um Aufmerksamkeit buhlte und Kräfte abzog. Er verbeugte sich, wehrte mit kleiner Geste das Angebot ab, ihn zu begleiten, und ging mit einem Wärter, der einen seltsam mineralischen Geruch verströmte, zu seinem Zimmer.

In den nächsten Tagen verlangten die Stimmen, die ihn nie ganz verlassen hatten, sehr viel Aufmerksamkeit; zwei Schachpartien brach er missmutig ab; das Klavier war nach zwei Tagen, an denen er es ausschließlich mit Chopin bespielt hatte, verstimmt; zwei Tassen gingen zu Bruch, weil seine Kräfte ihn manchmal völlig unerwartet verließen; eine prickelnde Taubheit bemächtigte sich seines linken Beins, und die Ränder seines Gesichtsfeldes wurden bedenklich unscharf. Wiederholt glaubte er, Patienten aus der Anstalt Sonnenstein wiederzuerkennen; aber vielleicht waren auch nur die Geschichten, die sie ihm erzählten, verwandt mit jenen Geschichten, die hundertfach auf Sonnenstein kursierten, die Anzahl der Bismarcke, obwohl der doch längst aus der Mode war, hatte allerdings auffällig zugenommen.

Ein junger Mann, der sich ihm, wenn er sich recht erinnerte, jedes Mal mit einem anderen Namen vorstellte, besaß, was er, Paul, noch nie bei einem Menschen erlebt hatte, zwei unterschiedliche Augenfarben, links ein kräftiges Braun, rechts ein strahlendes Blau. Er erzählte jedes Mal aufs Neue, er habe die *Denkwürdigkeiten* nicht nur gelesen, sondern sehr eingehend studiert, und jedes Mal brachte er kleine Verbesserungsvorschläge vor, die, wie er nicht müde wurde zu betonen, seinem eigenen Erfahrungsschatz entsprangen: Einmal behauptete er, die Grundsprache sei kein Deutsch, sondern ein Plattdeutsch, wahrscheinlich aber Holländisch gewesen, und erst gestern bat er zu überdenken, ob nicht den zwei Göttern Ariman und Ormuzd ein dritter, weiblicher Gott an die Seite gestellt werden müsse, der sich ihm als Araxa vorgestellt habe. Paul, der zunächst über den Bewunderer nicht unerfreut gewesen war, verlor das Interesse an der eigenen Berühmtheit und versuchte, so gut es ging, den Kontakt zu meiden, nahm jetzt häufig das Essen auf seinem Zimmer ein.

Gestern hatten ihn seine Tochter und Sabine, deren Genesung sehr gut voranschritt – sie wirkte nicht mehr so atemlos wie noch vor Monaten, oder waren es Jahre gewesen? –, besucht, aber dieser Besuch hatte ihn sehr angestrengt. Er hatte jeden körperlichen Kontakt vermieden, hatte vorgegeben, eine ansteckende Infektion verhindere es, dass er ihnen nahekomme, war froh, als sie sich bald verabschiedeten. Er hatte gespürt, er würde und wollte beide in diesem Leben nicht wiedersehen. Die Kräfte verließen ihn, als wäre er porös wie ein alter Fahrradschlauch. Es war nicht mehr viel von ihm übrig. Die Vorstellung, eine Leiche zu sein, nahm täglich zu. Oft schaffte er es nicht, länger als zwei Sekunden die Augen offen zu halten. Die Zeit schnurrte zusammen. Vier Jahre waren wie ein Tag. Und dann endlich ging der Vorhang auf für den letzten Akt.

Als er auf dem Weg zum Direktorenzimmer das Billardzimmer passierte, huschte ein kleiner Mann an ihm vorbei, nur die Andeutung eines Mannes, aber er hatte die Gestalt von Flechsig. Er, Paul, merkte, wie sein kostbarer Atem zu stottern anfing. Ein Blutstoß schien sein Herz zu verfehlen, denn eine ungesunde Kälte griff von ihm Besitz. Die alte Angst war mit einem Schlag wieder da, schmeckte nach Bromkali, nach Kampfer, nach Talkum. Und dann drehte sich dieses Männlein plötzlich um, lächelte ihn traurig an und löste sich vor seinen Augen auf. Paul sank auf die Knie, tastete mit seinen Händen herum, als könnte er auf dem Fußboden nach den Resten dieses Flechsig fahnden.

Vier starke Arme trugen ihn in sein Zimmer. Wie schwerfällig der Schritt doch inzwischen klang, wenn Dr. Weber in Eile war. Als er, Paul, erkannte, dass Webers Kittel endlich wieder gewachsen war, lächelte er glücklich. Auch die warmen Hände, die seinen Puls suchten, zeugten von einer gesunden Durchblutung. Dieser Weber war auf dem Wege der Besserung, hatte die kleine Krise überwunden. Ob er von Schwindelgefühlen heimgesucht werde, ob sein Mund trocken sei, ob er Durst verspüre, ob er starke Kopfschmerzen habe, ob er in der Lage sei zu sprechen, ob seine Augen ihren normalen Dienst versähen!

Und jedes Mal nickte er, Paul, wie ein gehorsamer Schüler, winkte mit beinahe anmutiger Geste Dr. Weber zu sich, flüsterte ihm in das leider vor Aufregung nun doch rot angelaufene Ohr, er möge sich keine unnötigen Sorgen machen, er, Paul Schreber, fühle sein Ende kommen. Er mache sich bereit für die himmlischen Schrebergärten, und dabei lächelte er über diesen kleinen Witz, der ihm im Angesicht des Todes gelungen war. Er bitte also von allen medizinischen Hilfestellungen, von einer Operation womöglich, abzusehen; es gehe jetzt nur noch um den Endsieg des Guten über das Niedere, sein altböser Feind habe bereits das Feld geräumt, nun erwarte er, von Gott belohnt zu werden für die Treue, die er ihm bewahrt habe. Allenfalls habe er eine Bitte, keine kleine Bitte, führwahr, ob nicht die verehrte Gattin des Medizinalrates Weber heute Nacht an seinem Bett ausharren könne, bis er Ruhe fände in Gott.

Er, Paul, sah nur das warme Lächeln, das ihn zudeckte, ein Lächeln des Einverständnisses, das man dem besten Freund schenkte, wissend um dessen Bedürftigkeit und Verletzlichkeit, ein Lächeln jenseits aller Funktionalität: das Lächeln eines langjährigen besten Freundes.

Als er die Augen wieder öffnete, saß sie, seine Schwester im Geiste, am Bett, ruhig und doch randvoll mit gespeicherter Energie, ihm ganz zugewandt, und natürlich war das Lächeln ihres Mannes auf sie übergesprungen. Er winkte sie mit seinen Augen heran, gab ihr zu verstehen, sie möge die Liege so drehen, dass er später die aufgehende Sonne begrüßen könne, bat sie, ihn aufzudecken und seinen Kopf etwas höher zu betten. Dann schloss er die Augen, rang mit sich, ob er es wagen könne, sie auch noch um diesen Gefallen zu bitten; aber er spürte die milde Wärme ihres Blickes, und deshalb winkte er sie noch einmal zu sich: Ob es ihr sehr viel Umstände bereiten würde, einige bunte Schleifchen in sein Haar zu binden, und seine Kettchen, die er in der obersten Schublade der Kommode aufbewahre, an seinen Armen und vielleicht auch Beinen anzubringen? Er wolle sich schmücken, damit der Höchste an ihm ein Wohlgefallen finde. Und er bitte sie, ihm die Perle mitsamt der Flügelmutter, auf die sie gebettet sei, in die linke Hand zu geben.

Draußen schwieg die Welt, die Verrückten lärmten nicht, als er, Paula Schreber, begleitet von zärtlichen Gesten und beinahe ausgelassenen Juchzern, wie eine Braut geschmückt wurde. Und eine leise durchnervte Musik, die an Chopin erinnerte, erklang. Und er spürte, wie in seinem Innern ein großer Sog sich seiner bemächtigte, wie sein Glied endlich ganz nach innen eingezogen wurde, wie in seiner Mitte eine Höhle entstand, die darauf wartete, bewohnt zu werden. Und ihre ganze Haut erschauderte, als der erste mutterwarme Sonnenstrahl sie erreichte. Und wie ein schüchternes Mädchen zog sie, Paula Schreber, ihr Nachthemd über die Knie und ließ es geschehen.

Ach!

Schrebergarten Nr. 1

Ein Bündel von Stimmen erreicht ihn.

Stimmen, die ihn umschmeicheln und liebkosen. Er massiert sich mit den Handballen die Schläfen, weil er nicht sicher ist, woher die Stimmen kommen. Sein Blick zuckt zur Seite, weil er neben einem Stiefmütterchen einen Schatten zu erkennen glaubt, einen wundersam aufgedunsenen Schatten, der ihn an seinen Vater erinnert, wenn der sich übermächtig über seine Patienten beugte. Aber sein Vater ist seit Jahrzehnten tot!

Ein verwirrtes Lächeln huscht über sein Gesicht. Ist das nicht die Stimme von Sidonie? Seine Schwester Sidonie. Ja. Er sieht ihre marmorierte Haut vor sich, unter der sich Flusslandschaften verbergen, ganze Kontinente, die bisher kein Mann erobert hat. Vielleicht spricht sie jetzt Japanisch. Er konzentriert sich auf die Stimmen. Es besteht beinahe kein Zweifel. Sidonie, seine Schwester Sidonie, spricht Japanisch. Nun gut. Notfalls wird er auch diese Sprache noch intensiv lernen. Sie sind sich einmal sehr, sehr nahe gewesen. Schwesterlein und Brüderlein. Brüderlein und Schwesterlein.

Die Nerven in seinem Gesicht fühlen sich heute leichter an. Früher drückten sie häufig auf den Unterkiefer, und er saß dann stundenlang mit offenem Mund auf seiner Bank, durfte nicht einschlafen, aus Angst, Wespen könnten seine Mundhöhle als Nistplatz wählen. Aus Gewohnheit macht er einige Kauübungen.

Ein kleiner Pelz huscht durch den Garten. Vielleicht ein trächtiger Siebenschläfer. Oder eine trächtige Katze. Oder ein trächtiger

Marder. Wie simpel es für die Tiere ist, trächtig zu werden. Und wie degeneriert ihm heute die menschliche Natur erscheint. Wie muss man sich abrackern, lebt Monate zwischen Hoffen und Bangen, um schließlich von Ärzten getröstet zu werden, die ihr Handwerk nicht verstehen.

Ein Hauch von Flieder streift seine Nase. Der Anbau von Flieder wird allen Betreibern eines Schrebergartens als Zierpflanze sehr nachdrücklich empfohlen. Warum also soll in diesen Gärten kein Flieder wachsen? Alle Gärten, die um die Sportplätze herum angelegt werden, tragen schließlich noch immer den Namen seines Vaters. In jedem dieser Gärten erlebt der Vater seine Wiedergeburt.

Dankbarkeit. Er fühlt eine tiefe Dankbarkeit für die Erziehung, die ihm sein Vater hat angedeihen lassen. Richtig. Es gibt auch Stimmen, die seinen Vater und seine Methoden, die Menschheit zur Schönheit zu leiten, verleumden. Aber in seinen Kindern hat der Vater eine Lichtspur hinterlassen. Beinahe reines Licht. Vielleicht ist es nicht angebracht, vielleicht unangemessen eitel, auf sich selbst zu verweisen, aber man muss doch nur ihn anschauen! Er ist die Zierde dieser pädagogischen Kunst. Sein guter, guter Vater.

Wenn er über den weichen Rasen schreitet, kommt es ihm vor, als hätte sein Vater die Erde mit Liebe unterfüttert. Und die Blumen zitieren das Dekor einer Tischdecke, an der seine Mutter, seine liebe, liebe Mutter, an vielen Abenden gestickt hatte – und die sein Bruder, ein Mensch mit wunderbar fließenden Handbewegungen, an einem dieser Sonntage durch eine kleine Schwäche seiner Muskulatur mit einem verschütteten Glas Rotwein ruinierte.

Er umkreist sein Gartenhaus, das ihn an den kleinen Verschlag im Garten seiner Eltern erinnert. Er wendet sein Gesicht der Laube zu – oh, er liebt den Ausdruck Laube! – und zwinkert. «Ich werde dir einen neuen Mantel zimmern», haucht er, «der dich vor allen Lauben dieser neuen Welt auszeichnet.»

Der Buchsbaum, den er an einem runden Geburtstag seiner Frau gepflanzt hat, verliert an Kontur. Ja, seine über alle Maßen treue Frau, die ihn in dunklen Tagen fraglos oft für ein Untier hielt. Einige Triebe des Buchsbaums nutzen die ihnen gewährte Freiheit unbotmäßig aus. Er, Paul, wird zur Gartenschere greifen müssen, eine Arbeit, die ihm nicht behagt. Er hasst es, Pflanzen zu dressieren, aber diesen Wildwuchs darf er nicht dulden.

Seit Tagen beobachtet er mit großer Anteilnahme einen kleinen grünen Halm, der sich durch die Erdkruste im Gemüsebeet vor seinen Füßen arbeitet. Jetzt gönnt der Halm sich eine Erholungspause. Das ist ein gutes Zeichen. Unkraut hat es immer eilig. Unkraut giert nach Sonne, weil es stets damit rechnen muss, vom Gärtner entdeckt und vernichtet zu werden. Raffiniertes Unkraut verkleidet sich manchmal, ähnelt Kräutern oder Blumenpflanzen, wächst bedächtig, wirkt selbstsicher und gesund, nutzt heimtückisch die Zeit, sich unterirdisch zu verankern. Aber auf Verkleidungen fällt er, der Mensch Schreber, nicht herein. Er hat den grünen Blick. Schon seit Kindertagen, seit damals, als er mit seinem Bruder darum wetteiferte, wer den größten Blumenkohl ziehen könne.

Ach, sein Bruder. Dieser herzenswarme Mensch!

Unkraut! Unkraut spielt nur mit der Ordnung echter Natur. Wer Unkraut mit den Augen abtastet, entdeckt an markanten Stellen immer eine Unordnung, die der Natur Hohn spricht. Deshalb darf Unkraut im Schrebergarten keinen Platz finden. O ja. Alle Schreberianer sind Kreuzzügler gegen das Unkraut. Alle angelegten Rabatten bestechen durch ihre gewissenhafte Ordnung, loben und preisen Gott in Reih und Glied. Er erinnert sich nicht, in diesem Garten jemals auf Unkraut gestoßen zu sein. Aber er bleibt achtsam.

Diese Stimmen scheinen vom Sportplatz herüberzuwehen. Er reckt den Hals, kann aber keinen Sportplatz erkennen, sieht nur Gärten, die sich aneinanderreihen, jeder Garten eine Charakterstudie ihres Besitzers. Ein Buch der Natur als Buch des Lebens. Nebenan wohnt ein russischer Jude, der ein sehr passables Deutsch spricht. Ein angenehm heiterer Mensch. Rechter Hand ist ein Katholik eingezogen. Sehr gebildet. Sehr gute Manieren. Aber ein schlechter Turner. Er, Paul, hatte einmal eine große katholische Prozession verschluckt. Dafür schämt er sich heute ein wenig. Es ist nicht alles so eingetreten, wie er es sich vorgestellt hatte. «Ich war auch nur ein Mensch», flüstert er und lächelt demütig.

In seiner linken Schulter spürt er ein mächtiges Kribbeln. Nicht unangenehm. Er bedauert das Alter nicht. Er bewegt sich nur noch so schnell, dass er nicht ins Schwitzen gerät. Allenfalls wenn er den Garten umgraben muss, lässt er Schweiß zu. Aber seit Ewigkeiten hat ihn niemand mehr aufgefordert, zum Spaten zu greifen.

Diese etwas lauten Stimmen! Es könnten auch die Stimmen von Politikern sein. Jahn, der Vater aller Turner – oh, er hat ihn bewundert, das ja! –, war schließlich auch ein Politiker. Aber mit kleinlicher Politik mag er, der Mensch Schreber, sich nicht mehr abgeben. Diese Zeiten liegen hinter ihm. Die Schauplätze, auf denen er gekämpft hat, besaßen ganz andere, fürwahr gigantische Ausmaße. Sein Kopf schwankt leicht, eine Andeutung von Lachen. Mehr nicht. An diesem Ort wird nicht laut gelacht.

Und dann hört er ein Rufen. Ein schüchternes, sehr leises Rufen. Er hebt den Blick und traut seinen Augen nicht. Er befindet sich plötzlich im großen Salon seines Elternhauses, in der Zeitzer Straße 43. In der Ecke des Zimmers steht jener Stuhl mit der sehr hohen Lehne, die den Rücken daran erinnert, gerade zu sitzen. Auf dem Stuhl sitzt ein Mädchen in einem weißen Kleid, mit gebeugtem Kopf und vor Kummer geröteten Wangen und schaut vorsichtig, gleichermaßen fragend und bittend, zu ihm herüber. Sein Herz stockt, als er in den Gesichtszügen eine Verwandtschaft mit seinen eigenen Gesichtszügen entdeckt. Und eine Wärme zieht durch seinen Körper, die andere Menschen, die nichts von dem verstehen, was er durchgemacht hat, als Glück beschreiben würden. Er nickt. Lächelt. Sie lächelt zurück, steht auf, der Stuhl fällt um, die Lehne zerbricht.

«Habe keine Angst. Ich bin bei dir, immerdar.»

Er, der Mensch Schreber, hat seine Aufgabe erfüllt.

Und die Welt besitzt einen neuen Anfang.

Eine neue Eva.

Dank

Han Israëls hat eine sehr gründliche und sehr lesenswerte Biographie über Moritz und Paul Schreber veröffentlicht, der ich viele Einsichten verdanke: Schreber, *Vater und Sohn.* Eine Biographie, München, Wien 1989.

Meiner Lektorin Eva Rosenkranz, der Verlagsleiterin Claudia Vidoni und Michael Bauer danke ich für hilfreiche Lektüren.